U0451605

汉译世界文学名著丛书

烦恼的冬天

[美] 约翰·斯坦贝克 著

吴钧燮 译

商务印书馆
The Commercial Press

John Steinbeck
The Winter of Our Discontent
据 The Viking Press, New York, U.S.A. 1979版译出

汉译世界文学名著丛书
出版说明

1902年，我馆筹组编译所之初，即广邀名家，如梁启超、林纾等，翻译出版外国文学名著，风靡一时；其后策划多种文学翻译系列丛书，如"说部丛书""林译小说丛书""世界文学名著""英汉对照名家小说选"等，接踵刊行，影响甚巨。从此，文学翻译成为我馆不可或缺的出版方向，百余年来，未尝间断。2021年，正值"汉译世界学术名著丛书"出版40周年之际，我馆规划出版"汉译世界文学名著丛书"，赓续传统，立足当下，面向未来，为读者系统提供世界文学佳作。

本丛书的出版主旨，大凡有三：一是不论作品所出的民族、区域、国家、语言，不论体裁所属之诗歌、小说、戏剧、散文、传记，只要是历史上确有定评的经典，皆在本丛书收录之列，力求名作无遗，诸体皆备；二是不论译者的背景、资历、出身、年龄，只要其翻译质量合乎我馆要求，皆在本丛书收录之列，力求译笔精当，抉发文心；三是不论需要何种付出，我馆必以一贯之定力与努力，长期经营，积以时日，力求成就一套完整呈现世界文学经典全貌的汉译精品丛书。我们衷心期待各界朋友推荐佳作，携稿来归，批评指教，共襄盛举。

商务印书馆编辑部

2021年8月

译本序

斯坦贝克（1902—1968）是我国读者比较熟悉的美国现代作家。他最著名的小说《愤怒的葡萄》（1939）上世纪四十年代就已有中文译本，它对上世纪三十年代美国经济萧条时期破产农民困苦遭遇的真实描写，以及作者所流露的真挚同情和无比愤慨，曾经在目睹本国农民悲惨处境的我国读者中引起强烈的共鸣。作者生动自然的现实主义创作手法，也使读者留下了深刻的印象。

斯坦贝克是以德莱塞等为代表的美国近代现实主义文学的一位重要的继承者。他在早期的探索阶段，也曾写过带有浪漫、神秘色彩的作品。但从一九三五年发表了他第一次真正获得成功的《煎饼坪》开始，他就坚定不移地沿着用细腻的笔调忠实反映生活、刻画人物的道路走下去，随着一部部作品愈来愈引起广大读者的关注，他善于描写社会中下层人民生活的声誉不断稳固提高。

但是文学的潮流不是永远不变的，作家的创作道路也总是在不断地发展。在长达三十多年的创作生涯中，斯坦贝克笔下的人物画廊里，除了原来的城市流浪汉、退伍士兵、贫苦雇农，失业工人……以外，又日益增加了新的形象，反映出了更广泛多样的生活画面。《烦恼的冬天》就是作者后期创作中新探索的一个重要成果。

伊桑·霍利，美国东部海港小镇中一个食品杂货店员，在经过青年时期的大学生活和第二次世界大战的炮火洗礼之后，回到他世代祖居但已亲人寥落的家乡，结了婚，生了孩子，挑起了成家立业的担子。但在早先以捕鲸业闻名而如今已渐趋衰落的这个小镇里，他原来印象中人与人之间那种虽较保守但也较为淳朴的关系，已随着时代的进程愈来愈难寻觅，生存竞争的规律君临着一切。伊桑还年轻，有头脑，有知识，但却缺少了一点什么，正像他后来的雇主，一个早年非法入境，全仗狡诈和欺骗打出一番天下来的意大利商人马鲁洛所说的那样："谁都在偷——有人多点，有人少点，可是你不！"正是这点"良知未泯"，使伊桑在立身处世中第一仗就败下阵来，除了所住的一所房子外，他丧失了一切，为了养家活口，他只好受雇于那个他看不起的商人，整天周旋于货架和柜台之间，度过了一个个烦恼不满而又黯淡无望的冬天！

但生活甚至不容许他自甘寂寞。资本主义的原动力——金钱和欲望——从四面八方引诱他，迫使他卷进那一场已经延续了多少年的生存游戏。一位银行家的父执半出于好心，半为了利用，主动要"拉他一把"；那家银行里一个熟知全部游戏规则但却怯于实际行动的"好"出纳员，有意无意地引逗起他对钱财的欲念；即使在这狭隘守旧的小城镇里也有的一个从事"女人最古老的行业"的妇人，出于寻求刺激或者寻求生活靠山的隐蔽目的，甚至用神秘的算命巫术来施加影响，挑起他本来就潜伏在心底里的非分之想……

更重要的是，就连他自己家里的亲人也从内部加予他不可抗拒的压力：勤俭忠诚的妻子是爱他的，但也受不了邻里对她一家的轻视，终于爆发出对他"麻木不仁"、不求振作的不满之情。甚至还未成年的子女，也有意无意地在这方面给予他难耐的刺激。

于是，从他在一个早春四月的清晨刚从睡梦中醒来开始，由于种种机缘的凑合，在短短几个月里发生了一连串连他自己也感到身不由己的剧变。像从长久的冬眠中醒来一样，他对自己甘心蛰伏的处境越来越怨恨不满，多年来在调笑戏谑、自我嘲弄掩盖下的愤懑委屈再也压制不住，更重要的是，他从来没有这么明白地看清了那个社会里一条确凿不移的真理："不管做生意或者搞政治，一个人只能拳打脚踢地在人群中打出一条路，才有希望当上个'山大王'。一旦当上了，他尽可以伟大、仁慈——但首先得当上。"这是小说主人公的"觉醒"和他的誓言，实际上也正是作者对他眼前人压迫人的不合理社会的愤激讽刺。

伊桑下决心干了周围"谁都在干"的事：向移民当局秘密告发了逐渐对他抱有一种类似亲子之情的真挚好感的马鲁洛；软硬兼施、勾心斗角地制服了那位银行家贝克，使他为自己所用；像赌徒似的"下注"在自己童年的好友泰勒身上，用一千块钱赢得了一块城里实业界领袖们垂涎三尺的重要地产；他甚至还独自策划、精心排练了一幕抢劫银行的惊险剧，只是最后临时受到一个意外的干扰，才没有真正上演，而这意外却是：一位联邦调查局的官员突然受托前来通知他，那个因他告密而受害的马鲁洛在被遣送出境的前夕，竟还把他当作自己在自由神雕像下的这片国土上第一次遇到的一位诚实的"小伙子",而把他所在的这爿铺子慷慨地移赠给了他。

一切向往都意外顺利地实现了。更为锦上添花的是,儿子亚伦又居然在全国少年征文比赛中得了奖,小小年纪就成了广播、电视争相吹捧的名人。

然而就在这些向往正在——实现的过程中,利欲和良知的决战却在伊桑的心中愈来愈趋激烈。正当表面仿佛万事遂心、前程一片锦绣的时候,他的心灵深处的另一个"自己",愈来愈感到了无可忍受的空虚孤独和羞惭自责。因他有意怂恿而酗酒致死的泰勒的影子使他夜不成寐,那个半娼半巫的女人又不断纠缠和要挟他,用嘲弄和揭露刺激他的平静生活,更进一步加深了他痛苦的犯罪感。正在这时,亚伦的获奖原来只是凭抄袭得来的丑闻突然被揭发了,而在父亲的责备下,那个十四岁的儿子竟毫不在乎地认为那只不过是冒险失败,运气不济而已。不仅如此,他还反唇相讥,一针见血地指出了:"我敢打赌你自己从前也准抢到过点儿好处,因为大家全是这么干的。"这就像是在伊桑内心斗争的天平上投下了最后一个砝码。他失去了全部生的意趣,在蒙蒙的雨夜中抱着自杀的念头,走向波涛汹涌的大海……

无论小说的主人公是否真的就此了却残生(作者在这里设下了一个悬念),作品的悲剧倾向仍然是十分明显的。但也像在他的其他作品中一样,斯坦贝克还是真诚地尽量让自己笔下的悲惨故事透出一丝"亮色"。伊桑在海浪行将灭顶的时候,无意间想起了正在家里满怀信心地等着他归来的女儿,重新萌发了生的愿望。不但如此，一向被伊桑看作只知道孜孜谋利，实际上也确曾用"只有钱才会带来钱"的格言竭力教导过伊桑的马鲁洛，在自己临老受到残酷社会的无情打击时，竟还眷念着他自以为终于发现的这位"诚实可爱"的年轻人，从而深情地慷慨留赠了自己的产业。那位洞察人情、仿佛对什么都已满不在意的世故的小职员莫菲，却对跟自己同病相怜的朋友流露出真诚的体贴和关怀……使主人公最后仍不忍决然离弃冷漠人世的，正是那些尚未完全被肮脏社会毒害了心灵的善良正直的人。人世尽管黑暗，总还有能使光明不致完全熄灭的人在！

这其实是贯穿在斯坦贝克全部创作（不管是前期或后期）中的一个不变的主题。也许正因为这个原因，他的许多作品曾在不少西方评论家笔下招来 sentimentality[①] 之讥。固然，在一个金钱主宰一切的社会里，"温情脉脉的面纱"早已消失无踪，尔虞我诈成了到处通行的处世之道。但是，这并不就意味着诚实、正直、抗拒邪恶的勇气和对别人苦难的同情真的会在这世界上就此绝迹，重新回复到丛林的法则中去。相信善终究能战胜恶，光明终究能战胜黑暗。斯坦贝克以及其他许多老一代的现实主义者，与当代愈来愈陷入彻底悲观绝望的形形色色现代流派作家们最大的不同，恐怕也正在这里。如果说在他揭露社会黑暗的作品中所透出的那点"亮色"，更多的是基于对类似早期基督教义的那种人道和反抗精神的信仰，而并非基于对社会革命的坚定信念，那么，这也正是说明这位大作家世界观的局限妨碍了他在创作思想上达到更高

[①] 英语：多愁善感。

的境界，这与庸俗的道德说教终究是有所不同的。的确，与前期的作品，尤其是《愤怒的葡萄》比较起来，斯坦贝克后期的作品似乎减少了一些"愤怒"的火焰，但与此同时，却也增多了一些探索和思考，扩大了所反映的生活面。实际上，他对社会不平现象的揭发和愤懑变得更深和更广了。自然，这一变化是既有所得也有所失的，但无论如何，这位三十年代站在进步立场的美国重要作家，始终没有背离他忠于现实生活、同情受压迫人们的根本立场。这一点是必须予以肯定的。

斯坦贝克一九六二年获得诺贝尔文学奖时，他在美国文坛的声誉实际已趋下降。这固然与他个人创作上的得失有关——从上世纪三十年代末因《愤怒的葡萄》发表而使他的文学创作事业达到顶峰以后，除了《月落》（1942）和《罐头厂街》（1945）以外，他虽然不断有新作发表，却都未取得像《愤怒的葡萄》、《人和鼠》那样大的成就。但正如上面所说，更根本的原因，恐怕还应该从美国以至整个西方文学发展潮流中去寻找。上世纪二三十年代，现实主义文学在美国曾经达到鼎盛时期。从那以后，由于资本主义工业发展所引起的物质生活与精神文明间的矛盾和由此产生的思想危机，加上西方文艺中一贯较为好变骛新倾向的推动，从本世纪初就已有所发端的各种现代文学思潮日益抬头，传统的表现形式和创作手法愈来愈遭到冷遇。新的文学创作在内容上更多地专注于内心的挖掘，形式上有意识地摒弃情节结构的完整和典型人物的塑造。在这种情况下，老一代的现实主义作家，尤其是历来被含有贬义地指为自然主义代表人物之一的斯坦贝克，在现代文学评论中愈来愈被推向历史人物的后列，自然也就不足为奇了。

　　一九六一年发表的《烦恼的冬天》，是斯坦贝克一生创作的最后一部长篇小说。在这部作品里，既毫无疑问地保持着作者一贯的创作特色，但也看得出与他三、四十年代的作品在艺术风格上有一定程度的差异。抒情与叙事的融合，回忆与现实的交错，内心独白的突出运用，这都是与作者在此以前的另一部后期重要作品《伊甸之东》（1952）颇为不同的。显然，这说明作者也一定程度地吸收借鉴了某些现代流派作品中新的表现手法。但这种借鉴，又都是在同时仍然保持人物性格和情节发展线索的明确性和逻辑严整性的基础上实现的。与此同时，读者也可以感觉到作者在不少地方还从电影、戏剧文学中吸收了某些营养，增加了整个作品的色彩和感染力。所有这一切，都足以说明在创作方法上并没有绝对不可逾越的鸿沟。重要的只是要用得恰当，真正为我所用。关键的问题仍旧是形式一定要服从内容的需要，尤其是要有真正有价值的新的思想和内容，而不是一味"创造"一些只有空洞形式的"表面文章"。作者在本书中就通过主人公之口说过一段很有意义的讽刺话："我看美国有一半著作都是别人文章的引证，要不就是别人文章的辑录。"而斯坦贝克本人的著作，不管怎样，总是他自己真正的创作，而决不是空洞的模仿和抄袭。这一点对我们是很有启发的。

　　作者在本书卷首声明中说："书中所写的，是当今一大部分美国社会的情景。"的确，斯坦贝克这部《烦恼的冬天》在他后期的作品中，是最紧密联系现实生活的，它从新的高度和深度上有力地揭露和抨击了资本主义社会的弊病、人与人之间关系的冷酷和人性遭到的歪曲。从某种意义上说，它不但在艺术水平，并且在思想主题的尖锐社会意义上，都可以与作者前期的主要作品《愤怒的葡萄》媲美，并不逊色。

吴钧燮

一九八一年九月

献给我的妹妹蓓西，
她的光还在映照人间。

读者与其想竭力查考小说中所写是否实有其人实有其事，还不如去仔细察看一下他的周围邻里和探索一下自己的内心。因为书中所写的，是当今一大部分美国社会的情景。

目　录

第一部

第一章 …………………………………………… 3
第二章 …………………………………………… 40
第三章 …………………………………………… 49
第四章 …………………………………………… 72
第五章 …………………………………………… 91
第六章 …………………………………………… 121
第七章 …………………………………………… 132
第八章 …………………………………………… 162
第九章 …………………………………………… 181
第十章 …………………………………………… 216

第二部

第十一章 ………………………………………… 225
第十二章 ………………………………………… 240
第十三章 ………………………………………… 260
第十四章 ………………………………………… 280

第十五章……307
第十六章……318
第十七章……323
第十八章……328
第十九章……340
第二十章……358
第二十一章……363
第二十二章……387

第一部

第一章

当四月天灿烂美好的清晨气息使玛丽·霍利由睡梦中蘧然醒过来时,她一翻身向着丈夫,看见他正在用两只小手指掰开嘴巴朝她做鬼脸。

"真傻气,伊桑,"她说,"你倒真有点儿演小丑的天才啊。"

"哦,你说,我的小耗子姑娘,你愿意嫁我吗?"

"你是不是刚睡醒了就发傻呀?"

"一年之计在于春,一日之计在于晨嘛。"

"我看你真是在发傻。你还记得今天是耶稣受难日么?"

他随口应付地说,"是下贱的罗马人列队送耶稣上髑髅地的一天。"

"别亵渎神圣了。马鲁洛今儿会准你十一点就关店门么?"

"我亲爱的小野花,马鲁洛是个天主教徒,又是个意大利佬。他也许压根儿就不会露面。我准备中午关门,一直到行刑完毕。"

"这是清教徒移民①的说话腔调,这样说可不大好。"

"瞎说,母瓢虫。这是我娘家的传统,也是我身上的海盗血统

---

① 1620年,一批反对基督教旧教陈规陋习的英国清教徒乘"五月花号"帆船到美国马萨诸塞州普利茅斯港登陆,后代世居美国。

在起作用。而且你知道,那也的确是一次行刑嘛。"

"你们家并不是海盗,是捕鲸的,你自己说过。你还说大陆议会①还发给过他们什么证明书呢。"

"可那些挨过他们炮轰的船上的人却认为他们是海盗。正像那班罗马丘八们认为那是一次行刑一样。"

"瞧我惹得你发火了。我倒宁愿还是看你发傻的好。"

"我是个傻子,这谁都知道。"

"你老搅得我越说越说不清啦。你是完全有理由自豪的——清教徒移民和捕鲸船长汇集于一家。"

"他们有理由自豪么?"

"这话什么意思?"

"如果我那些老祖宗知道他们家出了个子孙,在他们曾经拥有一切的那个城镇里,正在一家该死的意大利佬开的杂货店里当个该死的杂货店员,他们会觉得自豪么?"

"你并不是店员,你倒更像是位既管账存钱,又做主订货的经理嘛。"

"不错。我还清扫垃圾,向马鲁洛点头哈腰,而且如果我是只该死的猫的话,我还得替马鲁洛抓耗子哩。"

她伸手抱住了他。"咱们还是说说傻话吧。"她说。"可千万别在耶稣受难日赌咒骂人。我真的很爱你。"

"是啊。"他停了一会儿说。"女人们都爱这么说。可别认为你只要嘴里这么说说,你就可以像个荡妇似的在一个结了婚的男人

---

① 美国独立战争之前及期间,北美十三个英属殖民地的代表会议和权力机构。

面前光着脊梁啦。"

"我想跟你说说孩子们的事呢。"

"他们被抓去坐牢了吗?"

"瞧你,又发起傻来了。或者还是让他们自己跟你说吧。"

"干吗你不说呢……"

"今天玛吉·扬-亨特又要来给我算命啦。"

"像背书似的说一套么?玛吉·扬-亨特是个什么人?她究竟是怎么回事,会引得咱们这儿的人全着了迷似的……"

"知道么,要是我这人好吃醋……我是说,听人家讲,要是一个男人假装不注意一位漂亮姑娘的话……"

"哦,那一位,还是姑娘?她都已经嫁过两个男人了。"

"第二个也已经死啦。"

"我想吃早饭了。你真相信那一套么?"

"可玛吉曾经用纸牌算中过我哥哥的命。她当时就说过,算出来的是你的某一位最亲近的亲人嘛。"

"我的某一位最亲近的亲人屁股上就要挨我一脚了,要是她还不去准备给我装饱肚皮的话……"

"我马上就去……是吃鸡蛋么?"

"大概吧。干吗大家管耶稣受难日叫美好的礼拜五[①]?这里面有什么称得起美好的?"

"哎呀,你呀!"她说。"你老爱开玩笑。"

---

① 耶稣受难日的英文原文为 Good Friday,在复活节前的星期五。

当伊桑·艾伦·霍利走进厨房，坐到窗旁的饭桌边时，咖啡已经煮好了，鸡蛋装在盘里，旁边摆着烤面包。

"我觉得心情挺好。"他说。"可大家干吗要叫今天这一天为美好礼拜五呢？"

"春天的缘故。"她在炉灶旁边说。

"春天的礼拜五么？"

"春天的狂热。孩子们起床了么？"

"没有的事。这些小懒鬼。我去拉他们起来，揍他们一顿吧。"

"你一发起傻来就信口胡说。十二点到三点之间你会回家来么？"

"不啦。"

"干吗不？"

"搞女人。偷偷找她们来幽会。也许就是那个玛吉。"

"唉，伊桑，别老这么说话。玛吉是个好朋友。连自己身上的最后一件衬衫脱下来送给别人她都肯。"

"当真么？可她哪儿来衬衫呢？"

"又用那班老移民的腔调说话啦。"

"我敢用任何东西跟你打赌，她跟我是一个祖宗传下来的。她身上有海盗血统。"

"哎呀，你还要说傻话！给你这张单子。"她把它塞在他的上衣胸袋里。"看起来东西一大堆，但是可别忘了，这是复活节前的周末，——还有，鸡蛋要买两打，也别忘了。你要去晚啦！"

"我知道，说不定会替马鲁洛放跑了一两笔几分钱的小生意。干吗要买两打？"

"染彩蛋。亚伦和玛丽·爱伦俩说过一定要。你快走吧。"

"好吧,我的除虫菊……不过我这会儿先上楼去,把亚伦和玛丽·爱伦这两个小家伙痛揍一顿,你看好么?"

"是你宠坏他们的,伊桑。你知道是你宠坏的。"

"唉,再见吧,你这条威风凛凛的大战船!"他说罢就砰的关上纱门走了出去,踏入清新的晨光中。

他回过头来看了看这座漂亮的老房子。这是他父亲和祖辈们传下来的,——白漆的鱼鳞板外壁,正门上方的扇形窗,亚当式①的檐饰,屋顶上面有眺望台。房子深隐在草木日渐葱茏的花园里一片近百年的紫丁香树丛中,它们枝叶繁盛,一丛丛差不多有人腰那么粗,枝头上结满了花蕾。榆树街上一棵棵榆树树梢相接,长出了一片黄茸茸的新叶。朝阳刚从银行大楼背后露出头来,照在银白色的煤气塔上发出闪闪的反光,并且使旧港里蒸腾出海水的阵阵咸味和水藻味。

清早的榆树街上只有一个过客——贝克先生的红毛塞特犬,也就是银行家那条名叫"红贝克"的猎狗。它大模大样地漫步街头,时不时地停下来用鼻子嗅嗅榆树根,查探一下残留在那上面的过往行人的气息。

"早上好,先生。我叫伊桑·艾伦·霍利,你撒尿的时候我碰见过你。"

红贝克停下步来答理他的问候,慢腾腾地摇了摇它那毛茸茸的尾巴。

---

① 因 18 世纪英国亚当兄弟而得名的古雅建筑风格。

伊桑对它说："我刚才正在打量我的房子。早先的人可真懂得怎么造房子呀。"

红毛狗翘起脑袋，弯起一只后腿来踢踢自己的肚子。

"可这也不奇怪。他们有的是钱。从全世界七大洋来的鲸油，还有鲸脑油。你知道什么叫鲸脑油么？"

红毛狗哼了一声。

"我猜你不知道。这是由抹香鲸颅腔里提出来的一种清油，有好闻的玫瑰香味。读读《白鲸》[①]那本书吧，狗儿。我劝你读一读。"

猎狗翘起一只腿踩在阴沟旁的铸铁系马桩上。

转身走开时，伊桑又回过头来说："再写份书评来。你可以教导教导我那个儿子。他连鲸脑油这个词都写不上来，至于别的词也一样。"

从榆树街一转弯，在离开伊桑·艾伦·霍利家那座老屋两个街口的地方，可以拐入本镇的正街。在还不到第一个街口的地方，一大群无所事事的麻雀正在埃尔加家门前刚刚转绿的草地上打架，并不是闹着玩儿，而是跌跌撞撞，相互啄着，竭力要啄出对方的眼珠子来，而且那么凶狠，那么喧嚣，以致连伊桑走近来它们都没有发觉。他停下步来观看这一场恶战。

"说什么窝里的鸟儿都会和睦相处，"他说，"我们人为什么做不到？瞧，这才是胡说八道哩。你们这班小东西，这样好一个大清早都不能在一块儿过，可那位圣方济各修士还特别喜爱你们这

[①] 美国作家麦尔维尔（1819—1891）的著名小说。

些小杂种哩,快滚吧!"他向它们猛冲过去,乱踢乱踩。麻雀们扑打着翅膀轰然飞起,不满地叽喳乱叫,活像开门时难听的轧轧声那样。"告诉你们吧,"伊桑冲着它们的后影说,"到了正午,日头将要变黑,遍地都会黑暗,那时你们将要恐惧战栗。"他重新回到人行道上,继续往前走。

过了第二个街口,原先属于菲利普斯家的那幢老房子如今变成一座公寓了。第一国民银行的出纳员乔伊·莫菲正从大门里走出来。他剔剔牙齿,扯了扯身上那件赛马骑师式的背心,招呼伊桑说:"嗨,霍利先生,我正想去找你呢!"

"大家干吗要把今天这一天称作美好礼拜五呀?"

"这是从拉丁文来的,"乔伊答道,"Goodus, goodilius, goodum,就是成群起哄。"

乔伊长着一张马脸,笑起来掀开人中很长的上嘴唇,露出一副大板牙,也活像一匹马。约瑟夫·帕特里克·莫菲,乔伊·莫菲,小乔伊——老莫,尽管来新港镇还不过几年,却确实成了个人人欢迎的角色。他自己能像个扑克老手似的不动声色出言成趣,但对别人的打趣,不管过去是否早已听见过,他也总是呵呵直乐。这位老莫真是个机灵鬼,不管对什么事、什么人——黑手党也好,蒙巴顿[①]也好,他都深知内情,不过他讲起来时总是采用提问口气,几乎像是在请教别人似的。这就避免了给人以万事通的印象,也使对方觉得是参与了讲述,因此

[①] 蒙巴顿(1900—1979),英国海军元帅,第二次世界大战时任东南亚战区最高统帅。

事后可以拿来当作自己的故事转述给别人听。乔伊是个挺有意思的家伙，像个爱冒险的赌徒，可别人却从来没见他真的下过注，而且实际上还是个挺不错的管账员，出色的银行出纳。第一国民银行的经理贝克先生对乔伊真是绝对信任，几乎什么工作都交给这位出纳去经办。老莫跟任何人都十分熟悉，但却从来不直呼其名。称伊桑为霍利先生。玛吉·扬-亨特在乔伊口里总是扬-亨特太太，尽管别人私下传闻他和她有姘居关系。他光身一人，无亲无友，独自住在菲利普家的老屋里，占着两个房间带一个浴室，吃饭平常大都上"前桅餐室兼酒吧"去吃。他在银行的工作经历贝克先生知道，董事会也知道，完全清白无瑕，可是小乔伊有个习惯，老爱用一种特别的口气谈起别人的遭遇来，让你疑心这就是他自己的遭遇，如果确实那样，那他倒真可算是饱经沧桑的了。从不爱出风头这一点上，也使别人对他更有好感。他经常保持指甲干干净净，衣着讲究时髦，老是衬衫洁白，皮鞋锃亮。

两人漫步顺着榆树街向正街走去。

"我正想问你，你跟霍利舰长是亲戚么？"

"你是说霍利舰长？"伊桑问。"我们家出过不少船长，却从来没听说过什么舰长。"

"我曾听说你爷爷是位捕鲸船长，我想大概我是把它跟舰长混在一起了。"

"我们这样一个小城镇也有它的传奇故事。"伊桑说。"听他们说好像我爹上代真有人干过海盗的勾当，我母亲家的上代是乘'五月花号'帆船来的。"

"哦——伊桑·艾伦①，"乔伊说，"我的天……说不定你跟他也是亲戚吧？"

"很可能。准定是。"伊桑说。"天多好啊——你碰见过更好的天气么？你找我有什么事？"

"哦，对。我想你十二点到三点之间铺子大概休息吧。请你在十一点半左右给我准备两份三明治好吗？我去取。还要一瓶牛奶。"

"银行不休息？"

"银行休息，我不休息。小乔伊要坚守岗位，牢牢拴在账簿上。碰到这样长的一个周末假日，所有的人连他养的狗都会忙着来取款的。"

"这我倒从来没想到。"伊桑说。

"哦，一点不假。复活节，烈士纪念日，独立纪念日，劳工休息日……每一个较长的周末假日前都这样。如果我要抢劫银行的话，就一定要正好赶在一个长的周末假日之前。全部现款都会摊在那儿等着你哩！"

"你曾碰到过抢劫么，乔伊？"

"没有。但我有个朋友曾碰到过两次。"

"他事后怎么说？"

"说他当时被吓坏了。只好叫他怎么办就怎么办。在地板上躺下来，让他们去拿。他说那些钞票本身倒保过险，他自己却没保过险。"

---

① 伊桑·艾伦（1738—1789），军人，美国独立战争中的英雄人物。

"我铺子关门休息以后给你送来吧。我敲敲后门。你要什么样的三明治？"

"别费心了，霍利先生。我自己穿过胡同来一趟……要用黑麦面包夹的一份火腿三明治和一份奶酪三明治，加生菜和蛋黄酱，最好再来一瓶牛奶，一瓶饭后喝的可口可乐。"

"来点很好的意大利蒜肠怎么样？这是马鲁洛的家乡风味。"

"不了，谢谢你。这位单枪匹马的黑手党干得顺手吗？"

"我想挺顺手。"

"是啊，即使你不喜欢意大利佬，你也得羡慕一个能靠一辆小车发家置起大笔产业来的人。他是个相当精明的家伙。别人还不知道他到底偷偷捞了多少钱哩。或许我不该说这个。银行里的人是不作兴随便说的。"

"你也并没有说嘛。"

他们走到了从榆树街转向正街去的拐角上。两人不约而同地停下步来，转身望望那一大堆乱七八糟的红砖和灰泥——这原是海港大旅馆的老房子，如今正在拆掉，以便兴建新开的联号商店。一架黄色的压路机和一座挂着砸墙锤的大吊车在晨光中静静地停在那儿，就像两只伺机捕食的猛兽。

"我老想干这个。"乔伊说。"把那个钢铁的大锤一挥，眼看一座墙倒塌下去，这该有多痛快呵！"

"我在法国可看够了墙倒屋塌。"

"是呀！那儿海滩边的纪念碑上还有你的名字哩。"

"后来他们把那些抢劫过你朋友的强盗抓住了么？"伊桑心里确信所谓朋友一定就是乔伊自己，谁都会这么想。

"哦，那还用说。像逮耗子似的把他们逮住了。幸好强盗们都不大机灵。要是小乔伊写一本讲如何抢劫银行的书的话，警察们就会什么人都逮不到了。"

伊桑哈哈大笑。"你怎么会知道这些事的呢？"

"我有的是资料来源，霍利先生。我只要读读报纸就行了。此外我还跟一个当过警察的人很熟。你愿意听一篇值两块钱门票的讲课么？"

"减到只值六个小子儿的吧。我正忙着去开店门哩。"

"女士们，先生们，"乔伊说，"今天上午我讲一讲……不，你知道银行抢劫犯是怎么会被抓住的么？首先，档案记录——过去被捕过。其次，分赃不匀，有人漏了风。再其次，为女人。这些事总离不开女人，这就引出了第四点——他们总得花那笔钱的。注意新出现的阔佬，那就准能抓住他们。"

"那么依你该怎么抢法呢，教授先生？"

"简单极了。一切都要跟刚才说的相反。不管你过去曾经为什么事被抓进去，被记录在案过，都千万别再去抢银行。别跟人合伙，单枪匹马干，什么人都别告诉。别搞女人。也别花那些钱。把它搁起来，说不定要搁许多年。一旦等你有了借口，可以摆出有了几文钱的架势，再每次少拿一点出来，拿去投资，千万别胡花。"

"别人认出了这个抢劫犯又怎么办？"

"如果他把脸蒙住，一句话不说，谁能认出他来呢？你读过那些见证人的证词么？那都是些饭桶。我那位当警察的朋友常说，有时叫他和嫌疑犯一起列队让证人指认时，他曾一再地被那些证人指认为罪犯。他们罚神赌咒硬说什么都是他干的。这该值你六个小子儿了吧,请掏钱吧。"

伊桑伸手摸摸口袋。"我只好欠你了。"

"那我就在付三明治的钱里扣。"乔伊说。

两人穿过正街,走进马路对面的一条横巷里。乔伊走进巷子这边第一国民银行的后门,伊桑打开了巷子另一边"马鲁洛食品水果杂货店"的边门。"夹火腿和奶酪么?"他高声问。

"要黑麦面包……加生菜和蛋黄酱。"

通过带铁栅栏的灰蒙蒙的窗子,从窄窄的小巷里射进堆货房来的一点点光线显得分外暗淡。高高的货架几乎接着天花板,上面堆满装着罐头水果、蔬菜、鱼、肉类制品和奶酪的纸板箱和木箱,伊桑在那光线昏暗的地方站了一会儿,这里混合着面粉、干豆子和粮食的气味、盒装麦片和米花的油墨味、奶酪和红肠的浓重腥味、火腿咸肉的熏腊味,以及后门边那几只白铁垃圾桶里发出来的白菜帮子、莴苣叶和甜菜头的腐烂气味,他用鼻子嗅嗅有没有耗子的味道。当没发觉有耗子臭味时,他才重新又打开边门,把有盖的垃圾桶推到巷子里。一只灰猫连忙想要窜进来,但他把它赶走。

"不行,不准进来。"他对那只猫说。"捉耗子是猫的天性,可你只想偷啃腊肠。去!① 听见没有,去!"赖着不肯走开的猫还在舔它那只蜷曲起来的粉红色爪子,不过当它听见第二声"去"时,就连忙跑开,跳进了银行后门外的木栅栏。"这准是个有魔力的字

---

① 原文为 Aroint,是莎士比亚作品中偶尔出现过的罕用词。

眼呀！"伊桑大声地说。他回进堆货房，关好了门。

接着他穿过满是尘灰的堆房，朝通向店堂的弹簧门走去，但突然听到小小的厕所间里水箱的漏水声。他打开胶合板的厕所门，开开灯，拉了拉水箱。然后推开那扇在玻璃窥视孔上蒙有铁丝网的大弹簧门，用力开大，用脚踢着木楔子塞进去顶牢。

因为临街的大橱窗上拉上了帘子，店堂里的光线显得绿莹莹的。这儿也是货架高得齐天花板，整整齐齐地摆列着闪光发亮的罐头和瓶装食品，简直是个供口腹享受的图书馆。店堂的一边是柜台、现金出纳机、纸袋和绳子，还有那台用不锈钢和白搪瓷做的全店的骄傲——冷藏柜，现在它里面的空气压缩器正在轻声地咝咝作响。伊桑按了一下一个开关，让那些冷冻肉、奶酪、红肠、肋肉、牛排和鱼等等都沐浴在氖灯发出的蓝莹莹、冷森森的光线中。整个店堂里立刻充满了教堂里那种四壁生辉的灯光，那种大教堂里的柔和漫射的灯光，就像在法国卡尔特的大教堂里一样。伊桑静立不动地欣赏着这些——那罐头西红柿的管风琴，那芥末和橄榄油的小圣堂，那成百个装殓着沙丁鱼的腰圆形铁棺材。

"Unimum et unimorum。"他瓮声瓮气地用念诵祷告经文似的腔调念着。"Uni unimouse quod unibug in omnem unim, domine—ahhhhhmen。"① 他曼声地念诵，一边又仿佛听到妻子在责备他的声音："这多傻，而且又说不定会伤别人的感情。老得罪人，还怎么跟人相处得好。"

一家杂货店——马鲁洛的杂货店——的伙计，一个有老婆和

---

① 拉丁文："孤身一人。孤孤单单地祝福一间孤独的房子——阿门。"

两个宝贝孩子的男人,哪还有,又哪里能有自己一个人独处的时间?白天是顾客,晚上是老婆孩子,夜里是老婆,接着又是白天对付顾客,晚上对付老婆孩子。"进浴室——除非就是那一会儿,"伊桑出声地说,还有就是现在,还没有开张打开闸门这一会儿。唉,这昏暗窒息、五香八味、愚蠢无聊的日子,——这懒散无聊的日子!"你看,我还能伤了什么人的感情呀,我的小甜甜?"他心里对老婆说。"压根儿就没有什么人也没有什么人的感情可伤。这儿就只有我和我这 unimum unimorum,一直到……一直到我一打开那扇该死的店门为止。"

他从现金出纳机旁柜台后面的抽屉里取出一块干净围裙,摊开它,把带子理理直,围在自己细细的腰身上,将带子绕到前面,又绕回到后面。他向后伸手在背部打了一个活结。

围裙挺长,一直拖到小腿中间。他伸出右手,手掌向上,掌心微弯着,开言道:"哦,听着,你们这些梨子罐头、泡黄瓜和酸辣菜们:'天一亮,民间的众长老连祭司长带文书都要聚会,把耶稣带到他们的公会里……'① 天一亮。那些杂种上班都挺早,不是么?他们倒是从来不肯浪费光阴的。现在让我看看吧。'那时约有正午,'——大概就是指十二点吧——'遍地都黑暗了,直到下午三点,日头变黑了。'可我怎么会记得这些的?我的老天,他的死拖得真长啊,——长得可怕!"他垂下手来,困惑地望望四周密层层的货架,就像在期待它们来回答他似的。"你别再跟我唠叨了,玛丽,我的胖囡囡。你可是那些耶路撒冷的女子中的一个么?'不

---

① 这里描述的是《新约·马太福音》中耶稣受死的情景。

要为我哭,'主说,'当为自己和自己的儿女哭……这些事既行在有汁水的树上,那枯干的树将来怎么样呢?'你还在打搅我。德波拉姑母可没想到她对我起的作用这么大。现在还不到正午,还没到呢!"

他一面拉起大橱窗上的帘子,一面说:"请进吧,白天!"然后又打开店门的锁。"进来吧,世界。"他敞开两扇装有铁栅栏的店门,把它们钩住。清晨的阳光柔和地照在人行道上,跟往常一样——因为每逢四月天,太阳总是正好在正街通向海湾处升起。伊桑回进厕所间去拿了把扫帚来扫人行道。

一天,漫长的一天,并不是单一的,而是包含着许多内容。它在不断变化,这不仅表现在天光由暗到明,又由明到暗,也表现在气氛和心绪、情调和含义的不断变化上,而它们又都是为季节,为冷或暖、宁静或多风等等千百种因素所影响,被香和味,冰雪或青草,蓓蕾或树叶或颓败枯枝交织成的图景所左右的。而且随着白天的变化,它的臣民——虫子,鸟儿,猫,狗,蝴蝶和人也都在起着变化。

伊桑·艾伦·霍利那宁静、蒙眬、内省的一天已经完结了。正在认真地一扫帚一扫帚地扫着清晨的人行道的人,已不是那个会去对食品罐头讲道的人,不是那个 unimum unimorum 的人,甚至也不是那个傻里傻气的人了。他正用扫帚把那些香烟蒂头、口香糖纸、正从授粉的树上落下的花骨朵空鞘,以及单纯的尘土之类扫拢在一起,然后将这些随风四散的垃圾扫到阴沟旁边,等开着白色汽车的清洁工来装走它们。

贝克先生从他梅普尔街的家里出来,带着不慌不忙的庄重神态正在向第一国民银行那座砖造的殿堂走来。尽管他走路一脚高一脚低,但谁能懂得,他这完全是出于谨守古训,步步小心,以免毁伤了父母所遗的骨血呢?

"你早,贝克先生!"伊桑招呼说,一面停下扫帚以免扬起尘土来弄脏了这位银行家干净的哔叽裤子。

"早,伊桑。今早天气真好。"

"确实好。"伊桑说。"春天来了,贝克先生。土拨鼠又该扬扬得意了。"

"一点不错,一点不错。"贝克先生停顿了一下,又说:"我老想找你谈谈,伊桑。你妻子从她兄弟的遗嘱里得到的……大约有五六千块钱,对么?"

"除了付税,一共六千五百块。"伊桑说。

"对,这钱现在全搁在银行里。应该拿去投资。想跟你谈谈这件事。你这笔钱该拿去生发才好。"

"六千五百块钱生发不出什么来,先生。它只能放在那儿以备急用。"

"我可不赞成把钱搁死在那儿哩,伊桑。"

"嗯,俗话说坐着等死,也算是活了一世嘛。"

银行家的声音变得冷冰冰的。"我不明白你的意思。"可是口气间却显出他明白,而且还认为这样说很无聊。这种口气激恼了伊桑,而恼怒又引出了谎话。

伊桑的扫帚在人行道上轻轻地划了一下。"是这么回事,先生,这笔钱等于是玛丽的一笔临时的保险金,如果一旦我发生了什么意外的话。"

"这么说,你就该用其中的一部分为你自己办个人寿保险才是。"

"不过这只是临时的,先生。这笔钱是玛丽哥哥的财产。他母亲至今还活着。她很可能还要活许多年。"

"我懂了。老年人常常会沉重地压在别人的身上。"

"可他们也常会牢牢地坐在自己的钱上。"撒了这样一个谎以后,伊桑向贝克先生瞟了一眼,看见这位银行家的脖子微微有点涨红了。"你知道,先生,要是我把玛丽的钱拿去投资,我很可能会蚀掉了它,就像过去我蚀掉我的钱,我父亲蚀掉了他那一大笔钱那样。"

"这已经事过境迁了,伊桑……事过境迁了。我明白你有一朝被蛇咬的心情,但情况是变化的,新的机会出现了。"

"我已经有过所谓的机会了,贝克先生,相反倒是缺少了一点理智。你该记得刚打完仗的时候,我就开了这爿店。当时还不得不卖掉了整整占半条街的好端端的房产来置办生财货物——这已是我们家经营的最后一点事业了。"

"这我知道,伊桑,你是在我们银行里开户的,我了解你的经营情况,就像给你瞧病的医生了解你的脉搏一样。"

"你当然清楚啦。还不到两年的时间,我就该死地弄到几乎破了产,只好除了住屋以外,把所有的东西都卖掉了来还债。"

"这不能全怪你。刚从军队里回来,缺乏经营事业的经验。而且不要忘记,你当时不偏不巧正好碰上了经济危机,只不过我们喜欢把它称作衰退。连有些饱经风霜的商人都垮了台。"

"我是一垮到底啦。有史以来第一次,一个霍利家的人竟当了一个意大利佬开的杂货店里的小伙计。"

"这正是我弄不懂的地方，伊桑。任何人都有可能垮掉，我不明白的是，以你这样一个有家世、有背景又受过很好教育的人，为什么一垮下去就再也起不来。这种境况决不是永世不变的，除非你自己已经消尽了意气。究竟是什么把你彻底打倒了，伊桑？是什么使得你这样长期一蹶不振？"

伊桑差一点要冲口而出地生气反驳：你怎么会明白，你又从来没有碰到过这种事——可是接着他只是略略清扫了一下周围的糖纸和烟头，扫成一堆向阴沟边推去。"人是不会被彻底打倒的，我的意思是说他们总还是有勇气对强大的对手反戈一击。使他们彻底完蛋的是慢性的销蚀，他们常常是不知不觉被推向绝路的。他们是被慢慢地吓坏了。我就是被吓坏了。长岛电灯公司会来断电。我老婆要衣着。孩子们要鞋穿，要娱乐，再说要是一旦供不起他们受教育又怎么办？何况还有每个月的账单、医药费、牙疼脑热的花费，更不用说一旦我有个病痛，扫不动这该死的人行道又怎么办？你当然不会明白。这是日积月累的。它会消尽了你的意气。我除了下月该付的电冰箱赊销欠款，再顾不到其他的事。我一面恨透自己目前的职业，一面又生怕失掉了它。这一切，你怎么会明白？"

"玛丽的母亲现在怎样？"

"我刚才告诉你了，她正牢牢地坐在钱上。而且看来会一直坐到她死。"

"这我原来不知道。我还以为玛丽是出身于贫寒之家呢。不过有一点我知道，一个人害了病，就得吃药或者开刀，甚至接受电震荡。咱们的老辈人全是敢作敢为的人，这你知道。他们不会窝窝囊囊地等死。现在时势正好有变化，出现了我们的上代连做梦都想象不到的好机会。可它们却正在轻易地被外国人占了去。外国人正在挤占我们的地盘。振奋起来吧，伊桑。"

"那么电冰箱又怎么办呢？"

"如果必要，就去它的。"

"还有玛丽和孩子们呢？"

"暂时别管他们。一旦你能出头，他们只会更加爱你。你现在一味为他们操心，对他们并没有什么好处。"

"那么玛丽的钱呢？"

"如果不得已，就蚀掉它，但总得冒它一次险。只要小心谨慎，又有好的忠告，也不一定就准会蚀本。冒险并不就等于蚀本。我要让你振作起来，伊桑。你正在损害霍利老船长的名声，而你有不少地方是托他的名声之福的。不是么，他和我爹曾经合伙拥有那条'美人阿黛尔号'，那是所有捕鲸船里最新最好的一艘。打起你那精神来吧，伊桑。你还欠着'美人阿黛尔号'的情，不曾尽你的全力来偿还它哩。让赊销公司见它的鬼去吧！"

伊桑用扫帚头耐心地对付着一张死粘在阴沟边上不让扫走的玻璃纸。他轻声地说："那艘'美人阿黛尔号'后来是着火一直烧到了吃水线呢，先生。"

"我知道，但是这压垮了我们么？并没有。"

"它是保了险的。"

"当然是保了。"

"可我没有保险。结果我除了一所房子，什么也没有剩下。"

"你一定得忘了它。你老是在追悔往事。你要竭力鼓起点勇气、鼓起点胆量来。所以我才说你应该把玛丽那笔钱拿去投资。我是竭力想要帮助你,伊桑。"

"谢谢你,先生。"

"咱们要想法让你解下身上这条围裙。你一定得为老霍利船长做到这一点。你弄到现在这样他简直不会相信。"

"我想他的确不会。"

"这才像句话。咱们一定要想法扔掉这条围裙。"

"要是没有玛丽和两个孩子的话……"

"别管他们,告诉你——这是为他们自己好。我们新港镇就要发生一些有意思的事情,你可以参与其事。"

"谢谢你,先生。"

"这事我再好好考虑考虑。"

"莫菲先生说你们银行中午休息的时候他还要干工作。我正替他准备几份三明治。要我替你准备一点么?"

"不必了,谢谢。我许多工作都让乔伊干。他是个很得力的人。我要去了解一下一块地产的情况。是上县政办事处去了解。那儿从十二点到三点这段时间真清静极了。说不定也会牵涉到对你有好处的事呢。不久再谈吧,再见。"他跨了一大步,避开一处路面裂缝,穿过巷口向第一国民银行的前门走去。伊桑望着他的背影微笑了一下。

他迅速结束了打扫,因为人们已经在三三两两或者成群结队地上工去了。他把新鲜水果货架摆在店堂门口。接着,看清了门前没有人走过,就挪开三听叠起来的狗食罐头,把手伸到后面去,拿出那个难看的小现金口袋，把罐头放回原处，然后把现金出纳机摇到"未出售"的标志上，把一些二十元、十元、五元和一元的钞票分别压进各个小制动轮下，再在钱屉前部的木盘里分门别类放好那些五毛、两毛五、一角、五分和一分的硬币，然后砰地关上钱屉。只有很少几个顾客上门，有被打发来买个面包、买一纸杯牛奶或者一磅临时等用的咖啡的孩子，还有睡得乱发蓬松的小姑娘。

玛吉·扬-亨特穿着一件曲线毕露的肉色紧身衫走了进来。她的苏格兰粗呢裙子在她那高耸的屁股部位紧紧贴着，漂亮地紧包在大腿上。不过伊桑是在她那对近视的黄眼睛里，看到了他的老婆所不可能看到的东西——因为有妻子们在场的时候那种东西是不会出现的。这是一只猎禽的猛兽，一位厉害的女猎手，男人的克星。老霍利船长曾把这种眼睛称作"搜猎眼"。她说话的声音也这样，是一种柔声低语，在跟做妻子的人闲谈时，又会变成一种细声细气、悦耳动听的知心话。

"你早，伊桑。"玛吉说。"今儿真是个举行野餐的好天气啊！"

"你早。敢跟我打赌么，准是咖啡用光了吧？"

"要是你猜我是为了缺少矿泉水而来的，那我就真要躲开你了。"

"昨晚大喝了一顿么？"

"也不过就喝了那么一点吧。听一个旅行兜销员吹牛。跟离了婚的女人是什么都可以说的。整整一皮包免费赠送的商品呢。你们大概是管这种人叫推销商的吧。没准你还认识他。不知是姓比格呢还是伯格，正在替B.B.D.联合公司接洽推销。我提到这事，是因为他说起过他要来找你。"

"可我们多半是从威兰的公司进货的。"

"是么,说不定伯格先生这会儿已经在那儿进行推销工作了,要是他今早上感到比我还清醒些的话。喂,给我一杯水好么?我现在要吞两片会冒泡的玩意儿。"

伊桑走进货房,从水管里接了一纸杯清水出来。她把三粒扁扁的药片丢了进去,在水里咝咝冒泡,接着说了句:"祝你健康!"一仰脖子喝了下去,"快见效吧,鬼药片!"

"我听说你今儿要去给玛丽算命。"

"唉,上帝,我差点给忘了!我真该去干这一行。我也能自己挣一份家业的。"

"玛丽挺喜欢这个。你精通这一套么?"

"根本用不着精通,你只要先让人家——主要是女人——谈出她们的心事,然后又反过来把这些事告诉她们自己,她们就会相信你真有千里眼。"

"能未卜先知?"

"正是这么回事。唉,我要是早能看透男人,我也不会受那些罪了。唉,老弟,我确实失眼看错过一两个人呢!"

"你的第一个丈夫已经死了么?"

"不,是第二个,祝他死后平安,这个臭……算了,甭提他啦,祝他死后平安吧!"

上年纪的艾泽辛斯基太太走了进来,伊桑热心地转身去招呼她,故意磨磨蹭蹭地交给她要买的四分之一磅黄油,甚至还跟她说了几句天气好之类的客气话,但是玛吉·扬-亨特懒洋洋地微笑着,却一直在细心打量着放在现金出纳机旁边柜台后面的那些有金色封印的鹅肝酱泥罐头，和小得像珠宝盒的美味鱼子罐头。

"唔……"当老太太一边用波兰话自言自语着蹒蹒跚跚走出门去以后，玛吉又开口说。

"唔——什么？"

"我刚才正在想……要是我了解男人也能像我了解女人那么透的话，我准挂牌开业。你来教教我怎么了解男人好么，伊桑？"

"你已经够了解的啦，说不定还了解得太多了。"

"唉，来吧！你身上真有根傻骨头是不是？"

"现在就开始么？"

"等哪一天晚上吧。"

"那好，"他说，"索性开个班。让玛丽和你，还有两个小孩都来。讲题是：男人——他们软弱和愚蠢的地方，以及如何加以利用。"

玛吉毫不理会他的讽刺口气。"你难道从来不有事加班，干到很晚么——比如每月月初的上月结算这一类玩意儿？"

"有。我总是带回家里去干。"

"为什么呢？"

"你真爱刨根问底呀。"

"你明白要是你愿意的话，可以教我些什么吗？"

伊桑说："'戏弄完了，就给他脱了袍子，仍穿上他自己的衣服，带他出去，要钉十字架。他们出来的时候，遇见一个古利奈人，名叫西门，就勉强他同去，好背着耶稣的十字架。到了一个地方，名叫各各地，意思就是髑髅地[①]……'"

---

① 见《圣经·新约·马太福音》第27章。

"哎哟，老天爷！"

"对的，对的——我记得一点不错……"

"你明白你是个多可恶的小混蛋么？"

"是呀，你这耶路撒冷的女人！"

她突然微笑了。"你知道我要干什么吗？今儿早上我要给你这人算这么个该死的命：你真会成为一个大人物呢，你知道么？不管什么经你的手一摸就会成了金子的——大众的表率嘛。"她快步走向门口，接着又回过头来露齿一笑。"我看你到底做不做得到这一点。再见吧，救世主！"随着传来一阵生气地鞋跟猛踏在人行道上的笃笃声，听起来是那么古怪。

到了十点钟，情况大变。银行的两扇大玻璃门豁然大开，人像潮水似的涌进去取款，然后带着钱来到马鲁洛的铺子，买走复活节必备的各色精美食品。伊桑忙得像个滑水运动员那样一刻不停，一直到了"正午"时分的钟声敲响。

镇公所圆钟楼里那口洪亮的火警钟敲过了正午钟。顾客们提着大包小包的糕饼之类纷纷走散了。伊桑把水果货架收了进来，关上前门，然后——也许除了想让昏暗降临世界和笼罩他全身之外并无其他理由——随手放下了那厚实的绿色帘子，店堂里立刻笼罩着一片昏暗，只有冷藏柜上的氖灯发出阴惨惨的蓝光。

他走到柜台后面，切了四大片黑麦面包，厚厚地抹上黄油。他拉开冷柜的门，取出两块瑞士软制干酪和三片火腿。"生菜和奶酪，"他喃喃地说，"生菜和奶酪。一个男人娶妻成家就准会进退维谷。"他用瓶里装的蛋黄酱抹在上面一片面包上，跟另外一片面包合在一起，再把边上挤出的生菜和火腿油弄弄干净。然后又取了一纸杯牛奶,一张包食品的蜡纸。他正在干净利索地叠拢纸包四角,前门上钥匙开锁声一响,马鲁洛走了进来。他像只熊似的全身横阔,胸脯肥厚,因而看起来两臂粗短,显得好像跟身子全不相称。他把帽子掀在后脑勺上,以致他那铁灰色的粗硬额发露在外面,活像个盖子。马鲁洛的一双眼睛湿漉漉的,既狡黠又睡意蒙眬,但他门牙上镶的金套,却在冷柜的灯光下闪闪发光。他裤子最上面的两个扣子松开着,露出里面深灰色的内裤。他把滚胖的手指插在他那条鼓鼓囊囊的裤子靠前面的裤腰里,在半明半暗的光线下眨巴着眼睛。

"早上好,马鲁洛先生。我想已经应该说下午好了吧。"

"嘿嘿,小伙子。你关店门倒是关得挺麻利啊!"

"全镇都关门啦。我以为你会去参加做弥撒呢。"

"今天不做弥撒。一年就这么一天没有弥撒。"

"是这样么?这我倒从来不知道。要我替你做点什么事么?"

他伸直两只又短又肥的胳膊,又把胳臂肘前后晃了几下。"我的胳膊酸疼,小伙子。关节炎……更厉害了。"

"你不能想法治治它么?"

"什么法都试了——热敷,鲨鱼油,各种药丸,可仍旧疼。这会儿店门关了,挺清静的。没准咱们得好好谈一次呢,怎么样,小伙子?"

"出什么事了么?"

"出事?出什么事?"

"那好,请你等一会儿,我先把这些三明治送到银行里去,是莫菲先生要的。"

"你真是个机灵的小伙子。办起送货上门来了。这挺好。"

伊桑穿过货房,走到巷子对面,敲敲银行的后门。他把牛奶和三明治递给开门的乔伊。

"谢谢,你不必劳驾。"

"这是送货上门。马鲁洛告诉我的。"

"请你冰两瓶可口可乐在那儿,行么?那些枯燥乏味的'零'弄得我嘴巴都干了。"

伊桑回进店里时,看见马鲁洛正在察看一只垃圾箱。

"你想在哪儿跟我谈,马鲁洛先生?"

"就从这儿说起吧,小伙子。"他从箱里拣出几片花菜叶子。"你削掉得太多了。"

"想把它们弄得干净点。"

"花菜是论斤卖的。你等于把钱扔进了垃圾箱。我认识一个开着二十家饭馆的希腊佬。他说注意垃圾箱是个很大的窍门。凡是你扔掉的,就没法再卖钱。他这家伙挺机灵。"

"好吧,马鲁洛先生。"伊桑心绪不宁地向前面店堂里走去,马鲁洛前后晃动着胳膊肘跟在他后面。

"你照我说的用水好好淋过蔬菜了吗?"

"没错。"

老板拣起一棵莴苣。"好像挺干嘛。"

"得了,见鬼,马鲁洛先生,我可不想用水把它们泡透——它们现在就已经浸饱了足有三成水啦!"

"这才会叫它们显得又好又鲜嫩。你以为我不懂行么?我是靠一部手推车起家的——就只一部。我懂行。你一定得学会那些窍门，小伙子，不然你准得弄砸。还有肉——你付的批进价太高了。"

"可是，咱们标着的是甲级牛肉。"

"甲级，乙级，丙级，——谁知道？这只是写在标签上的话，对么？好了，咱们现在来好好谈一谈。咱们买卖里吃进了不少呆账。不管谁，要是十五号还不付清——就销掉他的户头。"

"咱们可不能那样。这里面有些人在咱们铺子买东西都已经足有二十年了。"

"听着，小伙子。大联号商店都不会肯让约翰·洛克菲勒挂一分钱账的。"

"对，不过那些人大多数都还有支付能力。"

"什么叫'有支付能力'？这样会把钱搁死了。联号商店做大笔买卖，我们可做不到。你得好好学学，小伙子。不错，那都是些好人！可钱也是好东西嘛。你货箱里卖剩下来的零碎肉屑太多了。"

"那都是些切下不要的肥头和肉皮。"

"要是你先称定再切掉，那倒也行。你总得处处先顾到你自己，要是你不顾自己，谁会来替你叫屈？你得要好好学习才行哩，小伙子。"那排金牙现在已不再闪光，因为他的嘴唇抿得紧紧的，活像两扇闭紧了的闸门。

伊桑心里的火一下子冒了起来，连他自己也不知是怎么回事，弄得自己都吃了一惊。"我可不是个骗子，马鲁洛！"

"谁又是骗子？这是会做生意，只有会做生意，生意才做得下去。你以为贝克先生会在那儿免费赠送样品，分文不取么，小伙子?"

伊桑提高嗓门一下冲口而出:"你听我告诉你,"他大声嚷道,"霍利一家从十七世纪中叶就住在这儿了。你是个外来人,你当然不会明白这个。我们跟我们的街坊们相处已久,一直都是正正经经的。要是你以为你能从西西里老远地闯进来改变这些,那你就想错了。要是你想辞退我的话,你就尽管辞吧——现在马上辞都行,可是决不准你再管我叫小伙子,不然我就一拳揍扁你的鼻子……"

马鲁洛的整排金牙齿一下又都闪光发亮了。"得,得,别发狂了。我只是想为你好。"

"不准你管我叫小伙子。我们家在这儿都已经住了两百多年了。"这话在他自己耳朵里听起来也显得有点孩子气,因此他的怒气渐渐消了下去。

"我的英语讲不太好。你认为马鲁洛准是个意大利佬,南欧佬的姓。可是我的genitori①,我的这个姓,说不定已经有两三千年的历史呢。马鲁洛家来自古罗马,瓦莱里·马克西摩②说明过这一点。两百年算得了什么?"

"可你不是这儿人。"

"两百年前你们也不是。"

火气已经泄尽的伊桑,这时仿佛睁眼看到了某种东西,能使一个人对他周围现实的确定无移开始怀疑起来。他看到这个外国

---

① 意大利语:家世。
② 古代拉丁作家,编写过历史佚事集。

移民，意大利佬，这个水果贩子，仿佛就在自己眼皮底下一下子变成了另一种样子；他看到他那鼓起的大脑门，那强悍的鹰钩鼻子，那凶狠而无畏的深陷的眼睛，看到他那个脑袋是由一根根像铁柱似的强壮肌肉支撑挺立，看到他那种自豪感是那么坚定不移，因而毫不害怕故作谦恭。这真是个惊人的发现，它能使一个人怀疑起来：既然我过去没有看清这一点，那是否还有其他我不曾看清的东西呢？

"你总不该用你那种南欧佬的腔调说话呀！"他语气和缓地说。

"要会做生意。我是想教你好好做生意。我已经活了六十八岁。老婆死了。关节炎！身上痛。我是想教教你怎么做生意。或许你根本学不会。许多人都学不会。搞垮了。"

"你用不着因为知道我过去搞垮过，就故意提这个话！"

"不，你会错了意。我是想要教会你好好做生意，让你不会再第二次搞垮。"

"再垮不了啦。我压根儿就没自己搞的生意。"

"你还是个年轻小伙子哩。"

伊桑说："你听着，马鲁洛。我现在实际上在替你经营这家铺子。我管账，存取现款，订货。我招揽顾客。他们又常上这儿买东西来了。这难道不算会做生意么？"

"不错，你是学会了一些。你已经不是毛头小伙子了。你一听我叫你小伙子就气得发狂。可我该叫你什么呢？我对什么人都叫小伙子。"

"叫我正经名字。"

"听起来没交情。'小伙子'就显得有交情。"

"可是不尊重。"

"尊重就等于没交情。"

伊桑笑了起来。"如果你是个意大利杂货铺的伙计,你就会在乎别人的尊重了——为你的老婆,为你的孩子们着想。"

"这是绷面子。"

"当然是喽,要是我真有点值得人敬重的地方,我也就不会老去想着它了。我那老父亲在死前不久曾对我说过的一句话,我差点儿把它忘了。他说受辱与否与一个人的知识,身份直接有关。他说,'婊子养的'这几个字,只对那种不大敢深信自己的母亲十分靠得住的人才是个侮辱。你用这个,怎么能侮辱得了爱因斯坦呢?当时爱因斯坦还活在世上。所以说,你尽管继续叫我小伙子吧,如果你愿意这样。"

"你看,小伙子——这不是显得更有交情些么?"

"好,那就这样吧。还有什么你认为我生意上做得不到家的地方,想要指教我的么?"

"生意就是钱。钱是不讲交情的。小伙子,说不定你有点太讲交情,太厚道了。钱是不讲厚道的。钱不会带来朋友,却能带来更多的钱。"

"这是胡说,马鲁洛。我就知道有不少既厚道,又讲交情,又正派的生意人。"

"只在不做生意的时候是这样,小伙子。你就会明白的。等你明白的时候就晚了。你铺子管得不错,小伙子,但是如果这是你开的铺子,你没准会讲交情讲破了产。我这是像在学校里正正经经给你教课一样。再见,小伙子。"马鲁洛把胳膊弯了几下,快步从前门走了出去,随手砰地带上了门,伊桑重又觉得昏暗笼罩了世界。

前门上响起一阵刺耳的金属敲击声。伊桑拉开窗帘,喊道:"铺子休息到三点。"

"让我进来,我有事情要找你谈。"

那陌生人走了进来——是个瘦瘦的、从来没有年轻过但同时却又永远显得年轻的人,穿着十分讲究,头发梳得溜光,紧贴在头皮上,一双眼睛滴溜溜转,目光活泼愉快。

"对不起要来打搅你。我是临时上这儿来一趟。想单独跟你谈一谈。还当那老头永远不走了哩。"

"你说马鲁洛?"

"对。我刚才在街对面。"

伊桑瞧了瞧对方那双干净细洁的手。他看见在他左手中指上有只金戒指,镶着一块挺大的猫儿眼。

陌生人觉察到了他的目光。"这可不是抢来的。"他说。"昨晚我碰到了你的一位朋友。"

"是么?"

"扬-亨特太太。玛吉·扬-亨特。"

"唔?"

伊桑能觉察出那陌生人的脑子里正在拼命转着念头,想找到个话题,找到个因由来拉上关系。

"一个挺不错的女人。她说了你不少好话。所以我想……我姓比格。我替 B. B. D. 联合公司负责在这一带推销业务。"

"我们是从威兰公司进货的。"

"我知道。正是为这个才来。我想你们也许会乐意扩大一点业务。我们公司是新打进这一带的。开展得很快。需要建立一些特约经销户以便站住脚。会给予特殊优惠的。"

"这事你得去找马鲁洛先生谈。他一直是跟威兰公司来往的。"

对方并没放低声音，但口气却显得有些推心置腹的样子。"是你负责订货的吧？"

"嗯，是这么回事。你知道马鲁洛先生有关节炎，另外，他还要照看别的生意。"

"我们可以稍微削点价。"

"我想马鲁洛已经让人家削价削到无可再削的地步了。你最好去找他谈谈。"

"我恰好不想去找他谈。我要找负责订货的人，那就是你。"

"我只是个伙计。"

"可你经手订货，霍利先生。我可以给你削价百分之五。"

"要是货色质量一样，肯打这样大的折头马鲁洛或许会干的。"

"你还没弄明白我的话。马鲁洛跟我不相干。这百分之五是用现款——不开支票，不上账，也不会让那些查税的家伙找麻烦，完全是一笔既干净又实惠的好赚头，经我手交到你的手，再经你手放进你的口袋。"

"为什么不能让马鲁洛得到这项折扣呢？"

"因为同行价格协议的关系。"

"那好吧。假定我收下这笔百分之五让价，又转交给马鲁洛呢？"

"我想你还不像我那样了解他们。你把这笔钱转交给他，他准会疑心你还有多少没有转交给他。这也是很自然的事。"

伊桑沉下声音说："你想要叫我蒙哄雇用我的人么？"

"谁蒙哄了?他并没损失什么,而你却能得到点好处。谁都有权弄到点好处。玛吉说你是个机灵角色。"

"今儿天气真黑呀。"伊桑说。

"不,并不黑。是你把帘子放下了的缘故。"那个拼命转的脑子觉察到了一种危险——眼前正有一只耗子在捕鼠夹的气味和诱人的奶酪香味之间弄得彷徨不知所措。"这样吧,"比格说,"你好好考虑一下。看看能不能给我们一些生意。下次我到这一带来的时候再来看你。每隔两个星期我要来一趟。这是我的名片。"

伊桑的手没有伸出来。比格把那名片放在冷藏柜上。"这儿还有我们准备送给新交上的朋友们的一点小纪念品。"他从裤袋里掏出一只皮夹来,是个漂亮而讲究的海豹皮制品。他把它放在白搪瓷的柜面上,名片的旁边。"一个漂亮的小玩意儿。可以放放你的驾驶证、联谊会证。"

伊桑不做声。

"过两个星期我再来。"比格说。"你考虑一下。我准定还要再来。跟玛吉定了约会。这儿真有挺不错的女人哩。"还是得不到回答,他就说:"我走了。过几天再见。"接着又突然紧紧靠近伊桑,说:"别傻了。所有的人都这么干。所有的人!"说罢他就急急地走了出去,悄悄地随手带上了门。

在一片昏暗寂静中,伊桑听得见那冷藏柜氖灯上连着的变压器低沉的嗡嗡声。他慢吞吞地转过身去,对着他那些成排叠放在货架上的听众。

"我还当你们是我的好朋友哩!可你们都袖手旁观不来管我。你们这些不够朋友的蚝肉,不够朋友的泡黄瓜,不够朋友的糕饼配料！以后再不跟你们抱怨什么 unimus 了。真不知道圣方济各如果遭了狗咬，或者被一只鸟儿在头顶上拉了屎，他会怎么说。他会说'谢谢你，狗先生，grazie tanto①，鸟儿太太'么？"他回头倾听了一下边门上传来的一阵打门声——先是轻叩，后来是砰砰乱敲，就连忙穿过货房走过去，嘴里嘟囔着："简直比开着门那会儿顾客还要多哩！"

乔伊·莫菲用手捂着嗓子，跌跌撞撞地冲进来。"看上帝分上，"他哼着说，"救命吧！……或者至少快来瓶百事可乐，我简直要渴死了。怎么这儿那么黑？难道我的眼睛也出毛病了？"

"帘子拉下了。是故意想让口渴得要命的银行家别上这儿来。"

他带头走向冷藏柜，取出一瓶蒙着霜的百事可乐来，打开瓶盖，接着又伸手去再取一瓶。"我也想喝它一瓶。"

小乔伊背靠有光照亮的橱窗，一口气灌下了半瓶才放下瓶来。"嘿！"他说，"什么人把他的金银财宝给忘在这儿了。"他捡起那只皮夹来。

"这是一个 B. B. D. 联合公司的推销员赠送的一件小礼物。他正在拼命想跟我们做一笔交易。"

"看来还不是笔小交易哩。这真够讲究的，老弟，连你的姓名缩写也给印上了，烫金的。"

"真的吗？"

"你真还不知道么？"

"他刚刚才走。"

---

① 意大利语：十分感谢。

乔伊啪地打开那摺拢的皮面子,翻了一下里面那些簇新的塑料证件插袋。"你最好先去加入一些什么团体。"他又打开了背面。"瞧,这才叫真正的体贴入微哩!"他用大拇指和食指抽出了一张崭新的二十元钞票。"我早知道他们正在打进来,可没想到会用这样的重炮弹。这倒真是个值得记着的纪念品。"

"这是在那里面的吗?"

"你以为是我塞进去的么?"

"乔伊,我正想跟你谈一谈。那家伙答应对我做成他们的每笔生意,都付百分之五的回扣。"

"好啊,呱呱叫!你总算走运了。这可不是什么空口说白话。你应当请喝可口可乐。今儿是你的大喜日。"

"你是说我应该接受……"

"干吗不,只要他们不把这笔钱加在价钱上。谁会吃亏呀?"

"他叫我别告诉马鲁洛,不然马鲁洛会以为我还拿了更多的钱呢。"

"他准会的。你怎么啦,霍利?你是傻瓜么?我猜一定是光线的缘故,你脸色发青。我脸色也发青么?怎么,你想拒绝这件事?"

"我费了好大的劲才忍住没把那蠢驴一脚踢出去。"

"啊!这种怪事倒真只有……你跟恐龙才干得出。"

"他说所有的人都这么干。"

"可并不是所有的人都能得到这种机会。你真是个幸运儿哩!"

"这不正派。"

"怎么不正派?损害了谁?这犯法么?"

"你是说换了你就会接受么?"

"接受?——我简直会苦苦哀求。在我干的这一行里什么门路都叫他们给堵死了。你在一家银行里除了犯法简直甭想干任何事——除非你是经理。我真弄不懂你。你还翻来覆去犹豫些什么?要是你是在沾阿尔菲奥那小子的便宜,我就会说这的确有点不大规矩,可现在又不是。你给他们一点好处,他们给你一点好处——又干净又实惠的好处。别犯傻了。你需要顾到老婆孩子。养儿育女现在可愈来愈养不起了。"

"我想你现在该走了吧。"

乔伊·莫菲把还不曾喝完的瓶子重重地往柜台上一放。"霍利先生……不,伊桑·艾伦·霍利先生,"他用冷冰冰的口气说,"要是你觉得我这人不正派,或者会怂恿你去干不正派的事,那你就尽管去自己跟自己作对好了。"

乔伊大步向货房走去。

"我不是这个意思。我不是这个意思。凭上帝作证我并没有这个意思,乔伊。我只是今天接连碰到了几件意外事,而且……今儿又恰巧是个挺可怕的节日——挺可怕的。"

莫菲站住了。"你这话是什么意思?哦!对,我懂了。是的,我真的懂你的意思。你相信我懂么?"

"而且从我还是小孩子的时候起,每年都有这种感觉,只是愈来愈严重,因为……或许是因为我愈来愈懂得了它的含义,我仿佛听到了那句凄凉的话:'lama sabachthani!'①"

---

① 古犹太语,耶稣在十字架上临死前所说的话,意思是:"我的上帝,你为什么离弃我!"见《新约·马可福音》第15章。

"我真的懂你的意思,伊桑,真的。这会儿已经快结束了——快结束了,伊桑。你别介意我刚才发了脾气,好么?"

这时那口铁铸的火警钟正巧又敲响了——只敲一下。

"现在已经结束了,"小乔伊说,"全部结束了——要等到明年再来。"他不声不响地穿过货房走了出去,随手轻轻关上了后门。

伊桑重新拉起了帘子,开门营业,但是并没有多少生意可做,——只有很少几个来买瓶牛奶或者买块面包的孩子,卖给博彻尔小姐一小块羊排,一罐头豌豆,供她做一顿带热菜的晚餐吃。人们仿佛都不再上街来走动了。六点前的半个小时里伊桑都在收拾东西准备关门,一个上门来的都没有。等他锁上门,已经走了几步,才记起忘了带家里要用的菜了——只好重新走回去,把它们装满了两个大纸袋,再重新锁上了门。他原想信步上港边去一趟,望望那在码头桩子之间拍打的灰色海浪,闻闻海水的咸味,跟一只迎风仃立在泊船浮标上的海鸥谈谈心。他记起了早先一首女人写的诗,作者看到海鸥飞翔时的滑翔打旋惊喜若狂。诗一开头就说:"啊,快活的鸟儿——是什么使得你那么激动?"直到末尾,那位女诗人始终不曾明白,或许也根本不想明白究竟是什么使得它激动。

两大口袋节日用的菜打消了他散散步的兴致。伊桑疲倦地穿过正街,顺着榆树街朝霍利家的老屋慢慢地走去。

第二章

玛丽从厨房里迎出来,接过了他手里的一个纸袋。

"我正有许多大事要告诉你。简直等不及了。"

他吻了吻她,她觉得他唇上给人以一种异样的感觉。"你怎么啦?"她问他。

"有点累了。"

"你不是关店休息了三个小时吗?"

"有不少事要做。"

"我但愿你今儿别心情沉闷。"

"今儿正是沉闷的一天。"

"今儿可是美妙的一天。等会儿我告诉你。"

"孩子们哪儿去了!"

"在楼上守着无线电。他们也正有话要跟你说呢。"

"出麻烦事了?"

"你干吗说这话?"

"我也不知道。"

"你身体不大好。"

"见鬼,我挺好。"

"刚巧有这么多高兴的事……我的事等到吃过饭再告诉你吧。你会吃惊的。"

亚伦和玛丽·爱伦闹哄哄跑下楼梯，冲进厨房。"他回家啦！"他们俩嚷着。

"爸，你店里有'躲躲猫'么？"

"你是说那种牌子的玉米花么，当然有，亚伦。"

"我要你给带几盒来。是盒子上有个老鼠面具，可以用刀刻下来的那种。"

"你玩老鼠面具不觉得太大点儿了么？"

爱伦说："你把盒盖附一角钱寄去，就可以收到一个耍口技的玩意儿，外加用法说明书。我们刚从无线电里听到的。"

玛丽说："告诉你父亲你们想干什么吧。"

"嗯，我们要参加《我爱美国》的全国征文竞赛。一等奖是游览华盛顿，见总统——带父母一起去，还有许多别的奖。"

"很好。"伊桑说。"可是怎么个参加法呢？对你们有什么要求呢？"

"要登在赫斯特①的报纸上。"爱伦嚷道。"传遍全国。只要写一篇说你为什么爱美国的作文就行了。所有得奖的人都能上电视。"

"真带劲。"亚伦说。"上华盛顿，住大旅馆，看戏，见总统，简直忙不过来，这该多好啊。你瞧这不是挺带劲么？"

"那你们的功课呢？"

---

① 威·伦·赫斯特（1863—1951），美国报业巨头。

"是暑假的事。七月四号才宣布优胜者。"

"好吧，那就行了。可你们是真的爱美国呢还是爱的是奖品？"

"得了，孩子爸，"玛丽说，"别去破坏他们的兴致啦！"

"我只是想把玉米花跟老鼠面具分开。他们是把什么都搅混在一起了。"

"爸，你说我们可以上哪儿去查查？"

"查查？"

"是啊，比如别人都写过些什么……"

"你们的曾祖父留下有不少挺好的书。就在阁楼上。"

"都有些什么？"

"哦，像林肯的演讲词，丹尼尔·韦伯斯特[①]的书，亨利·克雷[②]的书。你可以看看梭罗[③]或者惠特曼或者爱默生——还有马克·吐温的书。它们都在楼上的阁楼里。"

"你读过它们么，爸？"

"他是我的祖父。他在世时就常常念给我听。"

"你来帮我们写好么？"

"那就不是你们自己的文章了。"

"那好吧。"亚伦说。"你记着带几盒'躲躲猫'回来好么？那里面还装着些好吃的东西哩。"

"我尽量记着吧。"

---

① 丹尼尔·韦伯斯特（1782—1852），美国著名政治家。
② 亨利·克雷（1777—1852），美国政治家，曾任国务卿。
③ 亨利·大卫·梭罗（1817—1862），美国作家，哲学家。

"我们可以去看电影么?"

玛丽说:"你们不是说好了要染彩蛋么。我已经在煮了。你们吃了饭可以拿到外面阳台上去弄。"

"我们可以到阁楼上去翻一翻那些书么?"

"只要你们弄完了记得关灯。有一回一直亮了一个星期。是你忘记关了,伊桑。"

两个孩子走了以后,玛丽说:"他们参加竞赛你高兴么?"

"当然,只要他们规规矩矩地干。"

"我实在等不及了……玛吉今天给我用纸牌算过命,一连算了三次,因为她说她从来还没碰到过这样的情形。算了三次!我亲眼看那些牌翻出来的。"

"哎哟,我的天!"

"你别听见这些事就露出满腹怀疑的样子。你老拿什么'未卜先知'之类的话来开玩笑。你简直都猜不出这回算出了什么哩。怎么样,你不想猜猜看么?"

他说:"玛丽,我要警告你当心点。"

"警告我?你还不知道是怎么回事呢。我的命运全得靠你。"

他小声地说了句不客气的挖苦话。

"你说什么?"

"我说:'异想天开!'"

"你这么想,可纸牌却并不那么想。算了三次,她重分了三次牌。"

"纸牌会想?"

"它们全知道。"玛丽说。"你看,她算的是我,可牌上讲的全是你。你会成为全城一位最重要的人物的——我敢这么说，最重要的。而且不会太久了，很快。她翻出每一张牌来都预告着钱，更多的钱。你要成为一个有钱人的。"

"亲爱的，"他说，"我求你千万要听听我的警告，求求你！"

"你要去做一笔投资。"

"拿什么去投？"

"嗯，我刚才正在想，用哥哥那笔钱。"

"不，"他喊了起来，"我决不想去动它。那笔钱是你的。永远是你的。这是你自己想的主意，还是……"

"她完全没提到这个。纸牌上也没提。你从七月份开始去投资，然后一直进行下去，会按部就班，顺理成章的。你看这听起来多好啊？她就是这么说的：'你的命运全靠伊桑。他会成为一个非常有钱的人，说不定是全城最大的人物。'"

"见她的鬼！她怎么能这么干！"

"伊桑！"

"你知道她在干些什么吗？你知道你在干些什么吗？"

"我只知道我是个好妻子，她是个好朋友。而且我也不想让孩子们听着咱们在吵架。玛吉·扬是我从来没过的最好的朋友。我知道你不喜欢她。我觉得你是在嫉妒我有这样一个朋友——我就是这么想的。我刚过了个很愉快的下午，你就来糟蹋它。这可太不该了。"玛丽脸上挺难看，充满了失望生气以及对这个破坏她白日好梦的人的恼恨之色。

"你就会不动声色地坐在那儿，鬼机灵先生，一味伤人家的心。你以为这都是玛吉搞的鬼。她并没有，因为我亲自洗了三次牌……可是就算她搞的鬼，除了出于亲切友好，给别人一点小小的安慰，又能是为了什么呢？你倒给我说说看，鬼机灵先生！你发现了什么下流的动机么！"

"我但愿我知道。"他说，"也许只不过是恶作剧。她既没男人又没事干。可能只是恶作剧。"

玛丽沉下声音瞧不起地说："你还说什么恶作剧——你这人就是恶作剧临到头上也会不知不觉的哩。你还不知道玛吉受的是什么罪。唉，城里有不少男人简直成天盯着她不放。有地位的、有家有室的男人，说悄悄话，死搅蛮缠——下流透了。有时候真弄得她不知往哪儿躲才好。正因为这样，所以她多需要我这样一个知心女朋友。哎哟哟，她告诉我那样一些怪事——那样一些男人，简直叫你都不敢相信。你瞧，有些人在大庭广众下还假装挺不喜欢她，事后又偷偷上她家里或者打电话给她，千方百计约她私会——这些假正经的男人呀，成天满口仁义道德，背后却干这样的事。可你还说什么恶作剧。"

"她说了那都是谁么？"

"没有，她没说，这又是一个证据：即使别人伤害了玛吉，她也不愿意去伤害别人。但她曾说过其中有一个人我准怎么也不会相信。她说我要是知道了，连头发都会变白的。"

伊桑深深地吸了一口气，屏住了一会儿，然后才费劲地吐出来，就仿佛是一声长叹似的。

"我真猜不透究竟是谁？"玛丽说。"她说的口气就好像这人是我们很熟悉的，说出来简直都不会相信。"

"不过在某种情况下她也会说的。"伊桑小声地说。

"除非是迫不得已。这是她自己说的。除非到了她不得不说的时候,比如你知道,要是事情牵涉到了她的……荣誉,她的名声的话……你想这究竟是谁?"

"我想我知道。"

"你知道?是谁?"

"我。"

她的嘴一下张得老大。"唉,你这傻子。"她说。"每回我一不留神,你就总叫我上当。好吧,这总比心情沉闷好。"

"真是乱弹琴。一个丈夫竟会坦白起他跟自己老婆的好朋友乱搞的事情来了。真要被人笑掉了牙。"

"你说得太不像话了。"

"男人也许应当矢口否认这类事情。这样至少能弄得他的老婆半信半疑。我的宝贝,我以一切神圣的名义向你赌咒,不管在言语和举动上我都从来没有去挑逗过玛吉·扬-亨特。现在,你还相信我有罪么?"

"你?"

"难道你觉得我压根儿还不够好,不能叫人中意,或者换句话说,压根儿还不够格么?"

"我喜欢说说笑笑,这你知道……可这种事是不该随随便便开玩笑的。但愿那两个孩子没有在楼上翻那些箱子。他们老是什么东西都不归原处。"

"我要再努力一次,我可爱的妻子。有这么一个姓名缩写是玛·扬-亨的女人,正为了只有她自己才知道的理由,给我设了许许多多圈套。我现在已经碰到严重的危险,说不定会上了她的某一个圈套。"

"干吗你总不肯想想你的前途命运呀？牌上预言七月，而且一连预言了三次——我亲眼看见的。你会赚钱，赚大钱的。想想这件事吧。"

"你真那么爱钱么，我的小白兔？"

"爱钱？你这话什么意思？"

"你是那么想要钱，以致不管靠妖法、魔术、符咒或者别的任何装神弄怪的事都行么？"

"你竟说起这种话来！这是你挑起来的。我不让你这么话中带刺地讥讽我。我爱钱么？不，我不爱钱。但是我也不喜欢老是烦恼发愁。我总希望能在这个镇上昂着头做人。我不想让我的孩子们不敢正眼看人，就因为他们身上穿得不如……不如某些人。我总盼着能昂起头来做人。"

"那么钱能支起你的头来么？"

"它能扫掉那班神气的高等贵人们脸上的嘲笑。"

"谁也不敢嘲笑霍利家的人。"

"你自己才这么想！你只是没有看见。"

"或许是因为我并没有疑神疑鬼。"

"你还想打出你那了不起的霍利家的招牌来吓唬我么？"

"不，我的宝贝。那已经算不了一回事了。"

"好吧，我很高兴你总算也发现了这一点。不管在这个镇上也好，别的镇上也好，一个姓霍利的杂货店员总还是个杂货店员。"

"你为我的不走运抱怨我么？"

"不，当然不会。不过我的确抱怨你老这样灰心丧气地待着。

你是能够摆脱这种境地的,要是你不老抱着你那套过了时的清高思想的话。人人都在笑你。一位高尚的人物如果没有钱一个屁也不值。"这句话她自己听了也觉得脑袋里嗡的一声,一下住了口,感到有点不好意思。

"我很难过。"伊桑说。"不过我的小兔子,你倒教我明白了一条道理——也许是三条道理。有三件事是人们永远也不肯相信的——真实的事,可能的事,合理的事。现在我知道该上哪儿去弄钱来发迹起家了。"

"上哪儿?"

"我要去抢银行。"

炉灶上计时器的小铃发出了一阵不疾不徐的铃铃声。

玛丽说:"去喊孩子们吧。蒸锅里的东西熟了。叫他们把灯关上。"她听着他上楼去的脚步声。

第三章

　　我的妻子，亲爱的玛丽，晚上总是很快就能入睡，像关上一扇壁橱的门那样容易。有多少次我带着羡慕的心情凝视着她。她那可爱的身体稍稍蠕动一下，仿佛更舒适一点地钻进一个壳里，轻轻叹一口气，气还没叹完，眼睛就已经合上，在她宁静的双唇上，逐渐显出了古代希腊神祇的那种隐约而睿智的微笑。她整夜都在睡梦中脸含着微笑，她的气息在喉间呼噜作响，但并不是打鼾，而是那种小猫喉间的呼噜声。有短短一会儿她的体温突然升高，以致我都能感到她就从床上贴着我身边传来的体温的热度，但不久就又平复下去，这时她已经远离尘嚣，我说不上是上哪里去了。她说她从不做梦。自然她一定也是做的，只不过她是不曾或者不大为她的梦境所烦扰，因此等她一醒就已经完全忘掉了。她喜欢睡觉，而睡眠也挺愿意来亲近她。真但愿我自己也是这样。我总是反复挣扎着不肯入睡，但同时却又盼望着入睡。

　　我曾想这里面的不同之处，也许就在我的玛丽深知自己会永远活下去，会像由梦境悄悄再回复到清醒一样容易地从这一生跨入到来生。她从心底里深知这一点，因而压根儿就不去想它，正如她不去想怎样呼吸一样。而正因为这样，她也就能从容地去睡觉，去休息，去暂停一会儿自己的存在。

　　与此相反，我却从骨子里深深知道或早或晚总有一天会不再活着，因此我抗拒入睡，但同时却又企求它来临，甚至千方百计想诱使它来到。我那短促的睡眠，简直是一种要命的痛苦和折磨。我很熟悉这一点，因为此刻我正刚刚醒过来，仍然能感到那浑身难受的滋味。而且就是一旦睡去，我也不得安宁。我一味梦见白天所苦恼的那些问题，而且它们在梦中又显出那么一副荒唐的面貌，就像一些人头上长着角，脸上戴着面具在跳舞一样。

　　我睡的时间比玛丽要短得多。她说她需要大量的睡眠，我同意我需要得比她少，但心里却并不相信这一点。一个人身体里只有那么些精力——尽管营养好可以使它稍微增加一点。你可以很快地耗尽它，就像有些孩子把糖果狼吞虎咽一下嚼光一样，或者也可以缓缓地消耗它。总有那么样的小女孩，把自己的糖果省着些吃，因此当那些狼吞虎咽的人早已吃光的时候，她却还有得吃的。我想我的玛丽准会比我活得长得多。她一定会省下点自己的生命来以备将来。说起来，大多数妇女确实都要比男人活得长些。

　　"美好礼拜五"总是使我感到难受。还是个孩子的时候，我就已深深地感到一种忧伤，倒不是伤心那被钉十字架的痛苦，而是体味那上十字架者当时所感到的那种噁心的孤独悲哀。直到如今我也从来没有能抛开这种忧伤的感觉，它是由《马太福音》所灌输，通过我那住在新英格兰的德波拉姑祖母含糊简略的讲解而植根在我的心里的。

　　也许今年这种心情更厉害。就像真的把这件事拉到了自己身上，感到这就是自己的遭遇似的。今天马鲁洛给了我一番教训，使我第一次明白了这个——明白了做生意的真髓。紧接着又生平第一回遇到了别人向我提出贿赂。在我这个年纪，说起来也真显得有点古怪，但我的确不记得过去曾经碰到过这种事。我还不得不想起那个玛吉·扬-亨特来。到底她是不是个魔鬼？她究竟有什么目的？我明白她向我许诺了某种好处，同时又威胁我不要拒绝。难道一个人就不能自己考虑该如何生活，而必须随波逐流么？

多少夜晚，我睁着眼躺在那儿，听着我的玛丽在我身边发出轻轻的呼噜声。每当你定睛瞪着黑夜，眼前就会来来去去地浮现出一些红色的斑点，而夜长得仿佛没有个尽头。玛丽那么爱睡，因此我不得不竭力提防把她吵醒，尽管有时我浑身烦躁得难以忍受。只要我一起床，就会把她惊醒。那会使她担心不安。因为她自己唯有在生病的时候才有过失眠的经验，所以她还会以为我是生了病。

这天晚上我却忍不住要想起床来走出去。她轻柔地打着呼噜，我能觉察出她唇上那种古色古香的微笑。或许她正梦见了好运，梦见我将要赚到的大钱。玛丽渴望着能够自豪。

说来奇怪，一个人怎么会深信他在某个特定的地方常常能更好地思考问题。我就有这么一个地方，而且由来已久，不过我明白我在那儿所干的并不是思考，而是感觉、体会和回忆。这等于是个避难所——每个人都准有那么个地方，尽管我从来没有听人说出来过。悄悄的偷偷摸摸的举动时常会使一个熟睡的人惊醒，而沉着的正常行动却不会。我相信一个睡着了的人的头脑常常能捉摸到别人的心思。我设想自己想上厕所，接着果真感到如此，我就爬起来进了厕所间。然后我带着衣服不出声地下了楼，在厨房里穿好了衣服。

玛丽常说我爱无事生非地替别人操心。也许这话说得对,但我当时在半明不暗的厨房里确实仿佛预见到一个有可能出现的场面——玛丽惊醒过来,满屋子寻找我,一脸担心的神色。我在家用账本上留了个条子,说:"亲爱的,我心里烦躁,出去走一走,马上回来。"我想最好把它端端正正地摆在厨房小桌的当中,这样只要拧开墙上的开关,电灯一亮,一眼就能看到它。

然后我悄悄打开后门,探了探外面的天气。天很冷,有点寒霜凛冽的味道。我紧裹上一件厚大衣,把一顶线织的水手帽拉下来遮住两耳。厨房里的电钟嗡嗡作响。它正指着三点差一刻。我从十一点以后就一直躺在那儿呆瞪着黑暗中的红斑点。

我们新港镇是个古老而美丽的市镇,是美国最早的一些完整而轮廓分明的市镇之一。它最早的居民,我的老祖宗们,我相信是伊丽莎白统治欧洲时代最头疼的那些狡诈而不安分、贪婪而好争斗的水手们的子孙,他们的上辈在克伦威尔当政时曾占有了西印度,最后终于凭了刚复辟的查理二世的特许诏书在美国北部沿岸安顿下来。他们把海盗事业和清教徒思想巧妙地结合了起来,这两者只要你彻底弄懂了它们,其实倒也并不是南辕北辙的。它们都最容不得别人反对,同时也都对别人的财产虎视眈眈。在他们消失后,传下了一批剽悍而生命力强盛的机灵鬼。我熟悉他们的情况,因为我父亲有心要让我熟悉。他可以说是一种一心追慕先辈遗风的人物,而我常常发现这类追慕先辈的人通常正巧缺乏他所景仰者具有的那些品质。我父亲是个为人正派,广见博识,却又轻率莽撞,有时简直蠢得出奇的傻子。他一手丢掉了地产、钱财、名声和前途；实际上几乎丢掉了艾伦和霍利两家几百年来辛苦积聚起来的一切，只除了那个姓氏——这是我父亲唯一总算还关心着的东西。父亲经常给我上他所谓的"家谱课"。这就是我何以熟悉那么多上代人情况的缘故。或许这也是我如今会在过去曾经全归霍利家所有的这条街上一家西西里老板开的铺子里，沦为一名杂货店员的缘故。我真但愿自己不曾对这事感到那么痛心疾首。要知道使我们沦落的并不是经济衰退和不景气。

　　上面这些话都是从说到新港镇是个漂亮的市镇讲起的。我顺着榆树街走去，不向左拐而向右拐，迅速地走上了波洛克街，这是一条与正街平行的斜街。小个子威利，我们这儿的胖警察，这会儿准把他那辆警车停在正街上，坐在车上打瞌睡，我可不想半夜三更跟他在一起闲聊。"夜这么深你在外面干什么，伊桑？想给自己找点什么开心的玩意儿么？"小个子威利一个人呆着感到无聊，所以很喜欢跟人谈谈，过后他就到处去告诉人家他谈了些什么。有几次琐碎然而讨厌的纠纷，就是因威利的无聊而引起的。日班的警察是斯通沃尔·杰克逊·史密斯。这并不是绰号，他受洗的教名就叫斯通沃尔①·杰克逊，而这名字后来的确使他与所有其他姓史密斯的人显得截然不同。我不明白为什么市镇上的警察常常会是两种彼此截然相反类型的人，但他们通常的确总是那样。斯通沃尔·史密斯这人简直连今天是几月几日都不肯轻易开口告诉人家，除非他是奉召在法庭上宣誓作证。这位史密斯警长主管本城的警务，他一心献身事业，致力研究各种最新的方法，并且

---

① 原文为 Stonewall，有"石墙"的意思。

曾经在华盛顿受过联邦调查局的特种训练。我想他是人们能够找到的最理想的警察,个子高大,神态安详,目光就像钢铁似的熠熠发光。假如你存心作案犯罪,那最好是小心避开这位警长。

这番话都是从我拐进波洛克街以免跟小个子威利聊天而引起的。新港镇上的漂亮房子正好都在这条波洛克街上。你知道,十九世纪初我们这里曾经有过一百多艘捕鲸船。每当这些船出海一两年,远航南极或者南中国海回来的时候,它们都满载着鲸油,富足已极。但它们沿途也会在某些外国港口停靠,因而把各种形形色色的物件和思想也一起收罗了回来。因此你会在波洛克街的那些房子里看到那么多中国的东西。那班老船主当中也有些是很有鉴赏力的。他们仗着钱多,从英国请了建筑师来替他们造房子。所以你可以在波洛克街上看到那么多亚当式装修的影响和希腊文艺复兴式的建筑风格。当时在英国正是这种格调盛行的时期。但尽管那些扇形窗、雕花圆柱和希腊式拱石等等应有尽有,他们都从不忘了在屋顶上加个眺望台。它的用意是要使那些长期坚贞不渝地独守空房的妻子们有时能上去眺望一下远方的归舟,说不定当时真有些妻子们这样做过。我们霍利家,还有菲利普斯家、埃尔加家和贝克家家世更古老一些。他们仍留在榆树街老地方,他们的房子是所谓美国早期式的,尖屋顶,叠板外壁。我的房子,那所霍利家的老屋,也就是这个样子。屋旁的大榆树,也跟屋子一样得老。

波洛克街仍保留着它那些煤气街灯,不过如今里面已装着电灯泡。夏天,旅游者常来观赏这儿的建筑物和他们所谓的"古老的魅力"。为什么魅力一定要是"古老"的呢?

我不知道佛蒙特州的艾伦家是怎么一来会跟霍利家搅在一起的。这发生在革命后不久。自然，我可以把它查出来。阁楼上什么地方准会有一两件文件记录的。但当时父亲去世了，我的玛丽实在听厌了霍利家的家史，所以当她主张把所有这类东西都堆到阁楼上去的时候，我完全理解她的心情。谁都会对听别人的家世感到十分生厌。玛丽甚至都不是新港本地的人。她出身于一个爱尔兰血统的家庭，不过并不是信天主教的。她常常强调这一点。她称她的上代为"厄尔斯特①人的家族"。她从小在波士顿长大。

不，她甚至也不是。我只是在波士顿遇见她的。我仿佛至今还能清清楚楚地——甚至比当时还更加清楚地看见我们两人的样子：一个是揣着张周末度假证的又怯又慌的霍利少尉，另一个是位两颊绯红、气息醉人的可爱的姑娘，而这一切，由于战事当前，训练紧张，就更显得加倍地难能可贵了。我们当时是多么严肃认真啊，真是认真得要命。我随时准备战死沙场，而她也决心尽她的余生来追念我的英魂。这是那时成千上万穿草绿色军服和印花布裙衫的男女们所做的成千上万个同样的梦中的一个。要不是她对她的那位战士抱定了至死不渝的忠诚，这一切本来是会按当时流行的风气以一封断交信告终的。她那些执着得可爱的信到处追随着我，全是一笔圆润、清晰的字迹，用蓝黑色的墨水写在淡蓝的信纸上，结果弄得我全队的同伴都能认出她的来信，人人都带着几分好奇的心情暗自为我高兴。即便我当时并不想跟玛丽结婚，她的坚贞也会迫使我去这样做，因为从来世上的男人总是在梦寐

---

① 爱尔兰东北部的旧名。

以求地渴望遇到忠贞可爱的女性的。

她从来没有悔恨过,当要她离开波士顿的爱尔兰人聚居地搬移到榆树街的霍利家老屋时也是如此。而且不论在我事业失败每况愈下的时候,孩子先后出世的时候,或是长期沦为店员潦倒度日的时候,她也始终没有悔恨过。她是个能耐心等待时机的人——这一点现在我看出来了。同时我也看出她如今大概是终于等待得厌烦了。过去她从未明白透露过她那强烈的意愿,因为我亲爱的玛丽并不愿意嘲弄人,也从来不想利用鄙夷奚落的手段。本来可以利用的机会并不少,她也忙碌得实在无暇去利用。正因为过去从未觉察,所以一旦事情爆发,就更显得出人意料了。在夜半脚踏着街上的凝霜所发出的嚓嚓声中,一幅幅生动的图画异常迅速地一一出现在脑海中。

在新港镇清晨漫步街头是用不着感到鬼鬼祟祟的。尽管小个子威利对此会开些小小的玩笑,但大多数人看到我在清早三点走向港湾,总会猜想我是去钓鱼,而不会有别的想法。人们有各种各样钓鱼的理论,其中有一些严守秘密得就像是家传的秘方,而这类事是受到尊重也值得尊重的。

街灯光照得草地和人行道上雪白的霜粒闪闪发光,仿佛成千上万颗细小的金刚石。这样的薄霜会留下人们新的脚印,而向前望去却是白茫茫一片。我从还是孩子的时代起,每当走在还没有被踩过的雪地或薄霜上,就总是会产生一种好奇的兴奋情绪。就好像是初次踏入一个新的世界,仿佛感到一种在发现了某种新鲜、洁净、还未被触动、未遭污染过的东西时的那种心满意足的心情。经常的夜游客——猫,却不喜欢在霜雪上走动。我记得有一回曾冒险赤着脚出门去踏上一条霜封的小路,我的双脚当时就像被火烫了似的。但眼前我是穿着套鞋和厚袜子把新的脚印留在闪光的新霜上。

在波洛克街与托奎伊街会合处,离希克斯街不远,就在自行车厂所在的地方,洁净的新霜被一些拖沓而绵延的脚印给破坏了。这准是丹尼·泰勒,那个行踪无定、不可捉摸的怪物干的,他大概待不住想要上某处,就趔趔趄趄来到了这里,然后又待不住想上别的什么地方去了。丹尼,这个本镇的酒鬼。我想大概每个市镇都有这样一个。丹尼·泰勒——多少本镇的人都常常为他摇头叹息的家伙,出身名门,家世古老,末代单传,又受过很好的教育。他似乎在学院的时代曾出过什么事?那他为什么不肯振作起来呢?他一直在狂饮滥醉,自暴自弃,这是很不应该的,因为丹尼是一位绅士。他还去向人乞钱买醉,真是够丢人的事。幸而他的父母不曾活到现在,看见这种情形。这一定会要了他们的命——但好在他们早已去世了。不过这仍然是新港镇经常的话柄。

在我心上丹尼仿佛是个未愈的伤疤,甚至成了一块使我感到负疚的心病。我应该是能够帮助他的。我也确实试过,但他拒绝了我。他差不多就像是我同胞的兄弟,同样的年龄,同样的教养,身量和体力也都相仿。或许我所以有那种负疚感,是因为我身为我兄弟的保护者,却并没有能挽救他。怀着这样一种深入肺腑的感情,寻找理由——即使是有根有据的理由,也是丝毫不能使人心安的。泰勒家是个跟霍利家、贝克家,或者任何别的世家一样古老的家族。童年时期,我几乎记不起有哪一次郊外野餐、观看马戏、参加竞赛、欢度圣诞的场合,没有丹尼在我的身边,就像是我自己的左右手那么亲近。也许如果我们当时一起同上大学，就不会发生后来的事了。我进了哈佛，醉心于语言，沉迷于文学，埋头在那些古老、美丽、朦胧难解的事物中，一心钻研着那种以后随着事态的发展不得不去经营一家杂货铺子时简直毫无用处的学问。我当时总是希望丹尼也能跟我一起来踏上那光辉迷人的朝圣行程。但丹尼从小就被培养来投身海上事业。他被录取进海军学院是早经精心安排，志在必得而且万无一失的，这在我们还是小孩子的时候就已经确定了。我们这儿每选出一位新的国会议员时，他父亲就要竭力去设法把这项录取说定下来。

开头三年他成绩优异，接着就遭到了开除。人们都说这件事送了他父母的命，同时也差不多葬送了丹尼的一生。剩下的就只有这种令人安不下心来的忧伤——这种到处游荡乞讨一角钱去买杯迷魂汤换取一醉的黑夜的忧伤。我想英国人大概会说："他是在那儿破罐破摔。"而这样做，那摔的人总是比被摔的东西更受到伤害。丹尼如今已成了个夜游神，一个清早踯躅街头的人，一个孤孤单单、到处游荡的瘪三。每当他向你求讨一枚两角五分的硬币去买迷魂汤喝的时候，他那双眼睛总是在请求你原谅他，因为他无法原谅他自己。他睡在从前威尔伯家经营造船业时所开的船厂背后的一个小木棚里。我低头察看了一下他的足迹，想知道他刚才是回家还是出去。从霜上留下的印迹看他是出去了，我说不定随时都能在街上遇见他。小个子威利不愿意把他关起来。因为那有什么好处？

我究竟要上哪儿去是毫无疑问的。我还没有下床时仿佛就已经看见、感到和闻见那个地方了。那儿原来的旧港如今已经退得很远。自从新的防波堤和市镇码头造了起来,沙滩和淤泥就渐渐侵入,使得那个由嶙峋的威特森岩礁所环抱成的一度十分宽敞的碇泊处变得越来越浅窄了。那儿一度曾经满是船台和制绳厂,货物堆栈和许多户制作鲸油桶的箍桶匠,此外还有一个个船坞,可以看到一艘艘捕鲸船的船首斜桅高耸在链索和人像形的或者云彩形的船头装饰之上。它们通常都是使用横帆的三桅船;后桅上既可以张横帆,也可以张用下桁和斜桁支撑的后纵帆——都是些船身高大、造来经得住多年海上风浪的船只。船首三角帆的横桁是根单独的桁木,而两根艏斜桁撑杆也可以当作斜桁用。

我有一幅绘着满是船舶的旧港景象的钢刻画,几张已经退色的银版照相,不过实际上我并不需要它。我很熟悉那个港口和那些船只。我祖父曾用他那根用独角鲸的角做成的手杖比划给我看过,并且还用它使劲在一段作为过去霍利家船坞遗迹的饱经风霜的残桩上敲打着,训练我——学会那些专门术语。他是个两腮须鬓已经雪白的火气十足的老头子。我爱他简直爱到心里发痛的地步。

"好吧,"他会这么说,嗓门大到几乎不用传声器就能从船桥上传遍各处,"喊满帆前进的口令,大声喊,我最恨细声细气。"

这时我就会大声喊出来,而他就会合着节拍用他的鲸角手杖笃笃地猛敲着木桩。"船头三角帆,"我喊着(笃),"外三角帆,"(笃)"里三角帆,三角帆!"(笃!笃!)

"大声喊!你是在细声细气说话。"

"第三桅前上帆,最上桅前帆,上桅前帆,上中桅前帆,下中桅前帆,前桅帆!"每喊一句就是笃的一下。

"喊——主帆!"

"第三桅主上帆!"笃的一下。

但有时候,当他年纪更大了以后,他会感到厌倦起来。"固定主帆,"他会大声嚷着,"升后帆。马上喊吧。"

"是,先生。第三桅后帆,最上桅后帆,上桅后帆,上中桅后帆,下中桅后帆,后桅下桁帆……"

"还有呢?"

"后桅斜桁帆。"

"帆式?"

"用下桁和斜桁支撑,先生。"

笃—笃—笃,鲸角手杖敲打着那浸饱海水的木桩。

随着他的耳朵越来越背,他就更加责备人家细声细气。"要是你说得对,或者虽不对但你一定要那么说,那就该大声喊出来。"他会向别人嚷嚷。

临近风烛残年时,老船长的耳朵可能已变得靠不住,但他的记忆力却并不如此。他几乎可以如数家珍地告诉你曾经驶出海港的每一艘船的吨位和经历,它装回了一些什么,后来又怎么分派的。奇怪的是在他成为一位船主之前,实际上捕鲸业的黄金时代就已经过去了。他把煤油称作"臭黄鼠狼油",而把煤油灯喊作"臭夜壶"。后来电灯来了,他却并不怎么在意,或许他已经一心只满足于回忆往事了。他的去世并没有使我感到震动。这位老人已经把我训练得对他的死也像对海船一样地胸有成竹了。我在内心和外表行动上都完全知道自己应该怎么做。

在泥沙淤积的旧港岸边,过去霍利家船坞所在的地方,石头的地基仍在那儿。它恰好塌陷到跟低潮时的水面齐平，涨潮时海水就冲刷着它那四方的石头建筑。离尽头十英尺处，有一条高、宽各四英尺、深五英尺的小通道，上面有拱形的顶覆盖着。或许它一度曾经是一条排水通道，但靠陆地一端的入口已经被泥沙和碎石堵死了。这就是我的"那地方"，人人都需要有的那个地方。待在那里面任何人都看不到你，除非是靠海的一端。但如今在旧港那儿什么也没有了，只有零零落落几座拾蛤蜊的人住的木棚子，都已经破烂不堪，冬天也大多空无人住，不过话说回来，拾蛤蜊的人横竖也都是些不声不响的家伙。他们一天到头很少说话，成天低着头弓着腰走路。

这就是我要去的地方。我以往就曾不止一次在这儿度过通宵——在我入伍的前夕，当我就要跟玛丽结婚的时候，后来在生爱伦时使她饱受痛苦的那一次，也曾在这儿坐过了半宿。我不由自主地想要上那儿去，坐在那里面，静听大海的微波轻拍着石头，眺望那锯齿状的威特森岩礁。我躺在床上，呆瞪着飞舞的红色斑点时，就仿佛看到了这些。这时我就明白我必须上那儿去坐坐。一个重大的变化迫使我上那儿去——重大的变化。

南德文岛就在不远处沿着海岸延伸，而海岸边又有些好心人安了灯光，以免谈情说爱的人在这儿弄出事来。这样就使他们只好上别处去了。有条市政法令规定小个子威利每小时必须巡逻一次。岸边连人影都没有——一个人影都没有，这有点奇怪，因为平常任何时候总都会有人前来钓鱼——或者钓鱼，或者来这儿走走。我到了石基边便弯下身来，找到那露出地面的石头后，就急忙钻进了这小小的洞窟。几乎还没等我安顿下来，就听见小个子威利的车子在旁边开过。这是我今晚第二次避免了跟他在一起闲聊。

我像个呆菩萨似的盘腿屈膝坐在一个石龛里,听起来显得既不舒服又有点傻,但是不知怎么的,石头仿佛能适应我,或者是我能够适应石头。也许是因为我那么长久地常上这儿来,因此我的背已经习惯于紧靠着那些石块了。至于说到有点傻,那我根本不在乎。有时候发傻是很好玩的,比如孩子们就爱装石像玩,而且像得要命。有时候一个人发发傻倒可以打乱一下刻板的步调,以便重新起步。每当我碰到烦心的事时,我总是故意装傻玩,这样就可以免得让我的宝贝也被我惹得心烦。她还从来没有看穿过我,或者她虽看穿了,我也不知道。在那么多事情上,我都不大了解我的玛丽,而反过来她又在多少事情上真正了解我?我想她就并不知道那个地方。她怎么能知道呢?我从来没有告诉过任何人。除了"那地方"以外,它在我心目中既无一定的名字,上这里来也没有任何一定的规矩、仪式之类东西。这只是个去想想各种事情的地点。谁也不真正了解别的人。他所能做到的,最多也只是设想别人也都像他一样。此刻,当我坐在"那地方",风吹不到,在守夜的灯光下望着夜潮涌来,映着漆黑的天空,水色也显得黝黑,这时候我好奇地想到是不是所有的人也都有这样一个地方,或者也需要这样一个地方,或者虽然需要却并没有找到。有时候我曾在别人眼里看见过一种特别的神色,发狂的野兽的神色,仿佛渴望有个安静、隐秘的地方,到那儿能使得惊魂稍定,那儿能让人只身独处,反省自己。当然,我也知道所谓"返回母胎"、"死的渴望"之类的理论,这在有些人也许是真的,但我觉得对我来说却显得并不真实，只可算是对于并不轻松的事说说风凉话罢了。我把在"那地方"发生的事称作"反省自己"。别的人也许会称它作祈祷，也许这实际是一回事。我不相信这是思考。如果我想在心目中把它描绘出来的话，那就像是一块打湿了的布在和风中反复翻动，使得那块白布渐渐变得干燥清洁。这儿发生的事反正对我有好处，不管它是否真好。

此刻正有许多事情需要考虑，它们就像那班小学里的孩子那样，跳着蹦着，挥舞着双手，招引别人的注意。这时，我忽然听见一只汽船上的发动机低缓的噗噗声，是只单引擎的渔船。它桅顶上的灯光越过威特森岩礁缓缓向南移动。我只好暂时把一切都搁下，直等到它红绿的舷灯标志着它已安全地驶进了航道——这准是当地的船，才能那么轻易找到港湾的入口。它在浅水处抛下了锚，两个人划着小艇上了岸。小小的浪花冲击着海岸，惊起的海鸥过了一会儿才又重新飞回到泊船浮标上。

问题：我必须要顾念到我那亲爱的玛丽，她此刻正嘴角微露着神秘的笑意熟睡在床上。我但愿她不致醒来，到处寻找。但即使她果真这样，事后她会告诉我么？我很怀疑。我觉得玛丽尽管看起来仿佛什么事都直话直说，实际上却说得很少。我必须想一想财富的问题。玛丽究竟是自己渴望财富，还是为了我？尽管这不过是玛吉·扬-亨特出于某种我不知道的原因编造出来的虚假的财富，那也还是一样。虚假的财富并不亚于任何其他的好东西，而且说不定一切财富其实都有几分虚假。随便哪一个有相当头脑的人都能挣到钱，如果他真的渴望的话。但实际他真正渴望的却多半是女人或者衣着或者名声，而正是这些东西把他引入了迷途。

像摩根和洛克菲勒这样的伟大理财家是不会被引入歧途的。他们要的是钱,挣到的也是钱,仅仅只是钱。事后他们拿它来干些什么,那是另一个问题了。我常常觉得他们被自己召来的魔鬼吓坏了,因而老是竭力想用钱来买通它们,使它们走开。

问题:钱,对玛丽来说是意味着新的窗帘,孩子求学的保障,以及自己能稍微抬得起头来一些,而且有了这些钱,她就会为我感到骄傲,而不致再为我感到有几分丢脸。她在气恼头上曾把这一点讲了出来,而这的确是真话。

问题:我想要钱么?嗯,不想要。我心里是有点憎恨当杂货店员。在部队里我曾当到上尉,不过我明白是什么使我能进军官训练团的。是家世和亲友关系。人家并不是因为我眼睛长得漂亮就挑中了我的,但我后来也的确是个好军官,一个很好的军官。不过要是我当时真喜欢发号施令,把我的意愿强加于人,眼看他们听我摆布,我本来是会留在军队里,而且如今已当到上校了。但是我并没有这样做。我一心想早点离开。因为正像人家常说的,打仗要靠好的士兵,而打赢战争总是归功于文官。

问题:马鲁洛告诉过我做生意的真谛,做生意从头到尾就是赚钱。乔伊·莫菲也直截了当地告诉我这个,还有贝克先生和那个推销商全都如此。他们都直截了当告诉我这话。为什么这就会引起我的厌恶,像吃了一个臭鸡蛋似的呢?难道我就真那么好,那么善良,那么正直么?我并不以为这样。是因为我太高傲么?嗯,是有几分这样。是因为我懒,懒得操这份心么?这里面有极大的消极善良的成分,实际上不是别的,正是懒,不愿招来任何麻烦,忙乱,或者操心费力。

离天亮还远，却已经有一种黎明的气息和感觉。连空气里也渐渐有了这种味道，夜风逐渐减弱了，一颗新出现的恒星或者行星照亮天边，直到东面的地平线。我应当能知道这是颗什么星，但我却不知道。每当天亮前的假黎明时刻，风总是变强或者变得更稳定。今天也果然是这样。而我也该马上回家去了。这颗新星出现得太晚，照不了多久天就要大亮了。人家是怎么说的？——"星只给人启示，却并不强令。"的确，我曾听说有不少能干的理财家常为买股票的事去求教于占星家。星象是在启示行情看涨么？星象是对美国电报电话公司不利么？再没有比我的照命星宿更诱人却又更不可捉摸的了。那不过是一个闲得没事干的恶作剧女人手里几张破烂不堪的算命纸牌罢了，何况还是她有意搞的鬼。是不是纸牌也给人启示，却并不强令呢？是啊，纸牌已经启示我半夜三更离开家跑到这地方来，它们启示我违反自己的心愿去苦心思索，思索一桩我所厌恶的事。这倒的确可算是一点启示呢！它们能启示我养成一种我从来不曾有过的生意上的精明，一种跟我格格不入的贪财心理么？我会变得想望我所从不想望的东西么？世上有吃人的也有被吃的。这倒真是一条值得作为依据的法则呢。难道吃人的比被吃的能活得更长久些么？归根结底一切都将被吃——一切——一切都将葬身于黄土之中，即使最精明强悍的也不例外。

蛤蛎山上的公鸡早就在啼鸣了，但我却听而不闻。我一心只想待下去，能直接从这地方望出去，看着日出。

我曾经说上这地方来并没有什么一定的规矩仪式，但这话并不完全属实。有时我每次上这儿来都要冥想一番当日旧港的景象作为消遣——船坞，堆栈，如林的桅樯，数不清的索具和风帆。我的祖先——我的亲人们——年轻的守在甲板上，身强力壮的攀上桅顶，久经风霜的站在船桥上。那时人们还不曾老唠叨什么麦迪逊大街①如何如何，或者嫌把花菜的叶子切掉得太多了。一个人还能保持他的一点尊严，一点身份。还能舒畅地呼吸。

这都是我父亲的说法，这个傻瓜。老船长却能回忆起因分财产造成的争斗，就货存所说的假话，为每一块船板、每一根龙骨而引起的相互猜疑，打官司——真的，还有仇杀。是为女人，为名声，为一桩投机买卖么？根本不是。完全是为了钱。他说，很少在经过一次航行之后还能维持合伙关系的，相反倒常常会酿成长期的反目，直到连起因都已记不清了的时候还冤仇未解。

有一桩辛酸的事是霍利老船长从不曾忘记的，这是一件他永不能原谅的罪行。这件事他曾站在或坐在旧港的岸边上告诉过我无数次。我们曾在那儿呆过不少的时间，他和我两人。我还记得他当时用他那根鲸角手杖指着说：

"瞧着威特森岩礁的第三块石头，"他说，"瞧见了么？好，从它划一条线和港口海岬上涨潮时的最高点联起来。看见了么？好，在这条线外面半锚链光景的水面底下就是它，至少是它剩下的龙骨。"

"'美人阿黛尔号'么？"

"'美人阿黛尔号'。"

"我们的船。"

---

① 纽约的主要商业区。

"一半是我们的,合伙所有。它是在停泊的时候起的火,一直烧到了吃水线。我从来不相信这是一次偶然事故。"

"你相信是有人放的火么,先生?"

"对。"

"可是……可是你总不会干这个。"

"我不会。"

"那是谁干的呢?"

"我不知道。"

"为了什么?"

"为了保险金。"

"那么这事现在已经无可挽回了。"

"无可挽回了。"

"总该还有点挽回的办法才对啊!"

"只能一个人干——只能一个人单干。只有一个人干才有力量。决不能依靠别的任何东西。"

听父亲说,他从此再不曾跟贝克船长说过话,不过他并没有把这事牵连到他的儿子——开银行的贝克先生身上。他决不愿这样做,就像他不愿意去放火烧掉船一样。

天哪,我该赶快回家了。我连忙往回走。我几乎在跑,不假思索就踏上了正街。天仍然很黑,但海天相接处已经显出一抹光亮,把浪花映成了铁灰色。我绕过大战纪念碑,走过邮局。果然不出所料,丹尼·泰勒正站在一所房子的门口,两手插在裤袋里,破大衣的领子竖起着,他那顶带帽舌的旧猎帽遮耳翻了下来。他因为冷和不舒服,脸都成了青灰色。

"伊桑，"他说，"我真不好意思来打扰你。真不好意思。可我无论如何不能不灌它几口迷魂汤。你明白我不是万不得已，是不会来求你的。"

"我明白。我是说——我不明白，不过我相信你。"我给了他一张一块钱的钞票。"这够了么？"

他的嘴角抽动起来，就像一个小孩子快要哭出来时那样。"谢谢你，伊桑。"他说。"是的，这就够我打发一整天甚至再加一整夜啦！"他因为想到这个，连气色都显得好了一些。

"丹尼，你真再不该这样下去了。你以为我忘掉了你么？你就像是我的兄弟，丹尼。现在仍旧是。我只要能帮助你，什么都愿意干。"

他的瘦脸微微有点涨红了。他望了一眼手上的钱，就像一口酒已经下了肚似的。然后他用一种冷漠无情的眼光望着我。

"首先这不关谁的屁事。其次你自己也一个子儿都没有，伊桑。你也跟我一样两眼抹黑，什么也不懂，只不过是另一种性质罢了。"

"丹尼，你听我说呀！"

"干吗听你？我比你境况还好一些呢。我手上总算还有一张最后的王牌。还记得咱们在乡下的那块地方么？"

"是烧掉房子的废墟么？咱们从前常钻进地窖的黑洞里去玩的那地方？"

"你倒还记得挺清楚。那地方现在还是我的。"

"丹尼，那你可以卖掉它，重新干一番事业呀。"

"我不卖。县政府每年征收它一小块作为抵还地税。但那大片的草场到现在仍是我的。"

"你干吗不肯卖掉呢？"

"就因为它就等于是我。等于是丹尼·泰勒。只要我手里还拥有它，就没有一个龟孙子能教训我该怎么办，没有哪一个混蛋能为了我好而把我管起来。你明白我的话么？"

"你听着，丹尼……"

"我不想听。要是你觉得给了我这一块钱你就有权利教训我……哪，你就拿回去！"

"你拿着吧。"

"那我就拿着。你自己也不明白你在讲些什么。你从来没有成过……醉鬼。我也不想来告诉你该怎么去包咸肉对么？要是现在你肯走开干你自己的事去，那我就可以马上去敲敲一扇窗子，弄点迷魂汤喝喝。同时你别忘了——我的境况还比你强些。我总不是个杂货店员。"他背过身去，把脑袋抵在关着的大门边上，就像一个孩子用掉头不顾的办法想把这世界一笔勾销似的。他一直待在那里，直到我只好不去管他，自己走开。

小个子威利把车停在旅馆门口，打了个小盹醒来，把他那辆雪佛兰车的车窗玻璃放了下来。"你早，伊桑，"他说，"你是一大早刚起来呢还是出去了一夜才回来？"

"全对。"

"一定找到点什么乐子了吧？"

"那自然，威利，一个天仙美女。"

"得了吧，伊桑，别跟我吹牛说你找过妓女吧！"

"我敢赌咒。"

"我以后再不信你的话啦！我猜你是钓鱼去了吧？太太呢？"

"还睡着。"

"我也只想早点换班好去睡呢。"

我走开了,并没说破他刚才就一直在睡。

我悄悄踏上我惯走的后门台阶,扭亮了厨房的电灯。我那张条子在桌子当中略微靠左的地方。我敢发誓我刚才是把它放在正当中的。

我搁上了咖啡壶,坐下来等着它烧开,正当它开始响起来的时候,玛丽下楼来了。我亲爱的宝贝刚睡醒时看来就像个年轻小姑娘。你绝想不到她已是两个又高又大的小家伙的妈妈。她身上还有一种像刚割下的新鲜草儿那样可爱的香味,我觉得是世上最最惬意最最好闻的气味。

"你这么一大早在忙些什么?"

"也难怪你要问。告诉你吧,我几乎大半夜都没有睡。瞧瞧我放在门口的那双套鞋吧。摸摸看它打得多湿。"

"你上哪儿去了?"

"海边那儿有那么个洞窟,我的丑小鸭子,我刚才钻在里面研究黑夜。"

"你得了吧。"

"我瞧见从海里升起来一颗星星,因为它是无主的东西,我就拿它来当作咱们的星宿了。我把它喂养熟了,然后又放它回去,让它养肥。"

"你又在发傻了。我猜你是刚刚起床,所以把我也吵醒了。"

"要是你不信我的话,你可以去问问小个子威利,因为我刚刚跟他说过话。也可以去问丹尼·泰勒,我给了他一块钱。"

"你不该给他。他准会去灌得烂醉的。"

"这我知道。可他愿意这样。咱们的星宿到底在哪儿躺着呀,我的小香草?"

"这咖啡倒挺香哩,对么?我很高兴看到你又发起傻来。你情绪阴沉时可真叫人难受。算命的那件事我觉得很后悔。我并不想让你觉得我心情不愉快。"

"别为这事烦恼了,纸牌里说得对。"

"什么?"

"我这是真话。我就要想法叫咱们发财啦。"

"我永远弄不明白你在想些什么。"

"我只要一说真话,就准会碰到这种麻烦的事。我可以把孩子们稍微揍几下,来祝贺一下复活节的前么?我保证不会打断骨头。"

"我刚才脸都还没洗哩,"她说,"我怎么也猜想不出究竟是谁在厨房里弄得叮叮当当的。"

等她上楼走进浴室以后,我把自己留给她的条子塞进了口袋。我还是不知道:一个人到底能不能哪怕是稍稍摸透一点别人的心思?你心底里到底是怎么想的?玛丽——你听见么?你心底里到底是个什么样的人?

第四章

这个星期六的早晨似乎老有个特别的模式。我疑心其他日子是否也是这样。这一天总是怀旧的一天。我那德波拉姑祖母的低沉的琐琐细语仿佛又回到了我的耳边:"当然,今天耶稣死了。世上所有的日子里,唯独今天他是死了。所有的男人和女人也都死了。耶稣进了地狱。可是明天。只要你耐心等到明天。就准会看见出现了什么事。"

我已经不大记得清楚她的样子,就像你对一个特别亲近的人总是记不清他的样子那样。不过她给我念起《圣经》来,就像在念报纸似的,我估计她也正是这么想的,把上面讲的事当作是某种永远在发生但却永远能激动人的新鲜事看待。每年复活节,耶稣确实死而复生了,一桩惊人的大事,尽管早在意料之中,但却仍然是新鲜的。在她看来这并不是两千年前的事,而就像是发生在现在似的。她在我身上也培育起了几分这样的心情。

我从来不记得以往有哪一天曾经乐意去打开店门营业过。我想我大概对每一个沉闷乏味的日子的早晨都感到满心厌倦。但今天我却很乐意去。我全心全意爱我的玛丽,在某种程度上甚至还超过爱自己,但同时我的确并不时常全神贯注地听她说话。当她在那儿啰啰嗦嗦地谈着衣裳呀,身体情况呀,以及她觉得既有意思又受教益的某人的谈话呀等等的时候,我简直完全不去听她,因此有时会碰到她大声嚷了起来:"你应该是知道的呀,我早告诉过你了。我清清楚楚记得是星期四早上跟你说的。"而这自然是毫无疑义的。她的确告诉过我。在某些事情上,她是什么都告诉我的。

今天早上我非但不去听她,甚至还一心想要躲开去。或许是因为我自己也想讲,却又没什么可讲的,——因为说句公道话,她也并不想听我,而有时候我觉得这也蛮不错。她只听我说话的语气声调,从中获知她所关心的我的身体如何、心情好不好、是精神愉快还是感到倦了等等的情况。这倒真是个比什么都好的办法。现在想来,她所以不听我,是因为我常常并不在对她说话,而是在对我自己内心的某个看不见的对象说话。同样,她也常常并不是真的在对我说话。当然,当因为孩子或者其他事引起大吵大闹的时候,就又是另一番情况了。

我常常想,讲话是如何会随着对象的不同而不同呀。我的话有不少是对一些死者说的,比如我那小个子的普里茅斯教友会教徒德波拉姑祖母,或者老船长。我常会发现自己是在跟他们争论。记得有一次在一场使人精疲力竭的激烈争执中我大声地对老船长喊了起来:"我一定得这样做么?"他毫不含糊地回答:"当然你得这样做。而且别细声细气地说话。"他决不跟你争论——从来不。只是说我必须怎么做,而我也就照办了。这一点也没有什么神秘不可思议的地方。这是向你自己已经成熟可靠的内心请求忠告或者要求谅解。

单纯为了讲一讲,实际上只是另一种方式的自问自答——我铺子里那些有的声音喑哑有的声音清脆的食品罐头或者食品瓶子完全符合需要。偶尔遇到的鸟兽动物也是一样。它们都既不争论,也不多嘴。

玛丽说:"你怎么马上就要走了?足足还有半个钟头呢!真不该起得那么早。"

"有一大批货箱要开,"我说,"开店前要把各种东西摆到架上。全要作重大的决策:泡黄瓜跟西红柿能不能放在同一层架上?杏子罐头和桃子罐头会不会互相打架?你知道色调对比在一件衣服上是多么重要。"

"你什么事都开玩笑。"玛丽说。"不过我倒高兴。这总比发牛劲好。许多男人都爱发牛劲。"

果然我出门得太早。"红贝克"都还没出来。你可以凭这条狗,或者任何一条狗来对你的表。整整再过半个小时它才会出来开始进行它那庄严的巡视。乔伊·莫菲这会儿同样还不愿也不曾露面。银行还不会开门营业,但这不等于说他不会已经在那儿弄他的账了。镇上十分清静,不过这当然是因为有不少人为度复活节周末去了外地的缘故。除了这天,还有独立纪念日和劳工休息日,都是重要节日。人们常要到外地旅行,即使他们并不想去。我相信就连榆树街那些麻雀也出门旅行去了。

我果然看见斯通沃尔·杰克逊·史密斯仍在坚守岗位。他刚在"前桅咖啡店"喝了一杯咖啡出来。他是那么瘦弱,连手枪和戒指戴在他身上都显得太沉。他潇洒地微微歪戴着他那顶军官帽子,用一支削尖了的鹅毛管剔着牙齿。

"好忙啊，斯托尼。日子越辛苦，钱越挣得多。"

"嗬？"他答道。"可大家全出门去了。"他话里的意思是他也想出门去。

"斯托尼，有什么谋杀案，或者其他可怕的有趣事么？"

"平平静静的。"他说。"有几个小伙子在桥上撞坏了一辆汽车。不过，见它的鬼，是他们自己的车。法庭会叫他们赔修桥的钱的。你听说弗洛汉普顿街银行被抢劫的事了么？"

"没有。"

"连在电视上也没看到？"

"我们没有电视机……还没有。他们抢的钱多么？"

"听说有一万三千。昨天正好在关门以前抢的。三个家伙。实行了四级警戒。威利已经出动，这会儿正在沿公路拼命搜捕呢。"

"他倒是睡足了觉的。"

"我知道，我可没睡够。我已经出来了一整夜。"

"你估计会抓住他们么？"

"哦，我想会的。碰到抢钱的案子一般都会抓住的。那些保险公司总是唠唠叨叨，轻易不肯放过。"

"要是不会被抓住的话，抢银行倒也是个挺不错的行业。"

"的确。"

"斯托尼，我希望你去瞧一瞧丹尼·泰勒。他的身体显得挺糟。"

"只是个时间问题啦。"斯托尼说。"不过我一定会去的。真丢人。挺不错的一个人。挺不错的家庭出身。"

"这事真伤透了我的心。我挺喜欢他。"

"可你对他有什么办法。天快下雨了，伊桑。威利最怕被雨淋着。"

在我记忆中,这是我第一次心情愉快地走进巷子,并且兴高采烈地打开了后门。那只猫正在门边等着。我想不起有哪一天早上这只又瘦又麻利的猫不曾守候着想溜进后门,我也每次总是不失时机地扔一根棍子或者冲上去把他赶走。据我所知,他从来没能溜进来过。我称这只猫为"他"而不称"她",是因为他的两只耳朵都曾因为咬架而撕裂过。不知究竟因为猫是一种奇怪的动物呢,还是因为它们非常像我们自己,所以我们才会像对猴子那样地对它们十分感兴趣。那只猫或许已有六、七百次想要溜进门来,但却从来没有成功过。

"该叫你狠狠地受一次意外的教训。"我向猫说。他盘着尾巴蹲在那儿,尾巴尖伸在两只前脚中间轻轻摆动着。我走进昏暗的店堂,从架上拿了一罐牛奶,打开它,把牛奶倒在一只杯子里。然后我端着杯子来到货房里,把它放在紧贴门的地方,让门开着。他认真地望望我,瞧瞧牛奶,然后就走了开去,悄悄跳进了银行后门的围墙。

我正望着他走开时,乔伊·莫菲手里拿着已准备好的银行后门钥匙走进巷来。他看来显得衣冠不整,精神不振,好像一夜不曾睡觉似的。

"嘿,霍利先生。"

"我以为你们今天休息呢。"

"看来我从来不得休息。账上有笔三十六块钱的错账。昨天晚上一直查到半夜。"

"短了钱?"

"不……多了。"

"那不正好！"

"嗯，并不好。我得找出它来。"

"银行全这么诚实么？"

"是的。只是有一些人不大诚实。我想要休假，就先得把它找出来。"

"我真希望能懂得点商业上的事。"

"我可以用一句话把我所懂的全告诉你：钱能生出钱来。"

"这对我可没多大用处。"

"对我也一样。不过我的确能告诉你一些经验之谈。"

"比如什么？"

"比如别听别人一开价你就接受，比如，要是别人急于想卖，那么其中必有缘故，又比如，一项货色的价钱高低，全看买主需要它的程度而定。"

"这就是商业速成要诀么？"

"是的。不过缺少了首要条件也还是白搭。"

"是钱能生出钱来么？"

"光这一条就使得许多像咱们这样的人全断了指望。"

"不是有些人从别人那儿借钱么？"

"对，不过那得要有信用，而这也等于是有钱。"

"看来我还是老实干我的店员好。"

"大概是这样。听说弗洛汉普顿街银行遭抢的事了么？"

"斯托尼告诉过我了。真好玩，记得昨天咱们刚谈过这些事么？"

"我有个朋友在那儿。来的是三个家伙——一个说话有口音，另一个脚有点跛。三个家伙。他们准能把这几个家伙逮住的。或许一个星期。或许两个星期。"

"不见得吧！"

"哦，我说不上。他们搞得不大机灵。有这么条法则——不机灵的就得倒霉。"

"昨天我很对你不起。"

"别搁在心上。我太喜欢讲话了。这又是另外一条法则——别多讲话。可我永远学不会。顺便说起，你气色倒挺好哩。"

"我可好不了。睡得太少。"

"有人病了么？"

"不是。有时晚上就是睡不好。"

"我都能理解……"

我打扫店堂，拉开帘子，也不知道自己是无所谓地干着这些事呢还是厌恶干这些事。乔伊·莫菲的那些法则一直在我脑子里反复盘旋。因而我就同我那些货架上的朋友谈论了起来，或许是出声的，或许没有出声，我自己也不知道。

"亲爱的伙计们，"我说，"要是真那么简单，为什么不见更多的人照这么办呢？为什么几乎所有的人都在犯同样的错误而且一误再误呢？是不是总疏忽了一点什么呢？说不定真正的根本弱点就在于某种形式的仁慈吧。马鲁洛说钱是没有心肝的。那么是不是说，一个搞钱的人身上的任何仁慈都会是一种弱点呢？究竟是用什么办法弄得好好的一些普通人会在打仗的时候去残杀同类？自然，要是敌人的长相和口音都跟自己不同，那还容易一些。但是打内战时又怎么说呢？是啊，北方佬吃孩子，南方佬虐待俘虏。这样说就容易一些。我回头就要来谈你们，甜菜和小蘑菇罐头。我知道你们很想让我谈谈你们的事。人人都这样。但我正好马上就要说到要害了——那就是说，应当指出：要是思想的规律也跟事物的规律完全一样的话，那么，在一个一切都是相对的世界上，道德也是相对的，行为和罪恶的准绳也是相对的。准是这样。无可置疑。这是应当指出的。

"你们这些玉米花——盒子上有个米老鼠假面具，凭商标和一角钱寄赠口技指南一份的，我要把你们带回家去，不过这会儿你们先好好儿坐着听我说。我开玩笑似的对玛丽说的那些话全是真的。我的祖先，那些十分可敬的船主和船长们，确实是在革命期间以及后来在一八一二年间奉命查抄商船的。看来都既爱国又高尚。但是对英国人来说他们却是海盗，而且他们到手的东西他们也都积攒了下来。后来被我父亲荡尽的那份家传产业，就是这么来的。那能产生出钱来的钱也就是这么来的。我们可以以此自豪。"

我拿进一纸箱西红柿酱，把它打开，在已经卖空了的货架上摆上这些漂亮秀气的小罐头。"或许你们不知道这些事，因为你们都是外地来的。钱不但是没有心肝，而且也没有信誉、没有记性。只要你能暂时地保有它，它就能自动引来尊敬。你别以为我是在攻击钱。我非常崇拜它。先生们，允许我介绍一些新客到我们中间来吗？咱们来看看该怎么办。我想就把它们放在你们番茄汁旁边吧。让我们欢迎这些经济实惠的泡黄瓜在新居安顿下来。纽约生产，在纽约切碎装罐的贵客们，我正在这儿跟我的朋友们谈论钱的问题。你们最显贵的名门大族之一……哦，你们是一定知道他们的姓氏的！我猜世界上人人都知道他们。嗯，他们是在我们国家正在跟英国打仗的时候卖肉给英国发财起家的，但他们的钱就跟任何别的钱一样受到尊崇，他们的家族也一样。还有一家大财阀，或许是所有银行家中最大的一位。他们的老祖宗买下了部队里三百支来复枪。这些枪是因为粗制滥造，使用危险，部队里不要，所以他买的是便宜货，大概每支才五角钱。没过多久，弗里蒙特[①]将军正好要进行他那次英勇的西征，因此就花二十块钱一支，不看现货就买下了这批枪。后来谁也不知道它们是否在士兵手里发生了炸裂。而这就是能产生出钱来的钱。这些钱你怎么到手是毫无关系的，只要你能拿到它并且使它产生出更多的钱来。我并不是在冷嘲热讽。我们的主和上帝啊，出身于古罗马名门的马鲁洛所说的话很对。在钱的问题上，一般的行为准则是不起作用的。我干吗要跟食品杂货讲话呢？或许是因为你们都守口如瓶吧。你们既不多嘴学说我的话，也不互相窃窃私议。认为钱是俗物，不值一谈，那只是因为你手上有钱。没钱的人是觉得它十分诱人的。不过你们是否同意：要是一个人对钱发生了极大的兴趣，他就应当多少了解一些它的本性、特点和癖性。我怕世上只有极少数人，主要是大理财家或大守财奴，才会对钱本身发生兴趣。而且那种一味患得患失的守财奴还不在其内。"

这会儿地板上已积起了一大堆空纸盒。我把它们抱进货房，

---

① J. C. 弗里蒙特（1813—1890），美国军事家、政治家、探险家，1841—1844年在美国西部探险。

准备整理好了保存起来。不少人就用它们包着买的东西带回家去，马鲁洛一定会说："这可以节省纸袋，小伙子。"

是啊，还有这"小伙子"问题。我现在已经不在乎它了。我愿意他叫我"小伙子"，甚至心目中把我当作"小伙子"。当我正在叠着那些纸盒子的时候，前门忽然传来一阵砰砰乱敲的声音。我瞧了瞧自己那只大的银火车表，咳，你能想象得到么，我竟生平第一次到了九点还不曾开门！此刻一点不假地已经九点过了一刻。跟食品杂货的全部议论这时都丢到了九霄云外。透过门上装有铁栅的玻璃孔，我能看清来的是玛吉·扬-亨特。我还从来不曾认真瞧过她，不曾仔细打量过她。或许正因为这样她才要给我们算卦——完全是为了让我注意她。我最好不要马上改变我的态度。

我使劲打开了大门。

"我并不是想催你赶快来开门。"

"不过我确实开晚了。"

"是吗？"

"当然。九点已经过了。"

她踱了进来。她的屁股突出，圆鼓鼓地，很好看，而且每走一步，就从容不迫地上下颠动。她的乳房够丰满的，所以也没有必要再有意去突出它。它们就摆在那儿。玛吉正是小乔伊一定会把她叫做"甜姐儿"的那种女人，而且我自己的儿子亚伦说不定也会那样叫。也许这是我第一次看清了她。她的五官端正，鼻子略微显得长一点，嘴唇描得比实际上更丰满，尤其是下唇更加如此。她的头发染成深栗色，不像天生能有的颜色，但很漂亮。她的下巴柔弱无力，但双颊却丰满结实，颧骨很宽。玛吉的眼睛一定刻意修饰过。它们的颜色褐中透蓝,像钢铁似的随着光线而变幻。这是一张坚韧的脸,时常不得不逆来顺受,也能逆来顺受,甚至是忍受残暴,忍受猛揍。她目光闪烁地望望四周,望望我,望望那些食品杂货,然后又回过来望着我。我猜想她准是个精明的观察者,也是个记性极好的人。

"我希望你不会再提出昨天那个老问题吧。"

她笑了起来。"不——不。我不会每天都带个推销商来。这回我真的是因为咖啡用完了。"

"别人也多半是这样。"

"你这话怎么讲?"

"唔,每天早上最先进来的十个人总是因为咖啡用完了。"

"真是这样吗?"

"当然。顺便说起,我还得谢谢你把你那位推销员支使了来。"

"那是他自己的意思。"

"不过是你鼓动的。你要哪一种咖啡?"

"随便。不管我买哪一种,煮出来总是不怎么样。"

"你搁的分量对么?"

"自然,可是煮出来仍旧挺蹩脚。咖啡简直不……我几乎要说'不对我该死的胃口'。"

"你不是已经说了么。试试这种吧。"我从架上拿下一听罐头,她伸手来接——仅仅这样一个动作,她身上的每一部分就都动了起来,活跃起来,悄悄地引诱别人的注意。瞧着我,瞧我的腿。这是我,我的大腿。没有另外一个女人的小肚子有我这么好看。这一切对我来说都非常新鲜,刚刚发现。我屏住了呼吸。玛丽常说，女人能够按自己的意思向别人发出或者不发出讯号。要是这样，那么玛吉准有一个强大的讯号系统遍布全身，从尖尖的漆皮鞋尖直到柔软的栗色鬈发。

"看来你的忧郁症已经过去了。"

"我昨天发作得可真厉害。不知是怎么回事。"

"我还不知道么！有时候我也会无缘无故发作起来的。"

"你算命算得挺不错呀。"

"惹你生气了么？"

"不，我倒挺想知道你到底是怎么算出来的。"

"你不会相信这一套。"

"不管相信不相信。你的确正好一语打中了要害。触到了一些我一直在想也一直在努力解决的问题。"

"比如什么？"

"比如的确该改变一下处境了。"

"你一定当我是在故意搞鬼吧，对么？"

"问题倒不在这儿。假如真是这样的话——那你又到底是为什么？你想到过这一点么？"

她眼也不眨地直望着我，带着疑心、探察和询问的神色。"是的！"她轻声地说，"哦，我是说不，我从来没想过。假如真是我在故意搞鬼，那又到底是为什么？这样说来倒正好不像是在搞鬼啦。"

贝克先生从门外探进头来。"你早，玛吉。"他说。"伊桑，你考虑过我的意见了么？"

"当然考虑过了。我正想找你谈一谈。"

"什么时候都可以,伊桑。"

"唔,这一个星期我都走不开。你知道,马鲁洛很少上店里来。明天你在家么?"

"去过教堂以后准在家。这倒是个好主意。四点光景你带玛丽一块儿去吧。乘太太小姐们废话连篇议论复活节的帽子一类事情时,我们就可以趁机溜开……"

"我有上百桩事情想要问问。我想最好先把它写下来。"

"只要是我知道的都行,欢迎你们来。那就明儿见吧。早上好,玛吉!"

等他出去以后,玛吉说:"你倒开始得挺快呀。"

"也许只算是上场前先舒展舒展手足。顺便说起——咱们来做件有意思的事怎么样?你先蒙着眼睛或者用这一类的方式来翻牌,然后看看结果是不是跟昨天的符合,你看好么?"

"不行!"她说。"那样就不灵了。你是逗我玩还是真想那么干?"

"我是想看看到底怎么样,这跟相信不相信没有关系。我不相信什么超感觉,不相信雷电或者氢弹,甚至不相信有各种各样的紫罗兰或者各种各样的鱼——但是我明白它们是存在的。我不信鬼,但我却看见过它们。"

"你是在拿我开心。"

"完全不是。"

"你简直好像变了似的。"

"完全对。也许别人也都一直在变。"

"是什么原因呢,伊桑?"

"我也不知道。或许是因为我实在当厌了杂货店员吧。"

"你也早该当厌了。"

"你真的喜欢玛丽么?"

"当然喜欢。你干吗问起这个来了?"

"你看起来实在跟她不大像……嗯,你跟她显得那么不同。"

"我明白你的意思了。不过我的确喜欢她。简直是爱她。"

"我也是这样。"

"真幸福。"

"我知道我的确是幸福。"

"我是说她。好吧,我得去煮我的蹩脚咖啡去了。关于纸牌的玩意儿我考虑一下。"

"越快越好,不然就会不灵了。"

她鞋声得得地走了出去,她那匀称的屁股像有弹性的橡皮似的索索颤动。我过去从没看清过她。我真不知道有多少人我一辈子经常看见,却从来没有看清过。想起来都叫人吃惊。这又是个值得一想的问题:当两个人碰在一起时,每个人都会因对方而发生变化,这时你就看见了两个新的人。或许这说明……见鬼,扯到哪儿去了。这类问题我只允许自己在夜里睡不着觉的时候才去想它。刚才没准时开门这件事吓了我一跳。就像是芝加哥的某某人在谋杀人时当场失落了自己的手帕或者眼镜似的。这究竟是什么意思?是犯了什么罪?谋害了什么人么?

中午时分,我准备了四份三明治,夹奶酪火腿,外加生菜和蛋黄酱。火腿和奶酪,火腿和奶酪——一个男人结婚成了家就准会进退维谷。我拿了两份三明治和一瓶可口可乐走到银行后门口,交给来开门的小乔伊。"错账找出来了吗？"

"还没有呢。你瞧，我太专心致志陷在里面，反而看不清了。"

"那干吗不搁到礼拜一呢？"

"不行呀。银行是一步也不肯放松的小气鬼。"

"有时候你不去想某一件事情，它反而会自动来找你的。"

"我知道。谢谢你送三明治来。"他瞧瞧里面夹的东西，看是不是生菜和蛋黄酱。

复活节前礼拜六下午食品杂货铺的生意，如果用我那粗野而神气活现的宝贝儿子的话来说，等于是"扯淡"。但这天确实发生了两件事，至少让我自己明白了在我的内心深处正在出现某种潜在的变化。我是说，要是换了昨天，或者是在此以前的任何一天，我是决干不出我在这天所干的事的。这似乎有点像是在翻阅糊墙纸的样本那样，我仿佛是无意间翻着了一种新花样。

第一件事是马鲁洛来了。他的关节炎发得他痛苦不堪。他不停地屈伸着两臂，就像个举重运动员似的。

"生意怎样？"

"很清淡，阿尔菲奥。"我过去从来不曾喊过他的名字。

"城里的人全走空了……"

"我倒还是希望你叫我'小伙子'。"

"我以为你不喜欢这样叫你哩。"

"我发现我倒挺喜欢呢，阿尔菲奥。"

"人人都出门去了。"他的肩膀准是痛得活像关节里面有滚烫的沙子似的。

"你是多少年以前从西西里来这儿的？"

"四十七年以前。很久以前了。"

"回去过吗？"

"没有。"

"干吗不回去一趟看看呢？"

"有什么意思？什么都变了。"

"你不想去瞧瞧这些变化么？"

"并不太想。"

"还有什么亲戚活着么？"

"有，我弟弟，他的孩子也已经有了孩子了。"

"我想你总想见见他们吧？"

他瞧着我，我想，大概就好像我瞧着玛吉时那样，第一次看见了我。

"你脑子里到底有什么念头，小伙子？"

"我瞧着你的关节痛真觉得难受。我想西西里多暖和，也许会消除疼痛的。"

他不大相信地望着我。"你是怎么啦？"

"你指什么？"

"你显得跟往常不同了。"

"哦！我刚得到了一点好消息。"

"别快不干了吧？"

"马上还不会。要是你要上意大利，我可以答应仍旧留在这儿。"

"什么样的好消息？"

"现在还不能告诉你。大致是……"我平伸着手掌前后晃动了几下。

"钱?"

"有可能。你瞧,你够有钱的了。你干吗不回西西里去,给他们瞧瞧一位美国富翁是什么派头?饱晒一下太阳。我能把铺子照看好的,这你知道。"

"你不走么?"

"见它的鬼,不走。你很了解我,总该相信我不会搞你的鬼的。"

"你跟往常不同了,小伙子。到底是什么缘故呀?"

"我已经告诉过你了。去逗逗孩子散散心吧!"

"我并不想念那地方。"他说,但是我明白我的话已经引起了他心里的疑心——而且还相当厉害。我知道他今天一定会深夜跑到店里来查账本的。他是个疑心很重的混蛋。

他前脚刚走——唔,跟昨天一样——那个B.B.D.联合公司的推销员后脚就进来了。

"不是来谈公事的。"他说。"我正要去蒙托克度周末。想顺路来一趟。"

"我正盼你来哩。"我说。"我要交还你这个。"我把那个皮夹递了过去,边上露着那张二十块钱的票子。

"见鬼,这完全是出于好意。我已经说了不谈公事。"

"收起来吧!"

"你到底是什么意思?"

"照我们这儿规矩这样就好像是说定了一桩买卖似的。"

"怎么回事,你不高兴么?"

"那倒没有。"

"那到底为什么呢?"

"收起来吧!投标还没截止呢。"

"上帝啊……是威兰公司出了更好的价钱么?"

"不是。"

"那么是谁——该死的到底是谁肯出整笔房产来给人当回扣呢?"

我抽出那张二十块钱的钞票塞在他胸前口袋里插着的手帕后面。"我收下皮夹吧。"我说。"这挺漂亮。"

"你瞧,我不先请示一下总公司是不能出价的。你到礼拜二左右之前先别封口。我会打长途通知你的。听见我说是'老呼'在打电话,你就知道是谁打来的了。"

"反正电话费归你付。"

"好,可是先别封口,行么?"

"是没封口呀。"我说。"你喜欢钓鱼么?"

"只是为了陪陪娘儿们。我想拉着玛吉这个'甜姐儿'一块儿去。她不肯。该死的还狗血淋头地骂了我一顿。我搞娘儿们总是不在行。"

"娘儿们都愈来愈出奇了。"

"你这真是至理名言。"他说。这种老式客套话我已经足有十五年不曾听人说过了。他显得有点忧心忡忡。"你在听到我的回音之前千万别作决定。"他说。"上帝啊,我原先还当是在蒙一个乡下佬哩。"

"我不想出卖我的东家。"

"废话!你不过是在提高赌注。"

"我不过是拒绝了一笔贿赂,如果你非要提这件事的话。"

我猜这证明我确实跟以往不同了。这家伙开始用尊敬的目光瞧着我,我觉得高兴,十分高兴。这杂种以为我跟他是一样的角色,只是比他更精明。

正当我已经准备关店的时候,玛丽打来了电话。"伊桑,"她说,"你别发火……"

"什么事,我的小花梗?"

"嗯,她那么孤独,我想……嗯,我邀请了玛吉来吃饭。"

"那有什么呀?"

"你没发火?"

"见鬼,没有。"

"别赌咒。明儿是复活节呢。"

"这话倒提醒了我,好好收拾收拾你的漂亮衣服吧。明儿四点钟我们得上贝克家去。"

"上他们家里?"

"对,去喝茶。"

"那我得穿上复活节上教堂穿的那套衣服了。"

"好极了,我的小羊齿草。"

"你没生玛吉的气吧?"

"我爱你。"我说。而且我也确实是爱她。一点不假。后来我一直在想,一个男人有时会变得多么不是个东西啊!

第五章

当我走上榆树街,拐进碎石嵌成的小路时,我停下步来,望着我这块老地方。它显得跟往常不同了。显得确实是属于我的。既不是玛丽的,也不是父亲的,或者是老船长的,而是我的。我可以卖掉它或者烧掉它,也可以保持它。

我刚刚在后门台阶上踏上两步,纱门就砰地打开,亚伦吵吵嚷嚷地冲了出来,嚷着:"'躲躲猫'呢?你把'躲躲猫'给我带回来了么?"

"没有。"我说。但是奇上加奇的怪事是,他并没有大失所望得吵嚷起来,也没有去要他妈妈作证我曾经自己答应过。

他只说了声:"哦!"就不声不响地走开了。

"晚上好。"我朝着他正要离开的背影。他停下来说了声:"晚上好。"就仿佛这是句他刚学会的外国话似的。

玛丽走进了厨房。"你理过发了吗?"她说。她每觉得我有些异样,都把它归因于发烧或者理了发。

"没有,我的小卷毛,我没理发。"

"嗯,我可急得像着了火似的一直在收拾屋子。"

"收拾好了么?"

"我跟你说过了,玛吉要来吃晚饭。"

"我知道,但是干吗要这么忙忙乱乱像办喜庆大事似的呢?"

"我们多少年没请过客了。"

"这倒是真话。的确是真话。"

"你是不是穿上那套黑礼服?"

"不,穿'老弩马',我那套庄重的灰便服。"

"干吗不穿黑的呢?"

"不想把烫挺了预备明儿上教堂穿的衣服弄皱。"

"我可以明儿早上再烫。"

"我还是穿'老弩马'吧,它并不比你在全县里能够找到的任何一套衣服差。"

"孩子们,"她喊道,"什么东西都不许碰!我已经把那些细瓷盆子拿出来了。你不愿意穿那套黑的么?"

"不。"

"玛吉一定会穿得整整齐齐的。"

"玛吉喜欢'老弩马'。"

"你怎么会知道。"

"她跟我说过。"

"她没说过。"

"她给报纸写过一封读者来信。"

"认真点儿。你会对她和和气气的么?"

"我会跟她谈情说爱呢。"

"我原来以为你准会穿那套黑的——既然她要来。"

"你瞧,我的漂亮姑娘,刚才我进门时,本来是一点也不在乎穿哪一套或者压根儿什么也不穿的。可是没过两秒钟,你就弄得我非坚持穿那套'老驽马'不可了。"

"故意找碴么?"

"不错。"

"哦!"她说,跟亚伦刚才的腔调完全一模一样。

"晚饭是什么菜?我想打一条跟饭菜的色调相配的领带。"

"烤鸡。你没闻见么?"

"我想是闻见了。玛丽——我……"但是我不说下去了。说它干吗呢?你没法阻止一种全国性的本能。她准是上"平安公司"商场的"鸡鸭廉价日"部去过了。价钱比马鲁洛店里便宜?当然我是知道他们的底细的,我也跟玛丽解释过那些联号商店做的滑头生意。一种廉价货把你吸引了进去,你就会顺便买上一大堆并非廉价货的东西,只因为它们就在你眼前。人人都明白,但大家还是去买。

我原想要给我的玛丽小宝贝上的这一课就此夭折了。新的伊桑·艾伦·霍利从今要随大流干蠢事,并且有机会就去利用它。

玛丽说:"我希望你别认为我是不忠实。"

"我亲爱的,买只鸡的事还能谈得上什么善恶么?"

"它实在是便宜。"

"我觉得你是做了件挺聪明……挺会当家的好事情。"

"你又在开玩笑。"

亚伦正在我的卧室里等着我。"让我看看你的圣殿骑士团[①]宝

[①] 美国的一种共济会团体,成立于1951年。

剑好么？"

"行。就在壁橱角落上。"

他完全清楚放在哪里。就在我脱衣服的那会儿，他已经把它从一只皮匣子里拿了出来，拔出剑鞘，迎着灯光举起那雪亮锋利的剑刃，对着镜子欣赏自己高贵的姿态。

"文章写得怎样了？"

"唔？"

"你大概是在说——'请原谅，先生'吧？"

"是的，先生。"

"我问：文章写得怎样了？"

"哦，挺好！"

"你真决心要写么？"

"当然。"

"当然？"

"当然，先生。"

"那顶帽子你也可以看看。就在搁架上那只大的皮盒子里。羽毛有点发黄了。"

我爬进那只宽底粗脚的老式大澡盆里。从前通行把它做得那么大，以便躺在里面恣意享受享受。我用刷子把沾在我身上的马鲁洛呀，以及这一整天的劳碌呀，全冲刷了个干净，同时躺在澡盆里，不用镜子，就用手指尖摸着刮了胡子。谁都会说这简直有点古罗马帝国的生活派头，迹近奢侈淫靡。当我梳头发的时候，我照了照镜子。我已经有很长时间没瞧过自己的脸了。一个人完全可能每天都在刮脸，却从来没有认真瞧过自己的脸，特别是当你并不太关心它的时候。美就像人的皮肤那么浅薄,但同时美又可能来自人的内心。如果要我选择的话,我宁愿要后一种。这倒并不是因为我的脸丑。在我看来,它就是有点不太有趣。我只稍微做了几个表情,就不再指望它们了。它们显得既不高雅又不凶恶,既不高傲又不滑稽。这仍旧是原来那张该死的老面孔在那儿装腔作势。

我回进卧室里时,亚伦已经把那顶插羽毛的圣殿骑士帽戴在头上,要是我戴着它竟是这么一副蠢相的话,那我简直想退团不干了。那个皮帽盒打开着搁在地板上。盒子里有个用硬纸板包着天鹅绒做的衬垫,就像一只覆着的汤碗。

"不知道他们能不能重新弄白那根鸵鸟毛,或者另换一根新的?"

"要是换上了新的,把旧的这根给我行么?"

"那有什么不行?爱伦上哪儿去了?我一直没听见她那稚声稚气的尖嗓门。"

"她正在写她那篇《我爱美国》的文章。"

"那你呢?"

"我还在想。你能带几只'躲躲猫'回来么?"

"我很可能会忘了。你干吗不自己哪一天上铺子来一趟呢?"

"行。我可以问你一件事情……先生?"

"我很高兴回答。"

"我们家从前是拥有过正街上整整两排房子么?"

"是的。"

"我们还有过捕鲸船么?"

"对。"

"那么,现在我们为什么没有了呢?"

"我们把它们全损失光了。"

"那是怎么搞的呢?"

"就是这么突然之间统统丢光了。"

"这简直是开玩笑。"

"这可是一桩非同小可的该死的大玩笑,要是去认真解剖它一下的话。"

"我们正在学校里解剖一只青蛙。"

"对你们倒挺不错。对那只青蛙可就不太妙了。我打哪一条漂亮领带好?"

"蓝的那条。"他不感兴趣地随口说。"唔,等你穿好了衣服,你能……你有时间上阁楼来一趟么?"

"我可以抽时间,如果事情重要的话。"

"你真的来么?"

"我来。"

"那好。我现在先上去开开灯。"

"打完领带一会儿就去找你。"

他的脚步踏在没铺地毯的阁楼楼梯上,传来空洞的回声。

每当我打领结时,如果存心想着它,领带老会滑到一边去,要是让手指头去自行其是,反倒会打得挺好。我此刻就全权委托了手指,让脑子去想想霍利家老屋的阁楼——我自己的房子中我自己的阁楼。它并不是个专堆破烂的蛛网密布的黑囚牢。它有几扇带玻璃的小格子窗,年代已经那么久远,以致光线透进来变成淡紫色，外面的景物望去显得朦朦胧胧，仿佛水中所见的世界那样。堆在那里的书本并不是早晚只等丢弃或者捐给海员学校的。它们都安安稳稳摆在书架上等着被重新发现。椅子有的是老早过时了的，有的坐垫已凹凸不平，但都又大又软。这儿也并不是个尘灰满积的地方。平时打扫屋子也包括打扫阁楼在内。而且正因为它大多数时候门窗紧闭，所以灰尘也进不去。我还记得自己小时候有时曾一头钻在那些五光十色的书堆里，有时也因为心烦难受，或者因为神仙鬼怪地想入非非，急于躲开别人独自呆一会，因此就藏进阁楼，在透进窗来的紫罗兰色光线下，蜷缩在一张能把全身都陷进去的大安乐椅里。躺在那儿，我可以仔细打量承着屋顶的那些用锛子凿成四四方方的粗木梁，察看它们是怎样互相榫合又用木钉钉牢的。无论雨水在屋顶上淅淅沥沥或者奔腾狂泻，这儿都是个挺安全的好地方。而那些在光线映照下五色缤纷的书，那些儿童画册，它们从前的旧主人都已经长大成人、开花结子，或者一去不返了。这里面有《唠叨鬼》丛书和罗洛系列故事集；有描绘一千种神降天灾——"大火"、"洪水"、"海啸"、"地震"——的书，都有许多插图；有古斯塔弗·多勒描绘地狱的书，中间一方块一方块像砖头似的夹着但丁的诗句；还有汉斯·克里斯蒂安·安徒生的叫人悲痛断肠的故事，格林兄弟笔下令人毛骨悚然的残暴事迹，还有庄严的《亚瑟王的故事》，但插图者却是别扭而病态的奥布里·比尔兹利[①]，——真是挑了个奇怪的家伙去给

---

① 奥布里·比尔兹利（1872—1898），英国插图画家。

伟大而强壮的马洛礼①画插图。

我老想安徒生是个多么聪明的人啊！一个国王对着一口井讲出自己的秘密，这样他的秘密就万无一失了。凡是讲奇迹、说故事的人都必须想到，将来要读或者听他的故事的对象到底是谁，因为每一个故事都有许多种讲法，全看对象是谁而定。每个人都根据他自己的需要和能力去各取所需，因此也就按自己的标准改造了它。有的人仅取了其中的一部分而扔掉了其余的部分，有的人硬用自己的成见去曲解故事，有的人又出于自己的高兴去添油加醋。一个故事一定要有某些跟读者契合的地方，才能使他读来感到惬意。只有在这种情况下他才会相信其中的种种奇迹。要是我想对亚伦讲一个故事，那就要跟把同一个故事讲给我的玛丽听时有不同的讲法，而如果马鲁洛也在听众之列的话，那就又得换一种适合于马鲁洛的讲法。但也许还是安徒生的那口井最为高明。它只是听着，连它所发出的回声也是轻悄悄的，而且很快就消失了。

我觉得我们大家，或者其中的大多数，都是被十九世纪科学所左右，这种科学对于一切它所无法度量或解释的东西都断然否认其存在。而我们无法解释的东西却自顾自存在着，只不过用不着说，它们都并不需要取得我们的同意罢了。我们一直对我们无法解释的东西视而不见，因此把这世界的很大一部分让给了儿童、疯人、傻子和神秘家，因为他们倒是更多地去关心事物的本身是

---

① 托马斯·马洛礼（？—147），英国作家、翻译家，《亚瑟王的故事》一书的作者。

怎么样，而并不那么关心它为什么是这样。所以有那么多古老而可爱的东西被堆进了世界的阁楼，就因为我们既不愿意让它们留在我们身边，却又不敢把它们干脆扔掉。

只有一盏没罩子的电灯悬在屋顶横梁上。阁楼地板是用人工砍削的两英寸厚、二十英寸宽的松木条拼成的，足够承受那许多堆得整整齐齐的箱笼、盒子，里面是用纸包好的旧灯、旧花瓶以及各式各样被弃置不用了的装饰品。灯光柔和地映照着排列在书架上的各种年代的书籍，全都洁净无尘。我的玛丽是个一丝不苟、毫不通融的清洁癖，身上干净利落得像个军士长。那些书都按大小和颜色分类排列着。

亚伦把前额贴在一个书架的顶上，低头俯视着架上的书籍。他右手扶着圣殿骑士剑的剑把头，剑尖朝下垂着，活像支着一支手杖。

"你这样子倒像是一幅带象征意味的图画哩，我的儿子。可以叫做《青春、战斗和学识》。"

"我想问问你，——你说过这儿有些书里可以找到些材料。"

"哪一方面的材料呢？"

"爱国高调，写在文章里的。"

"我懂啦。爱国高调。你看这调子怎么样？——'难道生命是那么宝贵，和平是那么可爱，竟值得用奴役和锁链的代价去取得？上帝啊，决不！我不知道别的人会怎样做，至于我，给我自由，或者给我死！'[①]"

[①] 18世纪美国独立战争时期著名政治家帕特里·亨利（1736—1799）的著名演说词。

"了不起!这可是上等货色。"

"的确是的。那时候地球上还真有些巨人哩。"

"我但愿生活在那个时代。海盗船。哦,乖乖!乒——砰!投降吧!大批金银,满身绸缎和珠宝的女人。我真愿活在那个时代。我们家有些老祖宗不是真经……哦,曾经……干过这个么?你自己说过的。"

"是一种高等海盗——当时叫做特准私掠船①。我估计也并不像旁人事后听起来那么轻松愉快。老靠牛肉干和干面包充饥。那时候同样也有下流的家伙哩。"

"我不在乎。我会挣到金子并且带回家来的。现在大概不让再干这个了。"

"不,——只不过干得规模更大,组织得更严密罢了。现在他们管这个叫外交。"

"我们学校里有个孩子获得过两次电视节目奖金——一次五十块,一次两百块。你瞧这怎么样?"

"他准是挺机灵。"

"他?没那回事。他说,这全是靠窍门。你只要学会了找窍门,就准能想出一种噱头来。"

"噱头?"

"是呀,比如说假装天生残废,或者假装你全靠养青蛙来供养你的老妈妈。这会使你引起观众的注意,这样他们就会选你了。他订了一份杂志,登着全国所有这类竞赛的消息。爸,我可以订

---

① 战时特准捕掠敌方商船的武装民船。

一份这种杂志么?"

"那么说,当海盗是过时了,但是这种动机似乎还是继续存在。"

"你的话是什么意思?"

"不劳而获。不费力气得到财富。"

"我可以订那种杂志么?"

"我还当揭露过那些竞赛作弊的丑闻以后,这类事情已经名声扫地了。"

"见鬼,才不呢。我是说,才不呢,先生。他们只稍微改变了一点花样。我真想也能弄到点儿这种外快。"

"这是外快,是么?"

"钱总归是钱,怎么弄来的有什么关系。"

"我可不这么想。这对靠这样弄来的钱本身是没什么关系,可是对拿这些钱的人却很有害处。"

"我不明白为什么。这又不违反法律。不是么,我们国家里有些最有名的大人物也……"

"查理,我的儿子呀,我的儿子!"

"你这是什么意思——查理?"

"你真的那么想变得有钱么,亚伦?真想得那么厉害么?"

"你以为我愿意连辆摩托车都没有么?总有二十个孩子有了摩托车了。再说要是一个人家里连辆汽车都买不起,也没一台电视机,你知道那是什么滋味么?"

"这真叫我大吃一惊。"

"你还不知道这是什么滋味呢,爹。有天我做了一篇课堂作业，描写我曾祖父当过捕鲸船长的事。"

"他是当过呀。"

"全班都哄堂大笑。你知道他们管我叫什么吗？叫'老鲸'。你觉得怎样？"

"挺糟糕。"

"要是你是个律师或者在银行一类的什么地方工作，那倒还不会这么糟。你知道要是我弄到一笔外快，首先要做一件什么事么？"

"不知道，什么事？"

"我要给你买一辆汽车，那样你就不会因为别人都有，觉得低人一头了。"

我说："谢谢你，亚伦。"我感到嗓子眼里一阵发涩。

"哦，这没什么。反正我自己这会儿还领不到驾驶证。"

"我们国家所有伟大的演讲词你都可以在那个书架上找到，亚伦。我希望你读一些。"

"我会读的。我正需要读一读。"

"你的确很需要。祝你有收获。"我一声不响走下楼来，一边走一边舔舔自己发干的嘴唇。亚伦的话是对的。我确实觉得低人一等。

我在我那张旁边有灯的大安乐椅上一坐下来，玛丽就把报纸拿来递给了我。

"你是我多大的安慰呀，我的小摇摇！"

"这套衣服看起来倒确实不错。"

"你不但是花钱的老手，还是个编谎的行家。"

"这条领带跟你眼睛的颜色挺相配哩。"

"你是在打什么主意。我看得出来。我跟你公平交易,一个秘密换一个秘密吧。"

"可是我没有什么秘密呀!"

"那就捏造一个吧!"

"我造不出。来,伊桑,告诉我吧。"

"有哪个耳朵长的孩子在偷听么?"

"没有。"

"那好吧,玛吉·扬-亨特今天来过。咖啡用光了——她是这么说的。我觉得她是在对我抱着极大的好感。"

"来,讲出来吧。"

"唔,我们谈到算命的事,我说,要是再重算一次看看是不是一样,那倒很有意思。"

"你真这样说了!"

"我说了。她也说这挺有意思。"

"可是你不喜欢这些事呀。"

"我也喜欢,只要它们算出来的是好事。"

"你想她今晚上会算么?"

"要是你相信我的想法还值几文钱的话,我猜她正是为算命才来的。"

"哦,不对!是我请她来的。"

"在她的怂恿之下。"

"你很不喜欢她。"

"正相反,我正渐渐地变得十分喜欢她,并且敬重她。"

"我真不知道你什么时候是说真话,什么时候在开玩笑。"

正在说着,爱伦悄不出声地走了进来,因此也不知道她刚才在听着没有,但我疑心她是在听着。爱伦是个道道地地、姑娘气十足的小姑娘,而且已经到了十三岁,显得既恬静又多愁,既欢乐又脆弱,需要的时候她还会找碴闹别扭。她正处在仿佛面团刚要发酵的年龄。她可能变得漂亮,也可能不。她是只依人的小鸟,老喜欢偎依着我,气息喷在我脸上,不过她的气息像奶牛的气息那么好闻。同时她还喜欢摸弄别人表示亲热。

爱伦倚在我的椅子扶手上,她那瘦小的肩靠着我的肩。她用一只粉嫩的小手指伸进我的袖子摸着我腕上的汗毛,弄得我怪痒痒的。她手臂上黄茸茸的毫毛在灯光照射下就像是一层闪闪发光的金纱似的。她真是个迷人精,不过我猜所有姑娘气十足的女孩子也都一样。

"抹起指甲油来了。"我说。

"粉红色的,妈妈准我抹。你的指甲可粗糙呢。"

"是吗?"

"不过倒挺干净的。"

"我刷过了。"

"我最讨厌像亚伦那样脏脏的手指甲。"

"或许你压根儿对他从头到尾都挺讨厌吧?"

"确实那样。"

"真是好样儿的。那你干吗不杀掉他呀?"

"你真傻。"她用指头搔搔我的耳朵背后。说不定她现在就已经在害得有些小男孩子心神不定了吧?

"我听说你正在写那篇文章。"

"准是那讨厌鬼告诉你的。"

"写得好吗?"

"哦,好!写得好着哩!我写完了让你看。"

"非常荣幸。我看你是为今天的场合特意打扮过了。"

"这身旧东西么?我是留着我的新衣服明天穿。"

"好主意。明儿会碰见一些男孩子的。"

"我讨厌男孩子。我真的最讨厌男孩子。"

"我知道你讨厌。跟人作对一向是你的座右铭。不过我也不喜欢他们。好了,现在别靠着我了,我要看一会儿报纸呢。"

她就像个二十年代的电影明星似的一扭身走开了,接着就立刻进行起报复来:"你哪天才能变得有钱呀?"

的确,将来总会有一个男人要吃尽她的苦头的。我本能地想一把抓住揍她几下,但这反而会使得她正中下怀。我怀疑她准是描了黑眼圈。她眼里的神情就像一只母豹子那样毫不留情。

"下礼拜五。"我回答她。

"好吧,我希望你快着点儿。我实在穷得受不了啦。"说完她赶紧溜了出去。果然也是个爱偷听悄悄话的。我确实挺爱她,这说来有点古怪,因为别人身上我最讨厌的一切都集于她的一身,可是我却挺钟爱她。

我根本没法看报。还不曾把它打开,玛吉·扬-亨特就已经到了。她经过刻意修饰——理发店式的修饰。我猜玛丽准懂得那是怎么修饰的,我可一点也不懂得。

早上来买咖啡的玛吉像个捕兽机似的,一心想诱我入网。同一天晚上,她又来对付玛丽了。即使她的屁股还在颠,我也看不出。就算她合身的衣服底下有什么诱人的东西,那也是隐藏着的。她是个无懈可击的客人——另一位妇女邀请来的客人;殷勤,妩媚,满口恭维,体贴,谦逊。她对待我的神气,就仿佛从早上到这会儿我已经老了四十岁似的。女人真是神妙莫测啊!尽管我并不明白她们为什么要这样做,但对她们的所作所为却仍旧要赞叹不绝。

玛吉跟玛丽在照例互相说着那一连串愉快的客套:"你今儿的头发是怎么梳的呀?"……"我挺喜欢这种发式,"……"这颜色跟你正配,你应该老穿这种颜色的,"——表示着一种并无恶意的相互赞许,这时我却想起了曾经听到过的一个最富于女性色彩的故事来。两个女人遇见了。一个大声嚷道:"你今儿的头发是怎么梳的呀?看起来真像是戴的发套。""是戴的发套呀。""唔,可一点也看不出来。"

也许这比我们所听到或者有权听到过的一切对答都更意味深长。

晚餐桌上一方赞不绝口说烤鸡做得好,另一方却连声否认,说实在不中吃。爱伦用一种仿佛准备永志不忘的目光细瞧着我们的客人,考察着她发式打扮的每一个细节。这时我才明白她们是从多么年轻的时候就开始细心观察,并以此为基础来培养所谓女性的直觉。爱伦回避着我的目光。她知道她挖了人家的痛疮疤,正等着别人来报复。好吧,我的厉害的女儿。我要用你想象不到的最无情的方法来进行报复。我要根本忘了这件事。

这顿晚餐倒确实不错,丰盛无比,量又太多——像通常有客来吃饭时那样,并且拿出了一大堆平时不用的碗碟。饭后还喝咖啡,这是我们平常所没有的。

"这会叫你睡不着么?"

"什么都不能叫我睡不着觉。"

"连我也不行?"

"伊桑!"

接着是一阵大家都不说话、一心收拾碗碟的叮当声。"我来帮忙吧。"

"那怎么行。你是客人嘛。"

"那就让我来搬吧。"

玛丽先用目光搜寻到了孩子们,然后把全副精神贯注到他们的身上。他们俩明知什么事就要落到他们的头上,可是又毫无办法。

玛丽说:"这事总是归孩子们干的。他们爱干,而且干得那么好。我为他们感到骄傲。"

"你瞧,这有多好!这种情况现在实在很少见了。"

"我知道。他们肯帮着干活,我们确实感到幸运极了。"

我能够看穿这两个小家伙正在拼命打主意,竭力在想法逃避,想要闹出点乱子,装不舒服,摔破几只古老的碗碟等等。玛丽一定也看穿了他们的鬼心眼。她说:"最难得的是他们从来不摔坏东西,甚至不打破一只玻璃杯。"

"嗯,你真有福气!"玛吉说。"你是怎么把他们教育得这么好的呢?"

"我并没怎么教育,这全是他们的天性。你知道,有些人是生来就笨手笨脚的。亚伦和爱伦却生来就手脚伶俐。"

我朝孩子们瞥了一眼,看看他们如何对待这个局面。他们知道他们是落进圈套了。我想他们正在猜测玛吉·扬-亨特是否也知道。他们仍旧在打着想要逃避的主意。我终于让他们完全断了这念头。

"不用说,他们当然是很喜欢听好话的,"我说,"不过我们别把他们耽搁了。要是我们不让他们抓紧点儿,他们会误了看电影的。"

玛吉倒竟然能一本正经不笑出声来,玛丽迅速而吃惊地用赞赏的眼光看了我一眼。要知道孩子们本来压根儿就没提出过要看电影。

十几岁的孩子们即使不出声,他们一不在也会使屋里显得更清静一些。他们在的时候总是会在周围造成一种乱哄哄的气氛。他们一离开,全屋子就仿佛松了一口气,安定了下来。难怪据说吵家鬼只光顾有半大孩子的屋子。

我们三个人围绕着那个谁都明白迟早要出现的话题小心翼翼地兜圈子。我走到镶玻璃门的食具柜前,拿出三只形状像百合花、带棉花状螺旋花纹的高脚玻璃杯,这还是不知多少年前从英国带回来的。然后我又拿出一只外面有篓子包着的大酒瓶,倒了三杯因为年代久远已经有点变色的浓郁陈酒来。

"这是牙买加朗姆酒。"我说。"霍利家从前是吃航海饭的。"

"一定很陈了。"玛吉·扬-亨特说。

"年头比你我或者比我的父亲还要老些。"

"它会叫你喝得晕头转向的。"玛丽说。"嗯,今儿简直是个隆重的宴会了。伊桑只在婚丧喜事的场合才肯拿出它来。亲爱的,你觉得这合适么？我是指正巧在复活节的前夜。"

"圣餐时喝的也并不是可口可乐呀，我的宝贝。"

"玛丽，我从来没有看见过你丈夫这么高兴。"

"这全是因为你算的命的缘故。"玛丽说。"一夜之间就使得他像变了个人似的。"

人真是一种多么可怕的怪物呀，他浑身是由一大堆标尺、刻度盘、计量器之类的东西组成，我们只能弄懂其中很少的几种，就是这很少几种恐怕也还懂得不太透彻呢！当时我肚里仿佛突然吞下了一团又烫又麻的烈火，它蔓延向上，在我的肋骨底下形成一种又撕又割似的感觉。我耳朵里仿佛轰地刮起了一阵台风，刮得我像一只绝望的海船似的，还来不及收帆，桅杆就已经折断。我嘴里又咸又苦，眼前整个房间都在摇晃跳动。一切都仿佛是在大声疾呼地警告着有危险，警告着要发生灾祸和意外。这是当我正从两位太太坐着的椅子背后经过时突然发生的，当时一种痛苦得发抖的感情整个压倒了我，但正像它是突然而来那样，一下子它又突然过去了。我重新挺起身来，继续往前走动，她们简直一点也不知道发生了这种情况。现在我才体会到，从前人们是怎么会一度相信魔鬼会附体的。我也不敢说我一定不相信这个。魔鬼附体！来势凶猛地突然产生某种异样的感觉，它与全身的每一条神经都格格不入，它们竭力加以抗拒，却力量不敌，败下阵来，只好向入侵者拱手投降。这是一种粗暴的侵袭——一点也不假，要是你能想象这句话所带有的那种几乎与喷灯的熊熊烈焰相近似的色彩的话。

我亲爱的妻子的话音透进了我的耳鼓："听人说说高兴的事情

是没什么害处的。"

我试了试我的嗓音,它是既有力又顺耳的。"一点小小的希望,即使是并没有希望的希望,也决不会损害任何人的。"我说着,把酒瓶放回原来的柜里,回到我的椅子边,一口喝下了半杯又陈又香的朗姆酒,坐了下来,架起腿,两手相叉抱着膝盖。

"我真不懂他是怎么啦。"我的玛丽说。"他本来是一直讨厌算命,老讥笑它的。我简直不懂是怎么回事。"

我的神经末梢就像冬天风中的枯草那么索索颤动起来,交叉着的手指互相紧压得发白。

"让我来尽量向扬太太……向玛吉解释一下,"我说,"玛丽是出生于一个高尚而贫寒的爱尔兰人家。"

"我们家里的人也并不全是那么穷的。"

"你听不出她说话的口音来么?"

"嗯,现在经你一提醒……"

"嗯,玛丽那位已经、或者应该成了圣人的祖母曾经是位虔诚的基督徒,是这样吧,玛丽?"

我似乎觉得我那亲爱的妻子身上已经微微地出现了一点敌意。但我仍旧继续说下去。"可是她却毫不犹豫地也相信神怪,尽管按严格而毫不容情的基督教神学来说这两者是决不相容的。"

"但是这是另一回事嘛。"

"当然是这样,宝贝。几乎每一件事都可以说是另一回事。难道你对一件自己所不懂的事情,能说得上不相信么?"

"你得当心他。"玛丽说。"他专会拿话套住人家。"

"我可不会的。我既不懂得命运也不懂得算命。我怎么能不相信它呢？既然算命的事经常在发生，我就相信它是存在的。"

"可是你并不相信它是真实的。"

"真实的是大家都要求这么做，成千上万的人，而且还为这个出钱。仅仅知道这一点，也就足够使人发生兴趣了，这话对么？"

"可是你还是并不……"

"你别忙！我并不是不相信，只不过是不明白罢了。这并不是一回事。我不明白究竟是先有命运呢，还是先有算命？"

"我想我明白他的意思。"

"你明白么？"玛丽有点不高兴。

"或许算命的人不过是对早晚必定要发生的事特别敏感些吧。这能解决你的疑问么？"

"那就是另一回事了。不过纸牌又怎么能知道呢？"我说。"没有别人去翻，纸牌自己连动都不会动。"

玛吉没有望我，但是我明白她已经觉察到了玛丽越来越感到不痛快，所以正等着我拿主意。

"我们来搞一次试验行么？"

"嗯，有意思的是，这类事似乎最讨厌试验，会不灵的。不过试试也不妨。谁会想到要搞试验呀？"

"你们还没喝过一口朗姆酒呢。"她们一起举杯喝了一口，又放下了杯子。我把自己杯里的一口喝干，又拿出了酒瓶。

"伊桑，你觉得你还想再喝么？"

"是的，宝贝。"我倒满了我的杯子。"你能蒙起眼睛来翻牌么？"

"可是得有人看牌呀。"

"那要是玛丽或者我来翻,你来看牌怎么样?"

"按说看牌的人得跟牌发生交流才行,不过我也不太清楚,我们可以试试看。"

玛丽说:"我觉得要是咱们要干,就应当按规矩来干。"她一向是这样的。她不喜欢变化——我是说,不喜欢小变化。至于大的变故她倒比任何人都更善于应付,对割破手指的事她会大惊小怪,对割断喉咙她倒反而会既沉着又应付自如。我心里有点忐忑不安,因为我已经跟玛丽说过我们曾经商量过这件事,可是现在却显得好像我们是第一次刚想到似的。

"我们今儿早上谈起过这事。"

"对,我来买咖啡的时候。我今儿整天都在想着这件事。我把牌带来了。"

玛丽爱把拿定主意错当成生气,把生气错当成发火胡闹,她又最怕人发火胡闹。说来丢脸,这是她几个爱闹酒的叔叔养成她这种害怕心理的。此刻我可以觉察到她这种担心正在愈来愈抬头。

"咱们别再闹着玩了吧。"我说。"干脆玩玩'卡西诺'得啦。"

玛吉看出了我这种策略,她心里明白,说不定自己也在运用它。"我都无所谓。"

"我的命运已经定了。我一定会变得有钱的。别再谈这事了。"

"你看,我跟你说过他是从来就不相信这个的。他引你绕了半天圈子,最后又不干了。他有时真叫我气得发疯。"

"是么?可你从来没有露出来过。你永远是我可爱的太太。"

说来奇怪,有时你能清楚地觉察到存在着种种彼此投合或者彼此抵触的暗流——并不总是这样,但有时确是如此。玛丽并不费心去整理思绪，或许这样反而使她更为敏感、更容易领会到这个。屋里愈来愈增长起一种紧张气氛。我脑子里突然闪过一个念头：她以后也许再也不会是玛吉的好朋友了——再也不会对她有好感了。

"说真的，我倒确实很想懂得点纸牌呢。"我说。"我是一窍不通。我老听说吉卜赛人都精通它。你是个吉卜赛么？我从来不曾认识过一个吉卜赛人。"

玛丽说："她婚前娘家的姓是个俄国姓，但是她自小生长在阿拉斯加。"

那么说她的宽颧骨原因就在这里。

玛吉说："我还从来不曾告诉过你我有一桩有罪的秘密呢，玛丽，那就是：我们是怎么到阿拉斯加的。"

"那儿从前属于俄国人。"我说。"我们是向他们买过来的。"

"对，但是你可知道那儿是个监牢，就像西伯利亚一样，不过是关最坏的罪犯的？"

"什么样的罪行？"

"最恶劣的。我的曾祖母因为行巫术被判流放到阿拉斯加。"

"她干了些什么？"

"她呼风唤雨。"

我笑了起来。"难怪你是天性遗传就会这个。"

"呼风唤雨？"

"纸牌算命——也许这压根儿就是一码事。"

玛丽说："你是在说笑吧。这不是真事。"

"我也许稍微有几分开玩笑，玛丽，但这的确是真事。这是一种最坏的罪行，比谋杀还要坏。我还保存有她的一些文件——不过当然它们都是俄文写的。"

"你会说俄国话么？"

"现在只会说一点儿了。"

我说："也许巫术今天仍旧还是一种最恶劣的罪行。"

"明白我刚才的话了吧？"玛丽说。"他一会儿说到东一会儿说到西。你永远弄不清他究竟在想些什么。昨天夜里……今早他天不亮就起来。跑出去散步去了。"

"我的确是个坏蛋，"我说，"不折不扣、无可救药的坏蛋。"

"好吧，我还是想请玛吉来算算命看——不过要让她按自己的办法，不准你搅和。要是咱们老说个没完，孩子们一会儿回来，咱们就干不成了。"

"对不起，我要出去一会儿。"我说。我爬上楼梯走进我们的卧室。剑放在床上，帽盒打开着搁在地板上。我走进浴室拉了一下水箱。全屋子都能听到哗哗的冲水声。我用冷水浸湿了一块手巾按在前额上，尤其是紧按在眼睛上。它们正仿佛被一种内部的压力在鼓得发胀。冷水使人感到舒服一点。我在便盆盖上坐下来，把脸俯在湿手巾上，手巾变温了我再把它浸湿了一次。回头经过卧室时，我从帽盒子里拿起那顶插羽毛的圣殿骑士帽来，把它戴在头上走下了楼梯。

"哦，你这傻瓜。"玛丽说。她显得放了心，高兴起来。不痛快的气氛一下消失了。

"他们能把鸵鸟毛弄白吗？"我问。"它有点发黄了。"

"我想行吧。去问问舒尔茨先生。"

"我礼拜一拿去。"

"我希望玛吉快来算命。"玛丽说。"我非常希望她来算一算。"

我把帽子套在楼梯口的扶手上,那样子就仿佛是一位喝醉了酒的元帅似的——如果真有那样的元帅的话。

"去把牌桌拿来,伊桑。牌摊开来很占地方的。"

我从前厅的壁橱里拿出牌桌,把桌脚支开。

"玛吉喜欢坐直背椅。"

我摆好一张餐桌椅子。"要我们做些什么呢?"

"专心致志。"玛吉说。

"注意什么呢?"

"尽可能什么也不注意。纸牌在那边长椅上我的手提包里。"

我一直认为算命的纸牌总是又脏又厚又旧的,可是这一副却干干净净、闪光发亮,仿佛涂了一层塑料似的。它们比平常玩的牌长一些也窄一些,而且远不止五十二张。玛吉端端正正坐在桌子跟前,把牌在手里呈扇形摆开,显出各种色彩鲜明的图画和错综复杂的花色。牌名都是法文的:l'empereur, l'ermite, le chariot, la justice, le mat, le diable[①]……大地,太阳,月亮和星星;还有种种花色:刀剑,酒杯,权杖,以及据我猜想是——金钱,如果 deniero 意思是金钱的话,不过那图案却画得像是一朵作为纹章的玫瑰似的;同时每一种花色又都各有它的 roi, reine 和 chevalier[②]。接着,我还看见了一些挺古怪的牌——叫人看了觉得不安的牌:

---

① 法语:皇帝,隐士,马车,正义,桅杆,魔鬼。
② 法语:国王,王后和骑士。

一座遭到雷劈的城堡,一个命运之轮,一个拴着脚倒吊在绞架上的人,称作 le pendu①,以及死亡——la mort,一个骷髅和一把镰刀。

"有点丧气。"我说。"这些图画的含义跟它们表面上所画的一样么?"

"这得瞧它们翻出来时的情况怎样。要是翻出来头上脚下颠倒着,那么含义也就正相反。"

"一种含义有各种不同变化么?"

"是的。这就在于解释。"

玛吉手里一拿上牌,神气就变得一本正经了。在灯光照耀下,她那双手显露出了我过去就已觉察到的迹象:她比她外表上看来的年龄要大。

"你是从哪儿学会这个的?"

"我从前常瞧着我祖母算卦,后来就在聚会时当作一种戏法来玩——我想大概是为了引起别人的注意吧。"

"你相信它么?"

"我也不知道。有时候真会发生了一些叫人惊奇的事情。我也说不上。"

"纸牌会不会是一种使精神专注的方式——一种心理学实验?"

"有时候我也觉得确实是这样。每当我发觉自己赋予了某张牌一种它从来所没有过的含义时,却往往证明是正确的。"她一双手在反复洗牌、砌牌然后又递过来让我再砌一下的时候,看起来就像是某种活生生有生命力的东西似的。

---

① 法语:绞刑。

"我到底给谁算呢?"

"给伊桑算吧!"玛丽大声说。"瞧瞧跟昨天是不是一致。"

玛吉瞧着我。"浅色头发,"她说,"蓝眼睛。你还不到四十吧?"

"整四十。"

"带权杖的国王。"她拣出这张牌。"这就是你。"——画上是一位戴着王冠穿着王袍的国王,手里拿着一根很大的红蓝两色的王杖,下面印着 Roi de Batôn① 字样。她把它面朝上摆在桌上,重新洗了洗牌。然后很快地把牌一张张翻出来,一边翻一边拖长着调子说着。把一张牌盖在我那张牌的上面——"这盖住了你。"把另一张横放在上面——"这拦了你的路。"再把一张放在它们上方——"这给你加了冕。"把另一张放在它们下方——"这是你的立足根基。……这是你的将来,这是你的过去。"她已经在桌上把牌摆成了一个十字。接着她又顺这个十字的左臂方向,迅速地一连摊下四张牌,嘴里说着:"你本人,你的房子,你的希望,你的前途。"最后的这张牌画的就是那个倒吊着的人——le pendu,但是从桌子对面我坐的地方看去,他刚好是正的。

"看来我的前途不过如此。"

"这也可能意味着得救。"她说。她用食指在下嘴唇上抹了一下。

玛丽问:"这里面有钱么?"

"是的,有钱。"她心不在焉地说。接着她突然收起了牌,一遍又一遍地洗着,然后再一次把它们摊开来,嘴里悄声地念念有

---

① 法语:执权杖的国王。

词。她似乎并不去看每一张个别的牌,而是综观全体,她的目光显得朦胧而若有所思。

真是精彩的把戏,我心里想,在太太们的聚会里以及在别的任何场合里都会风靡一时的。当年女巫皮提亚①一定也是这副神情:冷静,沉着,令人莫测高深。要是你能使得人们长时间地心情紧张,屏息等待,那么他们准会对什么都肯相信——这倒不在于装腔作势,而在于技巧,在于掌握时机。这个女人真不该把她的天才浪费在那班推销商们身上。但是她此刻究竟想从我们或者从我的身上得到些什么呢?突然,她把牌收了起来,把它们弄齐,装进一个红色的盒子里,盒子上面印着:"穆勒-赛伊纸牌厂出品"。

"今儿实在算不好。"她说。"有时会有这种情况的。"

玛丽紧张得气都透不过来地问:"你是不是看到了什么你不愿意讲的事?"

"哦,要是那样我一定会讲的!有一回当我还很小的时候,我曾经看到了一条正在换皮的蛇,一条落基山的响尾蛇。我看得清清楚楚的。嗯,当时我正望着纸牌,它们仿佛都不见了,我看到那条蛇正在换皮,一半肮脏陈旧,另一半又新鲜又干净。你们倒想想看!"

我说:"这听来好像是一种精神恍惚状态。在那以前曾经发生过吗?"

"以前就曾发生过三次。"

---

① 希腊神话中特尔斐城阿波罗神庙中宣示阿波罗神谕的女巫。

"那几次弄清有什么含义么?"

"我始终没弄清。"

"每次看见的都是蛇么?"

"哦,不!是旁的东西,不过也一样荒唐。"

玛丽很急切地说:"或许这是伊桑就要时来运转的象征吧?"

"他难道是条响尾蛇么?"

"哦,我懂得你的意思了。"

"这总是弄得我有点毛骨悚然。"玛吉说。"有一阵我仿佛有点喜欢蛇,可是后来长大了却讨厌它们极了。它们总叫我汗毛直竖。我得回去了。"

"伊桑会送你回去的。"

"千万别送。"

"我挺乐意送送你。"

玛吉向玛丽笑笑。"你真得好好地当心看住他呢。"她说。"你可不知道没有男人是个什么滋味。"

"废话。"玛丽回答。"你只要招招手指就可以弄到个丈夫的。"

"我过去正是这么做的。可是并没有好处。要是他们来得这么容易,那就根本不值得要。把他管牢在家里吧。没准会有人夺走他的。"她说话间已经穿上了大衣——真是个急性鬼。"晚饭好极了。我希望你们再请我来。算命的事真抱歉,伊桑。"

"我们明儿在教堂里能见着你吗?"

"不。我今天夜里就要上蒙托克去。"

"可是天气太潮湿阴冷了呀。"

"我喜欢那儿海上的清晨。晚安。"我还没来得及替她开门,她就已经走了出去,就仿佛有什么东西在追着她似的。

玛丽说:"我原先没想到她今晚要上那儿去。"

我也无法告诉她:实际上她自己也没想到。

"伊桑……你觉得今晚算命的事怎么样?"

"她什么也没说。"

"你忘了,她说过会有钱的。不过你明白那是怎么回事吗?我想她是看到了什么她不愿说的事,叫她吓了一跳。"

"没准她看见了一回蛇,以后一直留在她的脑子里。"

"你不觉得这有什么含义么?"

"我的小甜面包,你才是算命的行家。我怎么会明白呢?"

"嗯,不管怎么说,我很高兴你并不讨厌她。原来我还以为你讨厌她呢。"

"我是很鬼的。"我说。"我隐瞒着自己的心思。"

"你可瞒不过我。他们准是想等第二场呢。"

"她还要来么?"

"我是说孩子们。他们老是这样的。我觉得你刚才对付洗碗的事对付得真妙。"

"我是个机灵鬼。"我说。"没准到时候我也会对你阁下使坏心眼呢!"

第六章

我常有这样的经验：原想暂时拖延一下作出某一项决定，以便作进一步的考虑，但等到某一天抽出时间准备来解决这个问题时，却往往发现它已经结束、解决，决定早已经作出了。这种情况大概人人都碰到过，不过究竟怎样我无从知道。这就好像是在头脑的某个幽暗、隐僻的洞穴中，有个无形的陪审团在那儿开会作出了判决似的。对我内心这个秘密而永远警觉的领域，我常常把它想象作是一个又黑又深、平静无波的湖，一个鱼龙潜跃的地方，水面上只偶尔显现出它们的影子。或者也可以说是个大图书馆，其中存放着一个活人从呱呱坠地以来所遭遇过的一切事物。

我觉得某些人，比如诗人，比起别的人来更熟悉这个地方。有一次，当我要干一件派报的差使而手边又没有一个闹钟的时候，我想出了一个预先存储讯号以便到时发生效验的办法。夜里上床以后，我想象自己站在那个黑沉沉的湖边，手里拿着一块白色的石头，一块圆圆的石头。我在石头面上写下几个深黑的字："四点钟"，然后把它扔进湖里，瞧着它一次次翻滚着逐渐下沉，直到它终于消失不见。这办法对我很灵验。正好到四点的时候我果然醒了过来。后来我还能用这个办法让自己在四点十分或者四点过一刻醒来。从来没有不灵过。

同时有时候又会有一种奇怪的、有时甚至是可怕的东西突然冒出水面,就像是一条大水蛇或者一个水怪从深深的湖底窜了上来似的。

就在一年以前,玛丽的兄弟丹尼斯死在我们家里,死得很可怕,是染上了甲状腺炎,这病使得他满心恐惧,以致人变得既担心害怕又暴跳如雷。他原来那张爱尔兰人的温和可亲的马脸变得不像人样了。我常帮着按住他,劝慰他,让他在那种死亡的噩梦中重新安下心来。这样一直持续了一个星期,直到最后连呼吸都开始困难了起来。我不愿意让玛丽看着他断气。她从来没有看见过人死,而我料想当时的那种死状可能会破坏了她对这位温和的、曾经是她同胞手足的人的亲切回忆。可是,正当我坐在他的床边守着他的时候,一个魔怪突然从我那个黑湖里浮了上来。我恨他。我真想杀死他,咬断他的喉管。我下颌的肌肉绷紧了,我猜想我的嘴都龇了开来,就像一只狼在准备捕食以前那样。

事过境迁之后,我抱着一种痛苦的负罪感向开死亡证明书的皮尔老医生坦白了我当时曾经有过的这种心情。

"我并不觉得这有什么稀罕。"他说。"我在别人的脸上也看出过这种心情,只不过很少有人承认罢了。"

"但这是什么引起的呢?我一向很喜欢他。"

"或许是某种古老的回忆。"他说。"说不定是一种返祖现象,又回到群居时代的心理,那时一个害病或者受伤的成员是一种危险。有些动物以及大多数鱼类都常常撕碎、吃掉它们病弱的同类。"

"可是我又不是一个动物……或者一条鱼呀。"

"是的,你不是。或许正因为这样,所以你才会觉得这很陌生。但实际上它仍旧在那儿。原封不动全在那儿。"

他是个挺好的老人,这位皮尔医生,是个劳累了一生的老人。他管我们家里人的生老病死已经有五十年了。

再回头来说那种"黑暗中的会议"吧——它准是已经存在很长久了。有时一个人会做出似乎反常的举动,别人准会说:"他怎么会干这种事。这违反他的性格。"这话也许并不对。那可能正反映了他性格的另一面,或者就是因为他从上面或下面所受到的压力使他发生了变化。你在战争中可以看到大量这种情况——一个胆小鬼会变成了一位英雄,而一个勇敢的人却反而会吓得魂飞魄散。或者你会在一张晨报上读到一位温和善良、有家有室的男人用斧头砍死了妻子儿女。我想我是相信一个人经常在变的。只不过到某些时候这种变化变得明显可见而已。要是我想寻根究底的话,我或许可以将自己变化的种因一直追溯到呱呱坠地或更在那之前。最近已经有许多小事情开始逐渐积累成大事情的架势了。我仿佛正在被种种事件和遭遇硬推向一个新的方向,它完全背离了我正常的或者已经慢慢习惯于认为是正常的方向——安于做个杂货店员,安于失败,安于做个已经没有任何希望或者上进劲头的人,被养家糊口和供给他们衣裳穿的责任所捆绑,被我所认为正直甚至善良的习俗所束缚。而我或许还有一种自鸣得意的心情,就是要做一个我所谓的"好人"。

但我也确实知道周围正在发生些什么事情。用不着马鲁洛米告诉我。生活在一个像新港镇这样的小城市里,是不可能不知道的。我不大去注意这种事。多卡斯法官常为了卖交情而随便处理交通罚款的事。这甚至不算是秘密了。给人好处自然得有好处来回报。身兼巴德建筑材料商行经理的镇长,曾经以高价向镇务管理局出售设备,而且其中有些设备还是根本不需要的。要是哪儿新铺一条马路,那么通常总是发现贝克先生,马鲁洛,以及其他半打左右的商业界领袖,还在计划公布之前就已经把沿街的地段全买走了。这都是自然而然的事,但我总一直相信这是不符合我的天性。马鲁洛,贝克先生,那个推销商,玛吉·扬-亨特,还有乔伊·莫菲,都在齐心一致地硬挤兑我,甚至已经到了要强迫我的地步,所以——"我得要分出点时间来好好把它考虑一下了。"

我的宝贝睡得呼噜呼噜的,嘴角露出那种古色古香的微笑,此外还有她在调情之后特有的那种称心如意的神态,一种平静的满足感。

在昨晚的夜游之后我本来应当很好睡,但实际上却并不是这么回事。我早就觉察到,每逢我预知第二天早上可以睡晏觉时,前一天晚上我就总是很少睡着。我的眼前闪耀着红斑点,路灯把榆树枯枝的黑影映射在天花板上,像拨浪鼓似的缓慢、平稳地左右摇动,这是因为外面正吹着春风。窗子半开着,白窗帘一会儿微微鼓起,一会儿兜满了风,就像一只下锚停泊的船上的风帆。玛丽最喜欢白色的窗帘,而且经常洗涤。它们使她有一种庄重和安定的感觉。当我对她说这显示了她那醉心于花边窗帘①的爱尔兰灵魂时,她装作有点动气的样子。

---

① 花边窗帘(lace-curtain),在英语中有中产阶级趣味的意思。

我也感到舒畅、满足，但是玛丽急于入睡，我却并不想睡。我要继续充分体味一下我的心情是多么好。我要想一想我的子女们正在准备参加的《我爱美国》征文比赛。但是在这桩那桩事情的背后，我真想要考虑的却是我究竟碰到了什么事以及怎样去对待它。因而很自然地，我首先就把后面那个问题拿出来考虑，但马上发现那暗藏在深处的陪审团早已经替我作出了决定。它就在那儿，已经明确地摆在那儿。就好像为参加赛跑而进行了训练，准备，最后把钉鞋插在坑里，就等待起步了。这时已经再没有选择的余地。只等发令枪一响你就得猛冲出去。我发觉我已经做好准备，就等枪响了。而且我自己显然是最晚才明白这一点的。大家今儿整天都在说我气色很好，意思是说我看来与往常不同，显得比较自信，像变了一个人似的。那个推销员今天下午露出了大吃一惊的神气。马鲁洛曾经不安地打量着我。连小乔伊也觉得有必要为了我自己的错处而反过来向我认错。最后还有玛吉·扬-亨特——说不定她凭她那响尾蛇的幻觉，比别人更加敏锐。她不知怎么能一眼洞察奥秘，在我自己还没看准以前就已经看得我十拿九稳了。而征兆就是那条响尾蛇。想到这里，我发觉我正在暗中发笑。后来，当她觉得有点摸不着头脑时，她又玩了一个老花招——以夫妻间的不忠实来作为警告，这就像是朝水中撒饵，以便窥察里面到底有些什么鱼。我现在已经记不起她那用衣服掩藏着的身体所发出的隐蔽的挑逗了——是的，记得的只是她那双瘦爪子似的手，这双手泄露了衰老、焦虑，以及一个已经对自己前途感到渺茫的人的不顾一切的心情。

有时候我真想弄明白深夜的思索究竟是怎么回事。它们与梦境非常接近。有时我能控制它们,有时它们却自有主张,仿佛野性难制的马似的不顾我而自行奔腾飞驰。

丹尼·泰勒闯了进来。我并不愿意去想到他以致自寻烦恼,但他仍旧来了。我只好照过去有一次一个粗鲁的中士教给我而且后来果然有效的办法去对付他。从前在打仗的时候曾经连着有过这么两天一夜,其中每一分钟都充满着在那种讨厌的勾当中可能遇上的种种肮脏可怕的事。当身历其境的时候,由于忙碌不堪和说不出地疲倦,所以我倒不敢说我当时曾经感觉到其中的苦恼,然而事过境迁之后,这连着两天一夜的情景却一次再次地在我深夜的沉思中反复重现,简直到了发作所谓的"战争疲劳症"或者一度被称为"震吓痴呆症"的程度。我用尽种种办法不去想它,它却仍旧不由自主地悄悄回到我脑子里来。它白天暂时收敛,一到黑夜就攫住了我。有一次在灌饱了威士忌的情况下,我把这种情形告诉了我手下的军士长,他是个老行家,曾经参加过多次我们都几乎快要淡忘的很久以前的战争。要是他把他得过的那些勋章绶带全戴在身上,那简直会连钮子都没地方搁了。他叫迈克·普拉斯基,一个出生在芝加哥的波兰人,跟那位同名的英雄[①]并无关系。幸好他当时正喝得醉醺醺的,否则出于不愿与军官套近乎的根深蒂固的成见,他很可能会缄口不言的。

当时迈克听完我的话,眼睛直瞪着我的鼻梁心说:"对,我知道那玩意儿!苦就苦在一个家伙一心想把那些念头赶出脑袋。可怎么也不灵。你应该反而像存心欢迎它才是。"

---

① 指曾参加美国独立战争的波兰军人普拉斯基将军(1748—1779)。

"你这话怎么讲，迈克？"

"假定那件事说来话长吧——你也要从头开始，尽量一个细节一个细节地回忆起来，直到末了。每一次它一回到脑子里来，你就这么做，从头一直到尾。它很快就会弄得厌倦了，有些细节就会渐渐消失，用不了多久，整个事情就都过去了。"

我试试这样做，结果果然很灵。我不知道那些精神病专家是不是懂这办法，但想来一定是懂的。

此刻当丹尼闯进我深夜的幻想中来时，我就拿迈克中士的这个办法来对付他。

在我们俩还都是孩子，年龄、身量、体重都彼此相仿的时候，我们经常去正街上的粮食饲料店里称体重。前一个星期也许我稍微重半磅，过一个星期丹尼就可能会赶上我。我们老一起去钓鱼、打猎、游泳，还跟同一些姑娘出去游玩。丹尼家也跟新港镇的大多数古老世家一样，境况很宽裕。泰勒家的住宅在波洛克街上，就是那幢有高大的雕花柱子的白色屋子。一度泰勒家还另有一所乡间别墅，离镇大约三英里左右。

我们市镇郊区的四周一望尽是高低起伏的山坡，长满着树木，有些是矮小的松树，有些是砍伐后再生的橡树，还有胡桃树和一些杉树。远在我出生以前，橡树一度长得高可参天，粗大异常，因而那些本地造的船只就都在离船厂不远的地方采伐龙骨、肋材和船板，直到树木全被采伐了个干净。就在这起伏不平的乡间，泰勒家曾有一所房子正坐落在一块挺大的草场中间，那是周围许多里以内仅有的一处平坦地方。它过去准是一个湖底，因为它平得就像个桌面，四周被小山坡环绕。大约在距今六十年以前，泰勒家这所房子被火焚毁，从此再没有重建过。还在孩子的时期，丹尼和我常常骑着自行车出镇上那儿去。我们在石头的地下室里玩，还用老房子废墟上的砖搭了一个打猎时用的猎舍。屋前的花园从前一定是很美妙的。我们还能看到那些林荫道和隐现在再生的乱树丛中的地界和篱笆的遗迹。这儿那儿不时可以看到一排石头栏杆，有一次我们还发现了一个有圆锥形底座的牧羊神半身像。它已经脸朝下倒伏在地，头上的角和胡须都埋在泥沙里。我们把它扶起来，弄干净了，还庆祝了一个时期，但最后终于敌不过贪心和姑娘的诱惑。我们把它运到弗洛汉普顿街，以五块钱的代价卖给了一个收旧货的商人。那准是个好东西，说不定还是个古董。

　　丹尼跟我是好朋友，就像一切男孩子都需要有好朋友那样。后来他进海军学院的事成功了。我见过他一次，穿着制服，以后好几年就没再见过第二次。新港镇过去和今天都一向是个声息相通的狭隘市镇。人人都知道丹尼遭到了开除，但没有一个人谈起这件事。泰勒家人丁衰落了，嗯，也就跟霍利家一样。我家就只剩下我一个，当然啰，还有亚伦，我的儿子。丹尼直等到他家的人都死了才回来，并且已经成了一个酒徒。起先我想要帮助他，但他不要。他不要任何人帮助。但尽管这样，我俩的关系还是密切的——很密切。

　　我一一回顾着我所记得的每一件事，一直到这天早晨我给了他一块钱让他去求得局部的解脱为止。

　　我的变化是由心情、外界的压力、玛丽的愿望、亚伦的憧憬、爱伦的愤懑、贝克先生的帮助这些东西组成的。直到最后，步子已经准备好并且跨了出去，思考才去锦上添花，并且去寻找一些话来加以辩解和说明。说不定我那低微而永无尽期的杂货店员生涯根本不是什么美德，只是一种精神上的惰性？要取得任何成就，敢作敢为是必不可少的。说不定我只不过是胆小，害怕种种后果——一句话，不过是懒惰罢了。所谓成功的事业，在我们这个镇里既不复杂也不奥妙，而且这种成功规模也并不很宏大，因为这些事业家是给自己的活动人为地定下了界限的。他们的罪恶只是小小的罪恶，因而他们的成功也只是不大的成功。要是对新港镇的市镇当局和各行各业进行一次深入检查的话，一定会发现上百条法律准绳和成千种道德规范都曾遭到破坏，但却都是些细小的违犯——全是些小偷小摸。他们部分地废弃了十诫，却仍保留着其余部分。而且每当我们这儿的某位事业成功者一旦需求和愿望都已到手，他就会重新捡起他的美德，就像换一件衬衣那么容易，而且就我所知，只要别人始终并未抓住他的毛病，过去的疏忽对他就丝毫无损。他们之中有人曾想过这些吗？我不知道。但如果小的罪行可以自行赎罪的话，那么一种大胆而快刀斩乱麻式的罪行为什么就不行呢？用缓慢而持续的迫害来实行谋杀，跟迅速而无情的一刀了事，岂不同样是谋杀么？我对我过去杀害那些德国人并没感到有罪。那么要是我在一定的时间里废弃一切准则，而不是一部分准则，那又有什么不可以呢？一旦目标达到，不是又可以把它们重新捡起来么？毫无疑问，经营事业也是一场战争。那又为什么不把它变成一场全力以赴的战争，以便最终求得和平呢？贝克先生和他的伙伴们并不曾开枪打死我的父亲，他们给了他忠告，当他的家业垮了台时，他们就把它弄了过去。这也是一种谋杀么？有哪一份我们所艳羡的万贯家财，是不靠残酷无情而积累起来的？我想不起来。

我知道要是我暂时抛开一下各种准则，我是会受到创伤的，但这难道比我现在受到的失败的创伤更难忍受么？活着根本说来也就是忍受创伤。

所有这一切疑虑，其实都只是那座由烦恼和不安构建的大厦顶上的风向标罢了。这一切都可以办到，因为早已经有人办到了。不过要是我一旦打开了那扇门，从此我还能再把它关上么？我不知道。而不去打开它，我也不可能知道……那么贝克先生知道么？甚至他可能想到过这个么……老船长认为是贝克家的人为获取保险金而烧掉了"美人阿黛尔号"。这件事以及我父亲的不幸，会不会就是如今贝克先生想要帮助我的原因呢？这会不会就是他的创伤呢？

眼前正在发生的一切可以比喻为一艘大船正在被许多股微小的牵引力拉得晕头转向，碰碰撞撞，团团打转。一旦被潮流和拉力掉转了船头，它就必然要驶上新的航程并且让它的引擎开动起来。而一旦站上了那作为决策中心的驾驶台，就势必要解决那样的问题：好吧，现在我知道自己要上哪儿去了。那么我怎么才能到达那儿，哪儿有潜藏的暗礁，天气又会怎样呢？

我所知道的一个最致命的暗礁是多言。多少人就像那种急不可待地渴望着光荣，哪怕是受惩罚的光荣也好的人一样，在并没被人出卖的情况下就先出卖了自己。只有安徒生的井是唯一可以信赖的东西，安徒生笔下的井。

我大声地向老船长问道："我应当驶上这条航程吗，先生？这是不是一条好的航程？它能不能让我到达目的地？"

但他却第一次不肯向我下命令。"你必须自己拿主意。对一个人是好的东西，对另一个人却不见得好，而不到事过境迁，你没法知道。"

这老家伙本来应当给我出点主意的，不过也许这也丝毫无关紧要。谁也不需要忠告，人们需要的只是附和。

第七章

我醒来时,玛丽这个老瞌睡虫已经起床,到厨房去准备咖啡和咸肉了。我能闻到它们的香味。这倒真是一个难得找到的复活的好日子——既青翠又蔚蓝又橙黄的日子。透过卧室的窗子,我能望见一切东西都在那儿复活,包括青草和树木。他们确实为这个节日找了一个适当的季节。我穿上了我那件圣诞节做的晨衣和过生日买的拖鞋。在浴室里我找到了一点亚伦用过的那种黏糊糊的发胶,把它往头发上抹了一些,梳过刷过以后,觉得头皮紧绷在脑袋上,简直就像一顶帽子似的。

复活节礼拜日的早餐是个鸡蛋和煎饼的狂欢节,咸肉烤得四周卷起边来。我偷偷走近玛丽,拍了拍她那裹着绸裙的屁股说:"Kyrie eleison!"①

"哦!"她说。"我没听见你下来。"她打量着我那件有梨形花纹的晨衣。"挺不错。"她说。"你干吗不常穿呢!"

"我没时间——一向没时间穿它。"

"嗯,这挺不错。"

---

① 希腊文:"主啊,怜悯我们!"

"大概是不错。是你挑的嘛。这么香的气味，孩子们还能睡得住么？"

"哦，不。他们已经上后面园子里去藏彩蛋去了。我正在猜想，贝克先生究竟有什么打算？"

像这样突如其来地转变话题，老是弄得我不知所措。"贝克先生，贝克先生嘛，——哦，他说不定有意思要帮助我兴家立业。"

"你告诉了他么？关于纸牌的事？"

"当然没有，宝贝。不过或许他猜到了。"接着我就用一本正经的口气说，"你瞧，我的奶渣饼，你的确认为我挺有做生意的脑子，对么？"

"你说这话是什么意思？"她正要翻一个煎饼，忽然停住不翻了。

"贝克先生认为我应当把你哥哥的遗产拿去投资。"

"嗯，既然贝克先生……"

"你先别忙。我不想这么干。那笔钱是你的，是你的生活保障。"

"贝克先生在这些事情上不是比你更懂一些么，亲爱的？"

"我不敢说。我只知道我父亲曾以为他挺懂。结果弄到我现在在替马鲁洛做伙计。"

"不过，我总觉得贝克先生……"

"你愿意让我来拿主意么，心肝？"

"嗯，那当然啦……"

"在每一件事情上？"

"你又在发傻么？"

"我认真得要命——要命！"

"我相信你是认真的。不过你不相信贝克先生怎么成呢？怎么，他是——他是……"

"他是贝克先生。咱们先听听他要说些什么，然后……可我还是宁可让那笔钱仍旧呆在银行里的老地方。"

亚伦从后门外一下猛冲进来，就像是从弹弓里射出来似的。"马鲁洛。"他说。"马鲁洛先生在外面。他要见你。"

"怎么回事？"玛丽问。

"嗯，请他进来。"

"我说了。可他想在外面见你。"

"伊桑，这究竟是怎么回事？你总不能穿着晨衣出去呀。今儿还是复活节呢。"

"亚伦，"我说，"你去告诉马鲁洛先生，我还没穿好衣服。跟他说让他过一会儿再来。不过要是他有急事想单独跟我谈的话，他可以从前门进屋里来。"亚伦马上冲了出去。

"我不知他来干什么。没准是店里被抢了。"

亚伦又跑了回来。"他绕到前门去了。"

"哎，亲爱的，可别让他耽误了你的早饭，听见了么？"

我穿过屋子走去打开了前门。马鲁洛正站在门廊上，身上穿着他参加复活节弥撒时穿的最好的衣着，他最好的衣着是一身黑色绒面呢衣服，上面挂着一条很粗的金表链。他把他那顶黑礼帽拿在手里，局促不安地朝我微笑着，像条闯进了禁地的狗似的。

"请进来。"

"不必了。"他说。"我只想跟你说一句话。我听说那个家伙要给你一笔回扣。"

"是吗?"

"我听说你把他给赶出去了。"

"谁告诉你的?"

"我不能说。"他又微笑了一下。

"嗯,那又怎么呢?你想要说我应该接受它么?"

他跨近一步,握握我的手,一本正经地摇了两次。"你是个好人。"他说。

"没准是因为他给的数目还不够大。"

"你是在蒙我吧?你是个好人。就是这句话。你是个好人。"他把手伸进鼓鼓囊囊的裤袋,掏出一个纸袋来。"你拿着这个。"他拍拍我的肩膀,然后一副窘态毕露的神气赶忙转身跑开了;他那两条短腿吃力地搬动着,从雪白的硬领里鼓了出来的肥胖的脖子涨得通红了。

"这是怎么回事呀?"

我朝袋子里瞧瞧——是糖制的复活节彩蛋。我们铺子里有一大玻璃缸这种东西。"他给孩子们送来了一件礼物。"我说。

"马鲁洛?送来一件礼物?我简直不相信。"

"可他确实送来了。"

"怎么回事?他从来没干过这样的事。"

"我想他不过是挺喜欢我罢了。"

"发生了什么我不知道的事情么?"

"我的鸭食草,世上有八百万件事咱们谁都还不知道呢。"孩子们在开着的后门外探头探脑地往里望着。我把纸袋递给了他们。

"一位崇拜者送来的礼物。吃过早饭才准去动它。"

我们正在穿衣服准备上教堂去的时候,玛丽说:"我真想知道这到底是怎么回事。"

"马鲁洛么?我得承认,宝贝,我也正想知道这到底是怎么回事哩。"

"可是,一口袋便宜糖果……"

"你不认为这也许只是一种真诚质朴的举动么?"

"我还是不明白。"

"他老婆死了。他既没个女人也没个孩子。他年纪越来越老了。没准……嗯,没准他是感到孤独。"

"他从没来过这儿。既然他觉得孤独,你就该要求他加薪。他连贝克先生那儿都从来不去。这真叫我有点心神不定。"

我把自己打扮得像一朵鲜花,体面的黑礼服,我那身丧礼时穿的黑礼服,衬衣和领子是那么挺那么白,简直能把太阳光都笔直地反射回去,一条上面有细圆点的天蓝色领带。

是玛吉·扬-亨特太太在搞她那套祖传的呼风唤雨的勾当么?马鲁洛的消息是从哪儿来的?只能是从伯格先生传到扬-亨特太太,再传到马鲁洛先生那里。我不信任你,玛吉·扬,原因何在我也说不上来。但有一点我明白,而且一下就明白了:我不信任你,扬太太。我一边脑子里老转着这个念头,一边走进园子去找一朵白花来插在我复活节礼服的钮孔里。在墙根和向下斜的地窖口之间的一个角落上有一个隐秘处所,那儿的地被炉灶所熏热,而且经常曝晒在冬日的阳光中。那儿长着从我祖先墓地上繁茂疯长的母本上移植来的白色紫罗兰。我采了三朵长得像狮子面孔似的小花插在我的钮孔上,又为我的宝贝摘了整整十二朵,四周用它们本身的浅绿色叶子围着,以便芬芳悦人,然后用一张厨房里捡来的锡纸紧紧把它裹好。

"哎哟,可爱极了。"玛丽说。"等等,让我去找一只别针来,我要把它戴在头上。"

"这还只是开始——仅仅是开始,我迷人的小鸟。我愿永远为你效劳。基督已经复活。从此百事都会称心如意的。"

"千万别说些傻话拿神圣的事情开玩笑,亲爱的。"

"你那头发究竟是怎么回事呀?"

"喜欢么?"

"喜欢极了。以后就老是这么梳吧。"

"我还拿不准你会不会喜欢哩。玛吉说你压根儿不会注意的。这回我可要告诉她你确实注意了呢。"她把花做了一个花环戴在头上,这是一年一度献给艾奥斯特女神①的春日献礼。"喜欢么?"

"喜欢极了。"

现在轮到两个小的来接受检阅了,耳背、鼻孔洗干净了没有,皮鞋擦亮了没有,每个细节都不放过,而他们俩无时无刻不在闹别扭。亚伦的头发涂了厚厚的发胶紧贴着脑门,弄得他连眼睛都不大好眨了。他鞋后跟漏了擦油,但他却煞费心机把一撮头发在额前弄成一个蓬松的发卷,就像是一缕夏日的和风。

爱伦是个姑娘气十足的姑娘。浑身上下都弄得齐齐整整。我

---

① 古代条顿民族的春之女神。

又竭力试着来说句好话。"爱伦,"我说,"你也把头发梳成跟往常不同的样子吧。这跟你挺相称哩。玛丽,宝贝,你喜欢么?"

"哦,她开始喜欢打扮起来了!"

我们排队似的浩浩荡荡走出我家门前的小道,踏上榆树街,然后走向波洛克街我们常去的教堂,我们那个有白色尖塔、完全抄袭克里斯托弗·雷恩①风格的老教堂。我们汇合在一个愈来愈壮大的人流中,一路上每个妇女都赞赏着别的妇女的漂亮帽子。

"我倒为复活节设计了一种帽子。"我说。"用金子打的一种简单的、前面敞着脸的荆棘冠,额上垂着红宝石的流苏。"

"伊桑!"玛丽板起面孔说。"别人会听见你这种话的。"

"不成,我猜这种帽子大概是不会流行的。"

"我觉得你这人真叫人讨厌。"玛丽说,我自己也觉得是这样,而且还不只是讨厌。不过我倒真想知道贝克先生碰到别人议论他的头发时会发多大的脾气。

我们家这条小溪汇合进了大群的人流,庄重地跟旁人打着招呼,慢慢地这条人流又扩张成一条大河,流进了圣托马斯圣公会教堂,这是个不算太高的教堂,也许稍稍高出市镇中心的建筑之上。

将来一旦到了我必须向我的儿子传授生活的秘诀时——不过毫无疑问他一定早已知道——我一定不要忘了告诉他关于头发的事情。只要学会对别人的头发说几句好听的话,他就准可以得到

---

① 克里斯托弗·雷恩(1632—1723),英国建筑师,设计修建了五十多个伦敦教堂,包括著名的圣保罗大教堂。

他那颗贪婪的小心眼儿所能想望的一切。不过我也必须警告他，他可以对别人拳打脚踢，把他们打倒在地，狼狈不堪，或者抓住他们的头猛撞，但他却千万、千万不能去抹乱了他们的头发。知道了这个诀窍，他甚至都可以去做皇帝。

贝克一家刚巧就在我们前面跨上台阶，我们彬彬有礼地互相问候。"我想喝茶的时候你们准会光临的吧！"

"当然，准来。祝你们复活节好。"

"那是亚伦吗？他长得多高了啊！还有玛丽·爱伦也是。嗯，他们蹿得那么高，我都快认不出他们了。"

从小常去的教堂总有种十分亲切的味道。我熟悉圣托玛斯教堂的每一个隐秘的角落，每一种神秘的气味。我就在那个洗礼盆里受洗，在那个栏杆前受的坚信礼，就在那排座位上，霍利家的人天知道已经坐了多少年头，而这倒绝不是夸大其词。那种神圣气氛一定已经深印在我的心头，因为我至今还记得自己所犯下的每一件渎圣行为，而且还不少。我想我现在还能找到每一处当时曾用一枚钉子刻下自己名姓的地方。有一回丹尼·泰勒和我曾用针在祷告书上那些出奇的肮脏字上戳了些窟窿，惠勒先生抓住了我们，我们受到了责罚，但他们却不得不翻遍了所有的祈祷书和赞美歌集，以防止还有其他类似被破坏的地方。

有一次在读经台前的讲道座上，还发生过一次不成体统的事。我当时常挂着肩带，手捧着十字架，用愣头愣脑的男高音参加唱圣诗。那回正巧主教来主持仪式，这是个挺可爱的老头子，头秃得精光活像个煮熟的葱头，不过在我眼里它却仿佛闪耀着圣洁的光辉。正因为这样，我一时灵感降身，在唱完圣诗，把十字架插进底座时竟忘了用铜插销把它销牢。正当在听第二遍讲道时,我大吃一惊地看见那沉重的铜十字架倒了下来,正砸在那圣洁的秃脑袋上。主教像一头被宰倒的牛似的倒在地上,而我从此就只好把肩带让给了一个唱得不及我好的孩子,绰号叫臭脚希尔。他如今在西部某个地方,已经是个人类学家了。这件事似乎向我证明,仅仅凭意图,不管是好意或者恶意,还是不够的。左右着意外事件的是幸运或者厄运或者别的什么东西。

我们从头到底参加了宗教仪式,并且聆听了基督确实已经复活的宣告。这话像往常一样,使我感到背脊上一阵寒战。我诚心地接受了圣餐。亚伦和玛丽·爱伦却信心尚未坚定,所以很不安分,需要时时用严厉的眼光去阻止他们捣乱。每当玛丽的目光变得火辣辣的时候,连半大孩子的那种钢盔铁甲都能被它穿透。

随后,在刺人的阳光下我们大家相互握手、问候,握手祝我们的邻里们春季安好。所有我们进去时该打招呼的人,出来时再一次重新致意——这就像是一次漫长的连祷,一次表现彬彬礼节的持续不断的仪式,就像是在默默祈求得到别人的注意和尊重。

"早上好。这么好的天气,你身体可好么?"

"好极了,谢谢你。你母亲身体怎么样?"

"她年纪越来越大……越来越大——年纪大了就少不了种种病痛。我一定转告她你对她的问候。"

这类话除了表示感情外并没有什么意义。一个人究竟是按他的思想来行动的呢,还是全凭感情来激起行动,而有时再以思想来作为补充?阳光下,贝克先生正走在我们这小小行列的最前面,他一路小心翼翼避免踩在路面的裂缝上;看来他那位已去世了二十年的老母亲,尽可以在泉下感到放心了。贝克太太阿米莉亚快步地走在他旁边,竭力用她忙忙乱乱的步子跟上他那不大匀称的步调;她是个小个子女人,目光尖利像只鸟儿,但却是一只靠人喂食的鸟儿。

我的儿子亚伦跟他的妹妹一起走着,但却彼此都装得仿佛是陌路人似的。我觉得她瞧不起他而他也恨透了她。这种情绪可能会持续他们的终生,尽管他们也会学会用亲切言词的玫瑰色薄纱把它遮掩起来。我的妻子,我亲爱的姊妹,把他们的午餐——煮熟鸡蛋和咸黄瓜,夹果冻和花生酱的三明治,熟得带酒香的红苹果——都分给了他们,让他们各人自己去混世界去吧!

而她也恰恰是这么办的。他们捧着自己的纸袋马上就走了,分头走向他们各自的小天地。

"你觉得今天做的礼拜挺愉快么,我的宝贝?"

"哦,当然啦!我每次都是这样的。可是你——我有时候简直疑心你到底信不信……嗯,我确实是这个意思。瞧,你那种玩笑话……有时候……"

"坐近来一点,我那带酒窝的小宝贝!"

"我得去弄午饭啦。"

"去它该死的午饭。"

"这正是我刚才说的。你那种玩笑话。"

"午饭又不是神圣不可侵犯的。要是天再暖一点,我可以把你带上一只小划艇,我们可以一直划到防波堤外去捕钉头鱼玩。"

"咱们还得去贝克家呢。你究竟知不知道你自己是不是信仰教会呢,伊桑?干吗你老是用些傻里傻气的名字来叫我?你几乎从来不叫我的正经名字。"

"这是为了避免重复和乏味,在我心里你的名字倒总是响当当地像是敲钟的声音似的。至于我信仰不信仰么?这是个多奇怪的问题?难道我什么时候挑剔过尼西亚信经①中每句慷慨激昂得像装满火药的子弹似的话,并且一一加以重新估量过么?不,这没有必要。这真是件古怪的事呢,玛丽。要是我全身从灵魂到肉体都已经像粒干瘪豆子似的毫无信仰,那么像这样的话——'耶和华是我的牧者,我必不至缺乏。他使我躺卧在青草地上',怎么仍旧会让我感到胃里紧缩,心口发跳,头脑火热呢?"

"我简直不明白你。"

"好姑娘,我自己也不明白。这样说吧,要是当我还是小娃娃,浑身骨头又软又可以随意塑造的时候,他们便把我放进了一个圣公会的十字形小盒里,让我在里面塑造成形的话,那么后来当我像只小鸡破壳而出时那样一旦破盒而出时,我就会长得完全像个十字架,那又有什么可奇怪的呢?你有没有注意到,小鸡长得大致就像个鸡蛋的形状?"

"你竟说这种不成体统的话,甚至还对孩子们讲呢。"

"他们也一样对我讲这种话呀,就在昨天晚上爱伦还这样问过我:'爹,你哪天才能变得有钱呀?'不过我并不曾对她说:'咱们马上就会变得有钱的,只是你对付穷日子挺差劲,将来对付富日子也准会一样地差劲的。'而这的确是一句真话。贫穷时她羡慕旁

---

① 根据公元 325 年在小亚细亚西北古城尼西亚召开的会议的结论所制订的宗教信条。那次会议上严厉谴责了怀疑耶稣为神的阿里乌斯派教徒。

人,有钱时也准会是个势利眼。钱治不好病,它只能治治病象。"

"你用这样的话来说你自己的儿女,对我你还不知会怎样说呢!"

"我要说你是个使人有福的、可爱的人儿,是迷雾似的生活中的一线光明。"

"你说话像喝醉了酒似的……至少有点醉醺醺的。"

"我的确是喝醉了。"

"你没有喝醉。我闻得出来。"

"你的确是闻见了,心肝。"

"你到底碰到什么事了?"

"啊!你已经发现了,是么?一个变化——残酷无情像大风暴似的变化。你还只是觉察到了它的一点点浪尖呢。"

"你真叫我有点担心,伊桑。真的。你简直有点疯了。"

"你还记得我那些勋章吗?"

"你的奖章——战时得到的?"

"它们颁发给我是为了奖励我的疯狂——奖励疯狂。世上再没有哪个人比我从心底里更不愿杀人的了。但是他们制造了另外一个盒子,把我硬塞了进去。到时候,时势要求我去杀人,我也就去杀了。"

"那是打仗的特殊时期,是为了你的祖国。"

"世上总是会有各种各样的特殊时期的。可我过去总是一直尽量逃避我自己的特殊时期。我曾经是个该死的好士兵,小卒子——又机灵又麻利又残酷无情,打仗时是个得力的家伙。也许这一次我也同样可以做个得力的家伙。"

"你是在绕弯子想告诉我一件什么事情。"

"伤心的是——正是如此。这话我自己听起来像是在道歉似的。我倒希望并不是这样。"

"我得去弄午饭了。"

"吃了那顿倾盆大雨似的复活节早饭以后还一点不饿呢。"

"那你就稍微吃点吧。你刚才看见贝克太太的帽子了么?她准是在纽约买的。"

"她头发是怎么搞的?"

"你也注意到了?简直染成了草莓似的颜色。"

"做照亮外邦人的光,又做你民以色列的荣耀。"①

"玛吉干吗偏要在这样一个季节里上蒙托克去呢?"

"她喜欢清晨。"

"她不是个喜欢起早的人。我还为这个取笑过她哩。还有,你觉得这事奇怪不奇怪:马鲁洛居然送来了糖蛋。"

"你是不是把这两件事联系在一起了?玛吉要起早,马鲁洛又送来了糖蛋。"

"别发傻了。"

"我没发傻。偏偏这一次我没发傻。要是我告诉你一个秘密,你答应不说出去么?"

"你准是在开玩笑!"

"不是。"

"那好,我答应。"

---

① 《新约·路加福音》第2章:"是照亮外邦人的光,又是你民以色列的荣耀。"

"我猜马鲁洛大概要到意大利去一趟。"

"你怎么知道的?他跟你说了么?"

"并没明说。是我把各种情况凑在一起猜到的。把各种情况凑在一起。"

"可是这样店里就会只剩你一个人了。你得要找个人来帮帮忙。"

"我一个人能对付。"

"实际现在什么事都是你一个人在干。你得找个帮手。"

"记住:这事还没定准,而且还是个秘密。"

"哦,我答应过的话从来不会忘记的。"

"但是你会向别人暗示。"

"伊桑,我决不会的。"

"你知道你是个什么吗?一只头戴鲜花的小兔子。"

"你到厨房里自己弄点吃的。我去洗一洗。"

她一走开,我就摊开四肢躺倒在我的椅子里,我内心深处的耳朵里仿佛听到这样的话:"主啊,如今可以照你的话,释放仆人安然去世了。"① 接着果然马上就睡熟了过去。就在起居室里,仿佛从悬崖上落下来,一下就进了黑甜乡。我很少有这样的情况。而且因为一直在想着丹尼·泰勒,因此也就梦见了丹尼·泰勒。我俩仿佛正不大不小,刚刚成长,一起在那片平坦的有旧房基和地下室门洞的干湖底上。正是初夏季节,因为我注意到了树叶十分茂盛,青草肥壮得都因支不住它们自己的重量而弯下了腰,这正是那种使人感到软绵绵、懒洋洋的时节。丹尼走到一棵圆柱般又

---

① 见《新约·路加福音》第2章。

细又直的小杜松树背后去了。我听到他在喊,声音又重浊又异样就像从水底里发出来似的。接着我来到了他身边,看见他正在融化下来,仿佛溢出了他身体的框架四散流淌。我用手掌竭力想把他抹平扶直,恢复原样,就好像把溢出模板的湿水泥抹回去那样,但是却做不到。他的骨肉从我的指缝间漏了过去。人家说梦境只是一会儿的事。但这个梦却一直持续着,持续着,而且我越是努力,他融化得越是厉害。

当玛丽唤醒我的时候,我正在拼命喘气。

"春困病。"她说。"这是初步的症象。从前我是个半大姑娘的时候,也曾经那么昏昏好睡,吓得我母亲连忙去请格雷迪大夫来。她还以为我得了昏睡病,实际上我不过是正在春天里长个儿。"

"我做了个白日梦。我但愿别人不做像这样的梦。"

"这都是这几天忙忙乱乱的缘故。起来梳梳头洗洗脸吧。你看来疲倦了,亲爱的。你身上舒服吗?现在差不多该去了。你已经睡了两个钟头。你大概是缺少睡眠。我真想知道贝克先生心里到底在打什么主意。"

"你会知道的,宝贝。我答应一定让你亲自听到每一句话。"

"不过他或许想跟你一个人单独谈。做生意的人都不喜欢太太们在旁边听着。"

"可是我不让他这样。我要你也在场。"

"你知道我对生意上的事一点也不懂。"

"我知道,但是他要谈论的正是你的钱呢。"

你简直没法了解像贝克家那样的人,除非你生来就了解他们。

交往，即使友好来往，也做不到这一点。我所以了解他们，是因为霍利和贝克两家在门第、出身、经历和过去在家产上都境况相似。这就仿佛形成了一个封闭的小圈子，拒旁人于千里之外。在我父亲丢失了自己家的钱财之后，我还没有完全被摈斥在门外。我作为一个霍利家的人，也许终身仍旧会被贝克家视为是可以接待的，因为他们觉得跟我有亲属关系。但我只是一个穷亲戚。绅士人家没有了钱就渐渐不再成其为绅士。没有钱，亚伦，我的儿子，就会跟贝克家不再相熟，而他的儿孙辈也就会成为陌路人，不管他的姓氏和来历如何。我们已经成了没有地的牧场主，没有兵的司令，没有马的骑士。我们是会混不下去的。也许这就是我心里产生了变化的一个原因。我并不企求，而且从来也不曾企求过金钱本身。但为了使我能继续置身于一个我所习惯而且感到舒适的环境中，就决不能缺少钱。所有这些念头，大概都是在我头脑中潜伏于我思想表面以下的某个阴暗角落里自发形成的。它并不是作为一种思想，而是作为一种信念而产生的。

"你好。"贝克太太说。"你们能来我真感到高兴。你老不来看我们，玛丽。天气多好呀！今儿做的礼拜你们觉得怎么样？我觉得他这位牧师倒是挺不错的。"

"咱们两家这一向亲近得很不够。"贝克先生说。"我还记得你祖父就坐在那一张椅子上，告诉大家该死的西班牙人击沉了'缅因号'。他把杯里的茶都弄洒了，不过那并不是茶。霍利老船长老是喜欢在朗姆酒里掺一点点茶。他是个挺暴躁的人，有些人觉得他爱吵架。"

我看得出玛丽开头简直有点大吃一惊，但随后就对这种热情口气感到大为高兴。她自然不知道我已经把她吹成是个等待继承遗产的人。有钱的虚名差不多也跟钱的本身一样是有流通价值的。

贝克太太把茶倒在几只像木兰花瓣似的又薄又细的瓷杯子里,她的头似乎有什么神经毛病,老是一抽一抽的,全身只有正在倒茶的那只手是坚定的。

贝克先生若有所思地用小勺搅着茶。"我说不清究竟我是喜欢茶呢还是喜欢喝茶的仪式。"他说。"我喜欢任何仪式——哪怕是有些傻里傻气的仪式。"

"我想这种心情我是能理解的。"我说。"今天早上我坐着做礼拜时觉得挺惬意,因为不会有什么出乎意外的东西。每一句话还没说出来我就早已经料到了。"

"战争时期,伊桑——请你们也仔细听听,太太们,看你们能不能回想到比这更有意思的事情——战争时期我曾担任过陆军部顾问。我在华盛顿住了一个时期。"

"我最讨厌那段时间。"贝克太太说。

"嗯,有次开一个盛大的军事界的茶会,真是个热闹场面,大概有五百位来宾。席上的首席夫人是一位五星上将的夫人,其次是一位中将夫人。女主人部长夫人请这位五星的夫人倒茶,那位三星的夫人倒咖啡。你们猜怎么着,这位首席夫人断然拒绝,原因是——我引用她的原话来说:'谁都知道咖啡比茶高级。'瞧,你们听到过这种话么?"他格格地笑了起来。"这么说,威士忌又比谁都高级了。"

"那真是个忙忙乱乱的地方。"贝克太太说。"人们还来不及养成一套完整的习惯、规矩,就又要换地方了。"

玛丽讲了波士顿的一次爱尔兰人的茶会，那是用一只圆盆装着水在火上烧开了，用长柄铁勺舀给大家。"茶不是泡开，简直是煮熟了。"她说。"那样的茶能把桌上的漆都烫坏了。"

大概在一次严肃的洽谈或者行动之前，必定要有一种仪式性的前奏曲，而且问题愈尖锐，这一曲就愈是要唱得长久，唱得轻松。每个人都必须负责给它添枝加叶。如果玛丽和贝克太太不是在参与一件正经大事的话，她们早就会另外定下她们自己的一套谈话格局了。贝克先生已经在闲谈的土壤上浇了一杯美酒，我的玛丽也一样，而且对于他们的洗耳恭听感到十分高兴和激动。现在轮到要贝克太太和我来贡献自己的一份了，我觉得自己甘居末位较为得体。

她顺次接过班来，也像前面两人一样从茶壶里找话头。"我还记得从前有过十几种不同的茶。"她挺活跃地开口说了起来。"是啊，人人几乎在每一件事情上都有他自己的一套。我猜想当时简直没有一种草儿呀、叶子呀、花儿呀没有被人用来做成一种茶喝。如今却只剩两种了——印度茶和中国茶。而且连中国茶也不多见了。你们还记得艾菊茶、甘菊茶还有橙香红茶和橙香花茶么？还有……还有亚麻茶？"

"什么叫亚麻茶？"玛丽问。

"一半开水兑一半热牛奶。孩子们爱喝。那一点不像是牛奶和开水的味儿哩。"这是贝克太太的话。

该轮到我了。我想说它几句有关"波士顿茶会"[①]之类的稳妥

[①] 1773年，波士顿市民为了抗议英国殖民当局的税收办法，曾潜上英国船只，将运来的大量茶叶倒入海里，史称"波士顿茶会"。

小心而毫无意义的闲话,但一个人常常总是事与愿违的。意外的话不等你允许就脱口而出。

"我做完礼拜就去睡了一觉。"我听见自己在这样说。"我梦见了丹尼·泰勒,真是个可怕的梦。你们记得丹尼么?"

"可怜的家伙。"贝克先生说。

"我们俩一度比同胞兄弟还要亲密。我没有兄弟。我想从某种意义上说我们确实是兄弟。自然我还没有能实现,但是我觉得我一定得做我的兄弟丹尼的保护人。"

玛丽有点恼火我打破了谈话的格局。她作了一个小小的报复。"伊桑老给他钱。我认为这是不对的。他拿了这些钱只会去喝酒。"

"是——么?"贝克先生说。

"我也说不上到底……不过不管怎样,这梦可真是个噩梦。我给他那么一点钱——偶尔给他个一块两块。他拿这一两块钱除了去喝酒还能干些什么?或许有了正正经经的一笔钱他会走上正道的。"

"谁都不能这么干!"玛丽嚷了起来。"这样结果准会害死了他。是这样么,贝克先生?"

"可怜的家伙。"贝克先生说。"泰勒家曾经是个体面的家族,瞧着他弄成这副光景真叫我难受。不过玛丽说得对。他说不定会去狂喝滥饮送了命的。"

"就是不给他也是一样。不过他倒不必怕我害了他。我拿不出一笔正正经经的钱去给他。"

"问题是在原则。"贝克先生说。

贝克太太又出了一个女性的恶毒主意:"该把他送进一家医院,

那儿人家可以看住他。"

三个人全对我着恼了。我刚才真应该还是只谈谈"波士顿茶会"的好。

说来奇怪,人的脑子当需要通过小心观察,以便找一条路来逃出种种隐秘图谋和潜在障碍所构成的布雷区时,却往往反而会漫不经心,玩起"摸瞎子"或"盯驴尾"的游戏来。我既熟悉贝克家的屋子也熟悉霍利家的屋子,暗沉沉的墙壁和窗幔、从不见阳光的阴森森的橡皮假花、肖像、石印画,以及陶瓷、贝壳、织物、木头做的古老纪念品,它们使得那些古老的时光仿佛成了一种现实和永恒的东西。椅子换过了,以求更为舒适和时髦,但柜子、桌子、书架、书桌,却还是地道老式的。霍利这姓氏不止意味着一个家庭,它也意味着一所房子。正因为这样,可怜的丹尼才要死死抓住泰勒家的那片草地不放。没有了这个也就没有了家庭——而且用不了多久甚至也会没有了那个姓氏。从口气、语调和心里的愿望来看,眼前坐在那儿的这三个人就已经把他一笔勾销了。看来有些人是必须用房子和家世来证实他们自己的存在的——这当然最多只是一种十分脆弱的保证。在铺子里我是个失败者,是个店员,在家里我是霍利,所以说我大概也是个地位不大稳当的人。贝克现在还能给霍利以援手。如果没有了那所房子,我大概也同样会被一笔勾销的。这不是人对人的关系,而是屋子对屋子的关系。我对抛开丹尼·泰勒这个活生生的人感到恼火,但我对此却无能为力。正是这样一种念头使我变得敏锐和深沉起来。贝克正在想要试试把霍利重新扶起来,以便使他将来能够在谣传中玛丽的那笔遗产中沾到点光。现在我正处在布雷区的边缘。

我对我的这位无私的恩人起了一种强烈的反感。我感到自己的心变硬,变得谨慎而阴险可怕起来了。就在它的支配下,出现了一种生死搏斗的感觉,以及有节制地发泄野性的规律,而最首要的一条规律就是:要让你的防守也显出进攻的架势。

我说:"贝克先生,我们没有必要再去重提那些远的事情。你比我更清楚知道我父亲逐步无可挽回地丧失掉霍利家那份产业的详细过程。我当时正在打仗。这事究竟是怎样发生的呢?"

"毛病不在他的意图,而在他的判断力……"

"我知道他有点不通世故——但究竟怎么会发生的呢?"

"嗯,当时正是疯狂投资的时期。他发狂似的投资。"

"别人给过他忠告吗?"

"他把钱投在一些已经有点过时的军需品生产上。后来合同纷纷撤消,他就遭到了亏损。"

"你那时正在华盛顿。你知道那些合同么?"

"只大致知道。"

"但这已足以使你自己不去投资了。"

"对,我没有去投资。"

"在投资的问题上你劝过我父亲么?"

"我当时在华盛顿。"

"但是你是知道他拿了霍利家的产业去抵押了钱来进行投资的么?"

"是的,我知道。"

"你劝阻过他么?"

"我在华盛顿。"

"但是你的银行却取消了抵押品延期赎取权。"

"银行没有办法不这样做,伊桑。这你是知道的。"

"是的,我知道。不过你当时没有能劝阻他,这是很丢脸的。"

"你不能怪他,伊桑。"

"现在我明白了这种情况,我不怪他。我本来也没有怪他的意思,不过我始终不大清楚当时的经过。"

我估计贝克先生原来是准备好一番开场白的。但既然错过了时机,也就只好试着重新再找机会。他咳嗽了一下,擤了擤鼻子,从口袋里掏出一叠薄薄的擦手纸来,抽了一张来擦了一擦,又抽了一张揩了揩眼睛,再抽出一张来擦了擦眼镜。每个人都有他自己捱时间的办法。我认识的一个人,曾经用了五分钟的时间来装好和点燃他的烟斗。

等他弄停当了正准备重新开口时,我说:"我知道我自己并没有权利请求你帮助。不过你方才自己重新提起了我们两家过去长期合作的关系。"

"他们都是些好人。"他说。"而且一般说来有极好的判断力,行动稳健……"

"不过并不是盲目稳健,先生。我相信他们一旦选定了航向,就会一直开到目的地的。"

"确实是这样。"

"甚至不惜击沉敌方……或者放火烧船?"

"他们是领有特许状的,不用说。"

"我相信在一八〇一年,先生,他们曾被责问过究竟什么叫敌方。"

"战争过后总会有些政策调整的。"

"这话不错。不过我并不是为了闲聊才翻出这些老账来的。坦白地说，贝克先生，我决心要……重振家业。"

"这才叫干劲，伊桑。有一段时期我简直以为你已经失掉霍利家的特色了。"

"我是失掉了；或者也许可以说是没有发挥它。你答应帮助我。我究竟该从哪儿着手呢？"

"麻烦问题就在你缺乏一笔资金来作为开始。"

"这我知道。但要是我有了一笔资金，应当从哪儿入手呢？"

"这对太太们来说一定太乏味了。"他说。"或许我们还是上书房去谈吧。生意问题太太们会感到厌烦的。"

贝克太太站了起来。"我正想请玛丽帮我选选那间大卧室用的壁纸。样本都在楼上呢，玛丽。"

"我希望玛丽也听着……"

但玛丽已经跟着走了，正像我原先就预料到的。"我对生意上的事一点也不懂。"她说。"可是对壁纸我倒的确还懂得点儿。"

"可是这事跟你有关啊，宝贝。"

"我只会弄糊涂了，伊桑。你知道我的。"

"也许你不在我会更加糊涂哩，宝贝。"

挑壁纸的事可能是贝克先生预先嘱咐好的。我想他的太太大概不会管挑纸的事。毫无疑问，没有哪一个女人会挑中我们现在所坐的这个房间里糊着的这种颜色既暗又印着几何图案的壁纸。

"这么说，"她们走了以后，他开口说，"你现在的问题是资金，伊桑。你的房产是一清二楚的。你可以拿它去抵押贷款。"

"我不想这么干。"

"好吧,我能尊重你这种心情,不过那是你唯一可以作为抵押担保的东西。另外就是玛丽的那笔钱。虽然不多,但你有了一点钱就可以生发出更多的钱来了。"

"我不想去碰她的钱。那是她的经济保障。"

"那笔钱你们是存在一个共同账户上的,而且存在那里一点生发都没有。"

"假定说,我现在已经打破了种种顾虑。你有什么好的主意么?"

"你能估计她母亲手头大致有多少么?"

"不知道……不过看样子很可观。"

他仔细地擦了擦眼镜。"我现在要跟你说的话完全是机密的。"

"那当然。"

"幸好我知道你不是个喜欢乱说的人。霍利家的人都不是这样,也许只有你父亲除外。跟你说吧,我,作为一位事业家,知道新港镇就要大发展。它具备了一切发展的条件,——有港口,有海滩,有内陆河道。一旦它上了路,就没有任何东西能够阻挡住它。一位好的事业家有责任促进他所在的市镇的发展。"

"同时得到些好处。"

"那是自然的。"

"它为什么至今一直没有发展呢?"

"我以为你是知道的——全怪镇议会里的那些老顽固。他们还念念不忘旧时代。他们在阻碍进步。"

听人吹嘘获取利益是如何符合仁爱精神总是使我觉得怪有

趣的。剥掉那层富于远见和热心公益的外衣,贝克先生的立场实际正是意料之中的立场。他和别的少数人——十分少数的几个人——在买下或者控制了所有的未来各项设施之前,是一直会继续支持现有的市镇当局的。在那以后,他们就会把镇议会和镇长赶走,而让进步来统治一切。到了那时大家才会发现,他们已占有了使进步得以来临的每一条大道。从纯粹的情感出发,他是愿意让我从中分得小小的一份的。我不知道他到底是有意把时间表透露给我知道呢,还是偶然由于头脑一热,但它终归还是从那套泛泛之论的背后透露了出来。市镇选举定在七月七日。到了那时,这一小批有远见的人士一定要把进步的车轮完全掌握在自己的手里。

我不认为世上有哪一个人是不喜欢给旁人出主意的。既然我一直总表现出几分不大信服的神气,我的这位导师就渐渐地越来越起劲,越说越具体了。

"我得好好考虑一下这个问题。"我说。"你觉得轻而易举的事情在我还是个谜。而且不用说我还得跟玛丽商量商量。"

"我觉得这正是你的想法不太对头的地方。"他说。"现在在生意问题上女人插手得太多了。"

"不过这是她的遗产呀。"

"你能为她做的最好的事情是使她意料不到地替她赚一笔钱。她们最喜欢这种方式。"

"我希望我的话并没有不知好歹的味道,贝克先生。我的脑子比较慢。我需要好好盘算一番。你听说马鲁洛就要到意大利去么?"

他的目光一下变得尖锐起来。"是一去不回了么?"

"不,只是去走一趟。"

"好吧,我希望他会做一些于你有利的安排,以防万一他发生了什么事情。他已经不是个年轻人了。他立过遗嘱了么?"

"我不知道。"

"要是他那一伙意大利亲属一旦插手了进来,你说不定会发现自己连工作都丢了呢。"

我连忙缩回去,采取一种含糊其词的掩饰口气。"你刚才已经给了我许多值得慢慢咀嚼的东西。"我说。"但是我不知道你能不能稍微向我透露一点,你自己准备什么时候着手干呢?"

"我可以告诉你这一点:发展在很大程度上得依靠交通运输。"

"是啊,高速公路干道在修起来了。"

"要修到咱们这儿还早呢。我们想要吸引来的那些有钱人都会希望由空路来。"

"而咱们这儿还没有飞机场?"

"对。"

"不只是这样,咱们这儿除非把周围的一些山头推平,还没有地方造飞机场。"

"这是花钱的工程。花费的劳动力真会惊人哩。"

"那么你有什么计划呢?"

"伊桑,请你信任我并且原谅我,这一点目前我还不能告诉你。但是我答应如果你能够筹到一些资金,我一定设法让你能参与基本发起人的行列。而且我可以告诉你现在正有十分合适的位置,不过有些问题还必须先加以解决。"

"嗯，我想这已经是十分抬举我了。"

"老世家之间必须彼此照应。"

"马鲁洛也是这圈子里的人么？"

"自然不是。他走的是另一路，有他自己的一伙。"

"他们干得挺不错，是吗？"

"我觉得好得有点儿出格了。我不喜欢看着这些外国人悄悄钻进来。"

"那么是预定在七月七日公开亮出牌来么？"

"我方才说过这个？"

"没有，这只是我自己猜想的。"

"的确是这样。"

正说到这儿，玛丽看过糊墙纸回来了。我们彬彬有礼告别如仪之后，就漫步走回家去。

"他们真是亲切极了。他说了些什么？"

"还是那句老话。我应当利用你的钱来开始做一番事业，而我不愿意。"

"我明白你是为我着想，亲爱的。但是我要说，如果你不听他的劝告，你就是个傻子。"

"我不喜欢这样，玛丽。说不定他错了呢？那你就会落得毫无保障了。"

"我跟你说，伊桑，要是你不去干，我会拿了钱自己去交给他的。我告诉你我一定会这么干。"

"让我再想想。我不想把你也搅进生意里面去。"

"你本来就不必这样做。那笔钱是存在我们共同的户头上的。

你知道卦上是怎么说的。"

"哦，上帝——又说算命的事！"

"可是，我相信它。"

"要是我把你的钱蚀光了，你会恨我的。"

"我决不会。你就是我的命运！这是玛吉说的。"

"凡是玛吉说的，都像红字刻的，印在我的脑子里，不到我死永不会磨灭。"

"别开玩笑啦。"

"也许我说的是真话呢。别让幸运破坏了咱们失意时的甜蜜滋味。"

"我看不出稍微有点钱怎么就会破坏了什么东西。又不是大笔钱财——只不过刚刚够。"我没回答。"嗯——你明白么？"

我说："咳，我的公主，世上根本无所谓刚刚够这回事。只有两种尺度：'没钱或者钱还嫌不够多。'"

"谁说的，这不是真的。"

"不，是真的。还记得不久前死去的那位得克萨斯州的亿万富翁么？他住在旅馆的一个房间里，连只手提皮箱都没有。他既没立下遗嘱，也没留下继承人，但他生前却只嫌钱还不够。一个人越是有钱，就越是会嫌钱不够。"

她用讥刺的口吻说："我猜你大概认为我想要添置起居室用的新窗帘和一个大些的热水器，好让四个人能同时洗澡，还让我有热水洗碗碟，你觉得这是有罪的吧？"

"我又不是在一本正经地数落罪恶，你这傻瓜。我是在讲事实，讲一条天然的规律。"

"你好像并不太重视人类的天性呀。"

"不是讲人类的天性,我的好玛丽,是说大自然的天然规律。松鼠常常积累十倍于它们所实际需要的胡桃。地老鼠胃里已经饱得快要胀破,却还要嘴里塞满东西,撑得像个口袋。还有那些聪明的蜜蜂所采的蜜,究竟它们自己吃了多少?"

每逢玛丽被窘住了或者弄糊涂了,她就会大发怒火,就像章鱼喷出墨汁来把自己掩藏在一团黑雾中那样。

"你真叫我讨厌极了。"她说。"你不肯让人得到一点点快乐。"

"我的宝贝,并不是这样。我害怕的是那种致命的不幸,那种钱财所带来的慌乱、猜忌和疑神疑鬼。"

她大概也在不自觉地害怕着同样的事情。她竭力想刺伤我,找我的痛处,而且找到了以后又千方百计想出些刺人的话来。"瞧这个没有一文钱的杂货店员,却在发愁他有了钱以后该怎么办。你那副神气就仿佛自己要什么时候发财就可以随手捡来似的。"

"我想我是可以的。"

"怎么个捡法?"

"为难的就是这个。"

"你并不知道该怎么办,要不你早就做到了。你是在虚张声势。你老是在虚张声势。"

蓄意伤人的意图激起了恼怒。我感到心里在腾起怒火。难听的、不顾一切的话像毒汁似的涌上了嘴边。我感到一种刻毒的怨气。

玛丽说:"快瞧!可惜飞走了!你瞧见了么?"

"哪儿?什么东西?"

"正巧从那儿那棵树上飞了过去，飞进咱们的院子里去了。"

"到底是什么东西，玛丽？告诉我！你瞧见什么了？"

暮色中我看见了她在微笑，那种不可捉摸的女人的微笑。人们称它为智慧，但实际上并不是，倒不如说是一种能使智慧都成为不必要的东西的领悟力。

"你并没瞧见什么东西，玛丽。"

"我瞧见了吵闹——但它现在已经过去了。"

我伸出手臂抱住她，让她转过身来。"咱们先绕着这排房子走一圈再进屋里去。"

我们在漆黑的夜色里漫步走着，没有再说话，也不需要再说什么。

第八章

当我还是个孩子的时候,常常劲头十足、津津有味地捕杀各种小动物。兔子,松鼠,小鸟,后来又加上野鸭和大雁,都被粉身碎骨击毙在地,弄得血肉模糊,毛羽飞扬。干这种事有一种野蛮的自鸣得意心情,却丝毫没有仇恨、泄愤或者负疚的感觉。战争减退了我这种破坏的狂热;或许我也正像一个吃腻了甜食的孩子那样。鸟枪的轰鸣从此再也不会带来一阵粗野的狂喜了。

初春的日子里,一对欢蹦乱跳的兔子每天都来光顾我们的园子。它们对我亲爱的玛丽的那些康乃馨花最感兴趣,把它们啃得只剩下些赤裸裸的花心。

"你得想法弄掉它们。"玛丽说。

我拿出我那支积满油泥的 12 号口径的猎枪来,又找到了几发装着五号铅砂的久置不用的枪弹。傍晚,我坐在后门的台阶上,等两只兔子走成一行时,一枪就把它们俩都结果了。然后我把两团乱毛蓬松的残骸都埋在那棵大的丁香树下,心里感到十分难受。

这只是因为我已变得不再惯于杀生了。人是能够习惯于干任何事情的。屠杀也好,殡葬也好,甚至当刽子手也好;只要已经习惯于此,拷打和刑讯也可以成为不过是一桩例行公事。

当孩子们都去睡觉以后,我说:"我要出去一会儿。"

玛丽并不像早几天一定会问的那样,问我为什么,想上哪儿去。她只说:"你会回来得很晚么?"

"不,不会很晚。"

"我不想等你了,我困得要命。"她说。看来她一旦走上了某一条路,就会走得比我更加毫不犹豫。我一直还沉浸在那两只兔子所引起的难受中。也许一个人毁灭了某一项东西,就竭力想创造另一项东西以求得心理的平衡,这是一种自然的心情。但难道这就是我现在想出去的原因么?

我摸索着走进了丹尼·泰勒所住的那个又脏又臭的狗窝里。在他行军床边的一只碟子里点亮着一支蜡烛。

丹尼的样子糟糕透了,面色憔悴发青,满脸病容,皮肤上闪出一层像蜡似的光来。闻着这间肮脏的屋子和这个盖着条污秽不堪的被子的肮脏的人所发出来的一股臭味,简直使人忍不住要恶心。他两眼瞪大、发直。我原以为他会说胡话。但令人吃惊的是他却清清楚楚地说起话来,完全是丹尼·泰勒的那副口气和腔调。

"你想上这儿来干什么,伊桑?"

"我想来帮你一点忙。"

"你应当不至于那么糊涂吧!"

"你病了。"

"你以为我自己不知道么?我比谁都明白。"他从床后面摸出一瓶还剩三分之一的"老林官"牌酒来。"来一口?"

"不,丹尼。这是挺贵的威士忌呀。"

"我还有几个朋友呢。"

"谁给你的?"

"这不关你事,伊桑。"他喝了一大口,强咽了下去,但刚喝下时有一会儿显得很不好受。过了一会儿他的脸色才恢复了过来。他笑着说:"有一位朋友想跟我谈生意,却被我蒙了过去。还没等他把话说出来,我就昏迷不省人事了。他不知道我玩这一手多么轻而易举。你也想谈生意吗,伊桑?要知道我能够马上再昏迷不省人事的。"

"你对我还有点感情吗,丹尼?还有点信任?还有点……嗯,感情吗?"

"当然有,不过要是打开窗子说亮话,我现在是个酒鬼,酒鬼还是对酒最有感情。"

"要是我能筹到一笔钱,你愿意去治一治么?"

令人吃惊的是他那么快就一下变得既正常又轻松自如了,而且——又变得像他自己了。"我本来可以说我愿意去,伊桑,但是你不懂得酒鬼是怎么回事。我会拿了钱去把它全喝酒喝光的。"

"那么,假如我把钱直接付给医院或者别的什么机构呢?"

"我要跟你把话说明白。我会高高兴兴地去,然后过不了几天就又跑了出来。你不能信任一个酒鬼,伊桑。这你怎么也不会明白。不管我是怎么做、怎么说的——结果我还是会跑了出来。"

"你不想摆脱这种状况么,丹尼?"

"我觉得我大概不想。我也觉得你一定知道我需要的是什么。"他又拿起瓶子灌了一口,我又吃惊地觉察到反应来得真快。他不仅又变成了我原来所熟悉的那个丹尼,而且他的头脑和理解力也变得那么敏锐,实际上清晰到已经完全看穿了我心里的这种想法。

"别相信这个。"他说。"这只是暂时的。酒先使人精神振作,接着就会使人消沉。我希望你不会久待下去,看到这种情形发生。眼前我还不相信它会发生。每当我还清醒的时候我总不相信它会发生。"接着,他那双在蜡烛光下显得湿漉漉亮晶晶的眼睛盯着我。"伊桑,"他说,"你提出要花钱给我治病。可你没有钱呀,伊桑。"

"我可以弄到。玛丽从她哥哥那儿继承到一点钱。"

"你想拿这笔钱给我用?"

"是的。"

"尽管我告诉你别信任一个酒鬼?尽管我明对你说我会拿了你的钱却叫你伤心失望么?"

"你眼前就在叫我伤心,丹尼。我做过一个关于你的梦。梦见我们俩一起上那个老地方去了——还记得么?"

他举起瓶子来,接着又把它放下了,说:"不,你先别忙——先别忙。伊桑——千万别……别相信一个酒鬼。每当他……当我……该死……醉得像个死人的时候……却仍旧还暗地保持着一个聪明的头脑,而且还是个不友好的头脑。眼前,正在这会儿,我还是那个曾经做过你好朋友的人。我说昏迷是骗你的。唔,我当时是昏迷了,但我却明白那瓶酒的意思。"

"等等,"我说,"在你还没继续说下去以前先弄弄清楚,不然倒仿佛……嗯,你会疑心我有什么用意似的。这瓶酒是贝克送你的,是么?"

"是的。"

"他想让你签个什么文件么?"

"对,但是我昏迷过去了。"他吃吃地暗笑着,又把瓶子举到了嘴边,但是我在烛光下看到了那里面只冒了几个小泡。他只喝了一小口。

"这正是我想跟你说的一件事,丹尼。他是想要那块老地方么?"

"是的。"

"你怎么会一直没把它卖掉呢?"

"我记得已经跟你说过了。有了它,我就仍旧是个上等人,只不过少了点上等人的举止罢了。"

"千万别卖它,丹尼。牢牢抓住它。"

"这对你有什么关系?为什么别卖它?"

"为了保持你的自尊心。"

"我已经没有什么自尊心,只不过还有点旧身份罢了。"

"不,你有的。你向我要钱的时候感到害臊。这就说明还有自尊心。"

"不对,我告诉你吧。那只是耍手段。酒鬼都是挺聪明的,我跟你说。那会使你觉得不好意思,你给我一块钱,就因为你以为我在害臊。其实我并不害臊。我只不过想喝一杯。"

"别卖掉它,丹尼。那是挺值钱的。贝克明白这个。他从来不买不值钱的东西。"

"那地方有什么值钱的呢?"

"那是附近一带唯一可以造飞机场的一块平地。"

"我明白了。"

"要是你能抓住不放,那完全可以成为你的一个新起点,丹尼。千万抓住它。你可以去治好身体,那样等你出来的时候你就会有个压窝的好蛋在窝里等着你了。"

"可是不会有什么窝了。也许我还不如卖了它,全拿去喝了酒,那么——'有朝一日树折枝断摇篮坠地,连篮里的娃娃也在一起。'"他尖声地唱着,笑了起来。"你想要那块地吗,伊桑?你到这儿来是不是就为了这个?"

"我只想让你好起来。"

"我现在就挺好。"

"听我说,丹尼。如果你是个穷光蛋,你可以爱干什么就干什么。可是你现在手里却有几位富于远见的先生们急于想要的东西呢。"

"那片泰勒家的草地。我会抓住不放的。我也是富于远见的呢。"他亲切地瞧瞧那瓶酒。

"丹尼,我跟你说,那是唯一可以造飞机场的地方。那是个关键性的地方。他们非要那块地方不可——不然就只好平山头,可是他们花不起那么大本钱。"

"那么说我是掌握了他们的命运,那我倒要摆布摆布他们。"

"你忘了,丹尼,一个有产业的人是个无价之宝。我已经听人提到最好心的办法就是把你送进一个适当的地方,让你得到必需的照管。"

"他们可不敢这么做。"

"哦,他们敢——而且还认为这是出于善意。你知道这类事情是怎么干的。法官——这人你是知道的——会裁定你没有管理产业的行为能力。他会指定一位监护人,这人是谁我完全可以猜想得到。这一切都是很费钱的,所以不用说,你的产业必须卖掉来偿付这些花费,你猜,等在那儿买它的会是谁呢?"

他两眼闪光,张开嘴听着我的这些话。接着他把目光转了开去。

"你想要吓唬我,伊桑。你挑错时间了。你应当早上来,那会儿我什么都不关心,觉得整个世界都叫人厌烦透顶的时候。而眼前这会儿我正精神百倍哩,因为有这瓶酒在这儿。"他像拿起一把刀似的挥舞着它,眯缝着的眼睛在烛光下闪闪发光。"我没跟你说过么,伊桑?我记得是说过的——酒鬼常有一种特别的鬼聪明。"

"可是我已经告诉了你会发生什么事情的。"

"我同意你的话。我明白这是真的。你说得有理。但是你不但没有吓坏我,却反倒激起了我的劲头来。谁以为酒鬼是软弱无力的,那他就大错特错了。酒鬼是个非常特殊的玩意儿,也有他非常特殊的能耐。我是有力量反抗的,而且现在这会儿我就很想干它一场。"

"好样儿的!我正希望听到你这样的话。"

他用威士忌瓶子的瓶颈向我瞄准,就像那是一支头上有准星的来复枪似的。"你愿意把玛丽那笔钱借给我?"

"对。"

"不要保证?"

"是的。"

"明知偿还的可能性只有千分之一么?"

"是的。"

"酒鬼身上常常有坏心眼的,伊桑。我不相信你。"他舔了舔发干的嘴唇。"你肯把钱亲手交给我么?"

"你什么时候要都成。"

"我告诉过你别给我。"

"可是我要给。"

这次他举起瓶子往嘴里灌,瓶子里冒起了挺大的气泡。喝过以后,他的两眼甚至更加闪闪发光了,但是它们既冷静,又不动声色,就像蛇的眼睛似的。"你能在这个星期弄到钱么,伊桑?"

"行。"

"星期三?"

"行。"

"这会儿你身边有两块钱么?"

我正巧有这个数目——一张一元钞票、一个五毛、一个两毛五,两枚一角和一枚五分的镍币,外加三枚一分的硬币。我把它们一起交到了他伸出来的手掌里。

他喝光瓶里剩的酒,把瓶子扔在地板上。"不知怎么我从来没把你看成是个聪明人,伊桑。你知道即使作一次基本的治疗也差不多要花上一千块钱么?"

"那就花吧。"

"这是开玩笑,伊桑。这不是下棋,简直是玩扑克了。我从前打扑克打得挺好——甚至太好了。你要是在打赌,我一定会拿我那块草地作担保品。而且打赌花一千块钱狂饮滥醉准会送了我的命,那时一个飞机场就准会稳稳地落到了你手里。"

"说这种话不害臊么,丹尼?"

"我给你说过我是不害臊的。"

"你不能相信我说的全是真心话么?"

"不能。不过我有办法让事情……全照你说的办。你还记得小时候的我，伊桑。你以为我不记得你么？你是个天生有主意的小家伙。好吧。我越来越想喝了。瓶子里已经喝光。我要马上出去了。我的要价是一千块。"

"好吧。"

"星期三交现款。"

"我一定送来。"

"没有收据，没有签字，什么也没有。而且你也别认为，伊桑，你从小就了解我。我这儿的一位老朋友已经使一切都改变了。我既没有忠实，也不守信用。你除了一场嘲笑以外，什么也得不到。"

"我只请求你尽量试一试。"

"当然，我会答应你试一试，伊桑。不过我希望我已经让你明白了一个酒鬼的允诺究竟有多大的价值。你把钱送来吧。现在你在这儿想呆多久就呆多久。我的屋子就是你的屋子。我要出去了。星期三再见吧，伊桑。"他从容地从他那张行军床上爬了起来，把被子往床里一扔，就踽踽跚跚地走出门去了，裤子上的拉链也没有拉好。

我坐了一会儿，望着烛泪渐渐融化在油腻腻的碟子里。他方才所说的都是真话，只除了一点，而我的赌注恰恰正是下在这一点上：他实际上并没有改变得那么厉害。在那个残骸里原来的丹尼·泰勒仍旧隐约可辨。我并不相信他能从自己身上割掉丹尼。我爱丹尼，并且决心去……按他所说的做。我决定这样。远远地，我听到他用清亮、高亢的假声唱着：

"飞驶吧,船儿,像小鸟长着双翅。

水手们齐呼着:'加速前进!'

船儿正载着我们天生的王子,

越过重洋驶向仙境。"

过了很久,我才吹灭蜡烛,沿着正街走回家去。威利正坐在警车上,还没打盹。

"我看你一直在外边跑呀,伊桑。"他说。

"你明白这是怎么回事。"

"那当然。春天嘛!年轻人有点待不住了。"

玛丽还熟睡着,脸上含着微笑,不过当我轻轻在她身边躺下时,她迷迷糊糊半醒了过来。忧伤还紧压在我的心上,那冰冷、刺骨的忧伤。玛丽侧过身子,把我抱在她温暖的、带着花草般清香的怀抱里,我正需要她。我也知道忧伤慢慢总会过去的,但眼前这一刻我却非常需要她。我不知道她是否真醒了,不过即使在睡梦中她也是明白我的需要的。

后来她完全醒了,问我说:"我想你饿了吧?"

"是的,玛丽。"

"你想吃点什么?"

"一份洋葱三明治——不,两份黑麦面包洋葱三明治。"

"那我也只好来一份,陪陪你。"

"你不想吃么?"

"不,我也想吃。"

她走下楼去,一会儿就拿上来几份三明治和一纸罐牛奶,两只杯子。

洋葱是火辣辣的。"玛丽,我的美……"我开口说。

"你先咽下去再说好不好!"

"你说你不想管生意上的事,是真的么?"

"怎么——当然啦。"

"那好,我有个打算。我需要一千块钱。"

"是贝克先生给你出的主意么?"

"可以这么说。不过也是我自己的主意。"

"好,你去开张支票就行了。"

"不行,宝贝。我要你亲自去取现款。你最好对银行里说一声,就说你要买新家具或者地毯或者别的什么。"

"可是我并不想买呀。"

"你想买。"

"这是秘密的么?"

"你不是说过希望这么办么?"

"对……嗯——我是说过。对。最好这么办。这洋葱头真辣。贝克先生会赞成么?"

"连他自己也会想做这笔生意的。"

"钱你什么时候要?"

"明天。"

"这洋葱我吃不了。我猜我现在已经满嘴洋葱味了。"

"你永远是我的宝贝。"

"我老在想着马鲁洛。"

"你指什么?"

"上咱们家来。还送糖果。"

"上帝的指使是神秘莫测的。"

"求你别亵渎神明啦。复活节还没过完呢。"

"不,过完了。现在已经是一点一刻。"

"天哪!咱们还是睡吧。"

"唉,难题就在这里!——这是莎士比亚。"①

"你什么事都开玩笑。"

可是这并不是开玩笑。忧伤仍旧压在我心里,我并不去想着它,可是它仍一个劲在刺痛,以致有时候我真想问自己:我痛苦些什么?人是能够习惯于一切的,不过却需要一定的时间。好几年前我曾经在一家炸药工厂里干运送硝化甘油的工作。工资很高,因为这活儿太危险。起初我每走一步都提心吊胆,但过了一个星期左右也就成了件例行公事了。这也毫不奇怪,我不是连当杂货店员也习惯了么?已经习惯的东西比起还没习惯的东西来总有某种可取之处。

黑夜里,眼前飘动着那些红斑点,我反复自省着人们所说的良心问题,却始终并没找到什么痛心之处。我自问:一旦确定了要走的道路之后,我是否还能改变方向,甚至将罗盘重新倒转一百八十度?我想我是能够的,但我不想那么做。

我已经踏入一个新的境界,而且对它非常醉心。这就像是发现了一组从未发挥的肌肉的作用,或者是实现了插翅能飞的童年

---

① 莎士比亚《哈姆雷特》第三幕中哈姆雷特的话:"睡觉……可是做起梦来怎么办?难题就在这里!"

的梦想。我能一再重演各种事件、情境和对话，而且在反复重演中找到起初忽略了的细节。

玛丽对于马鲁洛带着糖果来到我家感到奇怪，我觉得她的奇怪是有道理的。我原以为这是为了我不曾欺骗他而表示的一种谢意。但是玛丽的疑问却促使我去重新探索我本应明白但却疏忽了的原因。马鲁洛并不是酬谢已经过去了的事情；他是在预先收买尚未发生的事情。除了我可能对他有用以外，他对我并不关心。我重新回顾了他在生意方面的指示，以及关于西西里的谈论。触到某一点时他失掉了他的沉着自信。不知怎的他仿佛在什么事情上对我有所求、有所需要。有一种办法可以弄清这一点。要是我向他提出一种他平常准会拒绝的要求，而结果他却答允了，那我就会明白他确是心绪烦乱，失了常态。我撇开马鲁洛，再去想想玛吉。一提玛吉——就会使人想起她的年龄。"玛吉，我为你魂梦颠倒，玛吉，我愿舍弃整个世界……"

在望着天花板上飘浮的红斑点，我重演着跟玛吉有关的场景，尽量如实回忆，不加添饰。长期以来，也许足有两年光景，有这么一位扬-亨特太太，是我妻子的一个朋友，她们谈些什么有时我都不大去听。接着突然出现了玛吉·扬-亨特，随后又成了玛吉。耶稣受难日之前她大概也来过店里，但我却记不起了。就在过节那天，她仿佛是突然登场了。在此以前她可能眼里都不大注意我，就像我不大注意她一样。但从那以后她却老是在跟前——使你震惊，叫你心动。她究竟想要什么？纯粹是一个没事可干的女人的恶作剧？还是有所图谋？我感到她确实就像是在向我宣告她的登场——敦促我对她留意，对她注目。我觉得她第二次算卦时本来是诚心诚意想精致熟练地搞一次例行的纸牌算命的。但后来发生了什么事,把一切全打乱了。玛丽并没有说过什么会扰乱她心思的话,我也没有。她是当真看到了蛇的幻影么?这是最简单的理由,或许也是真实的。说不定她真的有一种直觉,能窥察别人的心思。她能一下就看透我的转变,这件事就不由得不使我有点相信她确是这样,但这可能是出于偶然。可是又是什么促使她并非出于本意地要到蒙托克去,跟那个推销员搞在一起,又向马鲁洛泄露机密呢?不知为什么我总不大相信她会泄露她不是自己有意想泄漏的东西。阁楼的书架上好像有一本谁的生平——是不是贝林?不,是巴拉诺夫,亚历山大·巴拉诺夫,一八〇〇年前后俄国某地的总督。也许那儿会有谈到阿拉斯加是流放巫婆的地方的材料。这样的故事完全不像是凭空捏造的。我一定要去查一查。我想我这会儿就可以悄悄跑上楼去,不惊醒玛丽。

正在这时我听见那老橡木楼梯上发出叽嘎的一声,接着又是一声,又是一声,因此我明白那并不是屋子由于天气的变化而引起的响声。那一定是爱伦梦游的脚步声。

不用说我是很爱我的女儿的,但有时她简直吓坏了我,因为她仿佛生来就太过聪明,既猜忌,又多情。她经常嫉妒她的哥哥,我感到她还常常嫉妒我。我觉得她在性的问题上过分早熟。也许做父亲的最容易觉察这一点。还在很小的时候,她对男性生殖器的强烈兴趣常常弄得人很窘。不久她又一心专注于发育变化的秘密。这里丝毫没有报刊上常说的那种女孩子天使般的纯真。全家充满着骚扰,满屋纷扰不宁。我曾读到过中世纪的人相信青春期的少女常常会感染巫术,我倒不敢说那一定是并无其事。有个时期家里还闹过一阵我们戏称之为"吵家鬼"的事。画框从墙上掉下来，碗碟摔碎在地板上。阁楼上轰隆作声，地下室乒乓乱响。我弄不清那是什么原因，不过它却使我好奇心大发，悄悄地一直留心着爱伦，注意着她神出鬼没的行动。她活像是一只夜猫子。我弄清了那些摔摔打打和乒乓乱响并不是她搞出来的，但是我也发现每当她不在屋里就从来没有这种现象。也许吵家鬼出现时她只瞪眼安坐在那儿，不过无论如何她总在屋里。

记得我小时候就听说过霍利家的老屋很早以前就闹过鬼，是某一个当过海盗的清教徒祖先，不过据说他是个挺规矩的鬼，只像一个鬼魂一般所做的那样走来走去，悠悠荡荡，哀叹几声。楼梯在它看不见的身体的压力下嘎嘎作响，当家里将有人死亡时，他会敲敲墙壁，一切都做得理所应当，恰如其分。吵家鬼就完全不是这么回事了——它们心怀恶意，存心不良，一味捣乱，专好报复。它决不摔那些不值钱的东西。摔完它就溜之大吉。我一直并不真的相信它。它只不过是我们家的一句玩笑话，但它却确实在那里，跌坏的画框和摔碎的瓷器也明摆在那里。

等到它不再闹的时候，爱伦就开始梦游起来，就像现在这样。我能听到她缓慢而稳定的脚步声正在走下楼去。而这时我身旁的玛丽深深地叹息一声，喃喃了几句。同时一阵微风起处，正在萌芽的树枝映在楼板上的暗影轻轻晃动。

我悄悄溜下床来，披上浴衣，因为我也像别人一样，相信夜游病者是不宜加以惊醒的。

这话听来好像我不大喜欢我的女儿，但我确实是喜欢的。我爱她，不过对她却有点害怕，因为我并不理解她。

走我们那楼梯时，要是挨着墙靠边走，它就不会嘎吱作响。这我还是在顽童时代从城里偏僻处游荡回家时发现的。如今每当我不想惊醒玛丽时，我仍旧时常利用这个窍门。现在我又利用它悄没声地走下楼梯，用手摸着墙引路。从路灯那边射进来一点斑驳暗淡的微光，离窗远处就逐渐消失无影。不过我还是看得见爱伦。她身上仿佛有一种亮光，也许是她穿着白色睡衣的缘故。她的脸蒙着暗影，但是她的手臂和两手却反射出光来。她正站在放一些不值钱的家传纪念品的玻璃橱前，橱里有些鲸骨雕品：有抹香鲸，有桨橹铁索俱全、船头有全班水手和渔叉手的捕鲸船——全是用鲸骨雕出来的，另外还有骨雕的海象的长牙和弯鼻，用清漆漆得闪亮的一个"美人阿黛尔号"的小小模型，它那收起的风帆和索具已经有点陈旧发黄了。那里还有些中国文物，还是老船长在捕净了中国沿海一带的鲸以后从东方带回来的，都是些文物小品，红木和象牙制品，滑稽和严肃的神像，神态俨然而又陈旧不堪的菩萨，紫水晶和皂石雕成的花，还有几块翡翠——真的，几块很好的翡翠，以及玲珑可爱的细瓷器。其中也有一些可能是很值钱的，比如有几匹虽然造型拙劣但却栩栩如生的小马——但即使它们确实很珍贵，那也为数极少，我想一定是这样的。那些老在海上以捕鲸为业的人哪能辨别什么好歹呢？——不过也没准他们真能识货，真的辨别出了好歹也说不定呢！

这口橱在我心目中永远都仿佛是个供祖的圣坛——就像是罗马人供的祖先面具或者先灵、家神以至于一块从月亮上掉下来的宝石的地方。我们甚至还有一支用作药物的曼德拉草根——一个逼真的小人形，是某个吊死的人死后的精子培育出来的；还有一条逼真的美人鱼,尽管已经朽坏不堪,但却是很精巧地用一只猴子的上半身跟一条鱼尾巴缝在一起做成的。它因为年深月久已经干缩,针脚都露了出来,但仍旧狞笑着,露出一嘴细细的牙齿。

我猜每家大概都有一两件有魔法的宝贝,一种世代相传的东西,能够鼓舞、安慰和激励一代代的家人。我们家的是……怎么说呢——是一块玲珑的石头,也许可以说是水晶或者翡翠,或许只是一块皂石。它是圆的,底径四英寸,顶部一英寸半。面上刻着错综交织的花纹,仿佛在婉转盘旋,但却找不到究竟通向何处。花纹活泼生动,却无头无尾,看不出从哪儿开始,哪儿结束。光洁的石面摸起来并不滑溜,倒像人的皮肤那样有点滞手,摸上去总是叫人感到暖乎乎的。你可以看到它的内部,但却望不透它。我估计它是我家上代某位航海的祖先从中国带回来的。它十分神奇——无论看上去摸上去,把它贴在脸上或者用指头摸摸它都叫人非常舒服。这块古怪神奇的石头一直搁在玻璃橱里。从我很小到稍大直到长大成人,家里都准许我摸弄它、把玩它,但却决不许我拿走。它的色彩、纹理和质地也随着我心情需要的不同而变化。有个时候我把它看作是乳房,稍大成了个男孩时它又仿佛变成了女性生殖器,弄得我十分烦恼激动。也许后来它又进一步成了人的脑子,甚至变成了一个不解之谜,一种无头无尾、变化无穷的东西——一个包罗万象的问题,它不需要任何答案来破坏它,也不需要任何开头结尾来限制它。

这个玻璃柜子上安着一具还是殖民地时代的老铜锁,用的是一把扁扁阔阔的铜钥匙,常年插在锁孔里。

我那还在睡梦中的女儿把那块有魔力的石头拿在手里,用手摸弄它，抚爱它，就像它是个活的东西似的。她将它紧紧压在她那尚未发育的胸脯上，贴在耳朵下面的面颊旁，像对吃奶孩子似的闻它的香，并且用一种喜悦爱恋之声低低地哼唱着。她有容易弄坏东西的习惯。我起初很怕她会摔碎它，把它拿走藏起来，但现在我看出它在她手里就等于是母亲、恋人或者孩子一样。

我不知怎么才能把她唤醒而又不致惊吓了她。不过又何必一定要去把梦游病者唤醒呢？是怕他们受伤么？我从来没有听说有人在这种情况下受过伤，倒除非是将他们突然唤醒。我何必要去干预呢？这并不是充满痛苦和恐惧的噩梦。反而倒是清醒时很难体验到的一种喜悦和浮想联翩的境界。我有什么必要去破坏它？我轻轻退了回来，在我那张大安乐椅上坐下来静等。

昏暗的房间里似乎闪烁着大批发亮的小点，像成群的蚊蚋在来回飞动。我猜想实际并没有这些东西，只不过是我自己因为疲倦而引起的眼睛发花。可是它们却叫你无法否认。同时看来我女儿爱伦身上也的确发出一种光辉，不仅来自她的白睡衣，而且也来自她的皮肤。我能看得清她的脸，这在一个昏暗的房间里本来是不可能的。我觉得这仿佛根本不是一个小姑娘的脸，而是十分完美、成熟、丰满。她的嘴唇紧抿着，平时却完全不是这样的。

过了一会儿爱伦准确无误地把那块传家之宝仍旧放回了原处，接着又关上了玻璃橱门，转了一下钥匙把它锁好。然后她掉过身来，经过我的椅子旁边，走上楼去。有两个特点是我隐约感觉到的：一是她走动时的神态不像一个孩子，而像是一个心满意足的妇人；其次是随着她走远去，她身上的光辉也逐渐隐没。这些还可能是一种印象，是我胡思乱想的产物，但另外还有一点却决不是。她走上楼梯时,没有发出丝毫木头的嘎吱声。她准是在靠着墙走,那儿的梯级不会发出声音来。

稍停了一会儿我也跟着她走上楼去,发现她已上了床,熟睡着,被子盖得好好的。她张着嘴呼吸,她的脸也是个熟睡着的孩子的脸。

我身不由己地重新又走下楼来,打开了玻璃橱。我拿起那块石头。那上面还有爱伦身上的余温。我像小时候那样用食指尖顺着无穷无尽的波纹摸弄着,得到一种安慰的感觉。仿佛这样做时我跟爱伦是异常地亲切。

我不知道这块石头是否以某种方式把她跟我——跟霍利家紧紧地联系了起来?

第九章

到星期一，那变幻无常的初春又退回到了冬天，冷雨凄风打得一些过于轻信的树枝上刚发的嫩叶狼藉凌乱。草地上色胆包天、追逐求欢的公麻雀像败絮破布似的被风刮得七零八落，恨得它们叽叽喳喳直抱怨这轻浮难以凭信的天气。

我向正在作一番例行巡视的"红贝克先生"致意问好，它的尾巴被风吹得像一面歪歪斜斜的战旗。我的这位老相识在风雨中眨巴着眼睛。我说："从今以后你我表面上仍可以是好朋友，但我觉得应当老实告诉你，在我们的笑面下隐藏着激烈的竞争，利害的冲突。"我本来还想再说些什么，但它却急于想结束自己的苦差使，赶快去找个隐蔽处。

莫菲准时出现。他说不定正在等我——准是这样。"鬼天气。"他说，身上那件防水绸雨衣裹着他两条腿一会儿鼓起一会儿瘪下。"我听说你对我的东家作了次社交拜会。"

"我想征求他一些意见。顺便也承他请我喝了杯茶。"

"他当然会的。"

"你也明白所谓征求意见是怎么回事。人总是只想听到对他好歹要做的事情表示赞成的意见。"

"听口气好像是投资的事。"

"我的玛丽想买些新家具。女人想买东西,总要先把它说成是一笔很好的投资。"

"也不光是女人。"莫菲说。"我自己也这样。"

"反正那是她的钱。她想要多看看,买得划算一些。"

在正街转角上我们看到拉普玩具商店的一块铁皮招牌吹松了,不断吱嘎作响地大声滑动着,活像街上发生了交通事故似的。

"哦,我听说你的老板要回意大利一趟。"

"我不知道。但我奇怪他怎么从没回去过。那儿的亲友之间关系是很密切的。"

"来得及跟我一块去喝杯咖啡吗?"

"我还得去打扫一下。刚过了节,早上生意一定挺忙。"

"哦,来吧!爽气一点。贝克先生的亲近朋友还会花不起一点时间去喝杯咖啡吗!"他这话说出来时倒并不像写在纸上那么显得挖苦。他很善于把什么话都说得自自然然,毫无恶意。

多年以来我从来没有早晨上"前桅"餐室去喝过一杯咖啡,也许全城里就只我一个。那是一种风尚,一种习惯,等于是上俱乐部。我们爬上柜台前面的高凳子,从前跟我一块上过小学的林奇小姐把两杯咖啡沿着柜台推到我们面前,一滴都没溢出茶托里。紧靠着杯子各放着一小瓶奶油,但两块纸包的方糖她却把它们像骰子似的一掷,滚了过来,以致莫菲不由得高喊了一声:"双幺!"

林奇小姐永远总是林奇小姐。这"小姐"两字如今已成了她名字的一部分,她本人的一部分。我猜想她一辈子再也别想把它去掉了。她的鼻子一年年变得愈来愈红,不过这是鼻窦的毛病,倒并非是酗酒。

"你早,伊桑。"她说。"你今儿庆祝什么喜事么?"

"是他拉我来的。"我说,然后为了试作亲善的姿态,又添了一句:"安妮!"

她活像猛然听到一声手枪响似的,一下把头转了过来,然后,等明白过来之后,她微笑了一下,而且你想得么,她那样子就跟当年还在五年级时一模一样,包括红鼻子以及其它一切的一切。

"看到你真高兴,伊桑。"她说,接着用一块纸巾擦了擦鼻子。

"我刚听说时觉得挺吃惊。"莫菲说,一边对付着方糖上包的纸。他的指甲是涂过油的。"你想到了一个主意,越想越对头,以为这准没有错。可一旦不是那么回事,就会大出意外了。"

"你讲些什么我全不懂。"

"我想我自己也不懂。这该死的纸。干吗他们不干脆就把糖装在碟子里呢?"

"或许是怕人家会放得太多。"

"我想也是这个缘故。我过去认识一个家伙就靠吃糖混了一段日子。他上自动食堂去。花五分钱要一杯咖啡,先喝一半,再用糖把它装满。不管怎么说他没有饿死。"

跟往常一样,我疑心那家伙是否就是莫菲自己——这个怪人,尖酸刻薄,看不出年龄,还修饰过指甲。我觉得他似乎颇有教养,但这只是根据他考虑问题的思路和方法来说的。他的见多识广隐约显露在一套市井闲谈中,那是一种伶俐、粗鄙而没读过什么书的人的腔调。"是不是正因为这样,所以你现在才只放一块糖?"

他咧嘴笑了一笑。"每个人都有他自己一套道理。"他说。"不管一个家伙多么走投无路,他对他自己的走投无路总会说出一套道理来。一套道理会害得你明明眼前摆着路标却偏会走上一条通到人家园子里去的岔路。大概我就是这样才会一向上了你那个老板的当的。"

我已经长久没有在外面喝过咖啡。它并不怎么好。喝起来简直没什么咖啡味儿,不过还挺烫,而且溅了一点在衬衫上,所以我知道它颜色还浓。

"我想我确实不懂你说些什么。"

"我正在竭力回想我究竟是怎么恍然大悟的。大概就因为他说过他上这儿来已经四十年了吧。三十五或者三十七年,这倒或许对,却绝不会是四十年。"

"我想我这人脑子大概不太灵。"

"可要是照他的说法,那就得是一九二〇年来的了。你还没弄明白么?可你要是在银行里工作,你就得学会很快探明一个人的底细,查出骗子手来,你知道。要不了多久你就会学会一整套熟练的规律。简直连想都不用多想。它会一下子就给你猜中了。不过也可能会弄错。没准他真是一九二〇年就来的。我也可能弄错了。"

我喝干了杯里的咖啡。"该打扫去了。"我说。

"我也上了你的当呢。"莫菲说。"要是你探问我,我是不大会上钩的。可你一句也不问,我就不得不自己告诉你了。一九二一年才开始颁布临时移民法。"

"那又怎么呢?"

"一九二〇年他可能入境。一九二一年大概就不行了。"

"那又怎样?"

"那么——不管怎样,凭我这小脑瓜子猜想——他是一九二一年以后走后门入境的。所以他没法回老家,因为他弄不到护照再回来。"

"天哪,幸好我没在银行里干!"

"没准你会干得比我更好。我的话说得太多了。要是他真能再回来,我就真的是搞错了。等一等,我也走。咖啡算我的。"

"再见,安妮。"我说。

"请你再来,伊桑。你从来不大来呢。"

"我会来的。"

当我们俩穿过大街的时候莫菲说:"别去告诉那位意大利先生说我在这儿说坏话,疑心他是移民当局注意的对象,行吗?"

"干吗我要去告诉他?"

"干吗我要对你说?那只宝贝箱里装的是什么?"

"圣殿骑士帽。毛变黄了。想去问问还能不能弄白。"

"你参加过那个么?"

"那是家里的传统。乔治·华盛顿还没当骑士团首领时我们家就是共济会员了。"

"他当过么?贝克先生是不是也参加过?"

"这也是他们家的传统。"

说着我们已走进了巷子。莫菲摸出开银行后门的钥匙。"难怪我们每次开保险柜,就像是共济会员聚会似的。就差点上蜡烛啦。简直有点神圣的意味。"

"莫菲,"我说,"今早上你尽在找碴儿。复活节看来并没能叫你变得心平气和一些。"

"只要花上七八天我就能把事情弄清楚的。"他说。"不，我说的是真话。可是九点一到，我们就都得摘下帽子站在那最神圣的圣器面前。然后等到定时锁嘀嗒一响，贝克牧师恭身跪倒，打开保险柜，我们就得全体一致向钞票之神磕头礼拜了。"

"你真是个怪家伙，莫菲。"

"也许是的。这把该死的老锁。你简直得用冰镐而不是用钥匙才能开得开。"他乱扭着钥匙，用脚踢着门，最后才总算把门砰地打开了。他从口袋里摸出一张纸头来，把它塞进了弹簧锁的锁心里。

我差一点忍不住要问：这样不危险么？

他不等我问就回答说："好让这该死的东西别自己锁上了。反正等开了保险箱以后贝克会自己来检查一番，把它锁好的。别让马鲁洛知道我这种不怀好意的疑心好么？他是位大主顾。"

"好吧，莫菲。"我说着，就转身走向巷子对面我自己铺子的后门，四面瞧了瞧，看那只老想溜进去的猫在不在，它不在。

进得门去，铺子在我眼里显得仿佛是新的，与以前不同了似的。我满眼看去仿佛尽是以前不曾看到过的东西，却再看不到那些过去曾经惹我烦恼生气的东西了。这又有什么奇怪的？当你用新的眼光或者哪怕是透过不同的角度去看世界，那就会一下子发现一个全新的世界。

陈旧的厕所里那漏水的水箱阀门轻声地咝咝响着。马鲁洛老不肯换个新的阀门，因为用水是不计度数的，谁去管它呢。我走到店堂前面，从那架老式磅秤上拿了一只有槽口的两磅秤砣，走进厕所里,把它挂在木头拉手上面的链子上。水箱的水冲了下来而且继续不停地冲着。我回到前面听了一下,听得见马桶里叽叽咕咕响个不停。这种声音是谁都能分辨得清的。然后我又把秤砣放回磅秤的横杆上,走到柜台后面我那个老位置上。货架上的我那些子民们正在肃立等待。可怜的家伙,他们是一步也没法离开的。我特别注意到那米老鼠面具正从放在早餐食品架上的纸盒上面微笑俯视着。这使我记起了曾经答应过亚伦的事。我找到从货架顶上取东西用的钩竿,取了一盒下来,把它放在我挂在堆货房里的大衣下面。等我回到原处,又看到那里的另一只米老鼠在俯视着向我微笑。

我伸手到食品罐头的后面,摸出那只装着找头零币的灰麻布小钱袋,接着,我似乎记起了什么,又伸手到更里面一点,摸到了那支油腻腻的.38口径的旧手枪,从我记不清是什么时候起它就一直扔在那儿。这是支镶银的"艾弗·约翰逊"牌手枪,面上的银差不多已经完全剥落光了。我打开枪栓,看见里面的子弹壳上长满了铜绿。枪筒上积满陈年的油腻,几乎都无法扳动。我把这支靠不住的、甚至用起来可能挺危险的家伙塞进了现金出纳机下面的小抽屉里,拿出一条干净围裙来系在腰上,把边翻过来整洁地遮住带子。

谁没有惊叹过世上强者所作出的种种决定、行为和举动呢?难道它们全都是产生于深思熟虑、为美德所驱使,而没有一些是出于偶然、出于凭空幻想、心血来潮,产生于我们自己的想入非非?我完全明白自己陶醉于幻想的游戏已经多久了,因为我知道那是打从听了莫菲关于如何有效地抢劫银行的规律而引起的。

我曾怀着一种成年人通常不会有的孩子气喜悦，反复想着他说的那些话。一边管着铺子，一边似乎做着一场孩子的游戏，遇到的每一件事都成了这场游戏的一部分。漏水的阀门，亚伦要的米老鼠面具，谈论开保险柜的情形。不断碰到的各种新细节也自然而然容纳了进去，如在巷子里把纸头塞进门锁里去之类。这场游戏在逐步进展，但直到今天早晨它还一直停留在想象里。在水箱链子上放一只秤砣，这是我加在这场想象游戏中的第一个实际因素。取出旧手枪是第二个。现在我已经开始在掐算起时间来。游戏愈来愈变得认真了。

我至今一直还在用着我父亲的一只银壳的汉密尔顿牌大火车表，挺粗的时针，又黑又大的字盘，不讲美观的话，倒是一只报时挺准的表。今早上我到店门外去打扫之前，把它揣进了我的衬衫口袋里。我算准了时间，到九点差五分时打开前门，开始不慌不忙地打扫人行道。叫人奇怪的是，一个周末假日会积起了那么多垃圾，而且淋了雨以后会弄得那么肮脏泥泞。

我们这儿这家银行多像一部精确非凡的机器啊——就跟我父亲的火车表一样。九点差五分，贝克先生从榆树街那面露面了。哈里·罗比和伊迪·奥登准是早就守候在那儿。他们俩马上溜出"前桅"餐室，半路上赶上了他。

"你早，贝克先生。"我说。"你早，伊迪。早，哈里。"

"早上好，伊桑。你最好弄根水管子来冲一冲才行！"他们走进银行去了。

我把扫帚靠在店门口，从磅秤上拿了秤砣，走到现金出纳机后面，打开抽屉，然后迅速而从容不迫地演了一场哑剧。我走进堆房，把秤砣挂在水箱链条上。撩起围裙下摆掖在腰里，穿上雨衣，走到后门边把它打开了一条缝。当我表上的黑色秒针刚走过十二点时，市政厅上的报时钟大声敲了起来。我在心里默数着穿过巷子要走的八步路，接着再默数了二十步路。我不开口，只用手比划着一些动作——停了十秒，再用手比划着。我在脑子里想象着整个过程，一边用两手比划着某些动作，一边默数着时间——二十步，迅速但是从容不迫，接着再是二十步。然后我关上了后门，脱下雨衣，放下围裙，走进厕所，从链子上拿下秤砣，使冲水停止，回到柜台后面，打开抽屉，开了开我的帽盒子又重新盖上，缚好，回到店门外，拿起我的扫帚，然后看看我的表。九点零两分二十秒；挺不错，不过再稍微练习一下还可以再缩短到只需要不到两分钟。

我人行道刚扫完一半，斯托尼警长走出"前桅"餐室，朝我走了过来。

"早，伊桑。快点给我半磅黄油，一磅咸肉，一瓶牛奶，还有一打鸡蛋。我老婆什么都用光了。"

"行啦，警长。怎么样，事情顺手么？"我拣齐了东西，撑开一只纸袋来。

"没什么。"他说。"我刚来过，可是听见你正在上厕所。"

"看来那煮得挺老的鸡蛋得让我闹整整一个星期的肚子。"

"这话不假，"斯托尼说，"碰上了也就只好碰上了。"

这么说，一切都搞得满顺利。

他正要走时，又对我说："你那好朋友丹尼·泰勒是怎么回事？"

"我不知道——他又发作了么?"

"不,他看起来挺不错,身上干干净净。我当时正坐在车里。他要我替他作证。"

"证明什么?"

"我也不知道。他拿着两张文件,但却翻转着,我什么也看不见。"

"两张文件?"

"对,两张。他签了两次字,我也连署了两次名。"

"他神志清醒么?"

"看来是的。理了头,还打了领结。"

"我真有点不大相信,警长。"

"我也是这样。可怜的家伙。我猜有人一直在打什么主意,我该回家了。"他说着就连忙走了。斯托尼的妻子要比他小二十岁呢。我转过身来,继续把一些较大块的垃圾废物扫下人行道去。

我心里感到不得劲。也许什么事第一次干总是不容易的。

我对这儿根深蒂固的风气估计得一点不错。我觉得城里的每一个人都把什么都用光了。因为供应我们蔬菜和水果的批发商要到将近中午才运货来,所以可买的东西很少。可是就为买现有的这点东西,顾客们也一直弄得我手忙脚乱。

十点光景马鲁洛来了,而且出乎我意外地帮我干了一阵,又称又包,又摇现金出纳机结账。他很久没有在店里帮过忙了,他多半只是踱进店来,到处看一看就走了——就像一位在外地主似的。可是今天早上新鲜货品运到时他却帮着拆篓子,开纸箱。我觉得他仿佛有点心神不定,而且当我眼望着别处时老在打量着我。

我们俩没时间讲话，可是我却能觉察到他注视着我的目光。我猜想这大概是因为听说我曾拒绝了贿赂的缘故。也许莫菲的话说得对。有一些人当听说别人诚实不欺时，总想竭力探察他这样做有什么不诚实的动机。"他究竟想从中得到什么好处？"的想法，在那些自己惯于用赌棍的手法处世谋生的人身上大概特别强烈。这个想法引得我微微发笑，不过它掩藏得很深，表面上一点也不露出来。

将近十一点钟，我的玛丽穿着一件崭新的印花布衣服进店来了。她显得漂亮，高兴，还兴奋得有点喘不过气来，似乎刚干了一件愉快而危险的事情似的——而且实际也真干了。她交给我一个黄牛皮纸信封。

"我想你也许等着要用。"她说。她像平常对她心里并不真喜欢的人那样，用一种小鸟似的活泼神气朝马鲁洛微微一笑。她也的确不喜欢和不信任马鲁洛，一向如此。我总把这归因于一种常见的现象，就是做太太的对她丈夫的上司或者秘书总是没有好感的。

我说："谢谢你，亲爱的。你老是很细心。我真遗憾这会儿不能陪你上尼罗河去划划船。"

"你确实挺忙呀。"

"嗯，你需要买什么东西吗？"

"当然要。给你，我开了个单子。你晚上带回来好么？我知道你这会儿没工夫夫把它们全找齐的。"

"可别再煮那种老鸡蛋啦……"

"不会的，宝贝。这一年里都不会再煮啦。"

"这些复活节的玩意儿也真叫人够忙的。"

"玛吉今晚上想请我们上'前桅'去吃饭。她说她一直没机会款待款待我们。"

"好啊。"我说。

"她说她的住处太狭窄。"

"是吗?"

"我耽搁你的工作了。"她说。

马鲁洛的目光盯在我手里的黄信封上。我把它藏进围裙里,塞在我的裤袋里面。他知道这是个银行的封袋。而且我也能觉察到他正在拼命动脑筋,就像一只小猎狗在市里的垃圾场上拼命追猎耗子似的。

玛丽说:"我还一直没有机会谢谢你送来的糖果,马鲁洛先生。孩子们喜欢极了。"

"不过是复活节的一点小意思罢了。"他说。"你打扮得已经像在春天啦。"

"是吗? 谢谢你。我可被淋湿了。以为雨已经住了,可是它又下了起来。"

"把我的雨衣带去,玛丽。"

"我用不着。这会儿的雨都只是下一阵子。你还是去招呼你的顾客吧。"

店里忙得更厉害了。贝克先生在门口望了一下,看见许多人排着队等着就转身走了。"我等会儿再来吧。"他向我招呼说。

人还在不断地来,一直忙到中午,然后就像往常那样,一切生意都突然停顿了下来。大家吃饭去了。街上车辆行人也几乎绝迹。一上午以来第一次不再有人在等着买点什么。我拿起刚才已经打开的一纸罐牛奶喝了几口。凡是我从铺子里拿的东西我都记了下来,如数从我的工资里扣除。马鲁洛答应我照批发价买东西。这里面有很大的差价。要不是他这样的话,我想家里简直没法靠我的这点工资过活。

他叉着手背靠柜台站着,感到手臂酸痛,就插进口袋里,但一会儿又感到酸痛。

我说:"我真高兴你来帮了忙。从来没碰到过有这么多人。不过我想他们也确实没法光靠前几天吃剩下来的那点土豆色拉过日子。"

"你生意干得挺不错,小伙子。"

"我不过就那么干着。"

"不,他们老上这儿买。他们挺喜欢你。"

"只不过跟我搞熟了。我在这儿已经多年了。"说到这里我作了一次小小的试探:"我猜你很想去晒晒西西里那种火辣辣的太阳吧?西西里真够热的。战时我去过那儿。"

马鲁洛的目光避了开去。"我还没打定主意呢。"

"干吗不去?"

"嗯,我已经离开那么久——四十年了。那儿的人我一个也不认识了。"

"不过你总有亲戚吧。"

"他们也不认识我了。"

"我倒真希望能上意大利去度一次假——既不带步枪也不带行军背包。不过四十年也真是段挺长的时间了。你是哪一年来的?"

"一九二〇年——很久以前了。"

看来莫菲真是一语说中了要害。也许银行职员、警察和海关上的人都有一种直觉吧。接着我又想到了另外一个也许是稍稍深入一点的试探。我打开抽屉拿出那把旧手枪扔在柜台上。马鲁洛一下把手缩在背后。"你这是什么呀,小伙子?"

"我是想:要是你还没替这东西领个执照的话,应当去领一个。那个《沙利文法案》可不是闹着玩的。"

"这是哪儿弄出来的?"

"它一直就在这儿。"

"我可从来没见过。这不是我的,是你的。"

"不是我的。我以前也从来没见过。总该是什么人的吧。既然在这儿,你看是不是还是去申请个执照好一些?你肯定它不是你的吗?"

"我告诉你我从来没见到过它。我不喜欢枪。"

"这倒有意思。我还以为黑手党的大人物都爱枪呢。"

"你这话什么意思,黑手党?你想说我是个黑手党么?"

我装出一副天真的样子。"听人说,所有西西里人都参加黑手党。"

"这是胡说八道。我甚至连一个黑手党也没碰见过。"

我把枪扔进了抽屉里。"这真是活到老学到老啊!"我说。"不过,我要它可没有用。也许我还是把它交给斯托尼吧。就跟他说我是在什么东西后面无意间找到的,因为实际也真是这样。"

"随你去办吧。"马鲁洛说。"我一辈子从来没见过它。我不需要它。这不是我的。"

"好吧,"我说,"那交出去就完了。"

要按《沙利文法》申请一张执照得交出不少的证明文件——几乎跟申请一张护照一样难。

我的老板心里准已经弄得七上八下。也许凑巧碰在一起的小事实在太多了。

年高德劭的艾尔加老小姐,新港镇上的女王,像艘大船似的迎风张帆开了进来。艾尔加小姐跟外界世俗似乎隔着双层的保险玻璃,中间夹着真空。她是亲自来采买一打鸡蛋的。她在我还是个孩子时就认识我,以后也一直还当我是个孩子。我可以看得出,她对我竟然还会收钱找钱,简直赞叹不已。

"谢谢你,伊桑。"她说。她的目光瞟了一下咖啡研磨机和马鲁洛,对他们都同样毫不在意。"你父亲好吗,伊桑?"

"挺好,艾尔加小姐。"我说。

"替我问候他,真是个好孩子。"

"是啦,夫人。我准会跟他说的。"我并不想去纠正她的时间观念。听说她每星期天晚上还准时给那座老古董钟上发条,尽管电钟已经流行了多少年了。像这样过活倒也不错——让时间完全停顿下来,永远是无终无尽的永昼,这的确不坏。她一本正经地朝咖啡研磨机点了点头,就出去了。

"脑子糊涂了。"马鲁洛说,用指头戳了戳太阳穴。

"就仿佛谁也不会起变化。谁也不会出事情。"

"你父亲已经去世了。你干吗不告诉她他已经不在了呢?"

"她就是现在相信我的话,过后也会忘记的。她老在问候他。不久前她才不再问起我的祖父呢。听人说她从前是他的老相好,那个老色鬼。"

"脑子里糊涂了。"马鲁洛又说了句。不过不知为什么,艾尔加小姐那种古怪的时间观念却使他心里平静了下来。一个人究竟是简单还是复杂,实在是很难说的。当你以为极有把握时,却往往是错了。我觉得马鲁洛根据自己的经历和习惯,把他对人的态度归结为三种:支使、奉承和收买。而这三条大概经常十分有效,因此他对它们十分信赖。但在跟我打交道时,不知怎么第一条却失了效。

"你是个好小伙子。"他说。"同时也是个靠得住的朋友。"

"老船长,我那位祖父,常常说:'要是你想保住一个朋友的交情,那就千万别去试探他。'"

"这话说得挺机灵。"

"他是挺机灵的。"

"星期天一整天我老在想,小伙子,连在教堂里的时候我也在想。"

我明白他是心里一直在嘀咕着那笔佣金的事,起码我是这么想的,所以我干脆把它捅了出来,省得他费事。

"是为那笔慷慨的厚礼吧,啊?"

"是呀。"他挺赞赏地望着我。"你也够机灵的呢。"

"可还做不到能自己替自己干活。"

"你在这儿已经多少年了——十二年了吧?"

"正是这样——实在太长了。该变变了,你说呢?"

"你从来没贪过小钱,也从来没不记账私拿过东西回家。"

"诚实是我的老本行。"

"别开玩笑。我说的是真话。我查过。我知道。"

"那你就在我的左胸前挂上一枚奖章吧。"

"谁都在偷——有人多点，有人少点，可是你不。我知道！"

"说不定我是在等待机会好偷掉一切。"

"别开玩笑啦。我说的是真话。"

"阿尔菲奥，你真得到了一件无价之宝哩。可别太使劲把我擦亮啦。假宝石会弄得现出原形来的。"

"你干吗不可以当个股东，跟我一块来经营呢？"

"靠什么？靠我的薪水么？"

"咱们总可以想出个办法来。"

"那我就没法偷你的了，否则等于偷了我自己的。"

他挺欣赏地大笑了起来。"你挺机灵，小伙子。可是你不偷。"

"你没听见我说。没准我正在打主意想全都偷掉呢。"

"你是诚实的，小伙子。"

"我现在跟你说的话倒是诚实的。当我真正诚实时，却没有人肯相信我。告诉你吧，阿尔菲奥，要掩饰真正的动机，最好的办法是说真话。"

"你在说些什么呀？"

"Ars est celare artem."①

他微动着嘴唇重复了一遍这句话，接着呵呵大笑起来。"嘿！"他大声说，"嘿嘿嘿！ Hic erat demonstrandum.②"

---

① 拉丁文：让人看不出技巧才是真正的技巧。
② 拉丁文：这还得等事实来证明。

"想喝瓶冰可口可乐吗?"

"这儿可吃不消!"他连忙伸出两手捂着自己的肚子。

"你还没老到老是闹肚子呢,还不到五十。"

"五十二了,而且确实肠胃不好。"

"好吧。"我说。"那么要是你是一九二〇年来这儿的话,你还只十二岁哩。我猜西西里人大概很小就开始学拉丁文了。"

"我参加过唱诗班。"他说。

"我小时候也常在唱诗班捧十字架。我要喝瓶可口可乐。阿尔菲奥,"我说,"你先想想有什么办法让我参加这儿的股份,然后我再考虑考虑。不过我得先警告你,我没有钱。"

"咱们总有办法的。"

"不过我就要有钱了。"

他两眼一下子紧盯在我脸上,简直好像移不开了。然后他轻声地说:"Io lo credo."①

我心头涌起了一阵自觉强有力但却并非自觉光荣的感觉。我一仰头喝了几口可口可乐,目光越过褐色的瓶子直盯着马鲁洛的眼睛。

"你是个好小伙子。"他说着,握了握我的手,就蹒跚向店外走去。

我冲口而出地朝着他的背影说了一句:"你的手臂觉得怎么样?"

他带着惊奇的神色回过头来说:"这会儿一点不痛了。"他说。

---

① 意大利语:我相信你的话。

然后他继续往外走去,一边低声地又重复说着:"这会儿一点不痛了。"

突然他激动地回身走来。"你应当收下那笔钱。"

"哪笔钱?"

"那百分之五。"

"为什么?"

"你应当收下它。这样你可以逐步逐步买进我店里的股份,不过应当坚持要百分之六。"

"不行。"

"既然我都说行,你干吗说不行?"

"我不要,阿尔菲奥。如果我要的话我早就接受了,但是我不要。"

他深深叹息了一声。

下午没有早上那么忙,但也并不轻松。三点到四点之间经常有段空闲时间——通常是二十分钟到半个钟头光景,我不知道是什么缘故。然后又繁忙起来,不过这是因为人们纷纷下班回家,主妇们急忙张罗还没着落的晚餐。

正在空闲的时候贝克先生进来了。他瞧瞧冷藏柜里的黄油和灌肠,等着店堂里的两个顾客离开,偏巧这两个都是那种拖泥带水的顾客,自己也不知道该买什么,老是拣起来又放下,一心只希望什么东西自己投进他们怀里让他们带走似的。

最后两个顾客总算完了事,走出去了。

"伊桑,"他说,"你知道玛丽取走了一千块钱么?"

"是的,先生。她跟我说过她要去取。"

"你知道她要这笔钱做什么吗?"

"当然,先生。她已经说了一个月了。你知道女人的脾气。家具是有点旧了,不过一当她们决心想买新的,旧的就简直一刻也容不得了。"

"你不觉得现在花钱买这类东西不是有点傻么?我昨天告诉过你就要有新发展了。"

"那是她的钱呀,先生。"

"我谈到的可不是投机买卖,伊桑。我说的是十拿九稳的投资。我相信她用那一千块钱,一年之内就可以赚到她要的家具,那一千块仍旧原封不动。"

"贝克先生,我可不大好禁止她去花她自己的钱呀。"

"你不能说服她,跟她讲清道理么?"

"这我从来没想到过。"

"这话完全是你父亲的口气,伊桑。稀里糊涂的口气。如果要我帮你兴家立业的话,我就决不能让你这么稀里糊涂的。"

"好吧,先生。"

"而且看来她不会在本地花它。她准会到处去找减价商场,全付现款。不知道会买些什么来。本地店家也许价钱高一点,但要是她买了次货,还可以马上去找店家。你可不能再袖手不管了,伊桑。要尽量说服她重新存进去!或者叫她直接把钱交给我经管。决不会让她吃亏的。"

"这笔钱是她哥哥传给她的遗产,先生。"

"这我知道。她刚才取钱时我就竭力劝阻过她。可她还装模作样地搪塞说她想出门去走走。出门去走走难道就一定得口袋里带着一千块钱么？她头脑不明白，你总该明白点！"

"我大概已经不大弄得清楚银钱上的事情了，贝克先生。打从我们结婚以来手头就几乎从来没有过什么钱。"

"那么你最好学学，而且要赶快学会，不然你还得有许多年手头什么钱也没有呢。有些女人习惯花钱简直就像有瘾似的。"

"玛丽可还没有机会来养成这种习惯呢，先生。"

"总会有的。只要让她闻到一点血腥味，她很快就会醉心于杀人的。"

"贝克先生，我想你这话不是当真的吧。"

"我确实是当真的。"

"再没有一个妻子比她更勤俭节约的了。她也实在不得不如此。"

不知为什么，他突然发起火来。"我感到失望的是你，伊桑。要是你想挣得一点社会地位，你总得首先能在你自己的家里当家才行。添新家具的事你总可以稍微推迟一点再说吧？"

"我是可以的，可是她却不行。"这时我突然想到说不定银行家们对钱都有一种爱克斯光似的透视本领，说不定他透过衣服能够看见那个信封。"我一定会竭力去劝阻她，贝克先生。"

"但愿她还没有就花光。她这会儿在家么？"

"她说要乘公共汽车上里奇汉普顿去。"

"天哪，一千块钱准完蛋了！"

"不过她还有点钱在。"

"问题不在这儿。钱现在是你找出路的唯一手段呀。"

"钱能够生发出钱来。"我轻轻地说。

"这话说得对。忘记了这一点你就是个永远完蛋的人了。今后一辈子只好当个杂货店员。"

"发生这样的事我觉得真遗憾。"

"还不如赶紧把家规整顿起来。"

"女人是挺有意思的,先生。说不定正是你昨天谈到挣钱的那番话,使得她以为挣钱是挺容易的事。"

"那你就好好开导开导她,因为没有本钱你就什么钱也赚不到。"

"你要喝瓶冰镇的可口可乐吗,先生?"

"好的,我喝。"

他总不能直接就着瓶子喝。我只好打开一包野餐纸杯来,不过这倒使他稍微冷静了一点,他只还低声地咕噜着,仿佛雷雨闪电已经渐渐平息了下去似的。

住在街口的两个黑人妇女走进店来,这样他就只好和着怒气喝光了可口可乐。"你跟她谈一谈。"他气冲冲地说罢,大步走了出去,穿过大街向家里走去了。我猜测他是否出于疑心才发这么大的火,但我想大概不会的。是的,我想他所以发火,是因为他觉得失掉了发号施令的一贯权威。一个人会因为别人不听他的意见而大发脾气的。

这些黑人妇女是挺讨人喜欢的顾客。大街口上住着一批黑人居民,都是些挺不错的人。她们不常上我们这些店家买东西,因为她们有自己的铺子,不过偶尔也来一两次以作比较,看看她们的种族团结心是不是害她们多花了冤枉钱。她们买得不多,却更多的是问价钱,我很理解其中的原因——再说她们也都是些挺漂亮的女人，长着修长、笔直、纤秀的腿。这倒使人想到：从小营养太好了对于肉体或者精神会起多大的影响啊。

临关店前我打了个电话给玛丽："我的小鸽子毛，我今儿要稍微迟一点回来。"

"可别忘了咱们要跟玛吉在'前桅'吃晚饭。"

"我记得的。"

"你要迟多久呢？"

"十到十五分钟。我想走一趟去看看港口的那艘挖泥船。"

"干吗？"

"我想要买下它。"

"哦！"

"要我带几条鱼回来吗？"

"好的，要是你看到有什么好的比目鱼的话。大概现在也只能碰到这一类鱼。"

"好——那我就赶快去碰吧。"

"可别多磨蹭了。你还得洗澡换衣服。是上'前桅'去呢，你知道。"

"我不会磨蹭的，我的仙女，我的美人儿。为了我让你乱花一千块钱，贝克先生给了我好一顿教训。"

"是吗，这个老色鬼！"

"玛丽……玛丽！隔墙有耳呢！"

"你可以告诉他，让他干他自己的事情去。"

"可是他不干。另外，他还认为你是个傻瓜蛋。"

"什么？"

"而我是个稀里糊涂、糊里糊涂——或者随你说是个什么东西。"

她用她惯常的那种清脆可爱的声音格格地笑了起来，笑得我心痒痒的。

"快点回家来吧，宝贝。"她说。"快点回来。"一个男人听着这种话心里是一种什么滋味！挂上电话以后，我站在电话机旁边，快活得浑身软弱无力——如果人有时会有这种感觉的话。我试着回想在没有玛丽之前是一种什么情境，可是却回想不起来；或者设想一旦没有了玛丽之后又会是一种什么情境，但却简直无法想象，只能想到那一定会是一种满目哀伤的凄凉境地。我估计人人或迟或早都会要写下他自己的墓志铭。那么我的墓志铭就是："永别了，查理。"

太阳已沉到西面的小山后面，但一大块散漫的云吸收了它的光，又反射到港口、防波堤和远处的海面上，将浪头映成了玫瑰似的红色。矗立在镇码头旁海水里的系船桩是由三股木头合成的，顶上打着铁箍，并且将三根木头各自向外略微倾斜，以便冬天减缓冰的压力。每个桩子顶上常一动不动地停着一只海鸥，通常总是雄的，胸腹洁白，翅膀纯灰。我简直疑心它们是否各有各的地盘，而且可以随自己的意思转卖或者出租。

有几艘渔船停在港内。我认得所有的渔民，认识他们一辈子了。玛丽说得不错。他们现在只有比目鱼。我从乔·洛根手里买了挺好的四条，站在旁边等他替我剖好，他的刀顺着鱼脊毫不费力地割下去，就像割水似的。每到春天免不了总要谈到一个话题——什么时候斑鳟鱼会来？我们常说："丁香花开，斑鳟鱼来。"

但这话不大靠得住。我就觉得似乎我这一辈子就老是碰到要么斑鳟鱼还没来,要么就刚刚过去了。要是偶然碰上一条,那可真是一种漂亮的鱼啊,细长秀气得就像鲑鱼,干净、银白得……就像银子。它们的气味也挺好闻。可是有什么办法,它们还没上市。乔·洛根连一条都还不曾捕到过。

"我嘛,倒喜欢海鲈鱼。"乔说。"有意思的是,要是你叫它海鲈鱼,谁都不愿意碰它,可要是你把它叫作'海鸡',买主就抢着要买它。"

"你女儿怎么样啦,乔?"

"唉,她一会儿看来好点了,一会儿又越来越瘦弱下去。真叫我心里受不了。"

"真糟糕。我很难过。"

"只要有什么办法能够……"

"我明白——可怜的孩子。这儿有只袋子,你就把鱼扔在里面好了。替我问她好,乔。"

他直瞪瞪地望了我很长时间,仿佛指望从我这儿得到点什么,得到某种灵药似的。"我会说的,伊桑。"他说。"我会对她说的。"

在防波堤后面,那条县里派来的挖泥船正在开动,它那巨大的螺旋钻吸起烂泥和贝壳,由气泵把这堆废物压过架在浮桥上的粗管,抛在岸上涂着柏油的隔板后面。船上的航行灯和停泊灯全亮着,两个红球高挂在那儿,表示挖泥船正在工作。一个脸色苍白的厨子正戴着白帽系着白围裙,光着胳膊靠在栏杆上俯视着搅浑的海水,不时朝浑水里吐口唾沫。风是朝岸上吹的。它带来挖泥船上烂泥、死贝壳和腐海草的刺鼻臭味,混和着苹果馅饼里烤肉桂的甜香。巨大的螺旋钻威风凛凛地旋转着,把海底的泥翻了上来。

这时一只小快艇的风帆映着晚霞闪出一抹红光,接着方向一变,红光就消失了。我踱了回来,经过新的游艇站和老的游艇俱乐部,走过门口台阶边架着褐色机关枪的美国退伍军人会大厦,向左面拐去。

船厂很晚还在开工,因为尽量想把积存的船只漆好装修好,迎接快要临近的夏季。前一阵初春罕见的严寒耽误了他们上漆涂油的工作。

我从容走过了造船厂,穿过杂草丛生的荒地一直走到港湾尽头,然后再回过来慢慢走向丹尼的小木棚。我边走边用口哨吹着一支老曲调,以便他万一不愿见我时好预先知道。

看来他果然不想见我。他的棚里是空的,可是我就像亲眼看见似的确信丹尼正伏在草丛里,也许还藏在那儿四处乱放着的大木料堆里。因为我知道等我一走他就会回来,所以我从口袋里摸出那只黄封袋来竖在他肮脏的小床上,就转身离开了,嘴里一直不断地在吹着口哨,只在中间停了一下,悄悄说了句:"再见,丹尼。祝你诸事顺利。"然后我仍旧不停地吹着口哨回到大街上,走上波洛克街,经过那些大房子,拐进榆树街,最后回到我自己家——霍利家的老屋。

我看见玛丽仿佛正泰然置身于一个大风暴的中心,正在不慌不忙地周旋于周围怒号的狂风和激浪沉船之间。她穿着一身雪白的尼龙衫裙,拖着拖鞋,对付着眼前的这场大乱;她新洗的鬈发堆在头上,像一大撮小灌肠似的。我简直想不起什么时候我们曾一起上一家饭店里去吃过饭。我们花不起这笔钱，因此几乎已不再有这种习惯。玛丽的兴奋激动，使两个孩子也被她本人掀起的风暴搅得晕头转向。她让他们吃了饭，给他们洗了脸，一会儿要他们这样，一会儿又要他们那样。熨衣板竖在厨房里，我那几身宝贵的讲究衣服已经熨好晾在椅背上。玛丽会在手脚不停的忙乱中，不时抽空跑去移动一下压在她正在熨烫的衣服上的烙铁。两个孩子兴奋得几乎吃不下饭，可是他们奉命一定要吃。

我有五套所谓出客衣服——对一个杂货店员来说真不算少。我逐一用手摸一摸那些正晾在椅背上的衣服。它们各自被称为"老蓝服"、"棕勃朗"、"灰格雷"①、"黑丧服"和"褐驽马"。

"今儿我到底穿哪一套呀，小抱抱？"

"'小抱抱'？哦！今儿不是正式宴会，又是平常的星期一晚上。我看最好穿'棕勃朗'或者'灰格雷'，对了，'灰格雷'，虽不是正式宴会，也还显得有点正式的味道。"

"那么打那条圆点蝴蝶领结么？"

"当然喽。"

爱伦插了嘴："爸爸！你可别打蝴蝶领结了！你太老啦。"

"我并不老呀。我还又年轻又快乐又风流呢。"

"你会被大家看成傻瓜蛋的。幸亏我不去。"

"我也高兴你不去。可你怎么会想到我是个老傻瓜蛋的？"

"尽管你还并不算老，可是要打蝴蝶领结你可有点太老了。"

"你可真是个讨厌的老古板。"

---

① 勃朗、格雷都是常见的人名，同时又有棕色和灰色的意思。

"好吧，要是你存心想要被人看成傻瓜蛋那就随你吧。"

"我就是存心想要。玛丽，你愿意要我当个傻瓜蛋吗？"

"别去缠你父亲了，他还没洗澡呢。我已经拿出了一件衬衫放在床上。"

亚伦说："我已经写了一半《我爱美国》那篇文章了。"

"这很好，因为到了夏天我就要让你去工作了。"

"工作？"

"在铺子里。"

"哦！"他看来一点也不乐意。

爱伦张大嘴倒吸了一口气，可是当我们看着她时她却一句话也没说。玛丽重又向孩子们叮嘱了一百零一遍当我们不在家时他们该做什么不该做什么，而我走上楼去洗我的澡。

正当我在打我那条心爱的蓝花点领结——我唯一的一条蝴蝶领结时，爱伦走进来靠在房门上。"只要你再年轻一点，这倒也不算太难看。"她用一副标准的女人腔调说。

"你将来准得让哪一位好运气的男人吃够苦头哩，我的宝贝。"

"就是中学里高年级的学生也不会打的。"

"可麦克米伦首相就打。"

"那是另一码事。爹，抄书是不是一种欺骗？"

"说清楚点！"

"嗯，比如一个人，比如说我正在写一篇文章时，拿一本书里的材料来用——这该怎么说呢？"

"那得看你怎么个用法。"

"就像你刚才讲的——请你说清楚点。"

"要我'说清楚点'么?"

"对。"

"好吧,要是你加上引号,并且注明原话是谁说的,那只会更加显得有分量、有权威。我看美国有一半著作都是别人文章的引证,要不就是别人文章的辑录。唔,你现在觉得我的领结怎么样?"

"要是你不加那类记号呢?……"

"那就是偷窃,跟别的任何偷窃一样。你没这么做吧,是吗?"

"没有。"

"那你干吗问这个问题?"

"他们会把这样的人抓去坐牢吗?"

"有可能的——要是你靠这个拿了钱的话。你可别那么干,我的小姑娘。喂,你觉得我的领结到底怎么样啊?"

"我觉得你这人真没办法。"

"要是你现在准备回到他们那儿去的话,你可以顺便告诉你那眨巴眼睛的哥哥一声,说我已经给他带来了他那该死的米老鼠面具,而且说他真不害臊。"

"你从来不好好儿听,不认真听我说话。"

"我是在听呀。"

"不,你没听。你会后悔的。"

"再见吧,勒达。去代我向天鹅问好。"①

她磨磨蹭蹭地走了,活像个乳臭未干的迷人精。我对女孩子

---

① 勒达,希腊神话中斯巴达王后,与化身为天鹅的宙斯神相恋。

真毫无办法。她们归根结底终归是女孩子。

我的玛丽简直漂亮极了,又漂亮又容光焕发。她仿佛浑身每一个毛孔都放着光。她挎着我的臂膀走上两侧枝叶交叉的榆树街,路灯灯光闪烁地洒落在我们身上,我敢说,这时我们那副步履轻捷的得意神态,简直就像是两匹正在向栅栏前走去的纯种良马。

"你真该上罗马去露露脸!埃及对你来说实在太小啦。你该去见见大世面。"

她吃吃地笑了。我敢赌咒:她的女儿要是能像她那么笑那该多好!

"咱们以后就要常出门作作客了,我的宝贝。"

"什么时候?"

"等咱们有钱了以后。"

"那要什么时候呢?"

"快了。我就要教你该挑什么样的鞋子穿啦。"

"你还要用十块一张的钞票点雪茄抽么?"

"二十块一张的。"

"我真爱你呢。"

"得了,太太。你真说得出来。简直都让我有点不好意思啦。"

没多久以前,"前桅"的老板装修了几扇临街的弓形窗,嵌着一小方一小方的深绿色玻璃,好使铺子显得古色古香、殷实可靠——结果也真是这样,但人们坐在店里的桌子旁,透过使光线歪曲的玻璃,脸就显得变了样。一张脸看来下巴突出,另一张脸看来眼睛大而无光,不过这一切,加上橱窗里摆的天竺葵和山梗菜,都使得"前桅"老店更增加了古老、可靠的气派。

玛吉已经等在那儿，从头到脚摆出殷勤待客的架势。她向我们介绍了她的同伴，一位纽约来的哈托格先生，脸色用照太阳灯的方法弄得黝黑，满嘴密密的白牙，就像玉米穗上的粒儿。这位哈托格先生仿佛把自己包得严严实实的，对别人的每一句话都表示赞同地呵呵一笑。这就是他的贡献，却也着实不坏。

"你好！"玛丽说。

哈托格先生呵呵一笑。

我说："你知道么，你这位同伴是个女巫。"

哈托格先生又呵呵一笑。我们大家全觉得挺愉快。

玛吉说："我要他们给咱们一张靠窗的台子。就是那一张。"

"你还让他们特意摆上了花呢，玛吉。"

"玛丽，我总得做点什么来报答你们长期对我的盛情嘛。"

在玛吉请我们入座以及入座以后，她们一直像这样彼此客气着，而哈托格先生也无时无刻不在呵呵笑着，看来真是个聪明人。我打算无论如何也要从他嘴里掏出一句话来，不过得再等一会儿。

餐桌陈设得挺讲究，台布洁白，不是真银打的银餐具显得特别银光闪闪。

玛吉说："我是主人，所以我说了算，我给你们全叫了马提尼酒，不管你们爱不爱喝。"哈托格先生呵呵笑了。

马提尼酒端来时，不是用小杯，而是像给鸟儿洗澡的缸子似的大玻璃杯，里面都泡着一片柠檬。刚喝第一口时简直就像被吸血蝙蝠咬了一口似的，弄得全身都有点发麻，随后喝起来就逐渐觉得挺醇，喝到最后那就觉得实在好喝极了。

"咱们再来一杯。"玛吉说。"这儿的菜味道挺好，不过一定要喝两杯才会觉得更好。"

这时我就插了一句,说我一直在打算开那么一家酒馆,让顾客每次都一定得喝下第二杯马提尼。那样我就准能发财了。

哈托格先生呵呵笑了,正当我还在嚼着那片柠檬时,四只小鸟缸又端到了我们桌上。

第二杯酒的第一口下了肚,哈托格先生居然来了讲话的劲头。他有个低沉、洪亮的嗓子,有点像演员,或者像歌唱家,或者像推销背时商品的掮客。甚至也可以说有点像医生在病床边的腔调。

"听扬-亨特太太说你在这儿经营事业。"他说。"这里倒真是个风气淳朴的漂亮小城镇啊。"

我正想老实告诉他所谓我经营的事业究竟是什么,可是玛吉却马上接了过去。"霍利先生是我们这个地区新崛起的有力人物。"

"原来这样!请问你在经营哪一行,霍利先生?"

"什么都经营。"玛吉说。"一点不假,确实是这样,不过是不能公开的,你一定理解。"她的眼睛有点醉醺醺、水汪汪的。我瞧了瞧玛丽的眼睛,它们还只刚刚露出点醉意来,因此我猜那两位在我们到来以前已经喝了两杯了,或者至少玛吉是这样。

"也好,那就省得我否认了。"我说。

哈托格先生又呵呵笑了起来。"你有个这么漂亮的太太。这就已经稳可以打赢一半胜仗了。"

"稳可以大获全胜。"

"伊桑,你会说得他还以为我们俩老在打仗呢。"

"哦,的确是这样啊!"我一口喝干了半杯,立刻感到酒力一直冲到了眼底。我望着镶在窗格上的那块玻璃。它在烛光辉映下仿佛在缓缓地旋转。也许这只是一种自我催眠的幻觉,因为我听到自己继续在说话的声音,仿佛我正置身于自己之外在倾听着自己说话似的。"玛吉太太是个东方的女巫。马提尼酒也不是酒。简直是一服迷药。"那闪光的玻璃仍然吸引住我的眼睛不放。

"哦,说真的!我老觉得自己真是个奥兹玛呢。东方的女巫是个坏女巫么?"

"那当然。"

"她后来没变得好心么?"

透过屈光的玻璃我望见一个男人的身形在人行道上走过。他被歪曲得完全走了样,但是他的头微微向左歪着,而且用两脚的外侧走路,样子挺古怪。丹尼就是这副神气。我想象中看见自己一下跳起身来,追了上去。我看见自己一直追到榆树街的转角上,但他已经不见了,或许是躲进了邻近一座房子的后园。我高声喊着:"丹尼!丹尼!把钱还给我。求求你,丹尼,把它还给我吧。别要它。它是有毒的。我下了毒的!"

我听见一阵笑声。是哈托格先生在笑。玛吉说:"不过,我还是宁愿当个奥兹玛。"

我用餐巾擦了擦眼里的泪水,解释说:"我还是慢慢喝好,不该弄得像眼睛浸了水似的。这酒真厉害。"

"你的眼睛全红了。"玛丽说。

我实在已经无心闲谈,可是我却仍听见自己在闲谈着,说着笑话,并且听到玛丽那银铃似的笑声,因此估计我说得挺风趣,甚至还挺迷人,然而我实在已无法再把心收回到餐桌上来了。而且我觉得玛吉是明白这一点的。她不断地带着一种疑问的眼光望着我，见她的鬼。她真是个女巫。

我已记不清后来吃了些什么菜。只记得有白酒，那么大概吃的是鱼。脆弱的玻璃杯旋转得像个螺旋桨。后来又有白兰地，那么说我还喝了咖啡——然后这顿饭就吃完了。

出来时，玛丽和哈托格走在前面，玛吉问我："你刚才跑到哪儿去了？"

"我不懂你的话。"

"你跑开了。你只有半条心在这儿。"

"去，去，你这女巫！"

"那好吧，小老弟。"她说。

回家的路上我不断用眼探索着一家家园子里的暗处。玛丽紧挽着我的手臂，她的脚步有点踉跄。"多好的一个晚上啊！"她说。"我从来没这么快活过。"

"确实不错。"

"玛吉招待得真好。我简直不知道怎么酬答她这顿晚饭。"

"她的确挺不错。"

"你也是，伊桑。我知道你能显得挺风趣，不过没想到你竟能招得我们一直笑个不停。哈托格先生说他听你讲到'红贝克先生'时，简直笑得一点劲都没有了。"

我讲过么？讲了些什么？大概讲过吧。唉，丹尼……把钱还给我吧！求求你！

"听你讲简直比看场戏还有味。"我的玛丽说。我在家门口那么用劲地紧抱住她，痛得她哼了一声。"你喝醉了，宝贝。你把我都弄痛了。可千万别闹醒了孩子们。"

我原想等她睡了以后悄悄走出去，到他的板棚里，找到他，甚至不惜找警察去追寻他。可是我心里明白。丹尼已经不在那儿了。我知道丹尼已经不在那儿了。我静躺在黑暗里，呆瞪着那些红的和黄的小斑点在我的眼前飘动。我明白自己干了些什么，而丹尼也知道。我想起了自己屠杀那些小兔子的事。也许只有第一次干这类事才叫人难过。但你却不得不硬着头皮干。不管做生意或者搞政治，一个人只能拳打脚踢地在人群中打出一条路，才有希望当上个"山大王"。一旦当上了，他尽可以伟大、仁慈——但首先得当上。

第十章

坦普尔顿飞机场距新港只有四十英里左右，对喷气机来说约摸只有五分钟的航程。它们越来越频繁地飞来——这些成群结队的毒蚊子。我倒但愿能像我儿子亚伦那么赞美甚至热爱它们。要是它们的作用不止一方面，那我倒说不定还能够做到，但是它们唯一的使命似乎就是杀人而我对这个实在已经看够了。我还没学会像亚伦那样能在它们发出声音的前方去找到它们在天空中的踪迹。它们越过音障时发出雷鸣般的轰隆声，老使我以为是哪儿的大锅炉爆炸了。每当它们在夜间飞过时，总是搅乱了我的梦境，使我十分痛苦地醒了过来，就仿佛心里长了一颗烂疮似的。

清早，它们整队地隆隆飞过，使我一下惊醒，身上微微发抖。它们一定是使我梦见了那些德国人的八十八毫米万能步枪，那些枪曾经叫我们那么羡慕，同时又那么害怕。

我浑身冷汗地躺在半明半暗的晨光中，倾听着那些身形细长、专门制造邪恶的纺锤似的东西隆隆远去。我心里暗想：这种战栗如今已如何钻入世间每一个人的皮下——不是心里，而正是深深的皮下。问题并不在喷气机的本身，而是在它们被用来达到的目的。

每当某种情况或者某个问题变得十分严重时，人们总是求救于闭眼不去想它。但它却更潜入人的心底，跟许多已经积存在那里的事情搅在一起，结果就产生了烦恼、不安、负罪感和一种不能克制的愿望，就是想要乘一切尚未完全消失时赶紧抓到一点东西，不管什么都好。也许那些成批的心理分析家们要对付的根本不是什么"情结"之类的东西，而是有朝一日会掀起蘑菇云来的核弹头。我的确觉得几乎我所见到的每个人都神经过敏，心绪不宁，而且有点吵吵闹闹，强作欢颜，就像除夕狂饮滥醉的样子。管它什么交情不交情，且自去吻吻你邻人的老婆寻欢取乐吧！

我转过头去望望我自己的老婆。她并没有在睡梦中微笑。她的嘴角挂了下来，紧闭低垂的眼睛下面显出疲倦的皱纹，那么她是病了，因为她有病时总是这副样子。她是世上最健康的妻子，除非她生了病——这是不常有的，但一旦生起病来，就成了世上最荏弱可怜的妻子了。

又一队喷气机雷鸣般地突破了音障。我们说不定花了五十万年才习惯了火，但却只花了不到十五年就想出了这样一种比起火来更可怕得无法比拟的力量来。我们将来会有可能来好好利用它？如果思想的规律也跟事物的规律一样，是否心灵里也会发生裂变呢？对我，对我们大家来说，目前是否正是在发生这样的事呢？

我记起很久以前德波拉姑母跟我讲过的一件事。上一世纪时，我们家有些人曾经是坎贝利派教徒。德波拉姑祖母当时还是个孩子，但她还记得所谓某一天世界末日将要降临的情景。她的父母舍弃了一切，扔掉了他们所有的东西，只保留了床单。到了预言中的那一天,他们就披了这些床单到山里去等待世界末日。几百个人都披了床单,又是唱歌,又是祈祷。夜晚来了,他们唱得更响,还跳起舞来,据她说,快到预料中的时刻时,天上落下了一颗流星,所有的人都尖叫起来。她后来一直还记得这种叫声。她说,那就像狼嗥,像鬣狗叫,尽管她实际上从来也没有听见过鬣狗的叫声。接着就到了那个预告的时刻。全身披着白布的男男女女、大人小孩全一口气也不敢出地静等着。时间一分一秒地过去。小孩子们脸色都憋得发了青——最后,时间终于过去,什么事也没有发生。他们全因为没能迎到自己的末日而觉得受了骗。到了清晨,他们爬下山来,尽量四处去要回自己分散给人家的衣服、瓶罐、锅子,以及他们的斧头和驴子等等。我一直记得我听了以后,十分理解他们当时的心情一定是多么地懊丧。

我想现在我所以记起这件事来,完全是因为喷气飞机——以及为制造这种死亡工具而耗费的那无数钱财、时间和精力。如果我们永远用不上它,我们是不是也会觉得自己是受了骗呢?我们能够向太空发射火箭,却不能治愈自己的愤恨和烦恼。

我的玛丽睁开了眼睛。"伊桑,"她说,"你一直在那儿想着心事,自言自语。我不知道你在想些什么,但却听得见。别想了吧,伊桑。"

我原想劝劝她以后千万别再喝酒了,但她的样子实在太可怜。我平常并不大知道什么时候不该开玩笑,但这次我却说:"头痛么?"

"是啊。"

"胃不舒服?"

"是的。"

"浑身难受？"

"浑身。"

"要我给你点什么吗？"

"除非给我个坟墓！"

"你躺着别起来啦。"

"不行。我还得打发孩子去上学呢。"

"我会干的。"

"你得去上班呀。"

"跟你说，我会干的。"

她稍停了一会儿说："伊桑，我大概确实起不来了。我不舒服极啦。"

"要去请医生么？"

"不。"

"我不能让你一个人留在这儿。让爱伦陪着你好么？"

"不，她正要考试。"

"我去叫玛吉·扬-亨特来一趟好不好？"

"她把电话切断了。她不知又搞什么新花样。"

"我可以顺便绕过去请她一下。"

"谁这么早去叫醒她，她准会恨得把他给吃了。"

"那我就从门下面塞张条子进去留给她。"

"不，我不想让你去。"

"这又有什么？"

"不，不。我不想让你去。我不想让你去。"

"我总不能让你一个人在家呀。"

"奇怪，我这会儿倒觉得好点了。我想大概是大声向你嚷嚷的缘故。嗯，真的。"她说，并且为了证明自己的话，她真爬了起来，穿上了晨衣。她看来也确实好了一点。

"你真是个奇迹，我的宝贝。"

我刮脸时割破了皮肤，下楼去吃早饭时脸上还贴着一小块渗了血的手纸。

当我走过莫菲住的地方，他还没剔着牙站在大门口。我很高兴，因为不想遇见他。我匆忙走过去，就怕他撵上我。

一打开后门，我就瞧见了一个从门缝下塞进来的黄信封。它封了口，而银行信封又挺结实。我掏出小刀来才拆开了它。

里面是从五分钱一本的小学生带格拍纸簿上撕下来的三页纸，用软铅笔写了字。一份是遗嘱："本人在神志完全清醒的情况下……"，以及"有鉴于此，本人……"另一张是笔据："我同意以本人下列产业来偿还所欠……"两份文件都写得清清楚楚，还签了字。还有一张上写着："亲爱的伊桑：这就是你所要的东西。"

我脸上的皮仿佛僵硬了，就像螃蟹的壳似的。我仿佛闭上墓穴似的，慢慢地关上了后门。前两张纸我小心折好放进皮夹里，最后那张撕得粉碎扔进马桶，并且拉了一下水箱拉链。这是个高边坐式马桶，底上有个小坡。纸团老卡在那儿冲不下去，但最后总算还是冲下去了。

从厕所出来时，我看见后门开了一条缝。我记得方才是关紧了的。我正向门边走去，却微微听到了一点声音，抬头一看，见那只该死的贼猫正爬在一个货架顶上，伸出爪子在钩半爿挂在那儿的咸肉。我用一把长柄扫帚追打了好一阵子,才算把它赶到了巷子里。当它一溜烟逃过我身边时,我向它猛揍一下,没有揍着,却在门框上把扫帚柄给碰折了。

这天早上没给那些罐头食品讲道。我实在想不出合适的词来。不过我却真的找了条皮管,不但冲干净了门前的人行道,还冲洗了阴沟。接着我又打扫了整个店房,连长久没有清扫积满尘垢的角落里也不放过。我一边扫一边还唱着:

"如今我们那满腹怨恨的严冬,
已被这约克的太阳照耀成融融的夏日。"①

我知道这不像首歌,可是我还是唱着它。

---

① 见莎士比亚《理查三世》第一场。主人公上场时的第一句台词。

第二部

第十一章

新港镇是个可爱的地方。它的港口一度很大,有个离岸不远的岛屿挡住了呼啸的东北风。市镇散布在许多纵横的小河汊两岸,每逢涨潮落潮,海水从港口和大海通过狭窄的水道奔腾激荡地涌进涌出。它不是个人口嘈杂的大市镇。除了一些早先的捕鲸船主们的大房子以外,住屋都小巧精致,周围全是繁茂的多年老树,有各种橡树、槭树、榆树、胡桃树和少数的柏树,不过除掉原先引种在最早几条街上的榆树外,本地最多的树还是橡树。有一度原生橡树是那么多、那么高大,因而有些造船厂就从近边伐取船板和船栏、龙骨和内龙骨。

市镇也像人一样,有健康的时刻,也有患病的时刻——甚至还有年轻和衰迈、振奋和消沉的时刻。有一个时期,类似新港这样的不多几个市镇曾经供应了整个西方世界照明用的鲸油。牛津和剑桥的大学生曾用这些从美国边城运来的油灌他们的油灯。后来宾夕法尼亚涌出了石油,被大家称为煤油的便宜火油取代了鲸油,因而大多数捕鲸业者就只好隐退了。愁闷,或者说绝望的心情笼罩了新港——也许从此就一直没有恢复过来。离此不远的另外几个城镇,凭借别的产品和活力繁荣发展了起来,但是以鲸油和装着横帆的捕鲸船为唯一生命力的新港,却消沉僵死了。从纽约涌出来的那像蛇似的蜿蜒不绝的人流总是绕过新港而不入,让它去一味沉浸在往事里。而正像常有的情况那样,新港镇的人也一味自慰说他们正喜欢这样。他们避免了夏天避暑客的嘈杂混乱,霓虹灯招牌的炫目刺眼,游客的花钱如水,以及旅游带来的种种胡闹。只有小河边上稍微修起了几座新房子。不过像蛇似的人流仍在不断地蜿蜒流出,因此谁都明白它迟早总会涌进新港镇来的。本地人既满心渴望同时却又一想起来就觉得恼恨。邻近几个城镇都很繁荣,赚饱了游客们的钱,得够了好处,炫耀着新兴富翁们的高楼大厦。新港旧镇上时兴起艺术、陶瓷和打扮得妖里妖气的男人来,那些学时髦的该死的女人一边编着手工一边传播着无聊的家庭纠纷。而新镇上的人则谈着往事,谈着比目鱼,以及斑鳟鱼什么时候才会上市之类的话。

芦苇丛生的小河边野鸭在作窝并且孵出成队的小鸭来,麝香鼠在挖他们的住处,天鹅清晨在悠然戏水。鱼鹰停在半空中,看准了以后,就猛然朝着水中的鱼儿直冲下来。海鸥攫住蛤蜊和海扇直上高空,然后把它们扔下来摔碎,以便啄食。几只水獭还在悄悄地一一潜入水中,像一团团毛茸茸的暗影。兔子偷入人家的园子,灰色的松鼠在镇上的街头成群窜动,好像阵阵起伏的涟漪。野雉拍着翅膀哑声啼鸣。青色的苍鹭一动不动地待在浅滩里,活像一把把带腿的钢剑,而一到晚上,鹭鸶的哀鸣就像怨鬼。

新港的春天来得晚,夏天也来得晚,但当夏天来临时,却会给人带来一种特有的既温柔又粗犷的声音、气息和感觉。一到六月初,树叶、青草和鲜花的世界一片欣荣,每一天的落日都有新的景象。黄昏来时，鹌鹑清脆地彼此应和，入夜，鸱鸺的声音笼罩了一切。橡树绿叶成荫，它们那带长穗的花朵撒落在草地上。这时候许多狗就从各家各户出来，聚会在一起，外出野游，又快乐又发呆地在树林里闲逛，有时甚至一连几天都不回家。

一到六月，人们受本能所驱使，纷纷割清野草，在地里撒下种子，接着就长期卷入了一场跟鼹鼠和野兔的决战，还要对付蚂蚁、甲虫、小鸟以及其他种种一心想掠夺他的园子的鸟兽。女人们察看着玫瑰花卷曲的嫩瓣，有点心荡神怡地悄悄舒一口气，而她们自己也变得肤色鲜嫩有如花瓣，两只眼睛就好像花蕊似的。

六月是欢乐的季节——既清凉，又温暖而湿润，一切都在喧嚣地生长和重生，包括甜美的和可厌的，创造性的和破坏性的。穿着紧身长裤的姑娘们手挽手地漫步在正街上，肩上挎着小小的晶体管收音机，耳朵里听着轻柔的爱情歌曲。生机洋溢的年轻小伙子们坐在坦杰开的药房兼饮料店里的高凳上，用麦管吸进将使他们很快长出满脸粉刺来的饮料。他们用色迷迷的目光瞪视着姑娘们，互相交换着一些对她们不敬的议论，而心底里却充满着难耐的欲望。

六月里，生意人常常走进"亚尔-苏姗"或者"前桅"去喝杯啤酒，接着犹豫一下，又喝了杯威士忌，这样不到天黑，他就喝得醺醺大醉了。即使不到天黑，也有沾满尘土的汽车偷偷开到磨坊街尽头一所房子前，这所偏僻粗陋、门窗紧闭的屋子平时悄无人迹，镇上的妓女爱丽丝就在这儿替一些被六月天的漫长夏日弄得心烦意乱的男人消愁解闷。同时在防波堤后，整天都有一些小划艇停泊在那儿，自得其乐的男男女女们竭力想从海里弄到一顿佳肴。

六月是剪枝、漆屋和设计修缮的季节。很少有人不运点砖瓦材料到家里来,不在信封背面涂抹着印度泰姬陵的建筑图样。成百条小船船面朝下龙骨朝上地倒覆在海岸上,船底新抹的古铜色油漆闪闪发亮,船主们直起腰来,含笑望着它们一动不动地排列在那里慢慢晾干。学校仍紧紧抓住那些不听话的孩子不放,一直要到将近月底为止,因此等到考试降临,反叛情绪就爆发出来,感冒停学流行成风,但一到放假就霍然而愈。

六月里,夏日的欢愉的种子就已经开始发芽了。"独立节咱们准备上哪儿去呀?……咱们现在就得好好计划一下怎么度假了。"六月是充满着种种潜在祸福的日子:小鸭子毫不畏惧地在水中游着,说不定正是游向捕食的乌龟在水底下张着的大嘴;莴苣直往高处长,等着的也许是干旱;西红柿茎叶拼命长大,说不定只是毛毛虫的口中食。因此不少人家权衡利弊,觉得与其去山间度蚊子通宵奏乐的不眠之夜,不如到海滩上去晒晒太阳。"今年我得好好休息一下了。我不想再弄得疲乏透顶。今年我决不让孩子们弄得我把两星期的假期全糟蹋在该死的汽车轮子上。我整整干了一年了。这是我的时间。我整整干了一年了。"度假的计划使人暂时忘了追怀往昔,世上一切都叫人感到愉快。

新港镇已经沉睡了多年。那些政治上、道德上、经济上支配着它的人已经支配了那么长的时间,以致他们那一套已经成为确定不移的了。镇长、镇议会、法官和警察都是永久不变的。镇长把设备卖给市镇当局,法官随意规定交通罚款,而且由来已久,简直忘了这是非法行为——至少书本上是这么说的。既然他们全是正常的人，当然不会认为这有什么不道德。人人都是道德的。只有旁人例外。

晴朗的下午已经有夏日的温暖气息。少数跑在季节前面的人——那些只有等到孩子放假才会受到牵累的人，已经在大街上悠闲游逛，他们全是些外地人。有些汽车开过，拖车上装着小游艇和挺大的外装马达。伊桑闭着眼睛也能猜到他们都是度夏的游客，只看他们买些什么就知道了——冰冻牛排和软干酪，松饼和罐头沙丁鱼。

乔伊·莫菲走进店来吃点午后零食，最近天气渐热以来他每天如此。他端着瓶子指了指冷藏柜。"你最好装个自动汽水售货机。"他说。

"再另外长出两双手，或者像豌豆荚似的变出两个店员来么？你忘了，乔伊老兄，这爿店并不是我开的。"

"该由你开就好了。"

"要我给你讲讲那个皇族覆灭的故事吗？"

"我知道你的故事。你对复式簿记简直是一窍不通。你还得下苦功学学哩。不过话说回来——你还是学会了一点。"

"这对我并没有什么好处。"

"要是现在这爿店是你的，你就会赚钱了。"

"但它不是我的。"

"要是你在隔壁另开一爿，所有的顾客都会给你拉过去的。"

"你怎么会这样想呢？"

"因为大家总是喜欢从他们熟悉的人手里买东西。这就叫人缘，它是很起作用的。"

"它过去并没起作用。城里每个人都熟悉我。可我还是破产了。"

"这只是技术性的问题。你不善于对付批发商。"

"现在也许仍旧不在行。"

"你在行了。你自己都不知道你已经学会了。可你还是一副灰心丧气的样子。扔开它,霍利先生。扔开它,伊桑。"

"谢谢你。"

"我喜欢你。马鲁洛什么时候上意大利?"

"他没说。告诉我,乔伊,他到底多有钱?不,别说了。我知道你不应该谈论存户的事情。"

"我可以为朋友破一次例,伊桑。我并不了解他的全部事务,不过要是我们的银行账目能多少说明些问题的话,我敢说他的确是挺有钱的。他插手了各种各样的事业——这儿一处产业,那儿一片空地,好几幢海滨别墅,还有一大卷紧急抵押债券,简直有你的腰那么粗。"

"这你怎么会知道的?"

"信托保险箱。他在我们那儿租了一个大号的。每次他要开时,他拿着一把钥匙,我拿着另一把。我承认我曾经偷瞧过一眼。没准我是个生性就爱偷瞧的家伙。"

"不过那还都是些正当的事务,对么?我是说……有像你经常在报上看到过的那些……嗯,贩毒呀,敲诈呀这一类的事情么?"

"这我不会知道。他不会拿他搞的事情到处去说的。今天取出一些,明天存进一些。同时我也不知道他是不是还跟别的银行有来往。你看我也并没把他的结存款额告诉你。"

"我也并没要你说。"

"你能让我喝点啤酒么?"

"酒是只供外卖的。我给你倒在一只纸杯里带走吧。"

"我不会叫你违犯法律的。"

"去它的!"伊桑开了一罐啤酒。"只要有人进来时拿低点藏在身后就行了。"

"多谢。最近我老在想着你的事,伊桑。"

"为什么?"

"或许就因为我爱管闲事。失败是一种心理状态。它就像是一只蚁蛉在沙里挖的陷阱。陷进去就老爬不上来。要拼命一蹦才跳得出来。你得下决心蹦它一下才行,伊桑。只要一跳出来,你就会发现成功也只是一种心理状态。"

"那它也是个陷阱了?"

"就算是,也是个比较愉快的陷阱。"

"要是一个人蹦了出来,另一个人却陷了进去呢?"

"只有上帝知道到底是哪一只麻雀该掉到地上,可就连上帝也袖手不管。"

"我真不明白你究竟想劝我怎么做?"

"我自己也不明白。要是我明白,我自己就去做了。银行出纳员是永远当不上总统的。有一小笔资金的人倒有可能当上。我想我是要劝你:抓住碰到的一切东西。放过了是不会再来的。"

"你真是个哲学家,乔伊,钱财方面的哲学家。"

"别老说这种话。要是还不懂,那就多想想。人总是习惯一个人想想问题的。你知道,大多数人都是百分之九十的时间在想过去的事,百分之七的时间想目前的事,这样就只有百分之三的时间去想将来了。老佩奇①说过一句话,是我在这方面听到过的最聪明的话。他说:'别回头看,不然你就会被撵上呢!'我得回去啦。贝克先生明天要上纽约去几天。他简直忙昏了。"

"什么事?"

"我怎么知道?不过我负责拆信件。他最近从奥尔巴尼②收到过不少信。"

"政治上的事?"

"我只管拆信。并不看。你生意老这么清淡吗?"

"四点前后常这样。再过十分钟左右就得忙起来了。"

"你瞧!你是学会了。我打赌你在没破产以前是不懂得这个的。再见。放开手,抓住好机会吧。"

五点到六点之间那阵买东西的小小高潮准时到来了。因为实行夏令时间的关系,太阳还很高,街上还像后半晌那么天色明亮的时候,伊桑就搬进水果箱,关上店门并且拉下了绿色帘子。然后他对着单子,一一拣齐了准备带回家去的食品,把它们全装在一只大纸袋里。他解下围裙,穿上外衣戴上帽子,爬上柜台坐着,眼望着货架上的会众。"今儿不布道了!"他说。"只是好好记着萨切尔·佩奇的那句话。看来我也得学会决不朝后看了。"

他从皮夹里拿出那两张折好的带格纸,给它们做了个蜡纸的小信套。接着,他打开冷藏柜装机件部分的搪瓷小门,把这个蜡

---

① 指萨切尔·佩奇(1906—1982),美国红极一时的棒球明星。
② 纽约州首府。

纸信套塞到压缩机背后的角落里，然后再把小铁门关好。

他从现金出纳机下面的屉子里找出那本积满尘灰、卷边折角的曼哈顿电话号码簿来，它是放在那儿以便必要时向供应商紧急订货用的。在"联"字部、"联邦政府"部分、"司法部"这一栏下面，他的手指顺次移过"联邦法院反托拉斯部，海关部，移民拘留总部，联邦调查局"，在下面找到了"移民与归化事务，WB街20号，电话 BA7—0300，周末节假日夜晚打 OL6—5888"。

他念出声来："打 OL6—5888，OL6—5888，——因为这会儿时间已经不早了。"接着他眼睛望着那些罐头，喃喃地对它们说："要是查明一切都正当合法，那么什么人也不会因此受害的。"

伊桑跨出后门，锁上了它。他提着食品袋穿过马路走向"前梳"旅馆兼餐室。餐室里闹哄哄的，全是些喝鸡尾酒的人，但是那个公共电话间所在的小小的前厅里却寂静无人，连值班侍者也不在。伊桑关好玻璃门，把食品袋放在地下，掏出所有的零钱来撒在搁板上，拣出一枚十分硬币来投进去，然后拨了个"0"。

"喂，这是总机。"

"哦，总机，我要接纽约。"

"请你拨号吧。"

他马上拨了起来。

伊桑下班回来了，手里提着满袋的食品。这长长的夏日傍晚多好啊！草地上的草长得又高又壮，踏上一步就会留下脚印。他扎扎实实地吻了一下玛丽。

"小蝌蚪，"他说，"草地长荒了。我让亚伦去修一修好么？"

"可是现在正是考试的时候。你知道有多紧张,学校又快要放假了。"

"那间房里鬼哭狼嚎的声音是怎么回事?"

"他在那儿练那套耍口技的玩意儿。期终晚会上他要去表演。"

"好吧,看来只好我自己去修草地了。"

"我很抱歉,亲爱的。可是你总了解孩子们的脾气。"

"是的,我开始学会了解他们了。"

"你心情不好么?今儿是不是挺忙?"

"怎么说呢?不,我想不太忙。只是我站了一整天。想着要去推剪草机可不是桩开心事。"

"我们最好有一部摩托剪草机。约翰逊家就有一部,可以坐在上面剪草。"

"我们最好有个管园子的,还有个园丁的孩子。我祖父就有过。坐在上面么?亚伦要是能坐在上面当然就会愿意去剪草了。"

"别太苛刻他。他才十四岁。他们全是那样的。"

"你猜'孩子们都逗人爱'这句瞎话是谁编出来的。"

"你确实心情不好。"

"怎么说呢?是的,大概是这样。而且那种鬼哭狼嚎也真叫我听了发疯。"

"他在练习。"

"你刚才说过了。"

"求求你别拿他撒气啦。"

"好吧,不过要是真能这样倒对他有点好处。"伊桑推开门走进起居室,亚伦正在那儿把一枚发颤音的芦笛含在舌头底下,哑声说出一些含糊不清的话来。

"你这是搞的什么鬼呀?"

亚伦把那东西吐在手心上。"用那个'躲躲猫'盒子换来的。这就是口技。"

"你吃了那'躲躲猫'玉米花么?"

"没有。我不爱吃。我还得练习呢,爹。"

"等一会儿。"伊桑坐了下来。"你对自己的前途有什么打算么?"

"唔?"

"你的未来。学校里没跟你们讲过么?未来就在你们自己手里。"

爱伦悄悄溜进房来,像只猫似的蜷缩在躺椅上。她带点刻薄意味地格格笑了起来。

"他想要上电视镜头呢。"她说。

"有个小家伙还只十三岁,就猜中难题征答,得了十三万块钱。"

"结果发现是作弊的。"

"不过那十三万块奖金他总还是到手了呀。"

伊桑用温和的口气说:"那么道德品行的问题你就一点也不在乎么?"

"可不管怎么说那总是一大笔钱呀。"

"你不觉得这是不诚实的么?"

"管它哩,谁都在那么做。"

"可你知道有一些人尽量装腔作势想要骗人,却谁也不上他的当么?结果他们是既丢了名誉,又没有弄到钱。"

"这就全靠好运气啦——就像吃饼干正好碰上松脆的那样。"

"是呀，饼干倒是挺松脆的，对么？"伊桑说。"正像你说话的那副腔调一样。坐好了！你跟大人说话连'先生'两个字都忘了么？"

孩子吓了一跳，望望他看是不是认真的，然后勉强挺直了身子，一副不情不愿的神气。"没忘，先生。"他说。

"你学校里的成绩怎么样？"

"还不错，我估计。"

"你打算写一篇文章讲你怎么爱美国。现在你既然决心毁掉它，是不是已经打消这个念头了呢？"

"你是什么意思，毁掉……嗯，先生？"

"既然它是个不诚实的国家，你又怎么能爱它呢？"

"嗨，爹，谁都那么干呀。"

"这是爱护它么？"

"谁也没想去毁了它，最多只是毁掉几个笨蛋罢了。文章我都已经写好了。"

"那好，我倒想读一读。"

"我已经寄走了。"

"总还有份抄稿吧？"

"没有，先生。"

"那要是寄丢了呢？"

"这我没有想到。爹，我想跟别的孩子一样，也能上夏令营去。"

"我们花不起这笔钱。并不是所有的孩子都去——也不过是其中的几个。"

"我真希望咱们能有点钱。"他低头瞧瞧手，舔了下嘴唇。

爱伦眯起了眼睛，露出全神贯注的神气。

伊桑朝他儿子注意地瞧了一会儿。"我正在想办法做到这一点。"

"先生？"

"今年夏天我可以给你在店里找个工作。"

"你说些啥，工作？"

"你是不是想问：'你说什么，工作？'你可以搬搬东西，整理货架，打扫打扫，要是你干得不错，或许也可以接待接待顾客。"

"我只想上夏令营。"

"你还想得十万块钱奖金吧。"

"没准我真会得到征文比赛奖的。至少能上华盛顿去旅行一趟。这是上了一整年学以后度一次假。"

"亚伦！什么事总得有个一定的规矩，不管行为也好，礼貌也好，名誉也好，是的，就连追求前途也好。我现在该教教你哪怕就是口头上也总得遵守它们才行。你得去工作。"

孩子一仰头。"你做不到。"

"对不起，什么理由？"

"童工法。不到十六岁，我甚至都不会被准许去工作的。你要我违犯法律么？"

"你觉得那些帮助父母的姑娘小伙子全都既是奴隶又是罪犯么？"伊桑的怒气跟他的爱一样，是直率而毫不掩饰的。亚伦避开了眼睛。

"我不是这个意思，先生。"

"我想你也不是。而且下次也决不许再这样。你真是在霍利和亚伦家的二十代人面前丢尽了脸。他们全是诚实正派的人。将来你也该配得上做这样一个人。"

"是的,先生。我可以回我的房里去了么,先生?"

"去吧。"

亚伦慢吞吞地走上楼去了。

他刚消失不见,爱伦就伸开两腿像螺旋桨似的一转。她坐直身子,把裙子拉拉好,就像个年轻妇人似的。

"我正在念亨利·克雷的演讲辞。他讲得真好。"

"是的,是挺好。"

"你还记得么?"

"我不大记得了。还是很久以前读过的。"

"他真了不起。"

"可是似乎不大适合女学生读。"

"他确实是了不起。"

伊桑从椅子上站了起来,长长一整天的劳累使他简直有点不想站起来。

走到厨房里,他发现玛丽的眼睛红红的,非常生气。

"我听见了你的话。"她说。"我不知道你自己明不明白你在干些什么。他还只不过是个小孩子。"

"该开始教训教训他了,我的宝贝。"

"别宝贝宝贝的了。我可受不了一个暴君。"

"暴君?哦,老天!"

"他还只是个孩子。可你那么恶狠狠地对待他。"

"我想他现在倒清醒些了。"

"我不懂你说些什么。你简直把他像只小虫似的压扁了。"

"不对,宝贝。我是让他稍微看清一下这个世界。他正在对它养成一种错误的看法。"

"你就能懂得这世界是什么样子么?"

伊桑走过她身边,向后门外走去。

"你上哪儿去?"

"去剪草。"

"你不是累了么?"

"我是有点……刚才是有点累了。"他回过头来抬眼望了望正站在纱门里的玛丽。"男人真是个孤独的家伙呀。"他说,然后朝她笑了笑,把剪草机推了出来。

玛丽听见那转动的刀翼正在沙沙切断着柔嫩的青草。

声音到门阶边停住了。伊桑喊了一声:"玛丽,玛丽,我的宝贝。我真爱你呀。"接着那转动的刀翼又猛烈地切割起长得过盛的青草来。

第十二章

　　玛吉·扬-亨特是个挺迷人的妇女，很有见识，而且聪明，聪明得自己知道应该在什么时候、用什么方式把她的聪明掩藏起来。她的两次婚姻都失败了，两位男人全垮了，一个是因为身体太糟，另外一个更糟——他死了。知心人并没有自动找上门来，她就自己设法来创造条件，用种种办法来改善自己的处境：经常打电话，写信，寄问候的明信片，故意安排巧遇等等。她亲自做了汤送去看望病人，常常记得别人的生日。她就靠了这种办法，让大家不至于忘掉了她。

　　她比城里任何一个女人都更小心地不让自己的腹部胖起来，保持皮肤细洁光润，牙齿洁白，下巴不松垂。她的一大部分钱都花在理发、修指甲、按摩、买香脂雪花膏上。别的女人常议论说："她实际准比看上去要老。"

　　当香脂、按摩和健身操已经对支撑乳房的肌肉不起作用时，她就想法把它们束得高耸触目，风姿十足。她花在打扮上的时间越来越多。她的头发油光发亮，蓬松起波，完全像电视上美容品广告所宣传的那样。每当她跟人约会，一起吃饭、跳舞、欢笑、作乐，用种种精心布置的小手法引诱人来陪伴她的时候，谁会知道她心里正冷漠地深感这些事的重复无聊？相识了一定的时间，花了不少钱以后，要是她认为可以，通常她就答应跟他同居。接着就再进一步去设法改善处境。或迟或早，她总会用这种同居的关系像陷阱那样捕捉到自己将来安身立命的保证。然而看来稳稳到手的猎物却老是漏网跑掉。她的知心人越来越多地总是些有家有室、衰弱多病或者小心谨慎的人。而玛吉自己比别的任何人都明白：她的时间已经不多了。当她自己想去求助于算命的纸牌时，它们却毫无灵验。

　　玛吉认识许多男人，他们大多有一种负罪的感觉，名利心受了挫，或者完全灰心丧气，因此她就像一个专门除虫灭害的人那样，渐渐对自己的猎物产生了一种轻蔑的心情。利用这些人的畏畏怯怯、虚荣心重，要打动他们是很容易的。他们自己就那么急于受欺，以致她都不再感到有什么得意，倒只有令人作呕的怜悯。她的朋友和相好就是这样的一些人。她甚至还保护他们免于被人发现他们是她的相好。她把自己身上最好的东西给予了他们，正因为他们并不敢向她要求什么。她不泄露跟他们的来往，因为她自己从心底里也并不赞赏自己。丹尼·泰勒是这些人中的一个，阿尔菲奥·马鲁洛是另一个，斯托尼·杰克逊·史密斯警长也是一个，此外还有其他的人。他们相信她，她也信任他们，跟他们的秘密交往是一种暖人肺腑的相互忠诚的关系，她有时可以独自加以回味而得到慰藉。这些朋友可以无拘无束地说话，用不着顾忌她，因为对他们来说她仿佛就是一口"安徒生的井"——耐心倾听，不加诘难，而且守口如瓶。大多数人都有隐秘的，而玛吉却有一种小心掩盖着的潜在的美德。而且也许正因为有着这样一种不露声色的东西，所以说不定她比任何人都更了解新港甚至整个韦塞克斯县的情况，同时这种了解又是不带任何偏见的，因为她不会也不可能利用它来谋取自己的利益。但是在别的方面，任何事到她手里都是很有用处的。

她开始在伊桑·艾伦·霍利身上打主意完全是事出偶然，而且是出于无事可干。从某一方面来说，伊桑认为这事纯属恶作剧，是想试试她的手段，这是猜得不错的。不少为了寻求安慰和恢复自信而来找她的伤心人，都是为自己的虚弱无能而感到压抑，在两性问题上受了创伤而束手无策，以致影响了他们的其他一切生活领域。所以她只要稍稍安慰和奉承他们几句，就可以很容易地使他们重新鼓起勇气去反抗家里的泼妇。她真心喜欢玛丽·霍利，并且因为她才逐渐注意到伊桑——他是受到另一种性质的压抑，一种社会经济方面的压抑，以致使他丧失了勇气和自信。由于自己既无职业，又无爱情，也无儿女，她很想试试她能不能解救并且引导这个受伤的男人重新去追求某种新的目标。这是一种游戏，就仿佛是解一道难题，做一次试验似的，并非出于好心，而只不过是由于好奇和闲得无聊。这是个高超的男人。能引导他就能证明她的高超，而这正是她愈来愈需要的。

也许只有她才看出了伊桑身上的变化之深，这简直吓坏了她，因为她以为这全是由于她的缘故。耗子身上居然长出了狮子的毛来。她看出了在他衣服里面鼓了起来的强健的肌肉，觉察到了他的目光深处愈来愈厉害的残酷无情的神色。当和蔼的爱因斯坦理想中的物质概念化作广岛上空的一片火海时，他当时的心情大概也是如此。

玛吉很喜欢玛丽·霍利，却并不为此对她感到怜悯和同情。女人很容易把不幸看作是一种自然而然的事情，尤其当它发生在别的女人身上时更是这样。

她的小屋坐落在旧港附近一个有点荒芜的大花园里，小屋很整洁，她俯身靠近梳妆镜来检查一下自己的化妆手段是否可靠，这时她的眼睛透过面脂、香粉、描过的眼圈和上油的睫毛，看出了掩藏着的皱纹和松弛的皮肤。她感到年岁已悄悄爬上了眉梢眼角，仿佛逐渐上涨的潮头正冲打着平静海面上的礁石。尽管中年人也可以有一种令人感到成熟的动人武器，但这需要训练和技巧，而她现在还没有。她必须学会它们，决不能等到自己那苦心经营的青春和欢乐的大厦一旦倾覆，把她赤裸裸暴露在世人眼前，显得衰老而可笑。她成功的秘诀就在于决不颓丧，即使在独自一个人的时候也这样。这会儿她作为一种试验，听其自然地让嘴角稍稍挂下一点，眼皮稍微松垂一些。她把平常绷紧的下巴略微放松，一条像线似的皱纹就马上现了出来。在眼前的镜子里，她看见了自己身上悄悄增添的二十年岁月，她不由打了个寒战，仿佛听见一个冷酷的声音在轻轻告诉她前面正在等着她的究竟是什么。她已经耽误得太久了。女人似乎都需要在一个橱窗中度过一生的年华，在灯光，橱窗布景，黑天鹅绒中间生儿育女，由少变老，逐渐发胖，得意窃笑，占小便宜，怜惜，保护，聊闲天，有个安静而随和的丈夫，或者最好是有一份更加安静、更加随和的遗嘱和保险金。一个孤身一人逐渐变老的女人简直是个没用的废物，老丑八怪，甚至连个可以对她唠唠叨叨嘘寒问暖、怜痛侍疾的跛脚老仆人都找不到。

她心里突然感到一阵难耐的恐惧。在第一个丈夫身上她总算是运气好的。他很虚弱，而她也很快就抓住了他的弱点。他爱得她要命，甚至爱到当她要求离异时，他都没有在规定付给赡养费的协议中保留一条有关再婚的条款。

她的第二个丈夫猜想她有一笔私房，事实也的确是这样。他死的时候没有留给她多少钱，但她靠着第一个丈夫付的赡养费可以过得很体面，穿得挺好，还可以随意花钱。要是一旦他死了呢？可怕的地方就在这里。她经常不管白天黑夜都苦于一种噩梦——为担心每月的赡养费而做的噩梦。

一月里她在麦迪逊大街和五十七号街相交的那个宽广的路口上曾经遇见过他。他显得既衰老又憔悴。她为他还能活多久感到担心。要是这老家伙一死，钱的来路马上就会断绝。她觉得她或许是世上唯一虔心祈祷他长命的人。

这会儿他那消瘦、沉静的脸和暗淡无神的目光正出现在她回忆的画面上，触动了她心里的痛疮疤。要是这天杀的死了呢？……

俯身照着镜子的玛吉呆了一会儿，又像挥动标枪似的猛然打叠起精神来。她的下巴绷紧了，皱纹隐没了，两眼有神，皮肤紧贴，肩背笔挺。她站起身来，踏着舞步在厚厚的红色地毯上灵巧地转了一圈。她赤着双脚，趾尖上涂的粉红指甲油闪闪发光。她必须快跑，必须赶紧，趁还不太晚的时候。

她用力一下打开壁橱，抓起那套她特意留着过独立节周末穿的漂亮诱人的衣服，又拿了一双高跟鞋，一双薄得穿在腿上像没有穿的细丝袜。这时候她身上的烦恼已经无影无踪。她穿得又快又利索，就仿佛一个屠夫在磨他的刀，又对着穿衣镜试了又试，就像那屠夫在用大拇指摸着刀刃。既要迅速又别太匆忙：要迅速，因为那个男人是不肯久等的，然后，就要毫不在意，不慌不忙，就像个精明、漂亮、潇洒而自信的女人，一位双腿苗条、手套洁白的上流社会太太那样。没有一个在她身边经过的人不向她注目的。"米勒兄弟公司"的一个汽车司机拉着货轰隆开过时尖声地吹了一声口哨，两个中学生眯起瓦伦蒂诺①式的眼睛直勾勾地望着她，使劲地把微微张大的嘴里快要流出来的口水咽了下去。

"不错吧？"一个说。

"嗯！"另一个回答。

"你想……么？"

"嗯！"

一位上流妇女是不作兴闲逛的——至少在新港是这样。她一定得是上哪儿去，要办件什么事，不管它多么琐屑无聊。当她鞋跟得得地走在正街上时，她不断向走过的熟人点头招呼，而且不由自主地一一估量着他们。

霍尔先生——靠借债度日，已不止一天了。

斯托尼——一个强健、有男子气的汉子，可是哪个女人能靠一个警察的薪水或者养老金过日子呢？再说，他现在也已经是她的朋友了。

哈罗德·伯克倒真正有产有业，而且还不少，不过他有点傻

---

① 鲁道夫·瓦伦蒂诺（1895—1926），美国好莱坞的著名电影明星，二十年代影迷的崇拜偶像，被称为"最了不起的拉丁情人"。

头傻脑,像只蠢鸭子。也许只有他自己不明白这一点。

麦克道威尔——"碰见你真高兴,先生。梅莉好么?"绝对不行——苏格兰人,十分吝啬,被老婆拴住了,她是个病人,却十分长命。他是个谜。谁也不知道他到底有钱没钱。

眼睛老是泪汪汪的唐纳德·伦道夫——坐在酒吧间高凳上喝酒时倒真是个好伙伴,是个酒吧间里的绅士,即使喝醉时也仍不失彬彬有礼,可是除非你想在酒吧凳子上安家过日子,否则他是毫无用处的。

哈罗德·罗斯——据说他跟《时代》杂志的发行人是亲戚,可是谁说的呢,是他自己吧?这是个乏味透顶的人,就因为笨嘴拙舌,反而被看做是挺有头脑。

埃德·万托纳——一个骗子,撒谎家,小偷。都说他挣了不少钱,而且老婆也快死了,不过这人对谁也不相信。他甚至不相信自己那条狗,生怕它跑掉了。老把它拴起来,让它在那儿嗷嗷直叫。

保罗·斯特雷特——共和党的一个要人。他的妻子名字叫巴特弗莱①——并不是绰号。巴特弗莱·斯特雷特,受洗时取名就叫巴特弗莱,而且的确名副其实。只要共和党人在纽约州当政,保罗就混得挺不错。他拥有一处垃圾场,倒一车垃圾就得付两角五分钱。据说每当老鼠长得太大、太猖狂,甚至要造成威胁时,保罗就售票让人去打耗子玩,还出租电筒和来复枪,用 .22 口径的枪子去打它们。他那副神气那么像一位总统,所以不少人就称他

---

① 意思是"蝴蝶"。

做艾克①。不过丹尼·泰勒有一回不声不响灌饱了酒以后说起他来，把他唤作"那伙人的头儿保罗"，结果不胫而走。从此每当他不在跟前时，"头儿保罗"就成了他的名字。

马鲁洛——他身体比以前差多了。苍白憔悴。他那副眼神就像一个人肚子上被.45口径的手枪打了一枪似的。他方才走过自己铺子门口却没有进去。玛吉摆着她那有弹性的屁股走了进去。

伊桑正在跟一个陌生人讲话，是个黑头发、样子挺年轻的人，穿着条"常春藤联盟"②派头的讲究裤子，戴着窄边帽。四十来岁，壮健结实，办事挺认真。他把身子俯向柜子里面，看起来就像在给伊桑检查扁桃腺似的。

玛吉说："嘿，你正忙着哩！我过会儿再来。"

一个闲荡的女人上银行去可以有数不清的虽然琐屑但却合法的事情可做。玛吉穿过巷口，走进那座大理石不锈钢的神殿。

乔伊·莫菲看见她进来，就打开灯把他出纳窗口里面那一小块围着铁栏杆的地方照得通亮。多亲切的笑脸，多好的脾气，多合适的游伴，可是要作为一个丈夫，又是多么乏味。玛吉很正确地称赞他是个天生的单身汉，宁死也要把单身汉当到底。乔伊才不羡慕那种双人合葬的坟墓呢。

她说："劳驾，先生，你能给我些干净的新钞票吗？"

"对不起，太太，我得看看。我仿佛记得哪儿有一点。你大概需要多少？"

---

① 美国总统艾森豪威尔的绰号。
② 美国东部八个名牌大学的共称。

"六盎司左右，先生。"她从白色羊皮皮包里掏出折子来，写了张取二十块钱的支票。

乔伊笑了起来。他挺喜欢玛吉。他只是隔一段时间，不是太经常，请玛吉出去吃顿饭，然后就跟她一道过个夜。但是他也喜欢跟她在一起聊聊，喜欢她的幽默感。

乔伊说："扬-亨特太太，这倒让我想起了我以前的一个朋友，他曾经在墨西哥追随过潘乔·维勒①。知道他么？"

"从来没听说过。"

"瞎说。我那朋友告诉过我一件事。他说潘乔到了北方以后，搞起印钞票的事情来，专印二十比索的钞票。印了那么多，他手下那班人都懒得去数它了。而且他们本来对计算也不怎么在行。结果他们就用磅秤来称。"

玛吉说："乔伊，你老忍不住要讲自己的经历。"

"见鬼，不是的，扬-亨特太太。我那时还是个三岁娃娃呢。这只是个流传的故事。听说有一回有个挺可爱的女人，是印第安人，不过挺可爱，跑来找他说：'我的将军，你处决了我的男人，留下我一个寡妇带着五个孩子，搞群众革命有这样搞法的么？'潘乔就亲自查了她的账，像我现在在干的那样。"

"你可没他那样的库存，乔伊。"

"我明白。这只是个故事呀。潘乔吩咐他一个副官说：'称五公斤钞票给她。'嗯，这可有老大一捆呀。他们用根铁丝把它捆好，那个女人就扛着那一大捆钱跌跌撞撞走了出去。这时有个副官走

---

① 墨西哥近代著名的农民起义领袖。

上前来敬了个礼说：'将军（他们说成"枪军"），我们并没枪毙她的丈夫。他喝醉了酒。我们只把他关在那边角落上。'潘乔两眼一直在盯着那正扛着东西走远的女人。他说：'你去把那人枪毙了吧。咱们不能让这个可怜的寡妇失望。'"

"乔伊，你这人真会胡诌呀。"

"这是桩真事。我完全相信是真的。"他把支票拿在手里转动着。"你要二十块一张的，五十块一张的，还是一百块一张的？"

"全给我两角五分的吧。"

他们俩彼此都挺欣赏对方的风趣。

贝克先生打开办公室的毛玻璃门，向外面张望了一下。

这又是个可以押一下的注呢。贝克也曾向她作过表面无懈可击但却有点意味深长的表示。贝克先生就等于是钞票先生。不错，他有个太太，不过玛吉挺清楚这个世界上大大小小的贝克先生们。不管他们一心想干些什么，总能找出冠冕堂皇的理由来。她很高兴当时把他碰了回去。但他仍旧是在她可以考虑的名单上的。

她收起乔伊递给她的四张五块的钞票，准备向这位头发已白的银行家迎上去，但正在这时，她看见方才在跟伊桑说话的那个人悄悄走了进来，经过她跟前，递过一张名片去，接着就被请进了贝克先生的办公室，房门关上了。

"好，吻吻我的脚告别吧。"她向莫菲说。

"是全韦塞克斯郡最漂亮的脚呢。"乔伊说。"今晚一起出去好吗？跳跳舞，吃吃饭，或者别的这类事情？"

"不行。"她说。"那是谁呀？"

"从来没见过。看来像是个查账员一类的角色。碰到这种时候，我就高兴自己幸好挺诚实，更高兴的是我总算还弄得清加减乘除。"

"我对你说，乔伊，一个贞节的女人碰到你也会受不了，只好逃跑的。"

"这正是我求之不得的好事，太太。"

"再见。"

她走了出来，穿过巷子，重新又走进马鲁洛的杂货店。

"嘿，伊桑。"

"你好，玛吉。"

"那个漂亮的陌生人是谁？"

"你的水晶球没带在身边么？"

"是个侦探？"

"还要更糟些呢。玛吉，是不是人人都怕警察？就是我没做什么坏事，也仍旧挺怕警察。"

"那个鬈发的杂种真是个警探么？"

"不完全是。他说他是联邦调查局来的。"

"你搞了些什么鬼，伊桑？"

"搞了鬼？我？干吗说'搞了鬼'呀？"

"那他来干吗？"

"我只知道他问了些什么，可我不知道他要干吗。"

"他问什么？"

"我认识我的老板多久了？还有谁了解他？他是什么时候到新港的？"

"你跟他怎么说的呢？"

"我参军去打仗的时候还不认识他。我回来时他就已经在这儿了。我破了产以后,他把这铺子买了过去,雇下了我干活。"

"你想这是在查什么?"

"天知道。"

玛吉竭力不去瞧他的眼睛。她想:他是在那儿装傻。我真想知道那家伙究竟来干什么!

他竟那么若无其事地说了起来,简直叫她吓了一跳:"你不相信我。你知道,玛吉,说实话从来就没人肯相信的。"

"全部是实话么?比如宰一只鸡,伊桑,看来全是鸡肉,可其实有的肉是白的,有的肉是黑黢黢的。"

"大概是这样。老实说,我正有点犯愁哩,玛吉。我担心我这份工作。要是阿尔菲奥出了什么事,我真得流落街头呢。"

"你怎么又忘记了,你不是就要变得挺有钱了么?"

"在没变之前,我可不大记得住这个。"

"伊桑,我真怀疑你这人有没有记性。那是在春天,复活节前后。我走进铺子来,你还管我叫耶路撒冷的女人呢。"

"那是在'美好礼拜五'那天。"

"你总算记起来了。告诉你,我找出了那句话。是在《马太福音》里,这话挺美妙,同时又——挺吓人的。"

"对。"

"你当时怎么会突然想起这话来的?"

"是因为我的德波拉姑母的缘故。她要我每年钉一次十字架。这习惯一直保持到现在。"

"你是在开玩笑。可当时你并不是开玩笑。"

"对,我不是开玩笑。现在也不是。"

她打趣地说:"你瞧,我给你算的命已经在实现了。"

"我知道。"

"你觉得欠着我的情么?"

"当然喽。"

"什么时候报答我呢?"

"你愿意现在就跟我上后边屋里去么?"

"我不信你会那么干。"

"你不信?"

"是的,伊桑,而且也别那么干。你一生里还从来没敢干过大胆出轨的事。"

"也许我学得会呢。"

"即便心里挺想,你也不敢跟女人私通的。"

"我可以试试。"

"只有爱或者恨才会叫你下决心干,而不管哪一种情况,都还得费好大一回事才行呢。"

"或许你说得对。可你怎么会知道的呢?"

"我从来不知道我是怎么会知道的。"

他打开冷藏柜的门,拿出一瓶可口可乐来,瓶上马上积起了一层霜。他打开瓶子递给了她,然后又取出另外一瓶。

"你到底想要我怎么样?"

"我从来还没碰到过像你这样一个人。或许我想试试被人那么强烈地爱或者恨是个什么滋味。"

"你真是个女巫!干吗你不吹声口哨呼风唤雨呢?"

"我不会吹口哨。可是对大多数男人我只要动动眉毛就能掀起一场小小的风暴来。不知我想点起你心里的火来点得怎么样?"

"也许你已经点着了。"

他两眼直勾勾地浑身打量着她,而且一点也不想掩饰。"结结实实,像一座小砖房。"他说。"又柔软,又光滑,又结实,又舒服。"

"你怎么会知道?你又从来没摸过我。"

"要真到了那时候,你会吓得拼命逃开呢。"

"我的心肝!"

"得啦。这里面总有点不对头。我非常自爱,所以挺明白自己到底有多大的吸引力。你究竟想要什么?你是个挺可爱的女人,可是你也是够机灵的。到底你想要什么?"

"我给你算过命说要发财,现在正在实现了。"

"你想要分点好处。"

"对。"

"这我就相信了。"他抬起眼睛向上仰视着。"玛丽,我的心肝,"他说,"看好你的丈夫,你的爱人,你的知心朋友吧。保护我防止心里的罪恶和外界的伤害。我恳求你的帮助,玛丽,因为男人都有一种古怪而难以捉摸的欲念,他心里有一种永恒的渴望,要去到处钟情,留下祸胎。Ora pro me.①"

"你真是个骗子,伊桑。"

"这我知道。不过我能不能做个谦恭有礼的骗子呢?"

---

① 拉丁文:为我祈祷吧。

"我现在真有点怕你了。以前我还从来没有过呢。"

"我猜不透为什么。"

她又露出了那副算命的神气,他也觉察到了。

"就为马鲁洛。"

"他怎么啦?"

"我正问你呢。"

"马上就来。半打鸡蛋,一块黄油,得了。你要点咖啡么?"

"对,要一听咖啡。我喜欢买一点备在那儿。那种叫什么牌子的腌碎牛肉好么?"

"我没试过。听说是挺好的。马上就来,贝克先生。贝克太太没买过这种碎牛肉吗?"

"我也不知道,伊桑。我是给我什么就吃什么。扬-亨特太太,你越来越漂亮了。"

"你过奖啦,先生。"

"真话。而且……你穿得漂亮极了。"

"我也正想对你这么说呢。要称赞你漂亮不大合适啦,可你的裁缝手艺真够高的。"

"我想是吧。他要的价钱也够高的。"

"记得是什么人说的——'人靠风度'。可现在不同啦,人靠裁缝,要打扮成什么样就什么样。"

"一套做工好的衣服有个麻烦问题:它太牢了。这套就已经穿了十年啦。"

"简直看不出,贝克先生。贝克太太身体好么?"

"挺好,所以才一个劲抱怨这抱怨那。你怎么不来看看她,扬-亨特太太?她觉得怪冷清的。咱们这代人里面能够有教养地一起聊聊天的人太少了。这话是威克汉姆①说的,后来成了温彻斯特学院的座右铭。"

她转过身来对伊桑说:"你能说得出还有别的哪一位美国银行家能知道这些事情么?"

贝克先生的脸有点涨红了。"我妻子订了《万有文库》。她读书读得很多。请你去看看她吧。"

"我挺高兴去。把我买的东西装在一个口袋里,霍利先生。回头我回去的时候再顺路来带走。"

"好吧,太太。"

"她倒是个挺出色的年轻女人。"贝克先生说。

"她跟玛丽挺合得来。"

"伊桑,那个政府派来的人上这儿来过吗?"

"来过。"

"他来干什么?"

"我不知道。他问了几个有关马鲁洛的问题。我都说不大清楚。"

贝克先生好不容易才驱散了玛吉的影子,就像海葵张开触须吐出吃尽了肉的蟹壳那样。"伊桑,你最近见过丹尼·泰勒吗?"

"不,没见过。"

"你知不知道他在哪儿?"

---

① 威廉·威克汉姆(1324—1404),14世纪英国主教,英国著名的贵族学校之一温彻斯特学院的奠基者。

"不，不知道。"

"我有事要跟他接头。你能猜想出他在哪儿吗？"

"我已经好久……嗯，从五月份以来就没看见过他了。他准备去再作一次治疗。"

"你知道在哪儿？"

"他没说。不过他决定去再试一次。"

"是进公家疗养机构么？"

"我想不是的，先生。他从我这儿借了点钱去。"

"什么？"

"我借给了他一小笔钱。"

"多少？"

"你怎么啦，先生？"

"对不起，伊桑。你们俩是老朋友。对不起。他另外还有别的钱吗？"

"我想有的。"

"你不知道有多少么？"

"不知道，先生。我只是觉得他另外还有。"

"你要是知道了他在哪儿，请你告诉我。"

"我要知道了一定告诉你，贝克先生。或许你可以列一张单子，打电话到各处去问一问吧。"

"他跟你要的是现款么？"

"是的。"

"那就不会有什么用处。他准会隐名换姓的。"

"那为什么？"

"世家出身的人总是这么做的。伊桑,你是从玛丽那笔钱里借给他的么?"

"是的。"

"她没不高兴么?"

"她不知道。"

"你看来变得挺机灵了。"

"我是跟你学会的,先生。"

"嗯,那就永远别忘记了。"

"或许我学得挺慢。主要是渐渐明白了我过去是多么无知。"

"好吧,这是有好处的。玛丽身体怎么?"

"哦,她身强体壮。真希望我能带她一起出去度几天假。我们好几年来一步也没离开过城里。"

"会有机会的,伊桑。我也想独立节时上缅因州去。这儿的嘈杂我实在受不了啦。"

"我觉得你们银行家全是有福气的。你最近去过奥尔巴尼么?"

"你怎么会这样想?"

"我也不知道……仿佛听谁说起过。或许是贝克太太跟玛丽说的。"

"她不会。她根本不知道这事。你好好想想是听谁说的。"

"也可能只是我自己这么想象。"

"这弄得我挺心烦,伊桑。你认真想想到底是听谁说的。"

"我想不起来,先生。要是没这回事那又有什么关系呀?"

"我悄悄告诉你我为什么心烦。因为这是真的。是州长召我去。这真是桩严重事情。我不明白怎么会泄露出去的。"

"有人在那儿看到过你么？"

"据我所知并没有。我来去坐的都是飞机。是为一桩严重事情。我现在要告诉你一点情况。如果传了出去，我知道是谁传的。"

"既然这样，我不想听到。"

"你既然已经知道了我上奥尔巴尼的事，那你就非听一听不可了。州里正在调查县里和镇上的事。"

"为什么？"

"我想大概是有些情况传到了奥尔巴尼当局的耳朵里。"

"不是政治上的问题吧？"

"我想凡是州长过问的事都可以叫做政治问题。"

"贝克先生，这事为什么决不能外传呢？"

"告诉你吧，要是这风声在这一带传了出去，那么一旦检查员开始正式调查，大多数证据就会无影无踪了。"

"我懂了。我倒但愿你没告诉过我。尽管我不是个碎嘴子，但我还是宁愿不知道的好。"

"要这么说，我也宁愿不知道呢，伊桑。"

"选举预定在七月七号。这事会在那以前发作么？"

"我不知道。这得看州里怎样。"

"你猜想这事也牵涉马鲁洛么？我可丢不起我这份工作。"

"我看不像。这人是联邦政府来的。司法部的人。你没问他要过证件看么？"

"没想到要。他向我晃了一下，我没看。"

"嗯，该看看。你碰到这种情况都应当看一看。"

"我想你总不至于在这时候离开吧？"

"哦，这没关系。独立节周末从来不会有什么事。所以日本佬才专挑周末来进攻珍珠港。他们知道大家都离开了。"

"但愿我也能带玛丽上什么地方去。"

"你能晚点再去么？我希望你绞绞脑子，想法找到泰勒在哪儿。"

"为什么？这事有那么要紧么？"

"是呀。我这会儿暂时还不能告诉你为什么。"

"那我就只能希望我能够找到他。"

"嗯，要是你能找到他，说不定你就不需要干这份工作了。"

"要是这样，那我一定尽量去找吧，先生。"

"这样才好，伊桑。我想你一定会尽量去找的。要是发现了他的踪迹，你马上通知我——什么时候都行，不管是白天或者晚上。"

第十三章

我真奇怪有些人老说他们没时间思考。就我自己来说,我简直可以双倍地思考。我发现自己不管是在称着蔬菜,整天招呼着顾客,还是跟玛丽吵架、调情,或者对付孩子们的时候,都不会妨碍我同时在继续不断地思考、揣测、臆想着另一件事。不用说,别人大概也都是这样的。所谓没时间思考,也许只不过是不想去思考罢了。

我对自己投生的这个国家感到陌生和茫无所知,我几乎没法不去思考。问题层出不穷,让人非注意不可。这个世界我是新来乍到,因此有些事情对我来说是迷惑不解,而那些老住户也许是还在孩子的时候就早已经能解决而且扔在一边了。

我曾以为自己能随意发动一桩事情,而且每一步都能控制它,甚至我想停止时就能马上把它止住。但现在我却愈来愈惊恐地确信,这样一桩事情会变成一个独立的事物,甚至像是一个独立的人,有它自己的目标和手段,简直不受它的创造者所约束。这样就会发生另外一个令人烦恼的想法,果真是我发动了它,或者只不过是自己身不由己顺应了它呢?或许我的确曾经推动过,但会不会我也是被推动的呢?一旦走上了一条很长的道路,看来似乎既没有拐角,也没有分岔,毫无选择的余地。

只有当初在第一次估量局势时才有选择的余地。究竟什么叫道德?它们是不是只是些空话?我父亲的弱点就是生性宽厚,并且毫无根据地幻想别人也跟自己一样宽厚,别人利用他的这种弱点难道是正直的么?不是的,只不过给他挖一个陷阱,却是一桩有利可图的买卖。他自己掉了进去。谁也没有去推他。一旦他倒下了,去剥他的衣服难道有什么不道德么?当然不。

如今新港正在缓慢而深思熟虑地设下一个圈套,而发动这事的都是些体面的人。要是它成功了,大家非但不会认为他们是骗子手,而且会觉得他们聪明。那么,要是一个他们不曾料到的因素半途插了进去,难道就是不道德的、不正直的么?我想那全看它最后是不是成功。在大多数世人的心目中,只要成功就是好的。我还记得当希特勒横行无阻,胜利进军的时候,许多正直的人曾经寻找而且也真的找到过他身上的美德。还有墨索里尼也曾使火车正点行驶过,维希政府的成立是为了法国的利益,而斯大林不管别的方面如何,他总是强有力的。力量和成功——它们是超越道德,不受批判的。因此看起来问题并不在你做什么,而在于你做得怎样,你把它说成什么。人的身上,在他们心灵深处是不是有一种制动力量,能够起阻止和惩罚的作用呢?看来未必。唯一受责罚的是失败。事实上如果罪犯不被抓住,任何犯罪都根本不存在。在对新港策划的这次行动中,有些人会受害,有些人甚至会被毁,但这绝对不会使它停下来。

我不能把这一切说成是我的良心斗争。一旦我看到了一种模式并且接受了它,道路就已清楚地摆在面前,所冒的风险也是显而易见的。最使我惊奇的是这些都仿佛是自动形成的,从一件事自然引出另一件事,彼此又都十分契合。我注视着它的发展,只是稍稍干预,略加引导而已。

我在从事打算要干而且已经干了一点的这件事情时,心里完全明白它跟我格格不入,但它却是要骑上一匹高头大马所必不可缺的马镫。而一旦骑上以后,就再不需要这个马镫了。也许我已没法停止这件事,但我也确实不想再去发动另外一件事。我并不需要也不想去当这个阴暗险恶的国家里的一位公民。我跟预定七月七号上演的这幕悲剧毫不相干。它不是我的事,不过我可以有所预见,也可以加以利用。

我们最古老但却常常被证明不实的神话之一,就是说一个人的思想总是显露在脸上,眼睛是心灵的窗子。实际并不是这样的。只有病痛才会显露出来,再不然就是失败和绝望,这本来也就是另一种形式的疾病。少数罕见的人能够洞察隐秘,能感觉到变化或者听到神秘的讯息。我觉得我的玛丽就能感觉到变化,但她却对它作了错误的解释,而玛吉·扬-亨特我觉得是明白就里的,不过她是个女巫,这是桩令人费解的事。我觉得她不但神秘而且很有智慧,这就更叫人费解了。

我料定贝克先生准会在节日外出,或许就在独立节周末前的星期五下午。风波可能在星期五或者星期六爆发,以便来得及在选举前产生影响,所以有理由设想贝克先生会设法在事变发生时置身事外。当然,这对我并没多大关系。这里主要是发挥预见的问题,不过这种情况却确实使我有必要在星期四采取某些行动,要是他真在那天晚上离开了的话。我星期六要干的事是那么万无一失,简直闭着眼都能去干。如果说还有些胆怯的话,那也仿佛只是稍稍有一点演员登台前的上场慌罢了。

星期一,六月二十七日,我刚开店门后不久马鲁洛就进来了。他到处转着,神色古怪地望望货架,现金出纳机,冷藏柜,还走到后面货房里四处瞧瞧。看他那副神情,你简直会以为他还是初次见到这些东西。

我说:"四号那天准备出去跑跑吗?"

"你干吗问这话?"

"嗯,只要花得起钱,谁都会去的。"

"哦!我能上哪儿呢?"

"别人上哪儿呀?卡茨基尔,甚至上蒙托克,去钓钓鱼。金枪鱼群正好来啦。"

一想到对付拼命潜水逃跑的三十磅重的大鱼,就使他两臂连肩都感到了风湿痛,以致他一面弯着胳膊,一面皱眉蹙额。

我差点想问出来:他什么时候上意大利,但这似乎太过分了。我没开口,却走过去轻轻握住他的右手臂弯。"阿尔菲奥,"我说,"我觉得你真是个傻蛋。你干吗不上纽约去找最好的专家瞧瞧?总会有什么药能止痛的。"

"我不相信医药。"

"这对你又会有什么害处呢?去吧。试试看。"

"你干吗要这么关心我?"

"我倒不。不过我已经在这儿替一个傻瓜蛋的意大利杂种干了那么多年。即使是一只狗痛得这么厉害,我也会觉得仿佛是自己身上在痛似的。你每次走进来弯着两条胳膊,我就仿佛自己也要过半个钟头胳臂才伸得直似的。"

"你挺喜欢我么?"

"见鬼,一点也不。我只不过是巴结巴结你,好让你给我提薪水。"

他用一双猎狗似的眼睛直盯着我,眼皮发红,深褐色的虹膜和眼珠混在一起,几乎分不出。他似乎想说什么,又改变了主意。"你是个好小伙子。"他说。

"可不见得。"

"是个好小伙子。"他激烈地说,接着仿佛为自己的流露感情吃了一惊,连忙跨出店门,走掉了。

我正在替戴维森太太称两磅菜豆,马鲁洛忽然匆匆跑了回来。他站在门口向我喊道:

"你坐我的庞迪亚克去。"

"什么?"

"星期天和星期一上哪儿去跑跑。"

"我可花不起这笔钱。"

"你带小家伙一起去。我已经告诉车房你要去取车。油箱也灌满了。"

"等一等。"

"见你的鬼。带小家伙一起去。"他把个像纸团似的东西朝我一扔,落在菜豆上。戴维森太太目送着他又匆匆沿着街跑走了。我从菜豆堆上捡起那个绿色纸团,——是叠了好几摺的三张二十块头的钞票。

"他怎么了?"

"他是个爱激动的意大利人。"

"一点不错,还扔钱呢!"

从那以后他一整个星期都没有露面,所以看来诸事顺利。过去他从来没有不预先告诉过我就悄悄离开的。情况就好像是瞧着游行队伍在身旁经过似的,只是站在那儿瞧着它过去,明知道下一辆彩车上摆的是什么,却还是期待着它出现。

我从不曾料到借庞迪亚克的事。他从来没把车借给任何人用过。这可真是个老出怪事的时候。似乎有某种外力或者意图控制了事态,任意驱使它就像驱使拥挤在栈桥上的牲畜似的。我知道也可能有相反的情况。有时候这种力量或者意图反而会起干扰和破坏的作用,不管事情原来计划得多么深思熟虑。我想大概正因为这样,所以我们才相信所谓运气。

星期四,六月三十日,我跟往常一样在黎明珠灰色的曙光中醒来,在仲夏的这一段时间里它来得特别早。椅子和写字台还不过是一堆黑影,画框只是依稀可辨。白色的窗帘仿佛在呼吸似的飘拂着,因为黎明时常有一阵微风从海上吹来。

刚从睡眠中醒来时,我仿佛同时享受着两个世界——梦中所见的混沌天地和清醒头脑所感觉的现实环境。我尽情地伸着懒腰——有一种又酸又甜的感觉。就仿佛周身的皮在夜间缩小了,必须鼓起筋肉来把它重新撑回到白天的大小,而这样做时有一种麻酥酥的愉快滋味。

我首先检点了一下还能记得的梦境,就好像翻阅一下报纸,看是否有什么重要或者有意思的消息。接着逐一琢磨了这一天里将发生而尚未发生的事情。然后我就干起从我过去一位最好的长官那儿学来的那套把戏来。他叫查理·爱德华，是一位中年的少校，也许做一个队列军官年纪已经有点太大了，但确实是个好军官。他有一大家子人，有位漂亮的太太和一个接一个生下来的四个孩子，因此要是他允许自己的话，他是会被自己对他们的爱和思念弄得心痛难忍的。他跟我讲起过这个。当他整天忙于跟死神打交道的时候，他决不能让爱来分自己的心，因此他想出了一个办法。每天早晨，要是没有战斗警报把他硬从睡梦中唤醒的话，他就一心一意地思念一番自己的亲人。他顺次——地回忆他们中间的每一个，他们是什么样子，长得像谁；他抚爱他们，向他们重申自己的爱。他就仿佛是从珍宝柜里——拣出那些无价之宝来，逐个地瞧瞧它们，摸一摸，吻一吻，然后再把它们放回去；最后向它们悄声道别，随着就关上了柜子的门。这一切总共要花半个钟头，如果他有这么些时间的话；以后一整天里他就不需要再去想他们了。他可以把他的全部精力不受互相矛盾的思想感情的干扰，专心致志地用来从事他正在干的那件事——杀人。他是我所认识的军官中最好的一位。我请他允许我采用他的办法，他答应了。当他战死以后，我唯一的想法就是：他的一生是挺不错、挺有成效的一生。他享受了乐趣，体味了爱，也还清了自己的债，能做到这一点的人，世上又究竟有多少呢？

我并不常用查理少校的办法，但在这个星期四这样的日子里，在我明白必须尽可能不让自己的注意力受到干扰的时候，我在一天的开头醒了过来，马上就像查理少校那样开始访问我的家人。

我按编年史的顺序来访问他们，首先向德波拉姑祖母致敬。她是按希伯来女先知及士师底波拉的名字命名的，我曾经在书上读到过,士师是一种军事长官。也许她倒真是名副其实。我这位姑母完全可以率领军队。实际她的确统率着思想的大军。我并不为了什么明显的好处却仍然很乐于学习,就是受了她的影响。她尽管很严厉,但却极富于好奇心,而且不大喜欢没有好奇心的人。我先向她表示了敬意。接着我举起想象中的酒杯向老船长祝了酒,又低头向我父亲致了意。我甚至还向往事中的一段空白——我心目中的母亲——致了敬。我从来不记得她。她在我记事之前就已经去世了,只留下往事中一段本应由她填补的空白。

有一点使我很烦恼。德波拉姑祖母也好,老船长也好,我的父亲也好,都不肯在我的心里清楚地显现。他们身上有些本来应当像照片那么清晰的轮廓却总是显得模糊不清。有什么法子,也许头脑中的记忆也会消退,就像一块陈旧的铁版照相法那样,背景逐渐扩展,与人像混成了一片。我不可能永远保存它们。

下一个本来应该是玛丽,但是我把她暂时推后。

我先想象亚伦。我已无法想起他童年那副兴奋喜悦的面貌,它曾使我相信人是可以臻于至善的。现在他在我心目中出现时,却已经这副样子——阴沉,自负,怒气冲冲,冷漠而孤僻地沉浸在青春发动期的烦恼痛苦之中,这是个可怕的恼人年龄,他简直像只落入陷阱的狗那样会咬任何走近的人,甚至咬它自己。就是在我现在这幅想象的图画中,他也无法摆脱他那可悲的烦恼神气,而我也只好随他去,至多对他说一声:我明白。我自己还记得那滋味是多么难受,可是我毫无办法。谁也没有办法。我只能告诉你这总会过去的。不过你也不会相信。随你去吧,我总是爱你的,尽管在这段时期里我们简直彼此都感到受不了。

爱伦使我涌起了一阵喜悦。她会长得很漂亮，甚至比她母亲还漂亮，因为一旦她的小脸蛋最后成型时，她会具有德波拉姑祖母那种古怪的权威神情。她的爱闹脾气，她的残酷和神经质，都会成为一个十分美妙可爱的人儿生来的特点。我知道，因为我看见过她在睡梦中站在那儿，把那块粉红的护身宝紧贴在她小小的胸脯上，神气就像一个心满意足的妇女。而且正如这块护身宝过去和现在在我心目中都非常重要，它在爱伦心目中也是这样。或许正是爱伦能把我身上一点不死的东西继承下来，流传下去。因此当我在想象中向她致意时，我伸出双手拥抱了她，而她也一丝不苟地照例在我耳朵上搔了搔痒痒，格格地笑了起来。唉，我的爱伦，我的小女儿！

我掉头看看玛丽，她正在我右边含笑地熟睡着。这正是她合适的地方，当一切愉快顺利并且她有这种愿望的时候，她就可以把头枕在我的右臂上，让我的左手可以自由自在地抚爱她。

前几天我一只食指在店里被切香蕉的弯刀割了一刀，后来指尖上就结起了硬疤。因此现在当我伸出中指摸着她从耳朵到肩头的可爱曲线时，不当心轻轻地惊醒她，也不使她感到痒痒。她像往常那样叹息了一声，深深地吸了口气，接着又舒服地缓缓吐了出来。有一些人最不喜欢醒，玛丽却不是这样。她总是带着一种预期一切都会顺利的心情来迎接新降临的一天。因为明白这个，所以我常常想法给她一点小小的礼品，好使她的信念不致落空。而且我总为某些特殊场合保留着一些礼物，现在我从想象的口袋中掏出来的就是这样一件。

她睁开了还有点睡意蒙眬的眼睛。"已经天亮了？"她问着，望了望窗外看天色到底如何。写字台上方挂着一张图画——树,湖沼,有一只小牛站在水里面。我从床上辨得清牛的尾巴,因此知道天已经亮了。

"我告诉你一个大喜讯,我机灵的小松鼠。"

"发疯啦。"

"我向你撒过谎吗?"

"没准。"

"你是不是已经完全清醒,能听得懂这个大喜讯啦?"

"没有。"

"那还得等一等。"

她向左边翻过身来,柔软的颈项上起了一条褶皱。"你老在开玩笑。这回大概要说你想在草地上铺上水泥了……"

"我没想。"

"或者是想办个专养蟋蟀的农场了……"

"也不是。不过你倒真还记着那些已经放弃了的老计划。"

"这回还是开玩笑么?"

"嗯,这事实在太古怪太神奇了,你得竭力叫自己相信才成呢。"

她现在目光清澈,睡意全无了,我看得出她嘴唇微微颤动着,随时准备笑出来。"告诉我吧。"

"你知道有一个意大利血统的人名叫马鲁洛么?"

"疯话——你又在发傻了。"

"你等等就会明白的。据说马鲁洛已经暂时离开这儿了。"

"上哪儿去啦?"

"他没说。"

"他什么时候回来呢?"

"你别搅。这他也没说。他确实说过而且当我表示异议时还坚决命令过我的,是让我们过节时开他的汽车去作一次快快活活的旅行。"

"你是在蒙我!"

"我会撒个谎以后叫你失望难过吗?"

"可是这到底是为什么呢?"

"这我就不知道了。我可以照童子军的规矩或者照天主教的规矩起誓保证的一点,就是那辆流线型的庞迪亚克油箱里满装着纯净的汽油,听候着阁下您随时使用。"

"可是咱们上哪儿去呢?"

"这就得等你,我的母甲虫太太,来考虑决定,并且用今天一整天,还有明天和星期六两天来作好安排。"

"可是星期一正好是节日,能玩整整两天呢。"

"一点不错。"

"我们花得起这么多钱吗?还得住汽车旅馆什么的。"

"花得起花不起,咱们还是得花。我有一笔私房钱呢。"

"傻子,我知道你会有几个钱。可我简直想不到他肯借车给我们。"

"我也想不到。可是他确实借了。"

"你别忘了,他还送了复活节糖果呢。"

"或许只是老年人的心血来潮。"

"我奇怪他到底想干什么?"

"这不是我的太太应该想的。也许他只不过是要我们喜欢他罢了。"

"我得忙着安排数不清的许多事情呢。"

"我知道你得忙碌了。"我看得出她的头脑正像个压路机似的在孜孜对付着许许多多的设想。我知道她的注意力已经不在我身上,而且一时可能再也不会转回来了,这正好。

吃早饭时,我的第二杯咖啡还没下肚,她就已经提出并接着又放弃了一大半美国东部的游览胜地。我可怜的心肝最近几年来已经长久没有过散心的机会了。

我说:"喂,我知道最近几天不大容易让你注意听我说话啦。有人提出了一个很重要的投资机会。我需要再取用一点你那笔款子。上次的投资挺成功呢。"

"贝克先生知道这事吗?"

"这就是他出的主意。"

"那就取吧。你开张支票就行啦。"

"你不想知道要多少吗?"

"不想。"

"你也不想知道投资的详情?价格,行情,涨落曲线,预计红利,财务情况,以及诸如此类的事情吗?"

"说了我也不会懂。"

"哦,你会弄懂的。"

"嗯,我不想去弄懂。"

"难怪别人要叫你们这样的人是'华尔街的雌老虎'啦。这样冷静、敏锐的生意头脑可真是吓人呢。"

"咱们要去旅行了。"她说。"咱们要去作两天的旅行啦。"

真见鬼,叫一个男人怎么能不爱她,不崇拜她呢?"玛丽是谁……她到底是个什么样的人?"我一边哼着,一边把空牛奶瓶收好,然后上班去了。

我感到需要碰见乔伊,跟他接触一下,但往往不是我稍微走早了一点,就准是他走晚了一点。我拐上正街时,他正好在走进咖啡店。我跟着他走了进去,在他身边一张凳子上坐了下来。"你让我也养成了这个习惯了,乔伊。"

"嘿,霍利先生。这咖啡挺好喝呀。"

我招呼了我那位早先在小学里的女同学。"你早,安妮。"

"你准备做我们这儿的常客了么,伊桑?"

"好像是的。来一杯黑咖啡。"

"是黑的嘛。"

"要像绝望的眼神那么黑。"

"什么?"

"要黑的。"

"你要是能找出点白的来,伊桑,我就给你另倒一杯。"

"工作忙么,莫菲?"

"老样子,只有更糟些。"

"咱们交换工作好么?"

"我愿意,特别是现在快要连放几天假的时候。"

"碰到问题的不止你一个。大家也抢着买吃的东西呢。"

"我想准是这样。我倒没想到这一点。"

"野餐食物,泡黄瓜,灌肠,还有——天晓得,还有棉花软糖！你瞧真够受的吧？"

"碰上星期一是节日，又是个好天气，那还是小事吗？再说，就连我们那位全能的上帝也觉得需要上山间去休息休息，开开心啦。"

"贝克先生么？"

"当然不是说詹姆斯·布莱恩①喽。"

"我正想要见他，一定要见他呢。"

"那你就试试去找他吧。他这会儿就像个落进手摇鼓里的银角子似的，正蹦个不停哩。"

"我可以把三明治送到你的战斗岗位上，乔伊。"

"我也正想请你这么做。"

"这次的咖啡归我付吧。"

"行。"

我们一起穿过街走进巷子。"听你口气情绪不太高呀，乔伊。"

"是不高。我为别人的钱操心得实在够累了。周末我已经订了个跟女人的约会，可到时候说不定会弄到精疲力竭，简直上不了阵。"他塞了团口香糖纸在锁心里，一边进去，一边说了声"再见！"就关上了门。我推开门说："乔伊！今天你要三明治吗？"

"不要，谢谢你。"他从充满地板蜡气味的暗沉沉的屋子里高声回答着。"星期五或许要，星期六一定要。"

"你中午不休息吗？"

---

① 詹姆斯·吉莱斯皮·布莱恩（1830—1893），美国共和党政治家，两次出任国务卿。

"我不是告诉过你吗，银行休息，可是莫菲不休息。"

"有空上我这儿来吧。"

"谢谢，谢谢你，霍利先生。"

这天早上我对我那些货架上的部下没什么要说的，只招呼了一句："早上好，先生们——稍息！"九点差几分，我身围围裙，手持扫帚，已经走出前门，在打扫人行道了。

贝克先生一向那么准时，就仿佛听得见他在嘀嗒嘀嗒地走动似的，我简直相信他肚子里真装着一根游丝。一到八点五十六分或五十七分，他就从榆树街走来；八点五十八分，他穿过马路；八点五十九分，他正走到玻璃门口，这时，我像举枪致敬似的提起扫帚，拦住了他。"贝克先生，我想跟你谈几句话。"

"你早，伊桑。稍等一下好吗？跟我进去说。"

我跟着他走了进去，那儿情况正像乔伊所说的那样，就像是在举行宗教仪式。钟上时针一指到九点，他们真的全体肃立。巨大的保险柜钢门喀嗒一响，发出唑唑的声音。接着乔伊拨了一个秘密的号码，并旋转带动锁簧的轮子。那个最神圣的圣物就庄严地打开了大门。排列整齐的钞票向贝克先生默默致敬。我恭立在栏杆外面，就像一个卑微的受圣餐者在等着领一块圣餐面包。

贝克先生转过身来。"好了，伊桑，你要找我有什么事吗？"

我轻声说："我要单独跟你谈几句话，可是不能长时间离开铺子。"

"能稍等一等么？"

"我怕不行。"

"你店里该有个助手就好了。"

"这我也知道。"

"一会儿我有时间去一趟。泰勒有消息么?"

"还没有。不过我已经安下一些眼线。"

"我尽量去一趟。"

"谢谢你,先生。"不过我有把握他一定会来的。

没过一个小时,他果然来了,而且站在那儿一直等到正在店里的顾客离开。

"好吧,你有什么事呀,伊桑?"

"贝克先生,医生、律师或者牧师都有保守秘密的规矩。银行家也有么?"

他笑了笑。"你听说过哪一个银行家跟别人谈论过他存户的财产情况么?"

"没有。"

"那你倒什么时候试着问问看,看你能不能问出点什么来。而且除了这种习惯,我还是你的朋友嘛,伊桑。"

"我明白。我想我大概是有点心绪不宁吧。我已经多年没有碰上过什么转机了。"

"转机?"

"我全明摆出来吧,贝克先生。马鲁洛碰到麻烦了。"

他向我凑近一些。"哪一方面的?"

"详情我也不清楚,先生。我想大概是非法入境问题。"

"你怎么会知道的?"

"他自己跟我说过——当然也没怎么明说。他这人你是知道的。"

我几乎看得出他的脑子正在飞快地转,抓住种种零星事实,竭力把它们拼凑在一起。"还有呢?"他说。"这可是要遣送出境的呀。"

"我怕是的。他对我不错,贝克先生。我不愿意做什么不利于他的事情。"

"你也该顾顾你自己,伊桑。他有什么建议么?"

"说不上是什么建议。我得从他那一大堆慷慨激昂、冠冕堂皇的废话里自己去琢磨出来。不过我弄明白了一点:要是我手头有五千块现钱,我就能把铺子买下来。"

"看起来他是想溜之大吉了——不过你还没完全弄清楚。"

"我什么事都没有真正弄清楚。"

"这么说也就不至于会被控告同谋了。他没告诉过你任何具体的情况么?"

"没有,先生。"

"那你怎么会想到那个数目的呢?"

"这并不难,先生。这就是铺子全部家当所值的钱。"

"不过你或许可以花更少的钱就买下它吧?"

"也可能。"

他用敏捷的目光打量了一下铺子,估量着它的价值。"要是你的假定没有弄错的话,你这笔交易倒是挺不错的。"

"我不大会对付这类事情。"

"你知道我不喜欢搞桌面下的交易。或许我可以去跟他谈一谈。"

"他离开镇上了。"

"什么时候回来?"

"我不知道,先生。记住,我不过是有这么个印象,就是他可能会回来,而且如果我有现款,他也许肯卖。他挺喜欢我,你知道。"

"我知道他喜欢你。"

"我不愿意觉得自己是在占他的便宜。"

"他随时可以再从别人身上赚回来的。他可以毫不费力地再从……任何人身上赚回一万来。"

"再说我是不是也有点野心太大了。"

"唉,别老那么想不开啦。你首先得顾着你自己。"

"我自己是其次。钱是玛丽的呀。"

"这话也不错。好吧,你到底打算怎样?"

"嗯,我想是不是先请你准备好几份字据,日期和款数空着。然后我准备星期五去把钱取出来。"

"为什么是星期五?"

"嗯,这仍旧是根据猜测,不过他的确讲起过过节时人人都要离开。我猜想他那时可能会露面的。他在你那儿还有账户么?"

"真的,没有了。不久前他刚刚全部提走。他说是要去买股票。我当时并没在意,因为他以前也这么做过,而且常常再重新存入,比原来提走时还要多。"他直瞪瞪地盯着正站在冷藏柜旁边的一位脸蛋红红的莱因戈尔德小姐,但对她的含笑招呼却并不理睬。"你知道你在这件事上可能会严重失算么?"

"这话怎么讲?"

"一方面,他还有可能找到许多别的买主,另一方面,也有可能这铺子已经几乎完全抵押出去,根本谈不到什么产权了。"

"这我或许可以到县政办事处去查清楚。我知道你忙得很,贝克先生。我是仗着你对我们一家的友谊才这样打搅你的。同时你也是我唯一懂得这类事情的一位朋友。"

"产权契约的事我会去找一趟汤姆·沃森的。该死,伊桑,时间真不巧。我明晚正要去作一次短期的旅行。要是他真是个不法之徒,你也可能连累进去。连累得很深。"

"那么也许我还是放弃算了。可是天哪,贝克先生,我做个杂货店员实在是做腻啦。"

"我没说放弃算了。我只是说你是在碰运气。"

"要是我能拥有这个铺子,玛丽一定会高兴的。不过我想你是对的。我不能拿她的钱去下赌注。我觉得我最好还是把那个联邦调查局的人找来。"

"那样你就会把你的有利条件全丢掉了。"

"为什么?"

"要是他被判遣送出境,他可以通过代理人出售产权,那样这家铺子可以卖到的价钱,会远远超出你付得起的数目。你并不知道他确实想悄悄溜掉。既然你不知道,那你又怎么能告诉他们他确实想溜呢?你甚至还不知道他是不是已经被发现了呢。"

"这话是真的。"

"实际上你对他的情况完全不知道——并不确实知道。你方才告诉我的话,都只是些模糊的猜测,是这样吧?"

"是的。"

"因此你最好还是别去管它。"

"付清现款却并没有登记备案,这看起来不会显得可疑么?"

"你可以要求在收据上写明——哦,比如说,'作为与马鲁洛先生合资经营食品杂货商业的投资'这类话。这可以算作是你付款意图的记录。"

"要是这一切都不起作用呢?"

"那就重新把钱再存进银行呗。"

"你认为值得冒这次险么?"

"要知道——任何事情都是一种冒险,伊桑。身上带着这么大一笔钱就是一种冒险。"

"我会小心的。"

"我但愿自己不是有事必须出门去。"

我对时间的估计仍旧是不错的。在我们谈话的过程中店里没有一个人进来,这会儿就一下进来了六七个——三个妇女,一个老头,两个小孩。贝克先生靠近一点,轻声地说:"我会全拿一百块一张的钞票来,并且把号码记下。这样要是他们逮捕了他,你就可以把它们追回来。"他庄重地向那三个女人点点头,对老头子说了声:"早上好,乔治。"又用手捋了捋孩子们乱蓬蓬的头发。贝克先生是个挺聪明的人。

第十四章

七月一日。它把一年分为两半,就像头发中的头路似的。我已预见到这对我来说将是一个分界线——昨天是这样一个我,明天就会是不同的另一个我了。我已经采取了一些行动,它们是再也无法挽回的了。时间和事件都在顺利进行,仿佛都与我密切配合似的。我从来不竭力寻找冠冕堂皇的理由,向自己掩饰我正在做的事情。没有谁强迫我走我所选择的道路。我是暂时采用一种行为方式,来换取安乐、自尊和可靠的生活保障。我完全可以聊以自慰地说,我是为了我的家人而这样做的,因为我明白我只有在他们的安乐中才能得到自尊感。不过我的目标是有限的,一旦达到目的,我仍旧可以恢复我自己的行为方式。我知道我是做得到的。战争并没有把我变成个杀人犯,尽管有一段时期我净在杀人。每当侦察队被派出执行任务,料到其中有些人将会战死时,我并不像某些人那样会涌起一种贡献牺牲的乐趣,也无法原谅或者宽恕这一切。最主要的是要如实地确知这样做所要达到的有限目标,而一旦达到了,就要马上停止,不再继续。但要做到这样,我就必须明白自己在做什么——求取生活保障和自尊感——而决不自欺欺人,然后就及时停止它。我从打仗中知道,伤亡者是事件本身的牺牲品,而并不是谁的愤怒、仇恨或者残酷的牺牲品。而且我相信一旦达成谅解,胜利者和失败者,杀人者和战死者之间是可以有爱的。

但是丹尼那潦草写成的字据却真叫人伤心难受,马鲁洛那充满感激的眼神也是一样。

我并没有像平时听说人们在决战前夕常有的那样夜不能寐。睡意来得迅速、深沉而彻底,黎明前醒来时也精神焕发。我没有像往常那样在黑暗中静躺在床上,而急于想去重访一下我过去的生活。我轻轻溜下了床,在浴室里穿上衣服,挨着墙走下了楼梯。确实连自己也觉得奇怪,我直接走到玻璃橱旁,打开橱门,凭着触觉找到了那块粉红色的石头。我把它放进口袋,关好并且锁上了橱门。我一辈子从来没有把它带走过,而且也从没想到这天早晨我会那样做。我凭记忆穿过厨房走出后门,踏上逐渐朦胧可见的院子。枝桠交叉的榆树已经绿叶繁茂,简直遮成了一个暗沉沉的洞穴。要是此刻马鲁洛的庞迪亚克在我身边的话,我准会驾着它开出新港镇,到我童年回忆中的那个正在苏醒的天地里去。我用手指摸着口袋里那块温热的护身宝上找不到尽头的波纹——护身宝?

我还很小时就逼我上髑髅地去的那位德波拉姑祖母,在字眼上一丝不苟得简直就像是机器。她不能容忍字眼含混,也不让我犯这类毛病。她是多么坚强有力呀,这位老太太!要是她希望长生不老的话,那么她已经在我的心里达到了这个目的。当初她看见我用手指在摸索那谜样的花纹时,她曾说:"伊桑,这块古里古怪的东西倒可以做你的护身宝呢。"

"什么叫护身宝？"

"要是我讲给你听，你心不在焉，就不会真正记住。自己去查查吧。"

许多字眼所以能被我记住，全靠德波拉姑祖母先是引起我的好奇心，然后又迫使我自己花力气去寻求答案。自然，当时我反驳说："谁高兴去查！"但她知道我会一个人偷偷去查找的，因此她有意清楚地念一遍让我记住。护—身—宝。她非常重视字眼，最讨厌乱用它们，就像她讨厌粗心摆弄任何精致的东西一样。如今，过了那么多年之后，我仿佛仍旧能看到那一页字典，看到我在缠夹不清地念这个字眼——"护身宝"。阿拉伯文我觉得只是些弯弯扭扭的线，头上戴个圈圈。希腊文我读得出，也全亏这位厉害的老太婆。"一块上面刻有图画或文字的石头等物，被认为因制造它时的星象感应和天体方位而赋有通灵的魔力，常被作为护身符佩带以消灾降福。"这时我就只好再去查"通灵"、"星象"、"天体"、"护身符"等等。老是这样，一个字眼又惹出了别的许多个，就像点燃了一串爆竹那样。

后来当我问她"你相信护身宝么？"的时候，她回答说："这跟我相信不相信有什么关系？"

我把它塞在她手里："这些图画或者文字是什么意思？"

"这是你的护身宝，又不是我的。你希望它是什么意思就是什么意思。把它放回橱里去吧。它会等着你什么时候用到它的。"

现在，当我正走在榆树遮成的洞穴里时，她就像当年活着的时候那样栩栩如生，这可的确是真正的长生不老啊！那花纹互相交错重叠，前后环绕，仿佛是一条无始无终、无头无尾的蛇。我第一次把它携在身边带了出来——是为了消灾？还是为了降福？我一点也不相信算命，而长生不老我也总觉得是对灰心失望者的一种可怜的安慰。

东方明亮的天边代表着七月的来临，因为六月已在昨夜消逝了。要是说六月是金子，那么七月就是黄铜，六月是银子，七月就是灰铅。七月的树叶肥厚、壮实、繁密。七月的鸟儿歌唱是一种缺乏热情的浮夸叠句，因为这时巢中已空，胖胖的雏鸟已经在笨拙地跃跃欲飞了。不，七月已不是期望但也不是满足的月份。果实已在长大，但既不红熟也不香甜，谷物是青绿的细束，长着嫩黄的穗子。南瓜的脐眼上仍带着已枯的花冠没有脱落。

我走向波洛克街——饱暖富足的波洛克街。越来越浓的黄铜色曙光照出玫瑰树丛中满是已经快要开残的花朵，正像有些妇女尽管两腿还很漂亮，但她们的胸衣已经遮掩不住她们那日渐肥大的肚子。

当我慢慢地走着时，我发现自己不是在口上，而是在心里说着——不是"别了"，而是"再见"。"别了"听来有一种甜蜜的惋惜意味。再见却是短促而斩钉截铁的，仿佛长着尖利的牙齿，一下就咬断了过去和未来之间的联系。

我走到了旧港口。刚才是在向谁说再见呢？我也不知道。已经记不起来了。我想我本来是想上"那地方"去的，但一个傍海而生的人一定会知道，现在是涨潮的时候，那地方正浸在一片黑沉沉的海水底下。昨晚我看见出世还只有四天的新月，形状仿佛是一根粗粗、弯弯的外科手术针，但已经有力量把潮头吸进"那地方"的洞口里去了。

怀着希望去访问丹尼的木棚也毫无必要。天色已经够亮，可以看到小径上被丹尼的脚踏倒过的草儿都已经重新长直了。

旧港里到处散布着夏季游艇，修长的船身，船帆用穿着绳子的油布套罩着，不时可以看见一两个早起的船主人已经在做准备，清理好桁木，安上船头三角帆和主帆，把主帆上的大三角帆打开来，就像有点弄乱了的巨大雪白的鸟巢。

新港里更加热闹些。出租游船正系在岸边等候着游人，狂热的夏季捕鱼人，他们花了船钱，捕了不少鱼堆满在甲板上，到了傍晚却茫然无措，不知道怎样来处理它们才好，成袋、成筐、成堆的鲱鱼、鳈鱼、黑鱼、海鲈鱼，甚至还有细长的小鲨鱼，都要被乱七八糟地压坏，弄死，最后扔回海里让海鸥去吃。而海鸥也成群地飞集、等待着，知道这些夏季的捕鱼人准会被他们的丰收弄得心烦意乱。谁愿意去洗剖整麻袋的鱼？而放弃这些鱼，确实要比捕捉它们更加不容易。

海港现在水平似镜，笼罩在青铜色的晨光下。航道边上箱形和纺锤形的浮标静止不动，每一个下面的海水中都有一个它们的倒影。

我转身走近旗杆和大战纪念碑，在碑上用银字刻出的生还英雄姓名中找到了我的名字：伊·艾·霍利上尉，而在下面用金字刻着的，就是战死未归的十八名新港人的姓名。我熟悉他们中大多数人的名字，一度还熟悉过他们本人——都跟旁人没有什么两样，但如今用金字刻着，就显得不同了。有短短的一会儿，我心中但愿自己也能跟他们一起列在下面的名单里，用金字刻出：伊·艾·霍利上尉。在这儿脓包和假病号，屠头和英雄都在金字下面混在了一起。勇敢的人不仅常常战死，而且战死的机会更多。

胖子威利开着车过来，在纪念碑旁停下，从身边的座位上拿出旗子来。

"嘿，伊桑。"他说。他套上铜质索环，把旗慢慢升到杆顶，旗子无精打采地挂在那儿，活像个被吊死的人。"它不大合用啦。"威利微微喘着气说。"瞧瞧它。再过两天，就要升一面新的了。"

"有五十颗星的么？"

"没错。我们弄了面尼龙的，大极啦，有这面的两倍那么大，可还没有它一半重。"

"事情顺手么，威利？"

"没什么——可我还是要抱怨。每逢这个独立节事情总是乱糟糟的。刚巧又是礼拜一，这就准会有更多的意外，打架、酗酒闹事——镇外的酗酒闹事。要搭车上店里去么？"

"不，谢谢你。我还得上邮局去一趟，而且我还想去喝一杯咖啡。"

"行，我送你去。我甚至还想跟你一块去喝杯咖啡呢，可惜斯托尼专爱找碴，活像只疯狗似的。"

"他有什么烦心事呀？"

"天晓得。出去了好几天，回来就变得又凶又爱找碴。"

"他上哪儿去啦？"

"他没说，可是回来时就老爱找碴。你去寄信，我等着你好了。"

"不用麻烦了，威利。我要发不止一封信呢。"

"那就随你吧。"他倒了一下车，然后就顺着正街开走了。

邮局里还很暗,地板刚打过蜡,挂着块小牌子:"地滑,请小心。"

我们从早先邮局刚造起来的时候起就一直使用着第七号信箱。我拨了 G2/1R 这个暗号,取出了一大叠不指名地直接寄给某某号信箱的赊销方案、商品广告之类。就只有这些东西,只好拿去填废纸篓。我沿着正街走去,原想去喝杯咖啡,但最后又改变了主意不想去喝,或者是不想谈天,或者是……我也说不清是为什么。我就是不想上"前桅"咖啡店去了。老天,男人——我想女人大概也一样——满脑袋装着多少乱七八糟、前后矛盾的冲动啊。

我正在打扫人行道的时候,贝克先生又"嘀嗒嘀嗒"地准时从榆树街出来,走去主持那打开定时锁的仪式。当我心不在焉地正把香瓜摆到门边的货摊上去时,一辆老式的绿色装甲保险汽车开到银行门口。两个像武装民团似的押运员从后座上下来,把几个装钱的灰色麻袋搬进了银行。约摸过了十来分钟,他们走出来又爬上了那座密不透风的堡垒开走了。我猜想方才当莫菲点数、贝克先生核对后开给收条的时候,他们得站在旁边等着。为钱财费的事可真不少啊。正像莫菲所说的,你真会被别人的钱弄得厌烦透顶的。从麻袋的大小和重量看来,银行大概已预料到过节前准会有大量的取款。要是我是个抢劫银行的老手,现在倒正是持枪行劫的好时候。可惜我并不是此中老手。我所知道的一点门道全是从我的好朋友乔伊那儿听来的。他要是想干的话倒真会成为这一行里的大亨。我确实奇怪他干吗不想去干,即使只是为了检验一下自己的理论也好呀。

这天早上生意简直忙不过来,比我原来料想的还要厉害。阳光又猛烈又炙人,几乎一点风也没有,这真是逼得人不管愿意不愿意都得出城去度假的天气。等着我去招呼的顾客排成了长队。不管怎样,我知道我非得有个帮手不可了。要是亚伦不顶事,我也得赶走他另外再找一个。

当十一点左右贝克先生进来时,他显得很匆忙。我只好对几个顾客暂时怠慢一下,跟他一起走进后面的堆房里去。

他交给我一大一小两个信封,因为十分匆忙的缘故,他就像口授速记似的飞快地说:"汤姆·沃森说铺子账务没问题。有没有出过债据他不知道。他想大概没有。这是转让契约,只要在我划出的地方签字就成了。钞票上都做了记号,记下了号码。这是现款收据。你签个字吧。我很抱歉那么匆忙,伊桑。这样办事情我本来是最讨厌的。"

"你的确认为我应当进行下去么?"

"真见鬼,伊桑,我已经费了那么多事……"

"对不起,先生,对不起。我明白你是对的。"我把收据放在装罐头牛奶的纸箱上,用我那支不褪色的化学铅笔签了字。

贝克先生尽管匆忙,还是验看了一下收据。"先开口出两千块。然后再一次加两百。你自然也知道,你在银行账户上还只剩五百块钱了。要是你再不够,那就真要了命了。"

"要是一切顺利的话,我可以凭铺子贷款么?"

"要是你想让利息拖垮的话,自然可以。"

"我真不知道该怎么感谢你。"

"别心软,伊桑。别让他可怜巴巴地说动了你。他会说得天花乱坠的。意大利人都会这一套。一定要记着顾你自己。"

"我真太感激你啦。"

"得走了。"他说。"我要趁中午的车辆高峰之前先开上公路。"他匆匆走了出去,差点在店门口把威洛太太撞了一跤,她方才正在那儿把摆着的每个甜瓜都摸索了两三遍。

这一天的忙乱一点也没有减轻的样子。我觉得街上的炎热似乎弄得人十分急躁,动辄吵嘴。你简直会以为人们不是在准备过节,而是在积储东西预防灾难似的。即使我想那么做,恐怕也抽不出时间去送三明治给莫菲。

不但要招呼顾客,我还得要小心注意才行。有不少顾客是夏季游客,不是本地人,你一不注意他们就会偷拿东西。他们就像是情不自禁的。而且拿的常常并不是他们真正需要的东西。最容易引人打主意的是那些小小的美味食品罐头,鹅肝泥,鱼子酱,小蘑菇。难怪马鲁洛要我把这些东西摆在柜台的后面,那儿顾客是不能去的。他告诉我,抓住一个在店里偷东西的人不是桩好事情。它会弄得人人都不舒服,这也许是因为每一个人——唔,至少从心底里来说——都不是清白无辜的。可以说最好的办法就是把损失转嫁到别的顾客头上去。不过当我一看见什么人过分挨近某些货架流连不去,我就会预先一语道破他的这类意图似的说:"这种喝鸡尾酒时吃的小葱头可真不算贵呢。"我曾看到有些顾客会猛吓一跳,就仿佛被我看穿了他的心思似的。在这些事情上最使我难受的就是疑心别人。疑心别人是很不愉快的。它常弄得我发火,仿佛一个人无故伤害了许多人似的。

这一天越来越叫人厌烦,时间也好像过得特别慢。刚过五点,斯托尼警长走进店来,样子瘦削、阴沉,像浑身带着毒气似的。

他买了一份"电视午餐"①——家常牛排，胡萝卜，土豆泥，全是做熟了装在一只铝饭盒里冷藏着的。

我说："你的样子好像中了暑似的呢，警长。"

"嗯，我没什么。我觉得挺好。"可他那副神气却挺糟糕。

"你要两份么？"

"只要一份。我妻子出门作客去啦。当警察的简直没有放假的日子。"

"真糟糕。"

"也许还是不放假好。有那么些乱七八糟的人在这儿逛，我反正也没多少时间待在家里了。"

"我听说你出门去了。"

"谁告诉你的？"

"威利。"

"他真该学会闭着他那张鸟嘴别到处乱说。"

"他没什么恶意。"

"他那个脑袋瓜蠢得也起不了什么恶意。可也许蠢得够害他坐监牢。"

"可是谁不蠢呢？"我故意这么说，但它引起的反应甚至还超过了我的预料。

"你这话倒是什么意思啊，伊桑？"

"我的意思是说咱们有那么多法律限制，弄得你简直连吸口气都会触犯某一条。"

---

① 一种可供看电视时边看边吃的盒装便餐。

"这倒是真话。多得叫你都弄不清啦。"

"我正想问问你,警长,我在大扫除的时候找到一支旧手枪,又锈又脏。马鲁洛说那不是他的,自然也并不是我的。我该拿它怎么办呢?"

"把它交给我吧,要是你不想去申请执照的话。"

"我明天从家里拿来。我把它浸在一桶机油里了。这类东西你是怎么处理的呢,斯托尼?"

"哦,查一查它有没有什么问题,然后就把它扔进大海里完事。"他似乎情绪好了一点,但这一天是那么长、那么热。我可不能让他好过。

"还记得几年前州里出过一件案子么?警察把没收来的枪卖给人家呢。"

斯托尼装出一副鳄鱼式的笑脸和鳄鱼式的天真无邪来。"我这个星期真够受的啦,伊桑,真够受的啦。要是你是想故意逗弄我的话,可千万别那样,因为这星期真够我受的啦。"

"对不起,警长。有什么事可以让一位正经的公民帮帮你的忙么?比如跟你一块喝它个醉。"

"但愿到圣诞节我能这样。现在我能想到的事情中最高兴的就是喝它个醉了。"

"那你干吗不喝呀!"

"你听说了?不,你怎么会听说呢!但愿我能知道那是谁在那儿发动,又是为了什么目的就好了。"

"你在说些什么呀?"

"忘了这事吧。哦不,别忘了。你跟贝克先生是朋友。他近来干了什么新交易么？"

"我还不是他那么知心的好朋友，警长。"

"马鲁洛怎么样？他上哪儿去了？"

"到纽约去了。他想去检查一下他的关节炎。"

"我的天。我不明白。我真不明白。只要稍微有点线索，我就知道该朝哪儿奔了。"

"你的话说得简直有点混乱不清呀，斯托尼。"

"对，是这样。我本来已经说得太多了。"

"我不算太聪明，不过要是你想要谈谈心里话……"

"我不想，不，我不想。不管他们到底是谁，他们总没法找碴说我把事情泄露了出去。忘记这事吧，伊桑。我不过是心情有点烦恼。"

"对我你也用不着怕泄露什么了，斯托尼。听说那叫什么——大陪审团？"

"那么说你的确知道？"

"稍微知道点。"

"那到底是为了什么？"

"进步。"

斯托尼凑近我身边，用他那钢铁一样的手紧紧抓住我的上臂，紧得叫我发痛。"伊桑，"他恶狠狠地说，"你觉得我是个好警官么？"

"再好没有了。"

"我想做到。尽量想做到。伊桑……你认为强要一个人去告发他的朋友以便挽救他自己，这是对的么？"

"不，我认为不对。"

"我也是这样。这样做的政府当局我是不会敬重的。最叫我害怕的事，伊桑，是……我以后再不会是一个好的警官了，因为我对自己干的这一行都不再感到敬重啦。"

"他们抓到了你的什么毛病么，警长？"

"正像你刚才说的。有那么多法律条文，你简直喘一口大气都会违犯了某一条。可是我的老天，那些人都是我的朋友啊！你不会说出去的吧，伊桑？"

"不，我不会的。你忘了拿你的电视午餐了，警长。"

"哦，对！"他说。"我现在要回家去脱了鞋，好好看看电视里说的那些警察是怎么干的。你知道，有时候家里一个人也没有，倒正巧能好好地休息一下。回头见，伊桑。"

我喜欢斯托尼。我想他是个好警官。我真不知道事情到底会怎么发展。

我正在把水果箱从门口拉进来，准备关店的时候，乔伊·莫菲踱了进来。

"快些！"我说着，连忙关上两扇店门，放下暗沉沉的绿窗帘。"说话轻声点。"

"你搞些什么鬼呀？"

"怕有什么人想来买东西。"

"哦，我明白了。天啊！我真讨厌碰到节日。人人都把身上的坏东西暴露出来了。大家出门时兴奋得发疯，回来时精疲力竭。"

"喝杯冷饮，等我料理好善后好吗？"

"我无所谓。有冰啤酒么？"

"只能拿出去喝。"

"我会拿出去的。你只要打开罐头好了。"

我在啤酒罐上打了两个三角形的眼,他放开喉咙灌了下去,一下就把它喝干了。"唉!"他舒了口气,把罐头放在柜台上。

"我们也要出去旅行了。"

"可怜虫。上哪儿?"

"我不知道。我们还没吵出个结果来呢。"

"就要出事了。你知道是什么事情么?"

"你提个线索。"

"我提不出。我只是隐隐感觉到。我头颈后面的汗毛直竖。这是个靠得住的预兆。人人都好像有点出了常轨。"

"或许只不过是你的想象吧。"

"也许。不过贝克先生从来不度假,这回却心急火燎地忙着出门去。"

我大笑起来。"你复核了你的账本么?"

"你听到什么风声了吗?我的确核过了。"

"你在开玩笑。"

"我从前认识一个小市镇上的邮政局长。手下有个流鼻涕的小家伙,名字叫拉尔夫——浅黄头发,戴眼镜,尖下颏,颈腺肿大得像害甲状腺病似的。这个拉尔夫偷邮票被抓住了——大量的邮票,说不定要值一千八百块钱光景。他一点办法也没有。真是个流鼻涕的脓包。"

"你是说他并没偷么?"

"偷不偷反正都一样。我就机灵得多。要是我,只要有办法防止,就决不会被抓住。"

"所以你才老不结婚么?"

"倒给你猜中了,的确,这正是一个原因。"

我折好围裙,放进现金出纳机下面的抽屉里。"老是疑神疑鬼实在太费时间也太麻烦了,乔伊。我可没工夫去想这些事。"

"在银行里干就非得这样不可。一次不小心就完蛋了。只要稍微说漏了点嘴。"

"你真对什么都疑神疑鬼么?"

"这是一种本能。只要情况稍稍有点不对头,我心里就马上发出了警报。"

"这过的是什么日子啊!你这全是真话么?"

"大概不是吧。我不过是希望你要是听到什么风声的话,会马上告诉我——当然,是指跟我有点关系的。"

"我想不管我知道什么事情,我都愿意告诉任何人的。或许正因为这样,所以谁也不告诉我任何事情。回家么?"

"不,我想还是上街对面去吃点算了。"

我关上了门前的灯。"从巷子里出去行吗?你瞧,明早街上还不拥挤的时候我就给你送三明治去。一份夹火腿、一份夹干酪的黑麦面包,生菜和蛋黄酱,对么?再加一夸脱牛奶。"

"你该在银行里工作的。"他说。

我猜想他并不因为是单身汉,就一定比别人过得寂寞。他在"前桅"门口跟我分了手,我一时倒真愿能跟他一块进去。我想象得到家里这会儿准是闹翻天了。

果然不出所料。玛丽已经想好了旅行的计划。离蒙托克海岬不远有个旅游牧场,备有平时在所谓成年人西部片中看得到的种种稀奇古怪的东西。妙就妙在它是美国最古老的一个畜牧场。在谁都还不知道得克萨斯州的时候它就已经是牧场了。第一个特许证还是查理二世颁发的。早先那些准备供应纽约的牛群全在这儿放牧,牧人都像陪审员似的通过抽签选出来在这里工作一定的时期。不用说现在已全是银马刺和牧童好汉之类演戏似的那一套了,不过牧场上倒还是有那些红赤赤的牛群在那儿吃草。玛丽觉得星期天在那儿的客舍里过一晚倒是挺不错的。

爱伦却想上纽约去,住在一家旅馆里,在时报广场上度过这两天。而亚伦根本不想去,不管上哪里。这是他的一套引人注目的办法,借此来强调他的存在。

屋子里真是怨气冲天——爱伦是慢条斯理一滴滴地淌着她那没完没了的眼泪,玛丽是因为计划受阻弄得满脸通红、精疲力竭,亚伦躲开别人绷着脸坐在那儿,独自听着他那袖珍收音机里的广播——一个半歇斯底里式的嗓子一会儿吵吵嚷嚷一会儿哼哼唧唧地唱着一首恋爱和失恋之歌:"你曾经发誓要对我忠实,却突然把我温柔而孤独的心扔在地板上踩个粉碎。"

"我简直什么都不想管了。"玛丽说。

"他们只是想帮忙出出主意。"

"他们就像是千方百计故意刁难似的。"

"我想干点什么,从来都没答应过我。"爱伦哭丧着声音说。

亚伦在起居室里扭大了无线电的声音:"……把我温柔而孤独的心扔在地板上踩个粉碎。"

"我们把他们俩锁在地下室里,自管自走我们的好么,我的小胡萝卜,我亲爱的?"

"你知道,这会儿我倒真希望能那么干呢。"她不得不提高嗓门,才能盖过那温柔孤独的心大叫大嚷的声音。

我心里猛然一股无名火起,转身大踏步向起居室走去,准备把我的儿子撕成一片片,把他那孤独温柔的尸体摔在地板上踩个粉碎。正当我一步跨进门口时,音乐声突然停止了。"本台临时中断节目,向你们广播一个特别公告。今天下午,新港镇和韦塞克斯县的负责官员已被传向大陪审团答复控告,包括在交通事故罚款上作弊,在签订镇和县的有关合同中收受贿赂和回扣等等⋯⋯"

事情终于发作了——镇长、镇议会、治安法官、一些厂家全牵涉在内。我听着,像没有听进去似的,只觉得满心难受和沉重。也许他们确实干了别人控告他们的那些事,但他们已经干了那么久,所以并不觉得那有什么错。而且就是最后证明无罪,他们也已无法在地方选举之前洗刷干净自己了;再说一个人即使洗刷干净了,他被控的罪状也仍旧会被别人记着。他们已经陷入绝境了。他们自己心里也一定明白。我留心听着有没有提到斯托尼的名字,但没有听到,因此我猜他准是已经供出了他们以换取免罪。难怪他感到那么阴郁和孤独。

玛丽也站在门边听着。"哎呀!"她说。"我们已经好长时间没碰到过这样的大事了。你认为这是真的么,伊桑?"

"这无关紧要。"我说。"问题不在这里。"

"不知道贝克先生是怎么想的。"

"他出门休假去了。是呀,我也很想知道他现在是什么心情。"

亚伦因为他的音乐被打断,显得浑身不舒服。

这件新闻加上吃饭和洗碗,使我们暂时搁下了旅行的问题,最后因为时间太晚,已经无法作个决定或者再继续哭哭啼啼、吵吵闹闹。

上了床,我全身发起寒战来。它那冷酷无情的凶猛劲头使人在温暖的夏夜里都觉得浑身冰凉。

玛丽说:"你身上全是鸡皮疙瘩呀,亲爱的。你看是不是得了流行性感冒了?"

"不是,我的心肝。我只是体味到了那些人大概正在体味的心情。他们这会儿准是难受极了。"

"别这样啦,伊桑。你总不能把别人的烦恼全担在自己的肩上。"

"我能够的,因为我现在正是这样。"

"我怀疑你到底能不能做一个生意人。你太多愁善感了,伊桑。又不是你在犯罪。"

"我正在想,也许……每一个人都在犯罪。"

"我不明白。"

"我也并不比你明白多少,心肝。"

"只要有个人陪着他们待在家里就好了。"

"对不起,再说一遍好么,科伦芭茵①!"

"我多希望就我们两个人去度个假啊!已经长久没有这样了。"

"我们就缺少几个孤身一人的亲戚老太太。你再好好想想看有没有。早知道的话我们把她们腌起来,泡起来,装成罐头多保

---

① 意大利传统喜剧及哑剧中丑角的情人。

存一会儿就好啦。玛丽,我的圣母马利亚,你再好好用心想一想看。我真渴望着能跟你单独到一个陌生地方去待两天。我们可以在沙丘中间漫游,夜里光着身子游泳,并且在草铺上弄得你精疲力竭。"

"我明白,心肝,我明白。我知道你这一向实在够苦的。别以为我不明白。"

"好吧,把我抱紧一点。我们一起来想想到底怎么办。"

"你还在打颤。你觉得冷吗?"

"又冷又热,又充实又空虚……又觉得疲倦。"

"我一定会尽量想出个办法来。我一定会的。我当然非常爱他们,不过……"

"我明白,那么我就可以打我那个蝴蝶结了。"

"他们会被关进监牢么?"

"我希望咱们能……"

"我是说那些人。"

"不会的。那没有必要。他们在星期二以前都还不会受审,而星期四就要举行选举了。目的就在这里。"

"伊桑,你是在冷嘲热讽。你本来不是这样的。你变得这样满嘴冷嘲热讽,我们就更得离开这儿不可了,因为……你方才那种口气并不是在说笑话。你那些笑话我是听惯了的。你说的是真话。"

我吃了一惊。刚才我有点露了馅了。我决不能让自己露出形迹来。"哦,我说,耗子姑娘,你愿意嫁我么?"

玛丽嚷了起来:"哎哟哟!哎哟哟!"

我突然十分担心自己说不定已露了馅。我曾经说服自己相信：人的眼睛并不是心灵的窗子。我生平见过的几个狡猾透顶的小女人，那张脸和那双眼睛就活像是个安琪儿。有些人能透过皮肤和骨头直接看透别人的内心，不过这样的人极少。大多数人除了自己以外是不大关心别的事情的。有一次一个苏格兰血统的加拿大姑娘曾经告诉过我一件她自己牢记不忘而我听了之后也牢记不忘的事。她说她正在发育长大的年龄时，老觉得大家的目光总在盯着她看，而且显出不大喜欢她的神色，弄得她不止一次地脸红、落泪，她那典型高地人的老祖父发觉她的痛苦时，厉声对她说："要是你知道别人根本很少想到你的话，你就不会去为别人对你的想法感到烦恼了。"这句话治好了她的心病，而她讲的这件事，也使得我对自己不会被人注意感到放了心，因为那确实是一句真话。但平常老在周围满是自己种植的花朵的屋子里生活的玛丽，却竟然听出了一种口气，感到了一阵突如其来的风，这至少在明天这一天过去之前，倒真是件危险的事。

如果我的计划是完全成熟定型地一下子就在脑子里出现的，那我准会把它看作胡思乱想，抛在脑后。人们不大会干那样的事，但却常常会干着暗地里的游戏。我是在听到乔伊讲抢劫银行的规律以后开始干这样的游戏的。我用它来解除我工作的烦闷，而且后来把所有碰到的事都纳入了这种游戏——亚伦和他的米老鼠面具，漏水的厕所，长锈的手枪，快到的节日，乔伊在后门锁心里塞纸头的事。作为一种游戏，我计算作案的时间，演习它，试验它。不过那些开枪拒捕的强盗，他们难道不是小时候用玩具手枪比赛谁手脚利索，后来玩得精了就想一试其技的么？

我不知道从什么时候开始，我的游戏已经变成不是游戏了。或许是打从我明白我可以买下铺子，而且需要钱来经营它的时候开始的。另一方面，也是因为有了一个完美的设想不去试一试就放弃掉感到实在可惜。至于说到不正直、犯罪，那么这种犯罪并不是对付人，而是对付钱的。谁也不会因此受到伤害。钱都是保过险的。倒是对付人，对付丹尼和对付马鲁洛的犯罪才是真正的犯罪。既然我连那个都能做，那么抢钱又算得了什么。再说这些事又都是偶一为之的。以后都不必再干了。实际上，在我还没意识到它已经不再是游戏的时候，我的行动步骤，工具手段和时间计算都已准备得几乎再完美不过。摆弄玩具手枪的孩子手里已经有了一支.45口径的真手枪了。

当然意外是可能发生的，不过穿马路、在树底下走过岂不也是这样？我觉得自己一点也没担心害怕。我早已排练得烂熟了，不过我的确有点激动，就像一个演员在新戏首演前站在侧幕后面等待时所感到的怯场那样。同时这又像是一场比赛，上场前对一切可以预见的意外都已经反复考虑，设法防止。

尽管担心会睡不着觉，我却睡着了，还睡得很熟，而且就我所知连梦都没有做，甚至还睡过了头。我本来还打算利用黎明前在昏暗中的沉思默想来作为一服镇静剂。但出乎意料，当我睁开眼睛时，那湖水中的牛尾巴变得清晰可辨至少已经有半个小时以上了。我猛然惊醒，像被一阵强烈爆炸的气浪冲击了一下似的。有时候像这样的惊醒简直会使肌肉抽筋。我这一次也弄得床铺一震，把玛丽也惊醒了，连忙问："怎么回事？"

"我睡过头啦。"

"瞎说。还早着哩。"

"不,我的'绝对完成式'①。今天是我的大日子。全世界都要对杂货店着迷的日子。你不用起来。"

"你得好好吃一顿早饭。"

"你知道我要怎么办么?我要到'前桅'去买一纸杯咖啡,然后像只饿狼似的把马鲁洛货架上的东西统统吃光。"

"真的么?"

"放心吧,我的小耗子精,而且要尽量想个办法,看怎么才能暂时躲开几天我们那两个宝贝孩子。我们非常需要这样。我说的是正经话。"

"我知道确实是这样。我一定要尽量想个法子。"

我连忙穿好衣服走出家门,使她来不及为我的安宁再作许多各式各样的叮咛。

乔伊正在咖啡店里,他拍拍身旁的凳子。

"不成,莫菲,我已经晚了。安妮,请你用纸杯给我倒一夸脱咖啡好么?"

"不行,得两品脱,伊桑。"

"好的,甚至更好。"

她倒满两个小纸杯,盖好盖子,放在一只纸袋里。

乔伊喝干杯子,跟我一起穿过马路。

"今天早上你们得没有主教在场自己做弥撒了。"

"大概是这样。喂,你觉得那件新闻怎么样?"

---

① 某些西方语言中的语法名词,或称"大完成式"。

"我简直理解不了。"

"记不记得,我早说过我嗅到点什么了。"

"我刚一听到就想起你的话来了。你的鼻子倒真灵。"

"这已经成了职业习惯。现在贝克可以回来了。不知道他到底回不回来。"

"回来?"

"你一点都没嗅到什么吗?"

我困惑不解地望着他。"我准是疏忽了某些事情,而且甚至还不知道到底是什么?"

"我的老天!"

"你是说我应当能看出某些事情么?"

"正是这个意思。弱肉强食的规律并没有过时。"

"哦,天啊!我准是把许多事情都疏忽了。我正在竭力回想你是不是喜欢两份都加生菜和蛋黄酱呢。"

"两份都加。"他把一盒骆驼牌香烟盒上的玻璃纸撕下来,塞进锁心里去卡住它。

"我得走了。"我说。"我们今儿要出售一种特别的茶。把盒盖寄去,就有希望中奖得个小娃娃!你有熟识的太太们么?"

"自然有,可她们才不会要那样的奖品呢。你不必把三明治送来了,我会自己来取的。"他走进了后门,我没有听见弹簧锁发出喀的一声。但愿乔伊永远不会发觉他是我最好的老师。他不但教给我知识,还做了示范,而且还不自觉地为我开了一条路。

每个精通这类事情的人和专家们,都一致同意只有钱才会带来钱。最简单的办法常常就是最好的办法。这件事令人吃惊地简单明了，正是它最有力的地方。不过在马鲁洛身不由己地盲目走向了一个悬崖之前，我的确以为它只是个有头有尾的胡思乱想。可一旦几乎看准我能把这个铺子占为己有以后，那个大胆的幻想才变得有了现实意义。也许会有人提出一个十分自然、但却是不大懂得事理的问题：既然我能把铺子弄到手，那还要钱干什么？贝克先生准会理解，乔伊也会，而且在这些事上，马鲁洛也一定会理解。一家铺子如果缺乏流动资金，简直比根本没有这家铺子还糟。那条可怕的破产之路，就是由许多缺乏资金保障的冒险事业的坟墓点缀而成的。我已经有过这样一个坟墓在那儿了。就连最愚蠢的军人在没有迫击炮、没有后备或者补充时，也不会想去倾其全力冒险突破的，然而许多倒霉的企业却偏偏这样做。玛丽那作了记号的钞票正鼓鼓囊囊装在我屁股后面的裤袋里，但马鲁洛一定会千方百计地尽量想法把它们全拿走。然后就是重新开业的第一个月。批发公司是不会放手赊账给尚未经过考验的商店的。因此我一定会仍旧急需要钱，而钱正在定时保险箱的钢门后面等着我。拿到这些钱的步骤，原来不过作为一种幻想来设计的，如今重新检查起来却显得非常出色。抢劫是犯法的这一点很少摆在我心上。马鲁洛根本不是问题。要是他不是牺牲品的话，他自己也很可能会打算这样做的。丹尼倒使人有点难受，尽管我完全可以有根据地假定，不管怎样他总归是已经完蛋了。贝克先生企图对丹尼干同样的事而毫无成效，这更给了我超乎一般人所需要的辩解理由。不过丹尼仍旧是我的一块心病，而我也只好忍受它，像人们忍受在胜利的决斗中所留下来的伤痕。我只好带着它活下去，但是它也说不定会被时间所治愈，或者被遗忘所包裹，就像弹片会被软骨所包裹似的。

眼前最紧要的是钱，而这次的行动又已经仔仔细细地准备得像电路那么精确完备。

莫菲的法则来得正及时，我牢牢地记住了它们，甚至还给补充了一条。第一条法则：要没有犯案纪录。而我没有。第二条：既无同谋又无心腹。我当然两样都没有。第三条：没有女人掺杂进去。唔，就我所知玛吉·扬-亨特也许是唯一可以称之为"女人"的人，而我决不想去拿她的绣鞋装香槟喝。第四条：别摆阔。嗯，我决不会的。我会用它们来逐步偿付批发商的账单。我也有藏它们的地方。我那个装圣殿骑士帽的帽盒里有个用天鹅绒蒙着硬纸板做成的帽垫，有我的脑袋那么大小。我已经把它拉活动了，边上抹上了黏合剂，随时可以仍旧把它粘牢。

被人认出来的问题——有米老鼠面具。谁也瞧不出别的什么来。马鲁洛的一件旧雨衣——所有防雨布雨衣都是一模一样的，还有一双极容易脱上脱下又可以卷成一团的胶皮手套。面具早几天已经铰下来，盒子和玉米花都扔在马桶里冲走了，面具和手套将来也这样。那支"艾弗·约翰逊"牌镶银旧手枪被油灯的煤烟熏黑过，而厕所里正有一听机油可以把枪扔在里面洗清煤烟黑，将来一有机会就尽早交给斯托尼警长。

我还补充了最后一条定则：别做个贪吃的蠢猪。不要拿得太多而且避免拿大额钞票。要是能找到十块、二十块一张的钞票约摸六千到一万块钱，那就已经足够，而且也比较容易处理，容易隐藏。冷藏柜上一只蛋糕盒子可以临时作为装钱的用具，以后把它再放回原处时里面就会装上一块蛋糕了。我曾试过用那个讨厌的讲腹语的芦笛来掩饰我的嗓音，但最后放弃了它，决定不作一声，只打手势。一切都已准备妥当，随时可用。

我几乎有点惋惜贝克先生不在。到时只会有莫菲和哈里·罗比、伊迪·奥登两人在那里。行动是计划得分秒不差的。九点差五分我会把扫帚靠在门边。我已经反复演习过了。我会掖起围裙，把磅秤秤砣挂在水箱链子上让它一直在冲水。每一个走进来的人都会听见而且会作出他自己的结论。雨衣，面具，蛋糕盒子，手枪，手套。敲九点时穿过巷子，推开后门，戴上面具，正在定时锁咝咝响过，乔伊旋开钢门的时候走进去。用手枪比着让三个人躺下。他们不会找麻烦的。正像乔伊所说，钱保了险，人却没有。拿到钱，放进蛋糕盒里，穿过巷子，把手套、面具冲下马桶，手枪放进油听，脱下雨衣。然后放下围裙，把钱放进帽盒，蛋糕盒里装进一大块蛋糕，拿起扫帚，继续打扫人行道，当银行开始告警的时候谁也看得见并且可以加以证明。事情从头到尾一共花一分零四十秒，是掐准并且反复复核过的。但是尽管策划、计算得十分周到，我却仍觉得有点激动得透不过气来，因此在打开两扇店门之前先把店堂打扫一番。我系上昨天用过的围裙，以免干净的折痕引人注目。

信不信由你，时间慢得仿佛停止不前，就好像有个穿翻领衬衫的现代约书亚让日头在天当中停住了似的。我父亲那只大表的长针也仿佛站定脚跟想把时间牢牢拖住。

我已经长久没有出声地向我的教民训话了，但今天早晨或许是出于心神不宁的缘故，我对它们讲起话来。

"我的朋友们，"我说，"你们将要亲眼目睹的事是个秘密。我知道我可以相信你们一定会守口如瓶的。要是你们中有任何人对所牵涉到的道德问题有所顾虑,我就要断然加以谴责并请他离开。"我顿了一顿接着说。"没有人反对么?那很好。要是将来我听见有一只牡蛎或一棵白菜向外人谈起这件事,它就要被判用午餐刀叉加以消灭。

"同时我要向大家深表感谢。我们曾长年一起低声下气地在旁人的葡萄园中干活,而我也跟大家一样,都是一个奴隶。但现在情况就要有所改变。从今以后我就会是这儿的主人,不过我答应我一定会做个和蔼而体贴的好主人。时间快到了,我的朋友们,幕就要拉开了——再会。"当我正拿着扫帚向前门走去时,我忽然听见从自己口里发出的一声呼喊:"丹尼……丹尼!别再折磨我吧!"一阵强烈的战栗震动了我的全身,以致我不得不倚着扫帚站定了一会儿,才去打开了大门。

我父亲表上粗短的黑色时针指着九点,细长的分针说明还差六分。当我注视着它时,可以感觉到它那颗心脏在我的掌上怦怦跳动。

第十五章

　　这一天不同于其他的日子，正如狗不同于猫，而两者又都不同于菊花、浪潮或者猩红热。在许多州里，至少在我们州里更是这样一种惯例：逢到较长的周末假日照例都要下雨，不然怎么能叫大批人浑身淋湿，大为扫兴呢？七月的太阳从大片细碎的卷云下挣扎出来，并且把它们驱得四散，但西面的天边仍徘徊着乌云，从哈得孙河谷涌来险恶的雨云，夹着已经在隆隆作响的电闪雷鸣。如果上面所说的惯例仍旧不错的话，它们准会暂时克制着，专等大批像蚂蚁般熙熙攘攘的人群身穿夏装、满怀夏天的游兴正在走上公路或者已经到了海滩上的时候才倾盆而下。

　　别的铺子大都要到九点半才开。按马鲁洛的想法，为了尽量乘机抢点生意，所以硬要我像运动员偷跑似的早开门半小时。我想我将来一定要改掉它。它所得到的一点好处比起在旁的铺子中间引起的反感来实在得不偿失。马鲁洛即使明白的话，他也毫不在乎这个。他是个外地人，意大利佬，一个罪犯，暴君，穷人的吸血鬼，混蛋，操八辈的狗杂种。我既然结果了他，他的种种罪恶和过错在我心目中都变得历历可数，那当然是再自然不过的了。

我感觉到父亲表上的长针在缓缓移动，同时发现自己正在浑身紧张地拼命扫着地，等着采取迅捷、利索的行动去完成我的使命的那个时刻到来。我张开嘴呼吸，胃好像翻腾起来压得肺部都透不过气来，正像我记忆中等待发起攻击的时候那样。

对一个独立节周末假期前的星期六早晨来说，街上的人显得意外地少。一个不认识的老年人走了过去，带着一根钓竿和一个绿的塑料钓绳滑车盒。他正往镇码头走去，准备坐在那儿一整天晃动着投在水里的那一小块软软的鱼饵。他连抬头望一望都没有，但我有意要引起他的注意。

"祝你钓几条大的。"

"我老是什么也没钓着过。"

"有时还会钓到鲈鱼呢。"

"我可不信。"

真是个兴致勃勃的老乐天派，不过至少我已经在他的头脑里投下了钓饵。

接着珍妮·辛格也顺着人行道一路滚了过来。她走路仿佛不是用脚，而是装着轮子，也许在全新港镇要数她是最靠不住的见证人了。有一回她扭开煤气灶，却忘了点火。要是她当时终于记起把火柴搁到哪儿去了的话，没准她真会把自己炸得飞到了屋顶上面的。

"早呀，珍妮小姐。"

"早上好，丹尼。"

"我是伊桑。"

"当然是喽。我正想要烤个馅饼。"

我竭力想在她脑子里刻上个印迹。"什么馅的?"

"嗯,是'芬尼·法默'牌,不过包装上的商标掉了,所以我也说不准。"

要是我一旦需要证人的话,她会成个什么样的证人呀!而且她干吗要叫我"丹尼"?

人行道上粘着块锡纸,用扫帚怎么也扫不掉。我只好弯下身子去用指甲把它剔起来。那些耗子似的银行小职员乘猫儿贝克不在,真像耗子似的活跃起来。我正需要他们这些人。离九点不到一分钟他们才从咖啡店里涌出来,奔着穿过马路。

"快跑,快跑,快跑!"我大声喊着,他们一边不好意思地笑着一边冲进银行的大门。

时间到了。我必须不再去想整个事情,只按部就班一步步去做,而且像在演习的时候那样,每一步都准确无误。我强把翻腾不宁的胃压下去,让它回到原处。首先把扫帚显眼地倚在门框上。我用一种不慌不忙的动作,迅速而从容地行动了起来。

我凭眼角一瞥,看见有一辆汽车正沿大街开来,我停了一停让它过去。

"霍利先生!"

我像电影里被逼急了的强盗那样霍地转过身来。一辆满是尘土的墨绿色雪佛兰车一直滑到人行道边上,接着,我的天,那个一副"常春藤联盟"派头的联邦政府官员正从车里走了出来!我那坚如磐石的立足地立刻像水中幻影似的摇晃了起来。我呆若木鸡地看着他从人行道上走了过来。我觉得时间仿佛足足有几百年似的,但实际上也只不过那么一会儿。我那苦心经营的完美计划眼看一下子全都化为了尘土，就像千年古物突然出土碰到了空气时那样。我真想冲进厕所仍旧不顾一切地干完那件事。但这是不行的。我无法取消莫菲的法则。思想大概跟光的速度一样地快。一个计划经过那么长时间的考虑，那么多次的演习，完成它简直就像是又一次的排练似的，要放弃它可实在是个沉重打击，但是我只好扔开它，摔掉它，把它从此了结。我没有别的选择。同时像光那么迅速的思想告诉我说，谢天谢地，幸亏他没有再晚一分钟来。否则那倒真是罪案小说里所写的致命的意外！

而这种种想法都是在那个年轻人腰板笔挺地走过人行道来所跨的四步时间里一闪而过的。

某种迹象大概已落到了他的眼里。

"怎么回事，霍利先生？你脸色很难看。"

"泻肚子。"我说。

"这是谁都憋不住的。快去吧。我等你。"

我冲进厕所，关上门，拉一拉链子放水冲一下。我没有开灯，就在暗地里坐着。我那翻腾的胃好一阵还平复不下来。一会儿果然想拉了，我拉过以后，才慢慢觉得浑身的心跳紧张缓和了下去。我给莫菲的法则又加上了一条附带条款：在发生意外情况时，马上改变计划——毫不迟延。

我过去也有过这种情况，就是在碰到紧急关头或者遇到极大的危险时，我仿佛跳出自己，像一个感兴趣的局外人似的在一旁观察着自己、自己的行动和心情，而毫不为眼前事物所引起的激动所感染。现在我坐在黑暗里，也仿佛眼看着另外一个人收起了他那完美无缺的计划，装进盒子，盖上盖，不仅把它束之高阁，而且置之脑后。我的意思是说，当我在黑暗中重新站起身来，理理衣衫，装束整齐，伸手去开那扇三合板做的薄板门时，我已完全是个为一天的忙碌做好准备的杂货店员了。这还并不是鬼鬼祟祟故作姿态，而是实际如此。我心里奇怪这位年轻人来干什么，不过也有点由于平常总有些害怕警察而引起的不安。

"对不起，让你等着。"我说。"实在想不起是吃了什么才会这样的。"

"现在正有一种病毒性传染。"他说。"我妻子上星期也这样。"

"那么说这种病毒倒真够厉害的。我差点儿都等不及跑到那儿了。找我有什么事么？"

他显得有点尴尬、抱歉甚至不好意思的样子。"有些人真会干出些稀奇古怪的事情来。"他说。

我忍住没说出口来——"什么样的都有呢"，而且马上庆幸自己没说，因为他紧接着就说："干我这行的真是什么样的都会碰得到。"

我走到柜台后面，用脚踢了一下，把装圣殿骑士帽的皮帽盒盖子关上，然后用肘支着靠在柜台上。

真奇怪。五分钟之前我还在用另外一个人的眼光看着自己。必须这样。别人看来觉得我怎样是很重要的。而当这人横过人行道走过来时，他简直就像是一种庞大、险恶而无法回避的厄运，是一个仇敌，一个吃人魔王。然而一旦当我那个计划已经收了起来而且像我本人的一部分那样已经一去不返之后，他在我眼里看来就成了个不相干的事物　好坏都与我无关了。我猜想他大概跟我差不多年纪，但却有着另一种举止、教养，也许还有着另一种信念——瘦削的脸，细致地铰短了的头发直竖着，雪白的粗亚麻布衬衫领子扣严，系着由他的妻子挑选的领带，而且不用说出门之前还经过她拉拉挺、系系严实。他穿着一套深灰色衣服，指甲是自己家里修的，但修得挺整洁，左手上戴着一只很阔的结婚金戒指，钮孔上有一条细细的勋绶，暗示他得过勋章，却不想戴。他的嘴和深蓝色的眼睛是被教养得惯于坚定自信的，因此现在显得不大自信就更使人觉得有点古怪。他上次那一连串的问题就仿佛是一排粗短、结实的铁栅栏，一根紧挨着一根地排得整齐严实，现在却完全像换了一个人似的。

"你以前就上这儿来过了。"我说。"你干的究竟是哪一行？"

"司法部。"

"是专管秉公执法的喽？"

他笑了。"是的，至少我希望能这样。不过我这次不是来执行正式任务，甚至不敢说部里是不是会赞成我来。不过今天是我的假期。"

"我能帮你什么忙？"

"事情有点复杂。简直不知道该从哪儿入手。这都是书本文件上找不到的。霍利，我已经干了十二年了，还从来没碰到过像这样的事。"

"要是你告诉我究竟是什么事，也许我能帮助你解决。"

他朝我笑了笑。"真不知从何说起。我已经从纽约开了三个钟头车上这儿来，还得在放假日拥挤的道路上再开三个钟头车回去。"

"看来事情很重要。"

"的确是的。"

"我记得你说过你姓沃尔德。"

"理查德·沃尔德。"

"我马上就要招呼顾客,忙得头昏脑涨了,沃尔德先生。不知道他们为什么还没有开始来。全是些'热狗'加调料之类的生意。你最好还是现在就说吧。是我出什么事了么?"

"干我这一行的会碰到各种各样的人。强暴的家伙,说谎的,欺诈的,弄手脚的,愚蠢的,聪明的。对这些人你多半会急得发疯,老找不到一种适当的口气来对他们说话。你明白么?"

"不,不明白。唉,见你的鬼,沃尔德,你究竟在伤什么脑筋?我还不是那么愚蠢的。我跟银行里的贝克先生谈过。你是在抓我的老板——马鲁洛先生。"

"我已经抓住他了。"他轻声地说。

"什么罪名?"

"非法入境。这不是我自己要干的。他们塞给我一件案卷,我就办理它。判决他或者审讯他都不是我的事。"

"他会被遣送出境吗?"

"是的。"

"他还能进行抗辩么?我能不能帮他点忙?"

"不。他不想那么干。他表示服罪。他愿意离境。"

"真见它的鬼!"

进来了七八个顾客。"我刚才不是跟你说过了吗?"我大声对他说了一句,就给他们拿起他们要的或者自以为需要的货品来。谢天谢地,我幸亏进了一大批"热狗"和汉堡包。

沃尔德大声说:"你这种酸辣菜怎么卖?"

"货签上有价钱。"

"三角九分,太太。"他说着,就动手干了起来,称分量,装口袋,算钱。他从我面前伸过手来在现金出纳机上登上款数。当他走开时,我忙从一叠包装袋上拿了一只,打开钱屉,把里面的东西一古脑儿倒在袋里,拣出那支老手枪拿进厕所,把它扔进那只早就准备好的机油桶里。

"你干这个倒挺拿手。"我回进店堂时对他说。

"我学校毕业后常到大学办的俱乐部里去帮忙。"

"看得出来。"

"你不准备用个帮手吗?"

"我准备让我孩子来帮忙。"

顾客老是蜂拥而至,而不是均匀地一个个进来。店员得乘间歇时间随时做好准备接待下一批。另一个特点是,当两个人一块干一件活时,他们就变得相像了,想法的不同就不会显得那么不调和。部队里就曾发现,当黑人和白人在跟一个共同的对手作战时,他们就不会再彼此干仗。当沃尔德称一磅土豆,在纸袋上计算货款总数的时候,我对警察的潜在恐惧心理就立时打消了。

我们的头一批顾客一一走了出去。

"你还是快点告诉我你想要我干什么?"

"我答应过马鲁洛上这儿来一趟。他想把铺子给你。"

"你发疯啦。对不起,太太。我是对我这个朋友讲的。"

"哦,对。当然啦。嗯,我们一家有五口人——三个孩子。该买多少法兰克福熏肠呢?"

"孩子们每人五条,你丈夫三条,你两条。一共二十条。"

"你觉得他们能吃得下五条么?"

"他们会觉得吃得下。是野餐么?"

"唔,对。"

"那就得再多买上五条,以防有的会掉在火上。"

"你们这里哪儿有卖水槽塞子的?"

"后面街上卖清洁剂和氨水的铺子里有。"

谈话就老这么断断续续的,这也毫不足怪。要是把顾客的打岔删节掉,谈的话大致是这样:

"我想我简直是惊奇得不知怎么说才好。我一向只是在办我的公事,多半总是跟一些混蛋们打交道。要是平常已经习惯了那些流氓、骗子、欺诈犯,嘿,一旦碰到一个正直人,真会叫你惊奇得不知说什么好。"

"你说什么,正直?我那老板一向就对什么都抓住不放。他可真是个狠心的家伙哩。"

"这我明白。是我们逼得他那样的。他跟我全讲过,我也相信。他来这儿以前就知道自由神像底座上刻的那些话。他还能用家乡话背出《独立宣言》来。《人权法案》上每句话就像火一样。可是结果却不让他入境。因此他就自己想方设法来了。帮他忙的那人可真不错——抢走了他的全部东西,把他扔进海浪里让他自己蹚上岸来。他过了好一阵才懂得了美国的方式,但他好歹还是学会了。'一个人非得干出点名堂来不可!要首先顾自己!'但他好歹还是学会了。他并不蠢。他首先顾到了他自己。"

这中间老穿插着顾客的干扰,所以并没形成什么戏剧性的高潮,全不过是些简短的平淡陈述。

"就因为这样,所以当别人一旦把他陷了进去,他也并不觉得伤心。"

"陷了进去?"

"当然喽。只要打个电话就行了。"

"谁干的呢?"

"谁知道?政府部门就像是架机器。只要有人一拨号,它就一步步地一直开动下去,仿佛一架自动洗衣机似的。"

"他干吗不溜呢?"

"他已经觉得累了,累到了极点了。同时也感到厌倦了。他已经有了点钱。他愿意回西西里。"

"但我仍旧不懂,铺子又是怎么回事。"

"他跟我一样。我能对付那些骗子滑头。这是我的本行。一个正直的人反而会打乱了我这一套,弄得我摸不着头脑。他现在就碰到了这种情形。有个人没有想欺骗他,没偷,没哄,没使手脚。他曾竭力想教会这傻瓜怎样在这个自由国度里照顾他自己,可是那蠢材却老学不会。有很长一段时间你简直吓坏了他哩。他想摸清你到底在搞什么鬼,可结果却发现的确是正直。"

"可说不定他弄错了呢?"

"他认为自己没弄错。他想把你变成一个纪念碑,纪念他曾一度相信过的东西。我已经把转让证书带来了,就在外面车上。你只要把它拿去登个记就行了。"

"我一点也不明白。"

"我也不知道自己到底是不是明白。你知道他说起话来像什么——就像炒玉米花似的。我来试试把他竭力想说清的原因讲给你听吧。一个人就好像是生来只该朝某个方向走似的。一旦他改变了它,什么地方就会坏掉,一个齿轮会脱节,他就会吃苦头。这有点像……嗯,像自动违警法庭似的。一违犯交通就得自觉交纳罚款。你就仿佛是他交纳的一种当场违警罚款,好让车灯的光不至于再熄灭掉。"

"你又为什么要跑这么远上这儿来呢?"

"我也不大明白究竟为什么。不能不来——或许也是为了……好让光不至于熄灭掉吧。"

"哦,我的天!"

一群吵吵嚷嚷的孩子和汗淋淋的女人拥进了铺子。至少直到中午也不会有什么空闲的时间了。

沃尔德上外面的汽车那儿去了一下,又走回来,推开一大堆忙忙乱乱度假的女人,挤到柜台旁边。他把一个拴着带子的折叠式大硬纸封袋放在柜台上。

"我得走啦。路上那么挤,得开四个小时。我的老婆都气疯了。她说这事暂时搁一下也不要紧。可是这不能搁。"

"先生,我要买东西,已经等了你十分钟了。"

"马上就来,太太。"

"我问他有什么口信要带,他说:'跟他说再见。'你有什么口信么?"

"跟他说再见。"

那批衣服已经遮掩不住胖肚皮的女人又团团围了上来,这对我来说倒正好。我把那个封袋扔进了现金出纳机下面的钱屉里,同时也扔进了我此刻心中的哀伤。

第十六章

时光过得虽然很快，但这一天仍好像长得无终无尽似的。关门的时刻已经跟早上开门的时间联系不起来，似乎我都已记不起来那是多久以前发生的事情了。当我正要关前门的时候乔伊走了进来，我问也没有问就开了一罐啤酒递了过去，接着又给自己开了一罐，这是我以前从来没有做过的。我想告诉他关于马鲁洛和铺子的事，但即使是把那个我方才权当真情实况听来的故事讲给他听，我觉得也开不了口。

"你好像是累了。"他说。

"大概是的。瞧瞧那些货架——全都光秃秃的了。不管想不想买、需要不需要的东西他们全买。"我把现金出纳机里的钱，加上贝克先生送来的钱，全倒在一只灰帆布口袋里，再把那只折叠式封袋放在最上面，然后用一根绳子扎住了袋口。

"你不应该把它就放在这儿。"

"也许不应该。我一会儿把它藏起来。要再来罐啤酒么？"

"当然要。"

"我也想要。"

"你真是个好听众。"他说。"连我自己对我胡诌的故事都有点信以为真起来了。"

"你指什么?"

"指我那洞察一切的本能。今早上就又发生了一次。一醒过来就感觉到了。大概是梦里产生的,可是真强烈,脖子后面和全身的汗毛都竖起来了。我并没去想银行今天会遭抢劫。我简直是十拿九稳地料到了。睡在床上就料到了。我们本来在脚下警报器下面塞有一个小小的楔子,以防不小心误踩了它。今早我第一件事就是把它拿掉。我竟会那么确信无疑,甚至作好了全副准备。这事你怎么解释?"

"或许是有人蓄谋,你猜到了他的心思,后来他又放弃了。"

"你倒真能让一个瞎猜落空的家伙心安理得呢。"

"那你是怎么看的呢?"

"天晓得。我想我大概因为老在你面前摆出一副万事通的架势,弄得连自己也信以为真了。可是这次倒真给了我当头一棒。"

"你知道,莫菲,我今天真累得连打扫都不想打扫了。"

"别把这些钱留在这儿过夜。拿回家去好。"

"好吧,既然你这么说。"

"我仍旧有点什么事不大对头的感觉。"

我打开皮帽盒,把钱袋跟我那顶插羽毛的帽子放在一起,再缚好盒子。乔伊一面瞧着我,一面说:"我要上纽约去,在旅馆里租个房间,然后脱掉鞋子欣赏时报广场上的人流,过它两整天。"

"跟你那位女朋友一起?"

"那一个我已经丢开手了。我要在那儿叫一瓶威士忌和一个女人。跟他们都用不着说什么话。"

"我告诉过你——或许我们也要去旅行几天。"

"希望这样。你们很需要。准备好了吗?"

"还有不少事情要安排。你去吧,乔伊。脱掉鞋子待几天。"

我首先得打个电话给玛丽,告诉她要迟一点回去。

"好吧,不过要快一点,快一点,快一点。有新闻,新闻,新闻。"

"现在就告诉我行么,心肝?"

"不行。我想当面看见你脸上的神气。"

我把米老鼠面具用它上面的橡皮筋挂牢在现金出纳机上,刚好挡住数字小窗口。然后我穿好雨衣,戴上帽子,关了电灯,坐在柜台上面,让两条腿垂着。一簇已经发黑的光秃秃的香蕉柄硌着我一边的腰,而现金出纳机像一只书夹子似的正好顶在我的左肩上。帘子没拉下来,夏日的余晖从橱窗铁丝网格里透了进来,屋里非常静,静得就仿佛有一阵不断的声浪笼盖了一切似的,这正是我此刻所需要的。我摸摸左面口袋里是什么东西被现金出纳机顶得我难受。原来是那个护身宝。我用两手捧着它,两眼紧紧地瞪着它。我昨天曾经觉得很需要它。是我忘了把它搁回去呢,还是一直把它带在身边这件事并非出于偶然?我不知道。

像往常一样,当我用手指抚摸着它的花纹时,它仿佛把它的力量传给了我。正午它的颜色像玫瑰那样粉红,可是一到傍晚它就显出了一种较深的色调,红中带紫,好像是渗进了几滴血似的。

我现在需要的并不是思考,而是重新安排,改变计划,就仿佛我正站在一个一夜之间屋子已经突然隐没不见了的花园中似的。

在我能正式着手重建之前，必须先造一间临时的住所来暂且安身。我刚才在一心忙于生意，现在才能逐步考虑新的情况，在它们刚出现时——估量它们，看清它们。经过一天围攻的货架在被大批饥民摧毁了防御工事的地方露出了许多缺口，活像人掉了牙齿，城墙遭过炮轰一样。

"让我们来为那些已经离开的朋友们祈祷吧。"我说。"为又红又稀的番茄酱，为泼辣的酸黄瓜，为各种调料——直到细小的醋泡刺山柑。我们无法对它们祭奠，也无法给它们奉上神圣的称号……不，不是这样说。只不过对我们活着的人来说……不，也不是这样说。阿尔菲奥，我祝你幸福，忘掉痛苦吧。你当然是弄错了，不过错误对你也可以起解除痛苦的作用。你用牺牲自己的方式作出了一次贡献。"

街上往来的行人使透到店堂里来的光线闪烁不定。我重新挖掘这一天里所发生的事的断鸿鳞爪，来搜寻沃尔德当时所说过的话以及他说话时候的脸上神色："像自动违警法庭似的。一违犯交通就得自觉交纳罚款。你就仿佛是他交纳的一种当场违警罚款，好让车灯的光不至于再熄灭掉。"那个人就是这样说的。已经在他那个骗子滑头的世界里处惯了的沃尔德，竟被偶然见到的一线正直诚实之光弄得不知怎么才好了。

好让灯光不至于灭掉。阿尔菲奥真是那么说的吗？沃尔德不记得了，但他确实记得这正是马鲁洛话里的意思。

我顺着护身宝上的蛇形花纹摸下去，最后又摸回到它开头的地方，而这同时也是结尾的地方。他说的光也就是那古老的光——三千年前马鲁洛的祖先们在牧神节登上帕拉蒂尼山，向保佑羊群免受豺狼侵袭的牧羊神献祭时燃起的火光。这火光至今还没有熄灭。马鲁洛,这个意大利佬,仍在出于同样的目的向这个神灵献祭。我仿佛又看到了他高高昂起在臃肿肥胖的脖子和发痛的肩上的那颗脑袋,那个高贵的脑袋,那双火热的眼睛——以及那还没有熄灭的光。我不知道我将用什么来报偿,什么时候报偿。要是我拿起我的护身宝,走到旧港边,把它扔进大海里——这是不是够了呢?

　　我没有拉下帘子。每逢较长的假日我们总是不把它拉下来,以便让警察可以瞧得见里面。堆房里很黑。我锁上后门,已经穿过一半马路,才想起了柜台后面的帽盒。我不想再回去取它。就让它放在那里,且看分晓吧。风在这个星期六的傍晚开始刮了起来,气势汹汹地从东南方呼啸而来,似乎准会带来一场大雨把那些度假的人淋透。我准备到星期二那天放一盆牛奶在门外给那只灰猫喝,并且请它进我的铺子里来做客。

第十七章

我不知道旁人的心理到底怎样——所有的人似乎都各不相同，又彼此一样。我只能猜想。但是我的确知道自己准会拼命地躲闪腾挪，以求逃避令人难受的真实情况，等到实在没有办法时，又会把它暂时搁在一边，指望它会自行烟消云散。别人是否也会煞有介事地说"等我明天有空时再想想"，然后就去幻想称心如意的未来或者篡改不愉快的过去，就好像一个小孩子在拼命玩着他的把戏，以便竭力拖延无法逃避的上床睡觉的时间呢？

我穿过一片到处都避不开种种真实情况的布雷区，慢慢腾腾地走回家去。未来遍地种满着恶龙的毒牙。因此很自然地使人想要逃入过去往事的避风港。但在这个方向，又马上遇见了庞然大物的德波拉姑祖母，她就像是一位能洞穿一切谎言的神箭手，两眼射出灼人的疑问。

我长久地望着珠宝首饰店橱窗里的弹簧表带和各式眼镜架，直到再瞧下去有点不大合适为止。潮湿而刮风的傍晚正酝酿着一场雷雨。

上世纪有不少像德波拉姑祖母那样的人，他们就像是一些知识和好奇心的孤岛。也许是因为被生生地从充满古老贵族的故土割裂了出来的缘故，或者也可能是因为有时三年五载，有时一辈子看不到尽头地等待着渔船归来，才使得她们一心钻进了那些如今正堆在我们家阁楼上的书籍里。她是这些了不起的姑祖母中最了不起的一个，简直是集西比尔和毕西亚①于一身，曾经对我讲过许多有魔力的胡说八道的话，当我后来追想这些话时，却不管它的胡说八道，仍旧觉得它挺有魔力。

"米——比希——弗——温——土——弗埃格——伍。"她说，口气就像在宣读末日审判似的。接着又说："索——劳——格弗——好——勃勒——翁比里——阿比——埃勒——希尔——勒特。"这准是些挺有魔力的话，不然我怎么会至今还记得呢。

新港镇的镇长急匆匆地走过我身边，低垂着脑袋，当我跟他道晚安时，也只简短地回答了一声"晚上好"。

离开半条街的时候，我就已经能感觉到我那所霍利家的老屋了。昨晚上它满屋子都是闷闷不乐的气氛，现在却是一片兴奋。屋子也像一块蛋白石那样，随着一天里光线的变化而变化。那古怪的玛丽一听见门前小道上响起我的脚步声，就像一团火似的一下从铁纱门里冲了出来。

"你一定怎么也猜不到！"她说，拳着手心伸出两只手来，就像握着一包什么东西似的。

我脑子里还记着那句话，因此信口回答说，"索——劳——格弗——好——勃勒——翁比里——阿比——埃勒——希尔——

---

① 西方古代神话中的女巫和女预言家。

勒特。"

"嗯,猜得好,可没猜对。"

"哪一位隐名的崇拜者给我们送来了一条古代恐龙么?"

"不对,不过也有像那么意想不到的事呢。不等你洗过了脸我决不告诉你,因为你得要洗干净了才能听这个消息。"

"可这会儿我却听见仿佛有只红屁股的狒狒正在大唱情歌呢。"这倒是句真话——起居室里这时正传来亚伦醉心欣赏的那种鬼哭狼嚎、哀哀怨诉的歌声。"正当我决心要跟你好,却说我心思还不牢靠。谈情说爱时你一瞧我就叫我心痒难熬,却还说我心思不牢靠。"

"我真非得揍扁了他不可呢,我的天仙太太。"

"不,别那样。等你听到那消息你就不会这样啦。"

"你不能在我还没洗干净的时候就告诉我么?"

"不行。"

我从起居室里经过,我的儿子在我跟他打招呼时白白眼毫不动声色,就像一块嚼乏了的口香糖似的。

"我希望你那颗温柔孤独的心已经重新捡起来了。"

"唔?"

"'唔,先生'!上一回我听到它好像被谁拿过去扔碎在地板上了。"

"第一号,"他说,"全国第一号流行歌曲。两星期就卖掉一百万张唱片。"

"真了不起!我很高兴你对未米满有把握。"我一边走上楼梯,一边也跟着哼起再次出现的副歌来:"谈情说爱时你一瞧我就叫我心痒难熬,却还说我的心思不牢靠。"

爱伦手里拿着本书蹑手蹑脚地向我走过来,用一只手指夹在书缝里。我知道她那套鬼把戏。她会先提出个我感兴趣的问题来问我,接着就把玛丽想要亲自告诉我的事情悄悄地泄露出来。对爱伦来说能抢先第一个说出来仿佛是一种胜利。我不想说她是个爱搬嘴的家伙,但她确实是的。我交叉起两个指头来向她晃了晃。

"嘘,'无敌十字'①。"

"可是,爹……"

"我的温室大黄小姐,我说了'无敌十字'就是'无敌十字'。"我砰地关上门,大声说:"男人的浴室就是他的堡垒。"我听得见她的哈哈大笑。我并不太相信孩子们听我说笑话时所发出的笑声。我使劲擦脸擦到发痛,接着又把牙齿刷到牙床都出了血。我刮了脸,换上一件干净衬衣,又像公开表示反叛似的打上了我女儿最恨的蝴蝶结。

当我来到玛丽面前时,她已经等得急不可耐。

"你简直都不会相信的。"

"索——劳——格弗——好——勃勒——翁比里。快说。"

"玛吉可真是我最好的好朋友。"

"我引一句老话——'发明布谷鸟报时钟的人早已死啦。这虽已不是新闻却仍叫人惊讶!'"

"你一定不会想到——她愿意来照管孩子,好让我们俩能出去旅行。"

---

① 交叉中指和食指,表示"万事如意"的意思。

"这又是在搞什么鬼？"

"我并没请求她。她自己提出来了。"

"孩子们会把她给吃了的。"

"他们喜欢得她要命呢。她准备星期天带他们俩坐火车上纽约去，在一位朋友家里过夜，然后星期一到洛克菲勒中心去瞧有五十颗星的新国旗的升旗礼，看庆祝游行，还有别的许多许多新鲜事。"

"我简直有点不相信。"

"这不是太好了吗？"

"的确太好了。那么我们俩可以自由自在地去蒙托克牧场啦，耗子小姐？"

"我已经打了个长途定好房间啦。"

"这简直像做好梦似的。我高兴得几乎都要炸了。简直有点飘飘欲仙的感觉。"

我本来想告诉她关于铺子的事，但一下子涌来太多的新闻会弄得人消化不了的。不如稍等一等，到牧场再告诉她。

爱伦悄悄地溜进厨房来。"爹，橱里那块红的东西不见啦。"

"我拿了。就在我口袋里。喏，你把它放回去好了。"

"你跟我们说过绝对不许拿走的。"

"我现在也还是对你们这么说，否则要你们的命。"

她几乎急不可待地连忙拿了过去，用两手捧着走到起居室里去了。

玛丽用奇怪而郁郁不乐的眼色瞅着我。"你拿它干吗，伊桑？"

"为了图好运，亲爱的。而且确实见效了。"

第十八章

不出所料,七月三号星期日那天果然下起雨来,而且大滴的雨水比往常更厉害,淋得人浑身湿透。我们俩驾车在一节节像蜿蜒不断的蠕虫般精湿淋漓的车队里挤着往前开,感到有点儿神气,又有点茫然不知所措,真好像笼里的鸟儿一旦得到了自由,又被这自由恶狠狠地露出来的牙齿吓呆了似的。玛丽身子笔挺地坐在那里,身上散发出新熨的衣服的气息。

"你感到幸福么?高兴么?"

"我好像一直还在留神听着孩子们的动静似的。"

"我明白。德波拉姑祖母管这叫幸福中的惆怅。飞吧,我的小鸟!你衣服肩上的那些长长的绦边就是翅膀呀,你这小傻瓜。"

她微笑起来,向我挨紧一点。"这挺愉快,可是我仍旧在听着孩子们的动静。我真想知道他们这会儿正在干些什么?"

"正在干几乎所有你能够想象得到的事情,只是不会想知道我们在干些什么。"

"这话大概不错。他们其实并不太关心这个。"

"那就让咱俩比他们更玩个痛快吧。我一瞧见你这艘大彩船摇到了身边,哦,尼罗河的水蛇呀,我心里就明白今儿是咱们的好日子到了。今晚上渥大维准得向某一位希腊的牧羊倌求救呢。"

"你说些什么疯话。亚伦走路从来不瞧。说不定他会不管红灯直冲到车子堆里去的。"

"我明白。还有可怜的小爱伦迈着她那双歪歪扭扭的腿。嗯,她有颗挺好的心,一张挺漂亮的脸。说不定会有人截掉她的脚,爱上了她呢。"

"哦!让我去发一会儿愁吧。这样我反而会觉得安心点。"

"我从来没听见过比这说得更聪明的话了,那咱们就一块儿把各种可怕的危险全设想一遍吧。"

"你完全明白我在讲什么。"

"我明白。不过全是你,阁下,把这种毛病带到家里来的。这全是女人方面的遗传。这两个小吸血鬼。"

"谁也没有比你更疼孩子的了。"

"我的错处就在向我要求十分,我却一分也拿不出。"

"我真是喜欢你。"

"对呀,犯这种愁我倒非常赞成。瞧见前面那一片吗?瞧那些石楠和金雀花长得多顽强,沙子拼命从底下往上冒,像一个个凝止的小波浪。雨水打在地面上反弹起来成了一片薄雾。我老觉得这儿挺像达特穆尔①或者别的什么穆尔,尽管除了从图画上以外其实并没有见过那地方。你瞧,任何德文郡的人一来到这儿就会感到仿佛在家乡一样。你觉得会有冤魂在这里游荡么?"

---

① 英国德文郡的一个地方,有死囚犯监狱。

"即使没有冤魂的话,也有你在这儿游荡嘛。"

"你这种恭维倒准是出于真心的。"

"先别说这些啦。留心有没有一条岔路。路牌上写着'牧场农庄'。"

果然有,而且长岛这块纺锤形狭长地带的尽头有个好处,就是雨水全被吸进了地面,一点泥泞也没有。

我们有一所自己的玩偶之家,干干净净,铺着格子布床单和桌布,还有大事宣传的像松饼那么又厚又软的分合式双人床。

"我可不大喜欢这一套。"

"别傻——你会说得让人家听见的。"

"去它婊子养的,我还会干它一大堆比这更厉害的事情呢。"

我们晚饭神气活现地吃着缅因州的烤龙虾,喝着白葡萄酒——喝了许多杯,喝得我那玛丽的两只眼睛都水汪汪的了,而我还好说歹劝地强要她又喝了些白兰地,直到我自己也喝得脑袋嗡嗡直响。她还记得清咱们那所玩偶之家的号码,而且还是她,总算还找得着门上的钥匙孔。后来我尽管脑袋发晕,却还是强使她顺从了我的心意,不过我想她要是不愿意,本来也可以拒绝的。

然后,她浑身舒畅地头枕着我的右臂昏昏欲睡,脸上带着微笑发出轻轻的呵欠声。

"你有什么心事么?"

"想到哪儿去了。你还没睡着就说起梦话来啦。"

"你像是在竭力想法让我高兴。我摸不透你。你有心事么?"

人在入睡前的阶段,常会有一段奇怪的、洞察一切的时刻。

"是的,我有心事。这让你安心了吧?我不想叫你再问了,不过天确实正在塌下来，而且有一小片已经砸在我身上了。"

她脸含着她那神秘的微笑甜蜜地沉入了睡乡。我轻轻抽出手臂，起床来站在两床之间的空隙里。雨已经过去了，只有檐漏还在淅沥，上弦月在无数的水滴中闪烁出清辉。"Beaux rêves,① 我的心肝宝贝。千万别让天塌下来砸在我们头上！"

我躺的床有点冷而且太软，但是却能望见清澈的月亮穿过正向海上飘去的云块。我又听到一只鹭鸶发出鬼叫似的啼声。我把两手的中指和食指分别交叠，做了好一会儿"无敌十字"的记号。双倍的"无敌十字"。已经砸在我身上的只不过是一粒小豌豆。

即使黎明降临时又有过什么雷雨，我也并没有听到。我一觉醒来时窗外已一片翠绿，深色的是石楠，浅色的是羊齿，黄中透赤的是带雨的沙丘，在不远的地方，大西洋的水面像一片闪亮的银箔。我们屋旁有一株扭曲的老橡树，在近根的地方长出一个枕头那么大的树瘤，瘢瘢疔疔，显出珍珠般的灰白颜色。一条蜿蜒的石子小路穿过由许多玩偶式的小屋组成的小村子，引向一幢仿佛是所有这些小屋的抚育者似的大平房，房子木瓦盖顶、附有阳台。办公室，卖明信片、邮票和小礼物的地方全在那儿，还有桌上铺着蓝色棋盘格桌布的餐厅，让我们这班玩偶好在那儿进餐。

经理正在他的账房里核着什么账单。昨天登记的时候我曾经注意过他，这是个已经头发稀少、不必再每天刮脸的中年人。他既惯于偷偷窥视又善于察言辨色，看着我们兴高采烈的神气，满心指望我们是一对来此幽会的情侣，以致我差点没在他的旅客簿

---

① 法语：美妙的梦境呀。

上署上个"约翰·史密斯及其夫人"的假名字,好让他高兴高兴。他老在嗅着犯罪的事。的确,他大概总是用他那又肥又大的鼻子当眼睛使,就像一只田鼠似的。

"早上好。"我说。

他用他那个大鼻子对准着我说:"睡得好么?"

"再好没有了。我想给我太太端一盘早餐到屋里去,不知道行不行?"

"我们只在餐厅里供应,七点半到九点半。"

"可要是由我自己来端呢……"

"这是不符合规定的。"

"能不能就通融一次呢?你准了解这种情况的。"我故意来了这么一句,因为这正是他所指望的。

让他高兴立刻换来了报酬。他两眼润湿,鼻翼颤动起来。"她有点不好意思,对么?"

"是啊,你是了解这种情况的。"

"我不知道厨师会怎么说。"

"跟他商量商量,并且告诉他有一块钱正在远处山头上仰头翘足等着他呢。"

厨师是个希腊人,他觉得一块钱倒是满不错的好东西。没过多久,我就端着盖着饭巾的大托盘走上石子小道,并且中途把它在一张木头凳上搁了一搁,特意采了一束细小的野花,来点缀一下给我爱人捧去的这顿皇后用的早餐。

也许她本来就醒着,但不管怎么说,她此刻张开了眼睛,嚷着说:"我闻到咖啡香了。哦,哦!多体贴的丈夫呀,而且还有……还有花呢……"这都不过是些无所谓的话,但却总是使人听来感到温馨。

我俩吃着早饭,一杯又一杯地喝着咖啡,我的玛丽坐起来靠在床上,样子显得比她的女儿还要年轻而天真。同时两人还彬彬有礼地互相问询夜里是否睡得好。

我觉得时候到了。"你躺好。有件既伤心又高兴的新闻要告诉你。"

"好呀!是不是你把大海给买下来了?"

"马鲁洛出事了。"

"什么?"

"很久以前,他没有申请批准就来到了美国。"

"嗯……那又怎么呢?"

"现在他们要他离开。"

"遣送出境?"

"是的。"

"可是这简直有点可怕啊。"

"当然不是什么好事。"

"我们能做些什么吗?你能做些什么吗?"

"已经没时间再玩什么把戏啦。他把铺子卖给了我——或者不如说,卖给了你。钱是你的嘛。他必须变卖掉自己的产业,而他很喜欢我;他实际上等于是白送给了我——只要三千块钱。"

"可是这简直可怕啊。你是说……你是说那家铺子归你所有了么?"

"是的。"

"那你不是个店员了！不是个店员了！"

她一翻身把脸埋在枕头里啜泣了起来，强烈的失声呜咽，像一个奴隶在一旦脱去了颈轭时会发生的那样。

我走出房间，来到那玩偶式的门前台阶上，在阳光下坐了下来，静等她重新恢复自制，等到她止住了哭泣，洗了脸，梳好头发，穿上晨衣以后，她拉开门唤我进去。她已经显得完全不同了，永远不同了。用不着她开口就可以看得很明白。她那头颈的姿态就显出了这一点。她现在能昂起头来了。我们又是上等人了。

"我们不能想办法帮马鲁洛先生一点忙么？"

"我怕不行。"

"这事是怎么发生的？是谁发现的呢？"

"我不知道。"

"他是个好人。他们不该这样对待他。他现在心情怎样？"

"他很泰然，不失体面。"

我们在海边散着步，正像早就打算要做的那样；坐在沙滩上，拾着亮晃晃的小贝壳并且互相夸耀，正像我们一定要做的那样；说着老生常谈的赞美话，称赞各种大自然景物，大海，清新空气，明朗的光线和清风吹拂下显得凉爽的阳光，就像造物主正在等着听这些赞美话似的。

玛丽已经有点心不在焉了。我想她是在盼着以新的身份快些回去，看看妇女们眼里不同的神色，听听正街上打招呼时变得不同了的口气。我猜想她已不再是"可怜的玛丽，她是多么操劳啊"。她已成了伊桑·艾伦·霍利太太，并且从此永远这样。而我也得永远尽力维持她这个身份。她正在打发今天这个日子，因为这是原来打算好而且已经付了钱的，但是她真正在反复把玩欣赏的贝壳，却是那未来光辉岁月的贝壳。

我们在铺着蓝格子桌布的餐厅里吃午饭，玛丽的举止风度，她对自己身份地位的自信，使得田鼠先生大失所望。他原来闻到坏事时高兴得颤动的大鼻子仿佛脱了骱。使他更为彻底失望的是他不得不来到我们桌前，通知有人要找霍利太太听电话。

"谁会知道我们在这儿呀？"

"怎么，自然是玛吉啊。我因为要托她管孩子，不能不告诉她。哦！但愿……他走路从来不好好瞧着，你知道。"

她走回来时浑身哆嗦得就像天上一颗闪烁的小星星。"你决不会猜到，永远猜不到。"

"我猜得到准是好事情。"

"她说：'你听见新闻了吗？你听没听无线电广播？'我听她的口气就准知道不会是坏消息。"

"你能不能先说出来，然后再跳回去谈她的口气怎样？"

"我简直都不能相信。"

"你让我来试试能不能相信好么？"

"亚伦获奖了。"

"什么？亚伦？快告诉我！"

"在作文比赛……全国性的比赛里……获奖了。"

"不可能！"

"可他获奖了。一共只有五名获奖……奖一只表，还要让他上电视。你能相信么？咱们家出了个名人啦。"

"我不能相信。你是说那副懒懒散散的样子全是装出来的么？

好一个演员！原来他那颗温柔孤独的心压根儿并没有摔碎在地板上。"

"别开玩笑了。你倒想想，我们的儿子是全美国五个得奖的孩子中的一个……还要上电视呢。"

"还有一只表！我真怀疑他会不会看钟点。"

"伊桑，你老开玩笑，别人还会以为你在嫉妒自己的儿子哩。"

"我只不过是大吃了一惊。我原以为他的文字水平并不比艾森豪威尔将军高明呢。可是亚伦背后却没有一个替他捉刀的。"

"我明白，伊桑。你是在装腔作势故意竭力贬低他们。实际上娇惯他们的正是你。你老是搞这种遮遮掩掩的把戏。我想知道——那篇作文你帮他写了吗？"

"帮他写！他连看都没让我看。"

"嗯，那就好了。我不愿意你因为代他写了那篇文章而自鸣得意。"

"我还想不通这件事。这说明我们实在不太了解我们自己的孩子。爱伦对这事怎么说？"

"她么，骄傲得就像只孔雀。玛吉也激动得几乎话都说不清楚了。报馆想来采访他……还有电视，他就要上电视啦。你可想得到，咱们还没有一台电视机好看看他上节目呢？玛吉说我们可以上她那儿去瞧。咱们家竟出了个名人啦！伊桑，咱们得有台电视机。"

"咱们会买一台的。我明天一早就去买……或者，干吗不打电话让他们送一台来呢？"

"咱们能这样么……哦，伊桑，我忘了你是铺子的主人了，简直全忘了。你能理解么？出了位大名人。"

"但愿我们还能跟他在一块过日子。"

"你就让他过个喜庆日吧。我们得赶紧回家。他们就要坐七点十八分的车回来了。我们应当在那儿，你知道，去欢迎他们。"

"还得烤一只蛋糕。"

"我会烤的。"

"还要挂绉纸彩带。"

"你不是在嫉妒找碴吧，是么？"

"不，我是惊呆了。我想纸彩带倒是挺漂亮的，满屋子全挂上。"

"可是不能挂到外面去。那样会显得……有点夸耀。玛吉说我们要是假装不知道，让他自己来告诉我们不好么？"

"这我不赞成。说不定他会疑心起来，仿佛我们不大在意似的。不，他应当一回家就碰到欢呼，大声祝贺，还有一只蛋糕。要是这会儿铺子开着，我还想去买点花炮呢。"

"沿路有货摊……"

"不错。回去时路上看看……要是有卖的话。"

玛丽把头垂下了一会儿，好像在念祷告似的说："你做了铺子的老板，亚伦又成了位名人。谁能想得到这些会一下子都来了呢？伊桑，我们一定得马上动身回去。他们回来时我们应当在那儿。干吗你脸上那副神气？"

"我脑子里突然涌起那么一种想法：我们对别人多么不了解啊。这念头简直叫我痛得　哆嗦。我记得小时候逢到圣诞节，本来应当高高兴兴的，可是我却常常会发起一种'威尔士渺思'来。"

"这是什么意思?"

"这是德波拉姑祖母说到 Weltschmerz① 的时候我听错了的。"

"那又是什么意思呢?"

"意思就是有只鹅走过了你的坟上。"②

"哦,是这个意思!好吧,那就千万别再这样了。我想这大概是我们一生中最好的日子啦。要是我们还不明白这个,那就有点太……不知好歹了。现在你露出笑脸来,赶走那种'威尔士渺思'吧。这倒挺有意思,伊桑,'威尔士渺思'!你去结账。我来收拾东西。"

我付账时用的就是那曾经折成很小一方块的钞票。同时我问那位田鼠先生:"你这儿卖礼品的柜子里还有花炮么?"

"我想有的。让我来看看……这不是么。你要买多少?"

"全要了。"我说。"我们的儿子刚成了名人啦。"

"真的吗?是哪一类的呢?"

"名人反正全都是一类。"

"你是说像迪克·克拉克③这一类的么?"

"或者是像切斯曼或者迪林杰④那样的。"

---

① 德语:人世悲哀(18 至 19 世纪间欧洲文艺中流行的一种悲观绝望思潮)。

② 西谚,当有人无故打冷战时,常说:"有人走过我的坟上。"

③ 美国著名电视节目主持人,一年制作的电视节目达 170 小时以上。

④ 切斯曼是曾因妨碍风化罪被判刑的匪徒,他在狱中所写的自传曾一时成为畅销书。迪林杰是银行抢劫犯,曾纠集盗党在中西部猖獗一时,被宣布为社会"头号公敌",后在芝加哥街头被追捕枪杀。

"你是在说笑话。"

"他就要上电视了。"

"哪个台？什么时间？"

"我——暂时还不知道。"

"我会注意的。他叫什么名字？"

"伊桑·亚伦·霍利，平常就叫亚伦。"

"你跟艾伦太太到过我们这儿，我们可真感到是极大的荣幸。"

"是霍利太太。"

"对，对。我盼望你们下次再来。有不少名人都上这儿来待过。他们是来享受……安静的。"

我们沿着一片金色余晖的大路，挤在由无数车辆形成的缓慢而闪闪发光的长蛇中开回家去，一路上玛丽笔挺而骄傲地坐在那儿。

"我买到一大盒花炮。足有一百多个。"

"这样你就显得自然多了，亲爱的。我真想知道贝克家的人是不是已经回来了。"

第十九章

　　我儿子的态度很得体。他对我们既随和又亲切。他既没有想借此报复，也不想惩罚。他对自己的荣誉和我们的赞美都泰然接受，没显得神气活现，也没有故作谦虚。还没等那一百响花炮响完后全成了一些熏黑的小纸棍，他就抬腿朝起居室里他那张椅子走去，打开了他的收音机。看来他显然已原谅了我们这种絮絮不休的打搅。我从来不曾见过哪一个孩子在接受荣誉时能像他那么谦虚得体的。

　　这真是个充满奇迹的夜晚。如果说亚伦的文章被人们捧上了天实在出人意料的话，那么爱伦的反应就更叫人意外了。几年来仔细的留心观察告诉我，爱伦小姐准会嫉妒得气炸了肺，火气大发，实际上也许会千方百计竭力贬低他的光荣。可是我上了她的当。她竟成了她兄弟的热心祝贺者。正是爱伦告诉我们，正当他们度过一个令人目眩神迷的傍晚后，坐在六十七号街一所华丽的公寓里随意瞧着电视上哥伦比亚广播网的最后新闻节目时，亚伦获胜的消息宣布了。也正是爱伦详细描述了他们当时说了些什么，显出了什么样的神色，又是多么地晕头转向，简直连一根羽毛都会把他们碰倒在地。在爱伦讲到他将要如何跟其他四位获奖者一起出场,在千千万万人的注目聆听下朗诵自己的作文时,亚伦平静地淡然坐在一旁,而玛丽却在讲话的停顿中间不时高兴得格格直笑。我向玛吉·扬-亨特瞥了一眼。她显得若有所思,像在用纸牌算卦时一样。随后不知不觉地,房间里渐渐变得冷清了起来。

"看来非得喝点什么了。"我说。"这时候最好每人来它一杯冰凉的沙士啤酒。"

"叫爱伦去买好了。爱伦上哪儿去啦?她老是悄没声地进进出出,像一阵烟似的。"

玛吉·扬-亨特心神不定地站起身来。"今儿是你们的家庭聚会。我该走啦。"

"可是玛吉,怎么能缺了你呀。爱伦到底上哪儿去了呢?"

"玛丽,你最好别逼得我承认,我已经累得有点坐不住啦。"

"你确实够辛苦的了,亲爱的。瞧我这个好记性。我们俩倒真好好地休息了两天,你简直都想象不到——这都得感谢你。"

"我也挺高兴。我觉得过得痛快极了。"

她一心想离开,而且愈快愈好。她听了我们俩以及亚伦的连声道谢以后就匆匆地赶紧走了。

玛丽悄声地说:"我们还没告诉他俩铺子的事呢。"

"让它去吧。何必夺了我们那位小宝宝阁下的兴头。今天是该让他高兴高兴的。爱伦到底上哪儿去了?"

"她已经睡了。"玛丽说。"你想得很周到,亲爱的,你说得对。亚伦,今儿这一天够瞧的,你该去睡了。"

"我还想再在这儿坐一会儿。"亚伦挺和气地说。

"可是你得休息啦。"

"我这会儿就在休息呀。"

玛丽求助似的望望我。

"这可真是到了考验人的性子的时候啦。要么让我狠狠揍他一顿，要么就让他甚至爬到我们头上去。"

"说真的，他还只是个孩子呀。不过他需要休息。"

"他现在需要各种各样的东西，就是不需要休息。"

"谁都知道小孩子需要休息。"

"谁都知道的事大多都是错的。你什么时候听说过小孩子会因为疲劳过度而死么？决不会，只有大人才会这样。孩子们都够机灵的，决不会到这个地步。他们到需要休息时就会去休息的。"

"可这会儿都已经过了午夜了。"

"一点不错，宝贝，所以他明天早晨就会一直睡到中午。而你我六点钟就得起来啦。"

"你是说你要去睡了，让他就在这儿坐着么？"

"他需要为我们俩生下他进行报复。"

"我不懂你在说些什么。什么报复？"

"我想跟你打个赌儿，因为你快要发火了。"

"的确是这样。你老在说傻话。"

"要是我们睡下以后，他在半个钟头之内不偷偷溜回他的窠里去的话，我就输给你四千七百万零八百二十六块八毛钱。"

谁想到我真输了，因此得赔她这笔钱。我们俩互道了晚安之后一直过了三十五分钟，楼梯才在我们那位名人的重压下发出轧轧的响声。

"我真恨你会猜对。"我的玛丽说。她已经存心一夜不睡专心听着。

"我并没猜对,亲爱的。我猜错了五分钟。我只记得自己小时候的脾气了。"

她马上就睡着了。她没有听见爱伦悄悄下楼的声音,我却听见了。但我顾自己望着那些在黑暗中飘动的红斑点。我并没有去跟踪她,因为我听得见铜钥匙在橱门上的锁孔里轻轻扭动的声音,心里明白我的女儿又在那儿给自己的电瓶充电了。

我眼前的红斑点很活跃。它们飘来飘去,可是一当我凝目注视它们,却又马上飞走了。老船长也在回避我。他自从……嗯,自从复活节以来就没有清晰地出现过。他不像哈丽雅特姑母——"愿她的在天之灵平安"——不过我完全明白,每当我自己对自己感到不满的时候,老船长总是不会清晰地出现的。这倒仿佛是衡量我对我自己的感觉的一种标志。

这天晚上我强使他出现。我僵直地远远躺在床上我睡的这一边。我绷紧全身每一块肌肉,尤其是颈上和下颏的肌肉,两手捏紧拳头压在肚子上,终于强使他出现了,一双阴沉的小眼睛,翘起的小胡子,还有微微向前倾的两肩,这表明他从前曾经是个体格强壮的人而且曾经充分发挥过它的威力。我甚至还让他戴上了那顶蓝色的帽子,帽上有发亮的短帽舌,上面有两只铁锚组成一个"H"形帽徽,这顶帽子他一向是很少戴的。这老家伙很不情愿,但是我终于硬让他来了,而且把他安顿在旧港中离"那地方"不远的防波堤上。我计他稳稳地坐在一堆磕石上,让他屈起手掌两手牢牢地扶着鲸角的手杖头。这根手杖足足能打翻一头巨象。

"我需要憎恨。抱愧和体谅是吃奶娃娃的事。我却要去毫不容情地憎恨,才能发泄我心头之恨。"

回忆仿佛是一条多产的雌鱼。只要一开头有了某一个清晰具体的印象,它就会立刻迅速衍生,而且一旦开始以后,它既能向前衍生,也能向后衍生,就像电影胶卷似的。

此刻老船长就活动起来了。他拿起手杖指着:"从防波堤外的第三块礁石划一条线和港口海岬涨潮时的最高点连起来,在这条线外半链长光景的水面底下就是它,就是它剩下的残骸。"

"一链长是多远呢,先生?"

"多远?怎么,当然是一百英寻呀。它停泊在那儿,潮涨了,船在摇晃打转。那正是连着两年不顺利的时候。装鲸油的桶有一半是空的。夜半光景,我正在岸上,它着起火来了。当鲸油烧着了以后,把全城都照亮得像白天,油面上的火舌儿几乎都舔着了老远的奥斯普里岬角。又不能想法把它靠岸,因为怕烧着了船坞。只不过一个小时,它就一直烧到了吃水线。它的龙骨跟副龙骨这会儿还沉在那儿的水底下。都是谢尔特岛的原生橡木造的。船上的托板也是。"

"火是怎么着起来的呢?"

"我从来不认为它是自己着起来的。当时我正在岸上。"

"有人故意想放火烧掉它么?"

"自然,它的主人嘛。"

"你不就是它的主人?"

"船只有一半归我。我可决不会去放火烧掉一只船的。我这会儿真想瞧瞧那些龙骨——想瞧瞧它们现在成什么样子了。"

"好了,你可以走啦,先生。"

"光这么说说是不够解恨的。"

"总比不说好一点嘛。我会把那根龙骨捞上来的——一等我有了钱以后。我要为你这样做——从第三块礁石划一条线和港口海岬涨潮时的最高点连起来,在这条线外半链长的地方。"我并没有睡着。我的两只拳头和前臂都紧紧地按在肚子上,以防老船长隐没不见,但是一等我放他走了以后,睡意马上笼罩了我。

从前每当法老做了一个梦,他就马上把详梦专家们召来,他们就会给他解释王国里已经和将要出的事,而这么做是完全对的,因为他是国王。当我们这些人有谁做了一个梦,我们就会上详梦家那儿去,他们会给我们解释在我们各人的国度里出了什么事。我刚做了个梦,却用不着找详梦家。跟大多数现代人一样,我并不相信预言或者魔法,可是却又把自己的一半时间花在自己干这些事情上。

春天的时候亚伦因为觉得沉闷和寂寞,曾经宣称自己是个无神论者,决心要给上帝和父母们颜色看。我叫他别把话说得太绝了,否则他就再不能继续自由自在地忌讳在梯子底下经过,一碰到黑猫就吐口唾沫,伸拇指来解晦气,或者看见新月出来时连忙表示心愿。

最害怕梦的人老竭力让自己相信他从来不做梦。我尽管很容易解释今儿为什么做这个梦,但却仍旧无法使它显得不那么可怕。

丹尼不知通过什么人转告给我一个要求。他就要坐飞机走了,他想打我这儿要些东西,而且还得由我来做。他要送一顶帽子给玛丽。要送那种用小羊羔皮做的棕色麂皮帽子,毛片向里。要用像我的一双镶毛边旧拖鞋上那样的皮,做成像棒球帽那样,有个长帽舌。他还要一个小风车,不是那种会转的小铁盘,而是自己用又薄又硬的明信片纸板来做,安在细竹竿上。他叫我在他动身之前去跟他见面。我把老船长那根鲸角手杖带在身边。它一直插在大厅上一个象脚形状的雨伞插筒里。

当别人把那只象脚作为一件礼物送给我们时,我瞧了一下那些挺大的象牙色趾甲,对孩子们说:"谁给这些趾甲抹上指甲油的话,就得挨一顿揍,听明白了么?"他们很听我的话,所以后来我只好自己来给它们抹——用从玛丽梳妆台上拿来的鲜红色指甲油。

我开着马鲁洛那辆庞迪亚克去会丹尼,所谓飞机场就是新港镇的邮局。我停好车后,把那根有点拧转成螺旋形的手杖放在后座上,这时有两个样子挺讨厌的警察开着一辆警车过来,说:"不准放在车座上。"

"这难道违法么?"

"看来你还想逗逗能?"

"不,我只是问一问。"

"那好吧,别把它放在座位上。"

丹尼正在邮局后面屋子里拣邮件。他戴着那顶麂皮帽,转着纸板做的风车。他的脸消瘦,嘴唇干裂,可是手却肿得像个热水袋,好像被黄蜂叮了似的。

他站起来跟我握手,我的右手仿佛被裹进一团暖乎乎的橡皮里。他朝我手心里不知塞了个什么东西,又小又沉又凉,像钥匙那么大小,但不是钥匙——是一个模子,一件金属的东西,摸上去棱角锋利而表面光洁。我不知道那是什么，因为我并没去看它而只是摸到了它。我凑近去吻了吻他的嘴，唇上感觉到他的嘴又干裂又粗糙。正在这时我醒了过来，浑身冷得打战。天已黎明了。我能看见那个湖但还看不清站在水里的牛，同时我仍旧能够感觉到那干裂的嘴。我马上爬起来，因为我不想再躺在那儿想着这个梦。我没煮咖啡，却跑到象脚那儿去，看到那根被称做手杖的样子恶狠狠的棍子仍旧插在那儿。

这是万物苏醒的黎明时刻，但又闷又热，因为清晨的风还没有刮起来。街道呈银灰色，人行道上被人类的废弃物弄得污糟糟的。"前桅"还没开，不过我反正也不想喝咖啡。我穿过巷子，打开了我的铺子后门——望望前面店堂里，看见那皮帽盒仍在柜台背后。我打开一听咖啡，把里面的咖啡全倒进垃圾桶。又拿过一罐炼乳来，戳了两个孔，把炼乳倒在咖啡听里，然后打开一点后门，把它放在门外面。那只猫正在巷子里，但是它不肯走到牛奶跟前来，直到我走进了前面店堂里。我从这里可以看见它，灰色小巷里一只灰色的猫，正在那儿舔着牛奶。当它抬起头来时，嘴边沾满牛奶，就像一圈胡子似的。它蹲下来，弄干净嘴，又舔着自己的脚爪。

我打开帽盒，取出星期六的账单，全登了记，用夹子夹在一起。又从银行的棕色信封里拿出三十张一百块的钞票，把其余的二十张仍放回里面。这三千块钱我准备作为店里收支能保证平衡之前的紧急备用金。玛丽的另外两千块准备仍旧存进她的户头，并且一等我有了把握以后，尽快把那三千也重新存回去。我把这三十张钞票放进皮夹里，弄得我后面的裤袋非常鼓。然后我从堆房里搬出货箱、纸盒来,把它们一一拆开、撕开,一边动手把我那些弄空了的货架重新添上货,一边把需要重新进货的单子开在一张包装纸上。空的货箱和盒子我都堆在巷子里,等废品车来把它们拉走,顺便再倒点牛奶在咖啡听里,可是猫并没有再来。它要不是已经喝饱了,就是只爱吃它自己偷来的东西。

大概一年跟一年都不相同,就像在天气、事态发展和人们的心情上每一天都跟另一天不同一样。今年一九六〇年这一年是变化的一年,潜在的恐惧公开化了,烦恼不满不再隐而不露,而是逐渐变成了愤怒。这种情况不仅仅出现在我身上或者新港镇上。总统选举很快就要来到,怨恨不满的气氛正在逐渐变成愤怒和随之而来的激动。而且这还不仅仅是在我们这个国家;随着怨恨不满化为愤怒,而愤怒又渴望通过任何行动——只要是狂暴的就好——找到发泄的出路,全世界都愈来愈变得烦躁不宁了。非洲,古巴,南美,欧洲,亚洲,近东,人们都烦躁激动,就像起跑以前关在栅栏里的马。

我预料到七月五日星期二将会是一个比其他日子更重大的日子。我甚至觉得我事前就已预料到那天会发生什么事情,但由于这些事都是后来确实发生了的,所以我也拿不定我是否真的预料到了。

我觉得自己仿佛预先知道,像十七钻防水手表那样分秒不差的贝克先生在银行开门前一个钟头准会来敲我的前门。我还没有开始营业,他果然来了。我开门请他进店来,然后又关上了门。

"多可怕的事呀。"他说。"我正好不在。一听到之后赶紧回来。"

"什么可怕的事，先生？"

"怎么，这件丑闻呀！那些人都是我的朋友，老朋友了。我总得想点什么办法才好。"

"选举以前只是起个诉，连审讯都不会开始审讯他们的。"

"我明白。咱们能不能发表个深信他们无罪的声明呢？必要的话甚至就用出钱登广告的方式。"

"登在哪儿呢，先生？《港湾先驱报》要到星期四才出。"

"嗯，可总得想点什么办法才好。"

"我明白。"

这些话都说得那么一本正经。他大概已经知道我心里有数。但他却还是坦然望着我，而且显出真心难受的样子。

"咱们要不想点什么办法的话，那班发疯似的家伙会把镇上的选举都给搅毁了的。咱们现在得另推一些新的候选人。此外没有别的办法。要把这话告诉这些老朋友的确有点难堪，不过他们自己首先应当明白，咱们决不能让一班傻头傻脑的家伙乘机插进手来。"

"你去跟他们谈明白不好么？"

"他们都已经大受打击，头脑不清了。他们还来不及清醒过来好好想一想。马鲁洛来过了么？"

"他托了一个朋友来过。我花三千块钱把这铺子买下来了。"

"这挺好。你做了桩便宜买卖。拿到契据了么？"

"是的。"

"那好，要是他想耍滑头，钞票是记了号码的。"

"他不会耍滑头。他盼望离开。他已经厌倦了。"

"我永远不相信他。从来搞不清他在什么事情上插了手。"

"他是个骗子么，先生？"

"他挺滑头，惯于玩两面把戏。要是允许他变卖产业的话，他是会有不少钱的。可是三千块——这等于是白送。"

"他挺喜欢我。"

"看来准是这样。他委托谁来的，一个黑手党里的人么？"

"一个政府官员。你看，马鲁洛是信任我的。"

贝克先生忽然把脑门一拍，这有点不大符合他的常态。"我怎么没早想到这一点？你倒正是个合适的人。好门第，靠得住，有产业，自己经营生意，受人尊重。你在这个镇上没有冤家对头。毫无疑问你正是个合适的人。"

"合适的人？"

"当镇长。"

"我从上星期六才刚开始有自己经营的生意呀。"

"你一定明白我的意思。围绕着你咱们就可以有一些受人尊重的新面孔出现。是啊，这倒是个理想的办法。"

"一个杂货店员一跃就当上镇长？"

"从来就没有人把一位霍利家的人看成杂货店员。"

"我就这样看。玛丽也这样看。"

"可你并不是这样一个人。咱们可以乘那班发疯似的家伙还没发动，今天就宣布。"

"我还得从里到外，从内龙骨到第三帆，好好考虑考虑。"

"没有时间啦。"

"在这以前你原来考虑的是谁呀？"

"什么以前？"

"镇议会着火以前。这事咱们再谈吧。上星期六可真是个忙日子。我差点连秤都要一起给卖出去了。"

"你可以依靠这铺子好好干出点事业来哩，伊桑。我劝你先把营业开展起来，然后卖掉它。你就要变得身份太高，不宜于再去招呼顾客了。丹尼到底有没有什么消息呀？"

"还没有，到现在为止还没有。"

"你真不该给他钱的。"

"或许是这样。我原来以为是在做一件好事呢。"

"你当然会这样想，当然会这样想。"

"贝克先生……当初'美人阿黛尔号'到底出了什么事呀？"

"出了什么事？怎么，它着火烧掉了呀。"

"就在港湾里……可究竟是怎么起火的呢，先生？"

"真有意思，这会儿问起这事来了。我只是听别人说的。当时我还太小，简直记不清了。这些老船都浸透了鲸油。我想大概有哪一个水手扔下了一根火柴。你祖父是船主。我想他那时正上岸去了。船还刚开回来不久。"

"那次出海情况不顺利。"

"我也听说是这样。"

"领取保险金碰到麻烦了么？"

"是啊，他们总是要派检查员来的。不，据我记得，这花了点时间，不过后来咱们——霍利和贝克两家的人，还是领到了。"

"我祖父却认为它是放火烧掉的。"

"老天在上，这为什么？"

"为了弄到钱。捕鲸业已经过时了。"

"我从来没听说他讲过这个话。"

"你从来没听说么?"

"伊桑……你到底在打什么主意?干吗你又提起很早以前发生的事?"

"放火烧船是件可怕的事情。这等于是谋杀。将来有一天我要把它的龙骨打捞上来。"

"它的龙骨?"

"我知道它沉在哪儿。离岸半链长的地方。"

"你干吗要这样干呢?"

"我想看看那橡木是不是还完好。它是用谢尔特岛的原生橡木造的。要是船的龙骨还在,那就等于船还没完全毁灭。你该走啦,要是你准备去主持开保险箱的祝福礼的话。我也该开门了。"

这时他的摆轮马上又走动了,立刻嘀嗒嘀嗒地向银行里走去。

我现在觉得我也同样能料到比格这会儿该来了。这可怜的家伙大概一生大半时间都在守着门等待机会。这次他也准是守在某个望得见的地方等着贝克先生走。

"希望今天你不会气势汹汹把我的话顶回去啦。"

"干吗我要那样呢?"

"我能理解上次你为什么那么怒气冲冲。我想我大概还不大……有外交手腕。"

"也许是这样。"

"你反复考虑了我的建议么?"

"是的。"

"你觉得怎样呢?"

"我觉得百分之六更好一点。"

"我不知道 B. B. D. 公司会不会肯干。"

"这是他们的事。"

"他们或许会给五分五。"

"那么你或许要那另外时半分吧。"

"好家伙!我原来还以为你是个乡巴佬呢。"

"干就干,不干就算。"

"那好,批货量有多大呢?"

"现金出纳机旁边有张部分货物的进货单。"

他仔细看了看那张包装纸。"看来你是把我给弄上钩了。可是,老兄,我是忍痛牺牲啊。今天能给我一份完整的进货单么?"

"最好明天给你,那样也会更完整些。"

"你是说你会把全部订货都转给我们么?"

"要是你们做得公道的话。"

"老兄,你准是把你们老板全抓在手心里了。你有把握玩得转么?"

"走着瞧吧。"

"那好,说不定我能乘机去探望一下那位推销商的密友。老兄,你准是干巴巴像条青鱼那么冷漠无情。我跟你说,那个女人可真是个甜姐儿呢。"

"是我太太的好朋友。"

"哦,原来这样!我明白是怎么回事啦。离家窝太近,容易漏风声。你是够机灵的。要是过去我不知道,现在可知道了。六分回扣,我的老天!那么明天早上。"

"要是我抽得出时间,或许今天下午就行。"

"明天早上吧。"

上星期六生意应接不暇。这礼拜二整个步调全变了。来的人都从容不迫。他们都想谈谈那件丑闻,口里说它真糟糕、可怕、难受、丢脸,但同时却又津津乐道。我们这儿已好长时间没听到丑闻了。谁也没提就要在洛杉矶召开的民主党全国代表大会——甚至一次也没提到。自然,新港镇是个拥护共和党的市镇,不过我想大半也是因为他们只关心跟本地有关的事情。那些我们今天正在他们坟头上跳舞的人,才是我们大家所熟悉的。

中午的时候斯通沃尔·杰克逊警长走了进来,样子显得疲乏而愁闷。

我拿出那个油听放在柜台上,用一根铁丝捞出了那支旧手枪。

"这就是那件罪证,警长。你拿去吧,好么?它弄得我心神不宁。"

"好吧,把它擦擦干,好么?瞧瞧!这就是他们平常唤做两块钱手枪的老家伙——枪栓在上面的'艾弗·约翰逊'牌手枪。你能找个人看一下铺子么?"

"不行,没人啊。"

"马鲁洛哪儿去了?"

"他出门去了。"

"我想你大概只好暂时把店关掉一会儿。"

"怎么回事,警长?"

"嗯,今儿早上查理·普赖尔的孩子从家里逃了出去。你这儿有什么冷饮么?"

"当然有。橘子汽水,克凌汽水,柠檬汽水,可口可乐?"

"给我瓶'七喜'汽水吧。查理是个有趣的家伙。他的孩子汤姆今年八岁。他觉得全世界都跟他作对,所以打算逃走去当海盗。换了别人,谁都会给他屁股上来一顿好揍,可是查理才不呢。你怎么不打开瓶子呀?"

"对不起。好,请喝吧。可查理跟我有什么关系呢?自然,我挺喜欢这个人。"

"嗯,查理干出事来老跟别人不一样。他觉得叫汤姆清醒过来的最好办法是去帮助他。所以吃过早饭,他们打了个铺盖卷,准备了一大顿午饭。汤姆还想带把日本军刀作防身武器,但是它太碍手碍脚,所以只好带了把枪上的刺刀。查理把他安顿在汽车里,然后开车送他出城,好让他去动身干他的事业。他开到泰勒家草地附近——你知道,就是泰勒家原来有屋子的老地方,就让他下车走了。这时大约是今早九点钟光景。查理在那儿等了一会儿,望着那孩子的动静。那孩子干的第一件事就是在地上坐下来,吃了六份三明治再加两只煮鸡蛋。接着他就勇敢地带着他那小铺盖卷和那把刺刀,继续穿过草地走去,而查理就只管自己开车回家了。"

这终于来了。我早已料到,早已料到。了结这件事几乎叫人感到舒了一口气。

"约摸十一点光景,他哭哭啼啼跑回到公路边,拦住辆汽车搭车回来了。"

"我想我能猜得着,斯托尼——是不是丹尼?"

"我怕是这么回事。他就在原来那老屋子的地窖里。一箱威士忌,只喝光了两瓶,还有一瓶安眠药。我很抱歉,伊桑,不得不来请求你。他已经躺在那儿很长时间,有什么东西咬坏了他,咬了他的脸。大概是猫。你可记得他身上有什么疤或者别的标记么?"

"我不愿意看到他,警长。"

"可是,谁愿意呀?他有什么疤么?"

"我记得他左腿膝盖上面有个被铁丝网拉的伤疤,还有……还有——"我卷起袖子来,"像这样一个刺出来的心形花纹。是我们小时候一块儿刺的。用刀片刺破,抹上墨水。现在还很清楚,瞧见么?"

"好——这就成了。还有什么吗?"

"是的——他左肩下面还有个大伤疤,切去了一段肋骨。他害过胸膜炎,当时新药还没出来,他们给他安了排脓管来排脓。"

"嗯,要是切过一根肋骨,那自然更没问题啦。甚至都用不着我自己再去了,就让验尸官劳驾吧。要确实是他,你还得就那些标记宣誓作证。"

"行。可是别要我看他的脸,斯托尼。他曾经是……你知道……他曾经是我的好朋友。"

"行,伊桑。顺便说起,我听人讲你正竞选当镇长,有这回事么?"

"这我倒也是第一回听说呢!警长——你能不能替我在这儿待两分钟……"

"我得走了。"

"只待两分钟,让我跑到街对面去喝几口酒行么?"

"哦,那行!我明白。行,快去吧。跟未来的新镇长还得搞好关系嘛。"

我喝了酒,还带了一品脱回来。等斯托尼走了以后,我在一张硬纸片上工工整整写了"两点恢复营业"几个大字,关上门,拉下了帘子。

我在自己铺子的柜台后面用皮帽盒当凳子坐了下来,坐在我自己的铺子里一片朦胧而发绿的暗淡光影下。

第二十章

三点差十分,我走出后门,转过巷口拐角,朝银行大门走去。莫菲坐在他那个铜栅栏围成的鸟笼里把一叠钱和支票、棕色信封、存款单收了进去。他叉开食指和中指翻着小小的存折,接着用蘸水钢笔沙沙地写下一些工整的数目字。当他把存折推过来给我时,他抬起谨慎而不露声色的目光望着我。

"我不会跟你谈这件事的,伊桑。我知道他是你的好朋友。"

"谢谢你。"

"快走吧,免得跟我们的头儿见面。"

可是我没有能走得了。我估计莫菲很可能已经暗中给他报了信。那扇毛玻璃的办公室门忽然打开,整洁、瘦弱而头发花白的贝克先生轻声地说:"你能进来一会儿吗,伊桑?"

用不着再拖延了。我踏进他那光线幽暗的办公室,他悄没声地关上了门,我甚至都没听见门锁合上的声音。他的办公桌蒙着玻璃台面,下面压着打印的人名和电话号码单。在他的高背椅两侧,分列着两张供客人坐的椅子,仿佛一对吃奶的小牛犊。它们都很软和舒适,但却比办公椅要矮一些。我坐下来以后,得仰面瞧着贝克先生,这就使我处于仿佛有所求的地位。

"真是件伤心的事情。"

"是的。"

"我并不觉得这全怪你。或许不管怎样这事都会发生的。"

"或许是那样。"

"我相信你本以为自己是在做一件好事情。"

"我原想让他能得到一个机会。"

"你自然是这样想的。"

我心里腾起一阵忍不住的怒火,连喉咙里都仿佛有种苦辣辣的味道,与其说是气愤还不如说是厌恶。

"且不说它是一种无意义的人生悲剧,而且它也带来一个难题。你知道他有什么亲戚吗?"

"我想并没有。"

"凡是有钱人总是会有亲戚的。"

"他并没有钱。"

"可他有泰勒家的草地,产权完整,毫无抵押积欠。"

"是么?嗯,不过是一片草地,还有个地窖。"

"伊桑,我跟你说起过,我们正在计划建一个飞机场,为整个地区服务。那片草地很平整。要是我们不能利用它,那就得花几百万去碾平山头开辟跑道。现在这样一来,即使他没有亲属来继承,这事也必须得通过法庭来处理。要花好几个月时间。"

"我懂啦。"

他火了起来。"我怀疑你到底真懂了没有!因为你的好意,就把整个事情弄成可望而不可即了。有时候我真觉得做好事的人实在是世界上最危险的人物。"

"也许你的话是对的。我得赶紧回店里去了。"

"它现在是你自己的店了嘛。"

"真的么？我对这事还一直没有习惯。我老爱忘事。"

"是啊，你是爱忘事。你送给他的那笔钱还是玛丽的呢。她从此就见不着这笔钱了。你把它给白白扔掉了。"

"丹尼是很喜欢玛丽的。他知道这是她的钱。"

"这对她又有什么好处。"

"我想他是开玩笑。他给了我这个。"我从里面口袋里掏出那两张带格的纸来，我原来把它们放在那儿，就已经料到以后会要在这样的情况下掏出它们来的。

贝克先生在玻璃板上把它们摊摊平。当他一读上面写的东西，他右耳旁一根筋就猛地一抽，连整个耳朵都抽搐了起来。他的目光又回过去把它们重读了一遍，这次是想寻找里面的漏洞。

当这个狗娘养的抬眼望着我的时候，显出了一种恐惧的神色。他仿佛看见了一个自己从来还不曾注意到的人。他不得不费了点时间才能调整自己对一个陌生人采取的新态度，不过他确实是好样儿的，他还是调整了过来。

"你的要价是多少？"

"百分之五十一。"

"什么的百分之五十一？"

"股份公司或者合资企业或者不管叫什么。"

"这简直有点荒唐可笑。"

"你需要一个机场。我拥有唯一合适的地方。"

他用一张随身带的纸手巾仔仔细细地擦了擦眼镜,又重新戴上。但他一眼也没有瞧我。他绕着我瞧了一圈,却单单不瞧我。最后他终于问道:"你当时明白你在干什么吗?"

"是的。"

"你现在对这样做觉得心情平静么?"

"我想我的心情大概跟当初带一瓶威士忌给他,想叫他签一份字据的人差不多。"

"这是他告诉你的么?"

"是的。"

"他是个撒谎的家伙。"

"这他自己对我说过。他警告过我他是爱撒谎的。说不定这些字据里有什么圈套。"我从他面前轻轻拿过它们来,把这两张弄脏了的铅笔字据折了起来。

"确实是有圈套,伊桑。这些文件是没有毛病的,有日期,有见证人,一清二楚。说不定他恨你。说不定他的圈套就是要使一个人腐化堕落。"

"贝克先生,我们家里可从来没有一个人放火烧过船。"

"咱们要好好谈谈,伊桑,咱们要一起经营事业。咱们会赚钱的。围着草地的小山上会兴起一个小小的城镇来。我想你现在一定得当镇长了。"

"我不干,先生。那会带来利害冲突。这会儿就正有几个可怜的人物醒悟到了这一点。"

他叹息了一声——这是一种小心的叹息,似乎生怕引出了某种已经涌到喉咙边的东西似的。

我站起身来，一只手按着那张给请求者坐的椅子上微弯而柔软的包皮椅背。"先生，你什么时候习惯了我并不是好摆布的傻瓜这一事实，你就会觉得好过一些了。"

"你当时为什么不能对我吐露心腹话呢？"

"一个同谋犯是危险的。"

"那么你的确感到你是干了一件犯罪的事喽？"

"不。犯罪的事总是别人干的。我得去开门营业啦，尽管那已经是我自己的铺子。"

我刚伸手拉门把手时，他忽然轻声地说："是谁告发马鲁洛的？"

"我想准是你吧，先生。"他跳了起来，但我把房门在身后关上，径自回到店里去了。

第二十一章

　　世上没有第二个人像我的玛丽那样善于安排宴会或者庆祝会。使她像一块宝石那么光彩焕发的，倒不在于她的善作贡献，而在于她的善于领受。她两眼放光，笑容可掬，她随时会呵呵发笑，使一句并不高明的玩笑话也大受鼓励。有玛丽站在大门前迎客，每一位来宾都会觉得他似乎比平时变得更为聪明、更为招人欢喜，结果他也就真的变成那样了。除此以外玛丽并不会也不需要再作更大的贡献。

　　我回到家里时，霍利家的整个屋子都洋溢着节日的喜气。色彩鲜艳的塑料彩旗挂满了天花板，从房间中央的电灯旁一直到四壁绘彩的墙檐都是彩旗，从楼梯栏杆上也垂下一串串红红绿绿的塑料小旗。

　　"你简直都想不到。"玛丽大声嚷着。"爱伦从埃索公司加油站弄到了这些东西。乔治·桑登把它们借给了我们。"

　　"这是庆祝什么呢？"

　　"庆祝一切。全是大喜事。"

　　我不知道她是不是已经听说了丹尼·泰勒的事，或者虽然听说，却已把他扔在一边了。当然，我不会把他请来参加我们的庆祝会，但是他正在附近徘徊。我知道我稍后一定得去跟他见面，但决不会请他进我们屋里来。

"你简直会觉得仿佛是爱伦得了奖似的。"玛丽说。"她甚至比自己成了名人还更加感到自豪。瞧瞧她烤的大蛋糕。"那是个很高很厚的白蛋糕，上面浇着红、蓝、黄、绿几种颜色拼成的"英雄"两个字。"咱们今儿有烤鸡，带汁的，还有鸡杂汤，还有土豆泥，尽管现在是夏天。"

"好极了，宝贝，好极了。那么那位小名人在哪儿呢？"

"你瞧，他也变得大不相同了。他正在洗澡换衣服，准备吃饭。"

"今儿真是个预兆大事的日子呢，小女巫。你准会在哪儿看到骡子产驹或者天上出现了一颗新彗星呢。晚饭前洗澡，真想得出！"

"我看你最好也换换衣服。我准备了一瓶酒，我想或许该致个祝辞或者祝个酒或者这一类的仪式，尽管只是家庭庆祝会。"她已经丝毫不假地使满屋子都洋溢着宴会的气氛。我也不由自主急忙冲上楼去洗个澡，好让自己也配得上这个盛会。

经过亚伦的房间时，我敲了敲门，听见里面哼哼了一声，就开门走了进去。

他正站在自己那面镜子跟前，手里拿着一面小镜子，以便能照见自己的侧影。他已经用什么黑糊糊的东西，也许是玛丽的染睫毛油，在脸上画了一撇黑黑的小胡髭，还描浓了眉毛，把朝外的两端描成高高翘起的恶魔式眉梢。我走进去时，他正在对镜微笑，做出洞察世情和玩世不恭的迷人姿态。同时他还打上了我的那条蓝色花点的蝴蝶领结。他被人撞见时一点也没有显出发窘的样子。

"排练一下节目。"他一边说,一边放下了小手镜。

"孩子,这两天一直在兴高采烈,我大概都还没顾得上跟你说我是多么为你感到骄傲呢。"

"这只是——嗯,这还只不过是开个头。"

"老实说,我原来还当你这个作者并不见得比我们那位总统高明。我一面感到高兴,一面也有点出乎意料。你什么时候当众宣读你的文章呀?"

"星期天,四点半,还要全国转播。我得去纽约。乘专机去。"

"你已经练熟了么?"

"哦,我准能对付。这还只是开个头。"

"可是成为全国五个人中的一个,简直有点像平步登天呢。"

"全国转播。"他说着,就开始用一块棉花擦掉胡子,我惊异地发现他有一整套化妆用品,画眼圈膏,油彩,冷霜全有。

"咱们家什么事全都一下子发生了。你知道我买下了铺子么?"

"对!我听说了。"

"那好,等这些悬旗挂彩的热闹场面结束以后,我就需要你来帮助我了。"

"你说什么?"

"我以前已经跟你说过了,上铺子里去给我帮忙。"

"我不能干这个。"他说着,就照着小镜察看起自己的牙齿来。

"你不能干什么?"

"我已经被约请去表演好几个客串节目,接着还有《我干的是哪一行？》和《神秘的来客》。然后电视台还要播出一个新的问答节目，叫《小刁钻》。说不定还会让我去主持呢。所以你看，我一点时间也没有。"他从软管里挤出点什么黏糊糊的东西来抹在头发上。

"那么说你的前途已经定了？"

"好像我跟你说过了，这还只是个开头。"

"今天晚上我不想挑起争端。咱们下次再谈。"

"有个全国广播公司的家伙一直在打电话找你。大概是想签个合同的事，因为我还没有成年。"

"你想过上学的问题么，我的孩子？"

"要是有了合同，谁还需要那个？"

我急忙走出房间，关上了门，然后在浴室里放开冷水冲凉我的皮肤，让凉气渐渐刺入骨髓，以便压下那使我浑身打战的怒气。等到我干干净净、容光焕发地洗好澡出来，喷上玛丽的香水，我的自制力已经恢复了。吃饭前几分钟，爱伦先在我椅子扶手上坐下，接着滑下来坐在我的膝头上，两手紧抱住我。

"我多爱你呀。"她说。"这真叫人兴奋，对么？亚伦多了不起呀！他仿佛是天生就会成功的。"这竟是我原来以为非常自私而且还有点小心眼的女孩子所说的话。

饭吃到快要端上大蛋糕来的时候，我举杯为我们的小英雄致了祝酒辞，祝他未来幸福，最后结尾说："如今我们那满腹怨恨的严冬，已被这约克的儿子照耀成融融的夏日。"

"这是莎士比亚呀。"爱伦说。

"是的，小傻瓜，可是是哪一个剧本，谁说的，在戏里什么地方呢?"

"我才不想知道呢。"亚伦说。"那都是书呆子读的。"

我帮着把盘子搬到厨房里去。玛丽仍旧神采焕发。"别烦恼。"她说。"他会找到自己该走的路的。他会一切都顺顺当当。你千万对他耐心点儿。"

"永远遵命,我的圣杯。"

"今儿有个人从纽约打电话来。我想大概是为亚伦的事。要派飞机来接他呢,你看多带劲!我对你当了铺子的老板这件事一直还没弄习惯。我已经知道——全城都已经传开了,你就要当镇长了。"

"我不会当的。"

"可是我已经听不少人说过。"

"我要经营生意,就不可能去当镇长。我得出去一会儿,我的宝贝。我有个约会。"

"说不定我会愈来愈觉得但愿你仍旧当个店员呢。那时你至少晚上都在家。要是那人再来电话怎么说呢?"

"让他再等一等。"

"他等不及啦。你会回来得很晚么?"

"说不定。要看事情怎么样。"

"丹尼·泰勒的事真叫人伤心,对么?带上件雨衣吧。"

"确实是伤心。"

走到大厅里,我戴上了帽子,又心里一动,随手从象脚筒里抽出了老船长的鲸角手杖。爱伦忽然出现在我的身边。

"我跟你一起去好么?"

"今晚上不行。"

"我真爱你呀。"

我定睛瞧了我女儿一会儿。"我也挺爱你。"我说。"我要带珍宝来给你——你最喜欢什么？"

她格格地笑起来。"你准备将来老拿着手杖了么？"

"好进行自卫。"我把这支有点成螺旋形的鲸角手杖像一把大刀似的拿在手里，做了几个格杀的架势。

"你要去很长时间么？"

"不会太长。"

"干吗要带着手杖呢？"

"完全是为摆摆样子，是一种夸耀，一种威胁，一种害怕，一种需要带武器的心理遗迹。"

"我要等着你回来。让我拿着那块红东西好么？"

"哦，别等我，我的小除虫菊姑娘。红东西？你是说护身宝么？那当然可以。"

"什么叫护身宝？"

"去查查字典吧。知道是哪几个字么？"

"富——身——宝。"

"不对，是护——身——宝。"

"干吗你不解释给我听呢？"

"你查了就会记得更牢。"

她伸出两只手搂住我，紧紧地抱了抱，又很快放开了我。

周围的夜气潮湿而浓郁，浓得就像是鸡汤似的。榆树街上掩映在密密的树叶丛中的街灯，透过水汽散发出一圈圈潮湿而朦胧的光晕。

一个忙于工作的男人很少有机会接触正常的白昼世界。难怪他只好从妻子那儿听到各种消息，并由此形成他的看法。她知道发生了一些什么事，对这些事谁又说了些什么，但这一切都是通过她的女性心理反映出来的，因此有工作的男人大都总是通过女人的眼光来看白天的世界。可是到了晚上，他的铺子或者他的工作已经闲空了，这时候一个真正男人的世界才会在他眼前出现——尽管只是暂时的。

那根扭曲成螺旋形的鲸角手杖握在我手里觉得挺舒服，它那沉重的包银杖头已被老船长的手掌磨得十分光滑。

多年以前我生活在白天世界里的时候，我对它感到了烦腻，有时会宁愿跑到草地上去。当我脸朝下紧贴着青翠的草茎俯伏在地时，我仿佛变成了蚂蚁、蚜虫、螟蛾中的一个，而不再是一个巨人了。我就在草地上这样一个充满野性的丛莽里，找到了给人带来心灵平静的那种悠然忘我的境界。

今天深夜里，我渴望着到旧港和"那地方"去，在那儿，一个由循环不息的生命、时间和潮涨潮落所形成的、不以人力为转移的世界，一定能平息我心中的紊乱不宁。

我迅速地走上正街，经过"前桅"门前时只隔街望了一眼我那个遮着绿色窗帘的铺子。在消防站前面，威利正坐在一辆警车上，满脸通红，活像一只肥猪似的浑身是汗。

"你又在游荡了么，伊桑？"

"唔。"

"丹尼·泰勒的事真叫人伤心得要命。一个挺不错的家伙呢。"

"确实是要命。"我说着,赶紧继续往前走。

偶尔有几辆汽车开过,掀起一阵微风,但是却没有人在街上踯躅。谁也不想冒险走路,弄得满身大汗。

我在纪念碑旁边转弯朝着旧港方向走去,望见几只游艇和岸边渔船的停泊灯光。这时,我看见一个人影从波洛克街出来,拐弯朝着我走来,从身形和走路的姿态,我立刻看出那是玛吉·扬-亨特。

她一直走到我面前停下来,不让我有机会绕过去。有一些女人在炎热的夜晚也仍旧能给人以一种凉爽的感觉。也许这是由她那花布裙的飘然掀动所引起的。

她说:"我想你大概正在找我吧。"她伸手把一绺并没有乱的头发理了一理。

"你干吗这么说?"

她转身抓起我的胳膊,用手指紧紧捏了我一下,要我跟她一起走。"因为我找的就是这样的男人。我刚才正在'前桅'。我看见你走过,心里想,说不定他正在找我呢,就马上飞快地从街那边绕过来,好迎头碰上你。"

"你怎么会料到我准朝这面拐弯呢?"

"我也不知道。我就是料到了嘛。听听那些知了叫——明天准要更热而且一点风也没有呢。别担心,伊桑,咱们一会儿就会走到没有亮光的地方啦。要是你高兴,可以上我那儿去。我请你喝酒——一个高高的火辣辣的女人递给你一杯满满的冰凉凉的美酒。"

我听任她用手指领着我走进了一大丛枝叶蔓生的忍冬花树荫

里。地面上矮矮地开着一些不知名的小黄花,在黑暗中显得耀眼。

"这就是我的屋子——下面像个车棚,上面像个逍遥宫。"

"你到底为什么觉得我正在找你呢?"

"找我,或者像我这一类人。你看见过斗牛吗,伊桑?"

"大战刚刚结束后,在阿尔勒①看过一次。"

"我的第二个丈夫常带我去看。他爱看这个。我觉得斗牛是专给那些不太勇敢却又很想变得勇敢的人看的。既然你看过一次,就一定会明白我的意思。记得牛在被斗牛士的红绒布旗挑起性子来以后拼命想毁掉什么却又什么也找不到么?"

"记得。"

"记得它怎样被弄得又昏乱又暴躁,有时候一直呆立在那里,想弄清是怎么回事么?嗯,这时候他们就得送一匹马让它去挑,不然它简直会心脏破裂的。它必须得有个实在的东西让它用角去挑,否则就会精神完全崩溃了。嗯,我就好比是那匹马。我平常找的就是那样的男人——头脑昏乱,茫然失措。他们能够用角把我挑穿,就觉得是个小小的胜利。然后他们就又能够重新上场去对付那块红绒布旗和斗牛士了。"

"玛吉!"

"等一等。我正在找钥匙。闻闻那忍冬花多香呀!"

"可是我是刚刚得到了一次胜利呢。"

"是么?挑着了一块红布——把它踩得稀烂了,对么?"

"你怎么会知道的?"

---

① 法国东南部城市,有重修的公元前一世纪的古老竞技场。

"每当有一个男人要找我或者另外不管哪一个玛吉的时候,我就会知道。当心楼梯,它太窄了。头别撞在门框上。好了,开关就在这儿——看见了么?一个逍遥宫,柔和的光线,麝香的香味——就像沉进了一个阳光照不到的海底!"

"我想你大概真是个女巫。"

"见鬼,你明明知道我是的。一个可怜巴巴的小市镇里的女巫。坐这儿吧,靠着窗子。我来开开通风机。我先去像大家常说的那样——'换上件轻装',然后就给你满满地倒一杯冰凉的迷魂汤来。"

"这话你是从哪儿学来的。"

"你明知道我是哪儿学来的。"

"你很熟悉他么?"

"只熟悉一部分。男人身上女人所能了解的那一部分。有时候这正是他最好的一部分,但并不总是这样。在丹尼身上却正是这样。他信任我。"

这间房就仿佛是许多别的房间的一本纪念册,保存着许多别的生活的片段和一鳞半爪,像一个个脚注那样。窗上的通风机发出像耳语般轻微的嗡嗡声。

她不一会儿就回来了,身上换了件又长又宽大,显得有点飘飘欲仙的蓝衣裳,而且带来一阵扑鼻的浓香。当我深深地吸了一口气时,她说:"别担心。这种花露水玛丽从来没在我身上闻到过。给你酒——杜松子酒加滋补剂。滋补剂我只是在杯底里放了一点点。这是杜松子酒,纯粹的杜松子酒。你把冰块摇一摇,就会觉得它更凉了。"

我像喝啤酒似的一口气把它喝了下去，感到它那火辣辣的热气马上传到两肩，又漫延到两臂上，仿佛连全身皮肤都放光了。

"我想你大概早需要这个了。"她说。

"大概是的。"

"我会把你变成一头勇敢的公牛的——我要稍稍做一点抗拒，让你觉得自己得到胜利了。一头公牛就正需要这个。"

我凝视着自己的双手，横七竖八满是拆货箱时割开、划破的大小伤疤，指甲也不大干净。

她拿起我搁在长沙发上的鲸角手杖。"我想你总用不着拿它来揍自己几下以便鼓起勇气吧？"

"你说，你是我的对头吗？"

"我，新港镇一个陪人解闷的角色，会是你的对头？"

我好半晌默不作声，可以感到她越来越焦躁起来。"抓紧点时间吧。"她说。"你一辈子就在那儿迟疑不决。我再给你喝一杯吧。"

我从她手里接过满满的一杯，因为嘴和唇都异常发干，所以先忙着抿了一口，才算勉强说得出话来，但声音还哑得像喉咙口堵了个什么东西似的。

"你到底想要我怎样？"

"也许我是存心想谈谈恋爱。"

"跟一个真心爱着自己妻子的人？"

"玛丽么？你对她甚至一点都不了解。"

"我知道她温柔、可爱，而且还有点软弱无助。"

"软弱？她坚硬不屈得就像一副脚镣。等你这架机器开得都快散了架子，她还能照样好好过下去的。她就好像是一只用不着动一下翅膀就能借着风力凌空高飞的海鸥。"

"这不是真话。"

"出了一件什么大事,她准能安然无恙地脱身,而你却会烧成了灰。"

"你到底要我怎样?"

"你不想安抚我一下么?你不愿意在我这个好心的老玛吉身上发泄发泄自己的火气么?"

我把喝剩一半的酒杯往一张茶几上一搁,她迅速得像一条蛇似的马上把它一把拿起来垫上一只烟灰碟,用手抹掉了杯底留在茶几上的湿印。

"玛吉,我真想弄清你到底是怎么样的人。"

"别装腔啦。你是想弄清我对你搞的把戏到底怎么看。"

"我在弄清你是怎么样的人以前,没法理解你到底想要我怎样。"

"我猜你大概是想——作一次不花什么钱的游历考察吧。一手拿着枪一手拿着照相机把玛吉·扬-亨特彻底考察一番。我从前曾经是个挺不错的小家伙,一个机灵的小家伙兼平平常常、凑凑合合的跳舞演员。碰上了一位大家平常所说的老头子,嫁给了他。他不光是爱我——简直是热恋着我。这就等于是向一个挺机灵的小家伙奉献了一只金盘子。我并不怎么喜欢跳舞,同时见它的鬼,我当然也根本不喜欢干什么工作。后来我甩掉他的时候,他是那么心乱如麻,在立离婚字据时连双方再婚时应该如何的条款都没写进去。我又嫁了另外一个家伙,过了那么一阵放荡胡闹的生活,结果送了他的命。二十年了,每月一号就准时收到那笔赡养费。二十年来,我没干过一天的工作,只除了不时地收收那些爱慕者送来的礼物。想起来不像已过了二十年似的,但事实确实是这样。如今我已经不再是个挺不错的小家伙了。"

她走到她那个小小的厨房里去,用手拿来三大块冰,丢进自己的杯子,倒上了杜松子酒。嗡嗡响着的通风机带来了退潮的海滩上发出的湿气。她小声地说:"你就要赚到大笔的钱了,伊桑。"

"你听说那笔交易了么?"

"那班高贵的绅士们全都是些下流胚。"

"说下去。"

她使劲把手一挥,她的酒杯一下飞了出去;几块冰块像骰子似的碰着墙弹了回来。

"上星期那个痴情的老小伙子中了风。他尸骨一寒,赡养费就不再来了。我现在又老又懒,想起来都害怕。我拿你当我的靠山,可是你让我觉得不可捉摸。我告诉你,我现在想起来都害怕。"

我站了起来,觉得两腿沉重,倒并不是摇晃站不住,而是沉重,仿佛不是我自己的腿似的。

"你现在到底在做什么打算呢?"

"马鲁洛也是我的一个相好。"

"我知道。"

"你不想跟我睡觉么?我挺不错呢。他们跟我这样说过。"

"可惜我并不恨你。"

"这正是你让我觉得不可捉摸的地方。"

"咱们会想出个主意来的。我恨贝克。或许你可以拔光他的毛吧。"

"什么粗话!你是喝了酒脑子不大清楚了。"

"我本来应该心情好的时候才喝酒的。"

"贝克已经知道了你对丹尼干的事情吗？"

"是的。"

"他的反应怎么样？"

"没有什么。不过我不敢再毫不防备地拿背朝着他了。"

"阿尔菲奥倒是尽可以拿背朝着你呢。"

"你这话是什么意思？"

"我只是猜想。不过我还是准备把宝押在我的猜想上。别担心，我不会告诉他的。马鲁洛是我的朋友。"

"我想我大概明白了，你是想凭空煽起仇恨，这样你就可以利用它作为把柄了。可是玛吉，你这把柄是靠不住的。"

"这我还不知道么，伊桑？不过我还是要把宝押在我的预感上。"

"你肯给我说说是什么预感么？"

"说就说。我敢打赌以后霍利家的十代人都会揍得你死去活来，他们歇了手以后，你自己还要继续用湿绳子揍你自己，用盐来擦你自己的创痛。"

"就算这样，那对你又有什么好处呢？"

"这样你就会需要有个朋友好说说心里话，而我正是世上最合适不过的人选了。心里有桩秘密是最烦恼不过的事了，伊桑。而那样做又花不了你什么，最多只不过给一点点小费。"

"我想我该走啦。"

"喝干你的酒吧。"

"我不想喝了。"

"下楼梯的时候别碰了头，伊桑。"

我刚下了一半楼梯,她追了上来。"你是存心把手杖留在这儿么?"

"哎哟我的天,不!"

"拿去吧。我想我这样做也算是个……牺牲吧。"

天正雨蒙蒙的,使忍冬花在黑夜里更显得甜香扑鼻。我两条腿那么软,以致真的很需要那根鲸角手杖来拄着走路了。

胖子威利有一整卷的手纸放在旁边座位上,以备随时擦他头上的汗。

"我敢跟你打赌,我知道你刚从哪个女人那儿来。"

"你准会赢的。"

"顺便说起,伊桑,有个家伙正在找你——坐着一辆大克莱斯勒汽车,还有司机呢。"

"他找我干吗?"

"我不知道。还问过我有没有看见你。我没漏出去。"

"过圣诞你会得到件礼物的,威利。"

"哦,伊桑,你的脚怎么了?"

"玩扑克坐久了。脚打起盹儿来啦。"

"是么?那倒是会的。我要是再碰见那家伙,要不要告诉他你已经回家了?"

"告诉他明早上到店里来。"

"克莱斯勒高级车。真是辆狗娘养的大家伙,有货车那么长。"

小乔伊正站在"前桅"门前的人行道上,显得萎靡不振,有气无力。

"我还以为你已经上纽约去喝一瓶冰香槟酒去了。"

"太热。下不了决心。进来喝一杯,伊桑。我正觉得没精打采的呢。"

"喝酒太热了,莫菲。"

"喝杯啤酒也不行吗?"

"喝啤酒也怪热的。"

"我这叫什么生活呀。一天忙完了,连个可去的地方都没有。也没个人可以谈谈。"

"你该结婚啦。"

"那就更没人可谈知心话了。"

"也许你说得对。"

"我说得对极了。再没有比一个家累重重的人更乏味的了。"

"这你怎么知道的呢?"

"我瞧着他们呀。眼前我就正瞧着一个。看来我只好带点冰啤酒去看看玛吉肯不肯陪我散散心了。她睡觉是没准时间的。"

"我想她大概不在城里,莫菲。她跟我妻子说过——至少我记得是说过,说她要到缅因州去一直待到天凉。"

"见她的鬼!好吧,她没运气,那就便宜了酒店掌柜的。我去跟他谈谈一个虚度年华的家伙的伤心事吧。他也不会认真听的。再见吧,伊桑。上帝给你好运!这是墨西哥人常说的话。"

鲸角手杖在人行道上笃笃地发响,仿佛更突出强调了我心中的惶惑不解:我干吗要对乔伊那样讲?她是不会说的。因为这会破坏了她的把戏。她一定要把手榴弹的保险栓牢牢控制在自己手里。到底为什么,我不知道。

我刚从正街拐进榆树街,就望见那辆克莱斯勒正停在霍利家老屋旁边,不过它并不像货车,倒更像一辆柩车,车身黑而不亮,因为它沾满了雨水和公路上溅起的泥泞。它开亮着停车时用的毛玻璃前灯。

夜一定已经很深了。榆树街上家家的卧室里已经没有灯光。我浑身淋湿,而且大概在什么地方踩进过水坑。每走一步鞋里就发出满是积水的唧咕声。

我隔着模糊的挡风玻璃看到车上有个戴司机帽的人。我走到这辆大汽车的旁边,用指节敲了敲玻璃,车窗在电动装置的嗡嗡声中滑了下来。一阵用空气调节造成的人工的凉气立刻扑面而来。

"我就是伊桑·霍利。你们正在找我么?"我看见从暗中显露出来的一排牙齿——在我们的街灯光下照得闪闪发亮的牙齿。

车门一下子自动打开了,一个瘦削而衣着讲究的男人从车里走了出来。"我是邓斯库姆,是从布罗克-斯温电视台来的。我有话要跟你谈一谈。"他朝司机看了一下。"这儿不行。我们能进去谈么?"

"我想可以吧。家里人大概都睡了。你要是说话小声些……"

他跟着我顺着吸足了雨水的草地上一条石块铺的小道走进去。大厅上守夜的灯光亮着。我进了屋,把鲸角手杖插回象脚座里。

我打开了我那张大软垫靠椅旁边看书用的灯。

屋子里寂静无声,但我觉得仿佛是一种不大对头的寂静——有点令人心绪不宁的寂静。我从楼梯口望上去,瞧了瞧楼上卧室的房门。

"这么晚来一定有重要事情吧?"

"的确是的。"

我现在可以看清他了。他那副牙齿仿佛是他的亲善使节,但却跟他疲倦而警惕小心的目光不大协调。

"我们希望这件事能保守秘密。今年是个坏年头,你大概也很清楚。先是被电台问答节目作弊的事弄得狼狈不堪,然后又是贪污受贿的风波和各种各样的国会委员会。我们不得不事事小心。这是个多事之秋啊。"

"我希望你直说吧,到底你找我有什么事。"

"你看过你孩子写的《我爱美国》那篇文章么?"

"没有,我没看过。他想让我出乎意外。"

"他倒的确做到了。我不知道我们当初为什么没有发现,但事实确是如此。"他拿出一个蓝封面的文件夹递给我。"读一读划了线的地方。"

我在椅子上坐好,打开了它。这不知是印刷的呢,还是用那种打出来字迹很像印刷的新式打字机打的,但两侧的栏边都被又黑又浓的铅笔从上到下划上了粗线。

我爱美国

伊桑·亚伦·霍利第二

"个人算得了什么?一个不通过放大镜几乎看不见的原子,宇宙表面上一粒微不足道的斑点;与无限漫长、无始无终的永恒比较起来还不到一秒,深渊中一个迅速蒸发、随风而逝的水滴,来自尘埃又很快卷入尘埃的一颗沙子。难道这样一个微小纤细、瞬息无常的生物,能够跟一个将要千年万载存在下去猛进不息的伟大民族,与我们将要生育下来永世长存的无数后代相比拟么?让我们凝目注视着我们的国家,追慕那些纯洁无私的爱国志士们的品德,拯救我们的国家抵御一切正在降临的危难吧。如果我们,我们之中的任何一个人,不能随时准备心甘情愿地为国牺牲,我们还有什么价值?"

我约略翻了一下整个稿子,发现到处都划着黑线做的记号。
"你看出是哪儿抄来的么?"
"没有。读起来挺眼熟……仿佛在上个世纪的哪些文章里见过。"
"完全对。这是亨利·克雷一八五〇年的演说。"
"其他地方呢,全是抄克雷的么?"
"不,全是东拼西凑的,有的抄丹尼尔·韦伯斯特[①],有的抄杰弗逊,而且……上帝保佑,还有一段是抄林肯的第二次就职演说的。我不知道当初怎么会让它混了过去。大概是因为这些征文有成千上万吧。谢天谢地,我们总算及时发现了——特别是在发生过各种问答节目作弊和范·多伦[②]案件等等事情之后。"
"这确实不像是一个孩子的文风。"
"我不明白怎么会发生这样的事的。而且要不是接到一张明信片的话,很可能就被它混了过去。"

---

① 丹尼尔·韦伯斯特(1782—1852),美国著名政治家、演说家。
② 当时一个电视问答节目的优胜者,曾大事宣传,后来被揭露是电视公司预先布置获奖的。

"明信片？"

"一张风景明信片，上面照的是帝国大厦。"

"是谁寄的？"

"用的是假名字。"

"从什么地方寄出的？"

"纽约。"

"让我看看。"

"它已被严加保管起来了，以防将来发生什么麻烦。你不会想弄出什么麻烦来吧，对吗？"

"你来是什么目的呢？"

"我来是想请你忘了这件事。我们准备把这事就这么不声不响地搁下然后把它忘掉算了——要是你同意的话。"

"这样的事是不容易忘掉的。"

"见鬼，我只是想请你闭口不提这事——别给我们惹出什么麻烦来。这真是个坏年头啊。逢到大选的一年，总是谁都想寻根究底找点麻烦的。"

我合上那色彩鲜艳的蓝色封面，把文件夹还给了他。"我不会给你们找什么麻烦的。"

他咧嘴一笑，露出整整齐齐两排珍珠似的牙齿。"我早料到了。我跟他们说过的。我挺敬重你。你有很好的履历——挺不错的家世。"

"你现在可以走了么？"

"我应该告诉你，我很理解你现在的心情。"

"谢谢你。我也同样理解你现在的心情。什么事只要你们能加以掩饰,就等于没发生过一样。"

"我不愿意在你这样生气的时候马上就走。我是在通讯联络部工作的。我们可以想出点什么适当的方式来。比如奖学金之类……某种体面的方式。"

"难道罪恶还能举行罢工来要求提高工资么?算了吧,只请你现在马上就走吧……对不起!"

"我们准会想点什么办法的。"

"我也相信你们准会这么干。"

我送走了他,又重新坐下来,关了灯,静听屋里有没有什么声息。全屋子就仿佛是一个心脏在怦怦跳动似的,也许这只是我自己的心跳加上这座老房子夜间的响动声。我想要走到坡璃橱跟前去,把那个护身宝抓在手里,我站起身来想去拿它。

突然,我听见一阵零乱的脚步声,接着是像一匹受惊的小马驹那样的吸气声,然后听到一阵快速的脚步跑过大厅,跟着就寂然无声了。我踏着唧咕发响的鞋子走上楼梯,跨进爱伦的卧室,开亮了电灯。她蜷缩在一条床毯下面,头埋在枕头底下。我想拿掉枕头时,她紧紧抓着不放,我只好使劲把它拉开。她嘴角有一条淌下来的血印。

"我在浴室里滑了一跤。"

"我看见啦。你伤得厉害吗?"

"大概没有。"

"那么说,不用我管啦。"

"我是生怕他会被抓去坐牢呀。"

亚伦正光着身子坐在床沿上,只着了条小马裤。他那双眼睛……让我想起了一只被逼到了屋角,准备负隅顽抗抵挡扫帚的老鼠。

"那条讨厌的毒蛇!"

"你刚才都听见了么?"

"我听到那条毒蛇干了些什么。"

"你听到你自己干了些什么吗?"

这只被赶急了的耗子反咬起来了。"谁在乎这个?谁都在这么干。就像分甜饼那样,抢多抢少凭运气。"

"你真这么相信么?"

"你没看报纸?谁都只顾往上爬——只要去看看报纸好了。要是谁想学清高,就劝他去看看报纸吧。我敢打赌你自己从前也准抢到过点儿好处,因为大家全是这么干的。我才不想一个人去替大家受罚呢。我什么都不在乎。只除了刚才那条毒蛇。"

玛丽不大容易惊醒,但这会儿还是惊醒了。说不定她压根儿就没有睡着。她正在爱伦房间里,坐在床沿上。街灯的光线清楚地照出她的身形,树影在她的脸上晃动。她就像一块岩石,一块屹立在激流中的巨大的花岗岩。一点也不错。她的确坚硬不屈得就像一副脚镣,毫不放松,毫不退让,结实可靠。

"你准备就去睡了吗,伊桑?"

那么她刚才也一直在听。

"还不想就睡呢,我亲爱的宝贝。"

"你又要出去么?"

"是的……去走一走。"

"你该好好睡一觉了。外面还在下雨。你一定要走吗？"

"是的。那儿有一个地方，我一定得上那儿去。"

"带着雨衣。别又忘了。"

"好，我的宝贝。"

我当时没有去吻她。有那个蜷缩在床毯底下的身形在旁边，我无心去吻她。不过我拍了拍她的肩，摸了摸她的脸，她坚硬得就像一副脚镣。

我到浴室里去了一会儿，拿了一盒刀片。

当我走到大厅里，正按玛丽的嘱咐去拿壁橱里的雨衣时，忽然听见一阵挣扎，一阵纷乱和急急奔跑的声音，紧接着爱伦啜泣失声地一下子扑到了我的身上。她把流血的鼻子埋在我的胸前，用两臂环抱着，紧紧箍住了我的双肘。她那纤细的身躯浑身打战。

我抓着她的额发拉起她的头来，大厅的灯光照在她的脸上。

"带我一起走。"

"傻瓜，那怎么行。不过你要是肯跟我上厨房里去，我给你把脸洗洗干净。"

"带我一起走。你不会回来了。"

"你说什么呀，怪东西？我当然会回来的。我每次都回来的。你还是上床去睡吧。那样你就会觉得好过一些了。"

"你不肯带我走么？"

"我现在去的地方他们是不放你进去的。你想要穿着睡衣站在外面么？"

"你不能那样！"

她又紧抱住我，两手在我的手臂上、腰身上抚摸着、拍打着，把她的小拳头伸进我的口袋里,我担心会被她发现了那些刀片。她是个常常喜欢摸摸人、拍拍人的小姑娘,而且是常常会叫人出乎意料的小姑娘。突然间,她放开了我,退开一步,昂起头,两眼向我直视着,一滴眼泪也没有。我吻了吻她那弄脏了的小面颊,感到嘴唇触到了她那已经干了的血迹。我转过身来,向门口走去。

"你不想带手杖吗?"

"不,爱伦,今晚不带了。去睡吧,宝贝,去睡吧。"

我急忙逃走了。我想我大约是要逃开她,逃开玛丽。我已经听见玛丽正在不慌不忙地从楼梯上下来了。

第二十二章

潮水已经在上涨。我蹚进港湾中温暖的海水里，费劲地向"那地方"走去。海浪在它的入口处缓缓地反复冲进去又退出来，立刻湿透了我的裤子。装在我后面裤袋里的那个厚厚的钱夹涨大起来，硌着我的屁股，后来当它浸透了水以后，又在我的身体挤压下变得薄了。夏天的海水里充满像醋栗那么大的水母，晃动着它们的触须和刺胞。每当它们被水冲进我的腿和肚子旁边时，我感觉到它们像灼人的小火花似的刺得我皮肤上生疼，而那缓慢的海浪一直像呼吸似的在"那地方"涌进涌出。这会儿雨已经减小到只像一层濛濛的薄雾，天上的星星和市镇里的灯光都映入雾中，又均匀地反射出来，成了一片暗淡的焊锡色的朦胧光影。我可以望见那第三块礁石，但是从"那地方"望去，无法把它跟正在"美人阿黛尔号"沉船的龙骨上方的海岬连成一线。一个较强的浪头打来，使我双脚离地，似乎变得自由自在，再也不受我的支配。接着一阵疾风不知从哪儿刮来，像驱赶羊群似的驱散了那层薄雾。这时我才望见了一颗星星——迟迟地、过迟地才出现在天边的星星。一艘不知什么游艇噗噗噗地驶了进来，从它那庄重、徐缓的引擎声听来,大概是一只带风帆的游艇。我看得见它的桅灯显露在残缺不齐的防波堤顶上,但它船舷的红绿灯却太低了,我的视线无法看到。

水母的刺胞刺得我身上的皮肤发烧。我听到船锚入水的声音,接着桅灯就熄灭了。

但马鲁洛的光却仍在亮着,还有老船长的光和德波拉姑祖母的光。

说世上有一种光的汇合,有一种全世界的篝火,这话是不对的。每个人都只发着他自己的光,他自己那孤独的光。

一群乱哄哄正在找食的小鱼沿着岸边游过。

我的光是已经熄灭了。世上再没有比燃尽的灯芯更黑的东西。

我在内心深处说:我要回去——不,不是回家,而是回到那原来燃起我们的光的彼岸的家。

光一旦熄灭,就会显得比原来根本没有点燃时更要黑暗得多。世上到处充满了黑暗的残骸碎片。最好的办法——古罗马的马鲁洛上代祖先们看来一定知道——那就是会出现一个大家都可以光荣、体面地退隐的时刻,毫无戏剧性的场面,也并非对自己或者对家族的惩罚,只是单纯的一声再见,然后是一个热水浴和一条割开的静脉管,也就是一个温暖的海和一枚刀片。

涨潮的巨浪呼啸涌进"那地方",托起了我的下身和两腿,把它们打向一边,却带走了我湿淋淋卷作一团的雨衣。

我侧身滚到一边,伸手到口袋里去摸我的刀片,却摸着了一块沉甸甸的东西。这时在惊异之下,我又记起了那个发着光的人抚摩和轻拍着我的双手。有好一会儿,那块东西挤在我湿淋淋的口袋里老是掏不出来。最后，它终于出现在我的手掌上，映入了四周的每一道光线，显出了通红的——一种深深的殷红的颜色。

又一阵激浪把我向"那地方"最里边的墙冲去。同时大海的起伏动荡加剧了。我必须跟海水挣扎才能够出去，但我非出去不可。我在齐胸的岸边激浪中跌跌滚滚、拍击着水前进，而阵阵汹涌的波涛却要把我向破旧的防波堤冲去。

我必须回去——必须把护身宝交还给它的新主人。

否则另一个光也会熄灭。

汉译文学名著

第二辑书目（30种）

枕草子	〔日〕清少纳言著	周作人译
尼伯龙人之歌	佚名著	安书祉译
萨迦选集		石琴娥等译
亚瑟王之死	〔英〕托马斯·马洛礼著	黄素封译
呆厮国志	〔英〕亚历山大·蒲柏著	李家真译注
波斯人信札	〔法〕孟德斯鸠著	梁守锵译
东方来信——蒙太古夫人书信集	〔英〕蒙太古夫人著	冯环译
忏悔录	〔法〕卢梭著	李平沤译
阴谋与爱情	〔德〕席勒著	杨武能译
雪莱抒情诗选	〔英〕雪莱著	杨熙龄译
幻灭	〔法〕巴尔扎克著	傅雷译
雨果诗选	〔法〕雨果著	程曾厚译
爱伦·坡短篇小说全集	〔美〕爱伦·坡著	曹明伦译
名利场	〔英〕萨克雷著	杨必译
游美札记	〔英〕查尔斯·狄更斯著	张谷若译
巴黎的忧郁	〔法〕夏尔·波德莱尔著	郭宏安译
卡拉马佐夫兄弟	〔俄〕陀思妥耶夫斯基著	徐振亚、冯增义译
安娜·卡列尼娜	〔俄〕列夫·托尔斯泰著	力冈译
还乡	〔英〕托马斯·哈代著	张谷若译
无名的裘德	〔英〕托马斯·哈代著	张谷若译
快乐王子——王尔德童话全集	〔英〕奥斯卡·王尔德著	李家真译
理想丈夫	〔英〕奥斯卡·王尔德著	许渊冲译
莎乐美 文德美夫人的扇子	〔英〕奥斯卡·王尔德著	许渊冲译
原来如此的故事	〔英〕吉卜林著	曹明伦译
缎子鞋	〔法〕保尔·克洛岱尔著	余中先译
昨日世界：一个欧洲人的回忆	〔奥〕斯蒂芬·茨威格著	史行果译
先知 沙与沫	〔黎巴嫩〕纪伯伦著	李唯中译
诉讼	〔奥〕弗兰茨·卡夫卡著	章国锋译
老人与海	〔美〕欧内斯特·海明威著	吴钧燮译
烦恼的冬天	〔美〕约翰·斯坦贝克著	吴钧燮译

图书在版编目（CIP）数据

烦恼的冬天 /（美）约翰·斯坦贝克著；吴钧燮译. —北京：商务印书馆，2022
（汉译世界文学名著丛书）
ISBN 978-7-100-20214-5

Ⅰ.①烦… Ⅱ.①约… ②吴… Ⅲ.①长篇小说—美国—现代 Ⅳ.①I712.45

中国版本图书馆CIP数据核字（2021）第166606号

权利保留，侵权必究。

汉译世界文学名著丛书
烦恼的冬天
〔美〕约翰·斯坦贝克 著
吴钧燮 译

商 务 印 书 馆 出 版
（北京王府井大街36号 邮政编码100710）
商 务 印 书 馆 发 行
北京中科印刷有限公司印刷
ISBN 978-7-100-20214-5

2022年2月第1版 开本 850×1168 1/32
2022年2月北京第1次印刷 印张 12¾
定价：58.00元